AS FILHAS
E SUAS MÃES

Aldo Naouri
AS FILHAS E SUAS MÃES

Tradução CLAUDIA BERLINER

Martins Fontes
São Paulo 2002

Esta obra foi publicada originalmente em francês com o título
LES FILLES ET LEURS MÈRES.
Copyright © Éditions Odile Jacob, maio 1998.
*Copyright © 2002, Livraria Martins Fontes Editora Ltda.,
São Paulo, para a presente edição.*

1ª edição
agosto de 2002

Tradução
CLAUDIA BERLINER

Revisão da tradução
Ligia Fonseca Ferreira
Revisão gráfica
*Sandra Garcia Cortes
Renato da Rocha Carlos*
Produção gráfica
Geraldo Alves
Paginação/Fotolitos
Studio 3 Desenvolvimento Editorial

Dados Internacionais de Catalogação na Publicação (CIP)
(Câmara Brasileira do Livro, SP, Brasil)

Naouri, Aldo
 As filhas e suas mães / Aldo Naouri ; tradução de Claudia Berliner. – São Paulo : Martins Fontes, 2002. – (Psicologia e pedagogia)

 Título original: Les filles et leurs mères.
 Bibliografia.
 ISBN 85-336-1600-7

 1. Amor materno 2. Família – Aspectos psicológicos 3. Mães – Psicologia 4. Mães e filhas I. Título. II. Série.

02-4122   CDD-158.24

Índices para catálogo sistemático:
1. Filhas e mães : Relações familiares : Psicologia aplicada   158.24
2. Mães e filhas : Relações familiares : Psicologia aplicada   158.24

Todos os direitos desta edição para o Brasil reservados à
Livraria Martins Fontes Editora Ltda.
*Rua Conselheiro Ramalho, 330/340 01325-000 São Paulo SP Brasil
Tel. (11) 3241.3677 Fax (11) 3105.6867
e-mail: info@martinsfontes.com.br http://www.martinsfontes.com.br*

Índice

Advertência VII

Um encontro 1
De uma mãe... 17
... A outra... 45
... E a outras mais! 87
Mamãe, posso ir? 127
Mães e filhas 185
De um pai a outro 225

Posfácio 261

Advertência

    Talvez haja quem se espante ou se irrite ao ler esta obra devido à quantidade de referências a meus escritos anteriores. A explicação disso é que exploro o universo das relações familiares há mais de vinte anos e que não suporto me repetir. Ora, como não posso evitar repassar por noções cujos mecanismos já desmontei e analisei longamente em outros lugares, as implicações que delas tiro poderiam parecer arbitrárias ou peremptórias se eu não convidasse o leitor a ir verificar, se quiser, a fundamentação do que afirmo.

    Gostaria, se possível, que não vissem nesse defeito nenhum traço de afetação da minha parte.

... sou uma filha sem mãe...
desculpe, queria dizer: uma mãe sem filha.
(*escutado numa consulta*)

Um encontro

Faz muito tempo que isso aconteceu. Um final de manhã como tantos outros. O telefone toca no momento em que estou saindo para uma segunda rodada de visitas. Estou perto dele. Atendo. Sou colhido por soluços. Amplos, violentos, irreprimíveis. Escuto durante longos segundos antes de compreender que é um homem que chora – o que ainda não me diz de quem se trata. Arrisco mais um tímido e prudente "alô!". Os soluços se intensificam mas, entre dois deles, escuto meu nome formulado de modo interrogativo. Reconheço então a voz. E o sotaque. Nenhuma outra palavra foi proferida até agora, mas já adivinho de quem e sobretudo de que se trata. Rapidamente começo a imaginar o que vou ouvir. E sinto crescer minha irritação para com essas fórmulas estúpidas que sempre nos vêm tão depressa à mente nesse tipo de circunstância. Pois compreendi, e não pode ser outra coisa. Ela certamente morreu. Talvez até tenha acabado de morrer. Um pouco rápido, sem dúvida, pois nada no seu estado das últimas semanas permitia prevê-lo. Mas não seria a primeira vez que a evolução de uma doença desse tipo provocaria surpresas.

Observo o silêncio mais um instante. Depois, como não vem nada, arrisco emitir mais um "alô!", quase sussurrado. Então, os soluços redobram de intensidade, e ele berra: "Meu filho, doutor... meu filho Raoul... Raoul, ontem à noite..."

Antes mesmo de tentar imaginar o que possa ter acontecido com esse filho que praticamente não conheço, aproveito o choro que interrompe o fluxo verbal para tentar desesperadamente descobrir pelo menos sua idade ou seu lugar na fratria. Mas não tenho tempo, pois ele prossegue: "ele roubou meu carro... meu car... e um fuzil... E ele saiu... assim, sem carta, sem nada, em plena noite... Tomou a direção da casa de meus pais..." Preparo-me para a notícia do acidente e me sinto mergulhar num horror indizível ao pensar na soma incompreensível de desgraças que afeta essa família, quando ele me lança: "ele parou na beira da estrada... a cento e cinqüenta quilômetros de Paris... e atirou uma bala na cabeça..."

Fico sem voz. Arrasado.

Sobre o fundo de meu silêncio, ele repete várias vezes seguidas esse último fragmento de frase até esgotar seus soluços. Não o interrompo – e como, aliás, poderia fazê-lo? Transcorridos um ou dois minutos, ele consegue se recompor. E, com uma voz entrecortada mas quase calma, prossegue: "minha mulher... ela ainda não sabe de nada... ela não está aqui... está hospitalizada desde ontem... para a químio... não sei como... não sei como... a gente vai fazer para contar para ela... tenho medo de que ela não suporte... tenho medo de que ela se acabe... não me sinto em condições de contar para ela... pensei que o senhor... o senhor tem... o senhor tem... de ir... é o senhor que tem de ir e lhe dizer tudo... o senhor a conhece, vai saber como fazer... é sua profissão... eu não conseguiria..." Depois, como tento dizer um "mas", ele recomeça, chorando mais ainda: "eu lhe suplico, doutor, faça isso por nós..."

O soluços que recomeçam deixam-no surdo a tudo o que tento lhe dizer. Passo longos minutos acalmando-o, a lhe falar da forma mais pausada e simples possível, a lhe dizer do profundo horror de que eu mesmo estou tomado, da minha simpatia para com ele, da dor que a notícia pavorosa provocou em mim. Não paro de lhe falar. Não me contenho. Isso me faz bem. E é provável que também seja bom para ele. Será que nesse tipo de circunstância há outra coisa a fazer senão conversar ou pelo menos tentar fazê-lo?

Passados alguns instantes, ele já não chora, e não o ouço mais fungar. Tento explicar-lhe então que cabe a ele, e só a ele, fazer o que está me pedindo, embora eu saiba da indizível dificuldade que isso implica. É muito difícil convencê-lo, e mais ainda fazê-lo admitir que minha recusa a atender a seu pedido não se deve a uma esquiva covarde mas ao estrito respeito pela dimensão do acontecimento. Digo-lhe que se trata de seu filho, do filho dos dois, do filho que os dois fizeram, que os dois criaram, que os dois acabaram de perder e que os dois devem chorar, juntos e ao mesmo tempo. Ele não recua de sua posição e insiste, entre outras coisas, nas precauções que as circunstâncias, que o deixam arrasado e assustado, parecem lhe impor. Para tranqüilizá-lo quanto a isso, acabo prometendo que vou passar no hospital onde sua mulher está internada para avisar os profissionais sobre o que acabou de acontecer e combinar com eles uma linha de conduta. Acrescento que essa visita terá o mesmo caráter das que cheguei a fazer outras vezes, mas que de maneira alguma direi à sua esposa qualquer coisa sobre o que aconteceu. Para terminar, exorto-o a ir vê-la quando se sentir pronto para fazê-lo e a ir se acostumando com a idéia do que o espera. Minha firmeza, acrescida da concessão que lhe fiz, parece lhe convir.

No entanto, ele levará quarenta e oito horas para enfrentar a prova.

Quanto a mim, cumpro sem tardar minha missão junto à enfermeira e aos médicos do hospital, que ficam transtornados, como era de esperar. Depois, vou até o quarto daquela mulher sabendo que, o que quer que eu faça e seja qual for o grau de minha simpatia por ela, não há maneira de atenuar a crueldade do que ela virá a experimentar e que é certamente a calamidade mais insuportável que um ser humano possa viver.

Ela me recebe com um olhar surpreso por trás do sorriso que lhe conheço desde sempre e, meio encantada, meio preocupada, logo se espanta com a minha presença: "Aconteceu alguma coisa em casa?", me pergunta ela, acrescentando em seguida: "se não, como o senhor saberia que estou aqui?" Jogo com a ambigüidade de sua pergunta e com o fato de que nunca deixei de visitá-la todas as vezes que, há longos meses, ela foi hospitalizada quase com dias marcados. Respondo-lhe que estava meio atrapalhado com a minha agenda e que, como estava passando por ali, arrisquei a sorte e entrei para me informar se por acaso ela estava internada. Acho que minha mentira piedosa não conseguiu convencê-la. Mas, com bons motivos, não quis passar disso. Ela, por sua vez, entrou no jogo falando-me de sua doença e de seu tratamento. Quis inclusive me mostrar como tinha conseguido reconstruir sua silhueta costurando uma almofadinha de espuma por dentro do penhoar. Depois conversamos mais um pouco sobre uma coisa ou outra antes de me despedir. Será que eu podia fazer mais que isso?

Levei vários dias para me livrar de um certo estado de sideração. E ainda estava assim quando a enfermeira do hospital ligou para meu consultório dois dias depois de minha visita: "O senhor tinha me avisado que ela era uma pessoa fora do comum. Eu o comprovei. Fiquei na porta do quarto durante todo o tempo que o marido levou para lhe contar o que aconteceu. Custava-lhe muito falar, de tanto que chorava. Quanto a ela, não derramou uma lágrima. Ficou muito tempo sentada na beirada da cama. Imóvel. O olhar perdido no vazio. Depois se levantou. Sem dizer uma palavra. Começou a se vestir. E quase me pediu desculpas. Disse-me que tinha de ir embora para assistir ao enterro. Acompanhei-a. Na soleira da porta, ela se voltou, olhou-me direto nos olhos e disse com voz firme e num tom quase seco: 'Quando é que tenho de voltar? Preciso me curar o mais rápido possível. Agora mais do que nunca!'"

Eu a conhecera quatro anos antes. E lembro-me disso como se fosse ontem. Era uma quinta-feira à tarde.

Ela entrou no meu consultório. Pequena e pálida, testa larga, queixo pontudo e longos cabelos pretos e lisos que realçavam os olhos castanhos. De culote e botas de montaria – um traje inesperado, se não surpreendente, naquele bairro. Trazia no colo seu bebê de sete meses. Imenso, grande e gordo, tão louro quanto ela era castanha, cabelos anelados e olhinhos azul-claros. Uma visão absolutamente contrastante, realçada por um sorriso muito doce. Um instante de graça.

Seguiu-se o trabalho de rotina, uma consulta de "primeira vez" semelhante a tantas outras. Um primeiro contato em que cada um julga seu interlocutor e o avalia, um modo de apreciar a maneira pela qual poderão, ou não poderão, se estabelecer vínculos.

Gwenael era seu quarto filho, o quarto menino. Pensei comigo mesmo que os três primeiros, bem mais velhos, tinham nomes que combinavam melhor com seu patronímico ibérico: Angel, 15 anos, Carlos, 13 anos, e Raoul, 11 anos. Um capricho? Um luxo que ela teria se oferecido com aquele? A assinatura de uma integração enfim completada? Pois eu evidentemente não tinha nenhuma dúvida de que ela era espanhola. Tudo no seu aspecto e na sua postura levava a essa conclusão. Era verdade que não tinha nenhum sotaque. Mas ela não poderia ser da segunda geração?

Também sua voz era suave. Mas, nos harmônicos, tinha um vibrato surpreendente e quase imperceptível que denunciava uma elocução longamente construída. Pela maneira como escandia as frases pontuando-as com um gesto vivo da mão podia parecer autoritária. Não era. Com certeza incrementara sua expressividade, *a posteriori*, com a pitada de satisfação que sua situação atual devia lhe proporcionar. E isso bastava para evidenciar a luta que ela provavelmente empreendera contra sua timidez.

Vinha por um motivo banal, um resfriado. Usara-o como pretexto para pedir um acompanhamento melhor do que o que recebia no ambulatório vizinho. Comentei que seu filho ainda não tomara nenhuma vacina. Ela se desculpou, afirmando que ele estivera muitas vezes doente e que ela tinha ficado sobrecarregada com inúmeras coisas. Acrescentou que, aliás, esperava que eu tomasse providências a esse respeito.

O exame foi concluído rapidamente. Ela sentou no sofá para vestir o bebê enquanto eu redigia a receita. De repente, ela soltou um gritinho. Gwenael acabara de emitir fezes líquidas que tinham transbordado um pouco. Apressamo-nos em limpar os estragos e achei conveniente acrescentar à minha prescrição alguns conselhos dietéticos.

Ela foi embora. Atendi o paciente seguinte, depois o seguinte, e depois o seguinte. Não consegui livrar-me do humor em que ela tinha me deixado. E o que mais me irritava é que eu não tinha a menor idéia do que havia acontecido.

A esta distância dos fatos, cada detalhe que relato ganha para mim uma significação singular. Mas, naquela época, eu não tinha a flexibilidade de pensamento que o recuo, a idade e a experiência conferem. Era um clínico jovem, formado apenas para o tratamento das manifestações mórbidas do corpo das crianças e só dispunha, para compreender o que acontecia num encontro, de uma faculdade de introspeção provavelmente das mais grosseiras. Quero dizer que, como qualquer um, era capaz de perceber a eclosão de uma perturbação em mim, até mesmo de identificar sua tonalidade ou seu agente, mas nada mais extraía de tais constatações, afora o sentimento ainda mais incômodo de uma surda e insistente culpa.

Isso poderia não ter passado de um breve momento de vida. Logo afastado por outro. Logo esquecido. Talvez eu tivesse voltado a pensar nele uma ou duas vezes sem me deter mais do que isso. Mas logo soube que não seria assim quando, na manhã seguinte, antes mesmo de ela dizer seu nome, reconheci imediatamente sua voz ao telefone. Gwenael começara a tossir cada vez mais forte. Na verdade, ela sabia o que ele tinha. Ela era categórica. Já passara por aquela penosa experiência com os três filhos anteriores. Era, sem dúvida, uma coqueluche. Tinha todos os sintomas, inclusive as quintas e o canto do galo.

Fui até sua casa. E me senti novamente tomado por aquele inquietante turbilhão de fragilidade e de energia, de suavidade e de firmeza. O interior da casa, comum, não reteve minha atenção, e ela vestia o mesmo traje surpreendente da véspera. Reiterou suas certezas. Eu teria me deixado impressionar se não guardasse comigo um vestígio do estranho mal-estar que ela provocara em mim. Consegui manter a cabeça fria e, terminado o exame clínico, afirmei não poder endossar seu diagnóstico apenas com as informações que tinha coletado. Apesar do meu exame, da pertinência dos sinais que ela descrevia e do valor de suas suposições, não podia prescindir de uma confirmação biológica. Precisava de um exame de sangue que apresentasse uma quantidade de linfócitos igual ou superior a 12.000. Com efeito, eram esses os critérios do momento para o caso. Ouvira-os serem martelados, um mês antes, pelo irascível chefe do serviço que eu continuava a freqüentar assiduamente, como todos os jovens clínicos que penam para desmamar de seus locais de formação. Eu fazia o meu trabalho aplicando conscienciosamente o saber que tinha ingurgitado. E, sem saber muito bem por quê, fiquei aliviado quando consegui levantar uma barreira objetiva entre o que eu sentia confusamente e a tarefa em que estava empenhado.

A coqueluche, hoje muito rara, é uma doença horrível. Penosa, assustadora e às vezes mortal na tenra idade, o que não significa que seja mais bem tolerada pelos bebês mais velhos. Até pouco tempo atrás, nos grandes hospitais infantis havia pavilhões inteiros destinados a seu tratamento. Deve-se dizer que muito rapidamente se atribuía a ela a responsabilidade pela maioria das tosses graves ou crônicas – ainda não se tinha progredido o suficiente no desmembramento desse sintoma, que ainda hoje continua a suscitar nos pais uma inquietação desproporcional. Os progressos da luta contra a infecção não modificaram esse quadro. Os antibióticos não são de grande utilidade, pois o germe morto libera maciçamente a toxina responsável pela instalação e gravidade do quadro clínico.

Tinha encontrado e tratado numerosos casos durante meus estudos e ainda me lembro daquele, dramático, que tratei na minha atividade privada, pouco tempo antes. Uma menininha de quatro meses. Ela estava moribunda. Seus pais, sem encontrar muita resistência por parte dos médicos, tinham decidido tirá-la do hospital C., especializado no tratamento de doenças contagiosas, onde estava havia duas ou três semanas. Era um casal muito jovem que qualificaríamos hoje de marginal. Eram proprietários de uma minúscula mercearia numa daquelas velhas ruas de Ivry, hoje desaparecidas. O pai me explicou que a filha não estava recebendo nenhum cuidado especial e que a internação estava ficando cara porque eles não dispunham de previdência social alguma. Recorrer aos meus serviços era fonte de economia, e, bem entendido, não se esperava de mim o impossível; se ela tinha de morrer, que fosse perto deles. O pedido era comovedor e as informações corretas, pois correspondiam, no caso, à atitude dos serviços hospitalares da época. Lembro que durante várias semanas cuidei da criança com os meios de que dispunha e combinando todo tipo de tratamento. Mostrei aos pais como intervir quando começassem as quintas, para tentar evitar os vômitos, cujas conseqüências tentei controlar prescrevendo um leite ácido destinado a melhorar a nutrição acelerando, no bom sentido, o esvaziamento do estômago. Estabeleci uma curva rigorosa da evolução dos acessos de tosse em número e em intensidade. E para controlar o ponto crucial da evolução, que era o peso, utilizava a velha balança Roberval do balcão: o pai a levava para os fundos da loja junto com pacotes de açúcar de um quilo que serviam de tara. Ela levou bastante tempo para perder seu aspecto cadavérico. Mas acabou vencendo. E, quando achei que o progresso era definitivo, pude dizer aos pais que ela estava curada e que sua cura devia ser atribuída apenas à qualidade dos cuidados e à dedicação deles. Tanto isso era verdade, que muitas vezes cheguei a duvidar de um desfecho feliz da história.

A contagem dos linfócitos de Gwenael deu mais de 18.000. Voltei para vê-lo naquela tarde de sexta-feira. O triunfo da mãe foi modesto. Ela não atribuía a si o mérito. Angel, Carlos e Raoul tinham passado pela prova mais ou menos na mesma idade ou um pouco depois. Ela ficaria surpresa se Gwenael não pagasse o seu quinhão ao que ela dizia ser uma "porcaria de doença". Dei imediatamente início ao tratamento e instituí um programa de acompanhamento que adiava para segunda-feira a visita seguinte.

Preparava-me, portanto, para algumas semanas difíceis. Não mais que isso, visto que o leque da época da patologia era variado e muito mais preocupante do que hoje.

Talvez pelo alívio proporcionado pela etiquetagem diagnóstica ou pelo fato de que, por temperamento, canalizo facilmente minha energia diante de problemas, não pensei mais no caso durante os dois dias seguintes. Voltara banalmente às minhas preocupações do momento, as quais, aliás, atingiram seu ápice no domingo à tarde: voltando de um passeio com meus filhos, fiquei sabendo que a jovem bretã que morava conosco para nos ajudar fora vítima de um estupro coletivo pelo bando de jovens que ela insistia em freqüentar, apesar de nossas advertências. Estava em observação no hospital vizinho. E minha preocupação, muito egoísta aliás, era que resolvessem mantê-la internada vários dias, já que precisávamos imperativamente de seus serviços para o dia seguinte. Mesmo fazendo valer hipocritamente minha qualidade de médico antes da de empregador, não consegui negociar sua saída imediata com os colegas que cuidavam dela. O obstáculo era de ordem médico-legal, e o melhor que consegui obter foi uma promessa de alta para a manhã seguinte, à primeira hora.

Ao chegar em casa, vi-me imediatamente mergulhado nas preocupações das quais pensara poder me distrair. Gwenael não estava bem: é claro que não tinha parado de tossir e vomitar, mas o mais importante é que tinha começado a chorar e gemer de maneira anormal, desde o começo da tarde, sem que nada conseguisse acalmá-lo ou consolá-lo. Era o pai que tinha ligado para me dar esses dados e me pedir que passasse por lá o quanto antes.

Dizem que os animais têm às vezes este instinto: percebem o perigo antes que ele aconteça. E afirmam que eles sabem se proteger antes que os acontecimentos se tornem desfavoráveis. Mas é um "dizem que", um boato. Nunca comprovei isso pessoalmente, nem tentei saber se era pertinente. No entanto, se o que dizem é verdade, devo ser um animal. Na verdade, tenho esse tipo de instinto. Não se trata, como poderiam crer, de uma dessas coisas ditas num momento posterior, nem de uma dessas elegantes construções incapazes de mascarar o que elas expressam de um desejo de controlar todos os acontecimentos – a começar por aquele em cujo final se desenha o fracasso. Pois não é por acaso que, a dezenas de anos de distância, tenho uma lembrança absolutamente nítida de cada detalhe daqueles dias.

Discuti com minha esposa a ausência de nossa empregada e as medidas para enfrentar a situação. Deixei por conta dela colocá-las em andamento e saí.

Foi o pai de Gwenael que me abriu a porta. Seu filho puxara a ele, mas apenas na corpulência. Quanto à tez, ele era ainda mais moreno que a esposa. Tinha um leve sotaque espanhol e uma voz aveludada que acreditei dever-se – equivocadamente, como perceberia mais tarde – à sua preocupação de não perturbar o repouso do filho doente. Repetiu-me os detalhes que me transmitira por telefone e depois me levou para o quarto. Gwenael estava nos braços da mãe, que vestia um roupão e continuava a mesma. Assim que lhe tiraram a roupa, a causa do choro saltou aos olhos: tinha uma volumosa hérnia inguinal dupla estrangulada, e suas bolsas estavam tão esticadas que estavam prestes a estourar. Trata-se de uma complicação conhecida da coqueluche. A tosse violenta e repetida provoca uma pressão tão grande no abdômen que as vísceras, fortemente comprimidas, distendem a parede, forçando os orifícios herniários, que são pontos às vezes frágeis, e penetram por entre os músculos e a pele segundo um trajeto próprio ao território anatômico. Portanto, parte do intestino abrira caminho e deformava a região pubiana. Ora, como sempre nesses casos, o volume do órgão herniado é tal que sua base fica premida no orifício inextensível, impedindo a circulação do sangue. Disso decorre, por uma série de ligações, a intolerável dor que serve de sinal de alarme e que, no caso, explicava o choro.

Expliquei tudo isso e me pus a reduzir as hérnias. Ou seja, reintegrar o intestino à cavidade de onde nunca deveria ter saído. Procedi da maneira como se fazia na época: uma injeção intramuscular de fenobarbital, destinada a relaxar a criança, depois, num banho quente, a manipulação suave de cada uma das massas, para esvaziá-las lentamente de seu conteúdo e empurrá-las de volta na direção correta. Pedi que trouxessem uma bacia cheia de água quente e comecei meu trabalho pedindo ao pai que me ajudasse.

Foi um verdadeiro pesadelo.

O que eu já fizera dezenas de vezes em alguns minutos levou mais de duas horas. O fenobarbital não tinha produzido nenhum efeito, e Gwenael se esticava e se debatia como o diabo. Mas o pior é que às vezes era acometido de acessos de tosse tão violentos que, quando eu tinha conseguido reintegrar uma porção de intestino, ele saía ainda mais. Num certo momento, pensei ter conseguido pelo menos de um lado. E pedi ao pai que apoiasse com força os dedos sobre o orifício para obstruí-lo. Mas, no acesso de tosse seguinte, tudo voltou à estaca zero. O que os dedos de um médico conseguem perceber ou fazer nem sempre é possível para um pai transtornado. Havia água por todos os lados, na cama e no chão. De repente me cansei daquela luta, daquele fracasso e mesmo da luz chocha que tornava a cena irreal e as personagens fantasmagóricas.

Achei que não ia conseguir e que talvez fosse melhor recorrer a uma hospitalização. Mas cruzei com o olhar da mãe e entendi que essa opção seria problemática. Ela então se propôs segurar a criança, e logo tudo melhorou. Lá onde a força masculina tinha fracassado, a doçura das carícias e as palavras murmuradas no ouvido produziram um efeito certeiro. Ainda assim precisei de mais de meia hora para atingir meus objetivos. Com lenços atados uns aos outros confeccionei uma bandagem improvisada. Assegurei-me de seu efeito de contenção e estava prestes a ir embora, depois de ter dito que retornaria no dia seguinte, quando a mãe comentou que Gwenael não tinha molhado as fraldas o dia todo. Seria isso conseqüência do estrangulamento herniário? Ele tinha ou não tinha urinado no banho? Não tinha como saber e não podia ter certeza sem correr o risco de desmanchar minha contenção e ter de recomeçar tudo. Pedi que pusesse uma fralda limpa e disse que passaria no dia seguinte à primeira hora para examinar o problema.

Sempre que penso nessa história – o que acontece com freqüência, como deve ter ficado claro –, fico confuso diante da pertinência da expressão "concurso de circunstâncias". Desculpa cômoda ao alcance de todos? Maneira covarde que temos de nos livrar de um problema, de mascarar nossa ignorância? Indício da dor que sentimos em face da cínica força do tempo que escoa? Ou figura enigmática do destino? Pois, no dia seguinte, como estava combinado, tive de ir buscar e trazer para casa nossa empregada antes de ir ver Gwenael.

Quando cheguei à casa dele, a mãe me recebeu dizendo que ele ainda estava dormindo e que passara uma noite, apesar de tudo, melhor que as anteriores. Fui até o berço. Debrucei-me. Ele então abriu os olhos, olhou para mim e, de repente, começou a ter convulsões!

O quadro tomava um rumo bem singular.

Convulsões e hérnias podem de fato ocorrer durante uma coqueluche. Em geral, indicam o aparecimento de uma encefalite, complicação também conhecida e temida, embora rara, da doença. Se fosse isso, era a segunda complicação em bem pouco tempo. Não podia nem ignorá-la nem deixar de pensar em suas conseqüências. Meus meios e, sobretudo, minhas competências tinham atingido seu limite, e, assim como na sexta-feira anterior sentira necessidade de recorrer à biologia, senti que não podia mais adiar a hospitalização. Na época, não havia SAMU* nem socorristas nem serviços de reanimação. E às vezes era preciso esperar uma ou duas horas até a chegada de uma ambulância. Portanto, estava fora de cogitação chamar uma. Cobrimos a criança, em quem eu aplicara uma nova injeção de fenobarbital, e saímos com meu carro à procura de um táxi num ponto. Entreguei à

----

* Serviço de auxílio médico de urgência, criado em 1968 em todas as regiões da França e regulado por lei em 1986 para coordenar os atendimentos de urgência. [N. da T.]

mãe uma carta redigida rapidamente para os colegas e pedi ao motorista que fosse o mais rápido possível para o hospital C.

Fiz o restante das minhas visitas como um autômato sem parar de lamentar a interferência dos problemas domésticos com os de minha tarefa profissional. Estava me sentindo tão em falta que me recriminava por não ter chegado uma hora antes. Mas também dizia a mim mesmo que a evolução do mal decerto não teria mudado radicalmente, já que a convulsão teria ocorrido uma hora mais tarde. No máximo, a mãe teria me ligado uma segunda vez. E então a situação seria a mesma. Mas não teria eu tomado imediatamente a decisão de hospitalizar? Isso tampouco teria modificado muito a situação, pois a convulsão teria acontecido do mesmo jeito no hospital. Contudo, não teríamos pegado o táxi no trânsito parisiense, no meio de uma manhã de segunda-feira. De repente meu debate interior foi substituído por uma angústia nova tentando calcular a duração do trajeto. Cinqüenta minutos, uma hora, uma hora e quinze minutos, mais? Sem me dar conta, afundava em reflexões cada vez mais deprimentes sobre o caráter incompreensível da desgraça e sobre a solidão à qual ela reduz os seres que cruzam com ela.

Concurso de circunstâncias. Eu já vivera outros. Mas nunca tinham-me posto nesse estado. Recapitulei os dias anteriores, rememorando, uns depois dos outros, os instantes e as conversas, procurando encontrar neles, se não a causa exata dessa perturbação que eu não conhecia, pelo menos um ponto ao qual me agarrar. Percebi então que, na minha precipitação, não tinha verificado se minha bandagem continuava firme e eficaz e se a fralda de Gwenael estava ou não molhada. Com isso, minhas preocupações não se atenuaram.

Do local de minha última visita, liguei para casa para dizer que não voltaria para almoçar e me dirigi ao hospital. Encontrei o chefe de clínica. Ele já tinha examinado Gwenael, que estava recebendo todos os cuidados possíveis. Mandara fazer uma chapa dos pulmões: tudo batia com o diagnóstico, e por sorte a convulsão parecia não ter deixado marcas. No entanto, atendo-se a uma prudente e compreensível expectativa, não podia dizer se ela devia ou não ser atribuída a um princípio de encefalite.

No corredor que levava à saída, cruzei com a mãe de Gwenael. Dirigiu-me um sorriso um tanto cansado. Ela esperava ter notícias. Dei-lhe as que tinha conseguido reunir. Escutou sem dizer nada, distante. Por um instante, achei que ela estava "grogue", como um boxeador no ringue. Mas ela voltou a ser ela mesma quando achou que deveria me agradecer pelo que tinha feito e, sobretudo, por ter me "dado ao trabalho de ir até lá àquela hora". Perguntei-lhe se queria uma carona para voltar para casa. Ela aceitou e entramos juntos nos engarrafamentos.

Perguntei-lhe como tinha sido o trajeto da manhã. Imaginei que lhe faria bem compartilhar comigo as emoções e os pensamentos que lhe tinham atravessado o espírito. Respondeu-me que não tivera tempo de pensar no que quer que fosse porque por duas vezes seu filho tinha... morrido! Acusei o golpe e, mecanicamente, esmaguei o pedal do freio antes de me voltar para ela. Ela estava calma como sempre. Seus grandes olhos refletiam a serenidade que tinha visto neles até então; nem mesmo ficaram vermelhos pelas lágrimas derramadas ou contidas. E nenhuma ruga perturbava sua expressão ou denunciava sua dificuldade de viver a situação. Um minúsculo e terno sorriso flutuava sem parar nos seus lábios. Surpreendi-me dizendo que, decididamente, ela era bela. Não bela como essas mulheres que fazem de tudo para sê-lo e que, às vezes, conseguem. Era bela, simplesmente. Como a luz brilhante e úmida daquela tarde de outono. Minha reação não lhe causou nenhuma comoção. Achou conveniente repetir o que eu claramente não queria ouvir. E, para me convencer disso, explicou-me que por duas vezes seu filho tinha ficado completamente mole, sem qualquer reação, tinha parado de respirar, que a cada vez ela tinha grudado a orelha no seu peito e que das duas vezes não conseguira ouvir seu coração. Ela não imaginou que poderia fazer outra coisa a não ser um boca-a-boca. "Aliás, teria adiantado alguma coisa perder o sangue-frio ou começar a gritar?", ela achou conveniente comentar. Foi o motorista do táxi que se apavorou ao ver o que ela fazia. O que, no fim das contas, não foi ruim pois ele começou a ultrapassar todas as filas de carros com a mão na buzina. Conseguiu até mesmo chamar motociclistas da polícia que passavam por ali e que lhe abriram caminho. Seja como for, nas duas vezes, depois de um tempo que com certeza lhe pareceu interminável, ela conseguiu fazer Gwenael voltar a si.

Foi a minha vez de ficar "grogue". Nem por um instante duvidei de suas palavras. Estava literalmente enfeitiçado, fascinado por seu relato – e talvez também por seu olhar. Sentia-me mais culpado e incompetente que nunca. Posteriormente, cheguei a me perguntar se os dois episódios que ela tinha descrito não teriam equivalentes convulsivos geradores de uma simples perda de consciência da qual a criança sempre acaba voltando. Na verdade, por muito tempo não cheguei a uma conclusão. E com certeza não pensei nisso na hora, pois minha atenção estava totalmente tomada por esse controle extraordinário dos gestos e das emoções. Será que era isso que eu tinha percebido e farejado no nosso primeiro encontro? Era isso que tinha provocado imediatamente em mim aquele estranho mal-estar? Minha vida profissional tinha muitas vezes me confrontado com esse tipo de situação-limite que exige iniciativas desesperadas. Mas nunca as abordei sem uma agitação interior e uma excitação que as tornavam propriamente insuportáveis. Além disso, não se tratava de indivíduos que me fossem próximos e muito menos de meus filhos!

Estaria eu diante de uma pessoa anormal, totalmente insensível e indiferente ao medo da morte? Ou se tratava de um ser excepcionalmente confiante em si e na vida que ela tinha dado, ciosa dessa vida e decidida a tudo para que nem uma migalha dela se alterasse? Lembrei-me de seus gestos enquanto eu me matava para reduzir as hérnias. Impressionara-me então sua vontade de ser eficiente mas nunca a senti estranha à ternura, à afeição e à solicitude. Estava quase pensando, sem conseguir formulá-lo claramente, que ela não era somente uma mãe, mas A mãe. A mãe que assume sem o menor entrave o exercício admirável de todas as suas prerrogativas. A mãe consumada, a mãe perfeita em todos os sentidos. A mãe paradigmática. Mas, se eu estava pensando isso, podia meu sentimento nascer de outra coisa senão da correspondência do que estava vivendo com algo que eu teria vivido outrora e de que teria guardado uma marca ignorada, assustada e, provavelmente, ao mesmo tempo também encantada e dolorosa? Meu estranho mal-estar deu então lugar a uma fascinação sem limites da qual não conseguiria mais me livrar e a serviço da qual passaria a colocar uma miríade de pequenos fatos que não pararia mais de colecionar ao longo de toda essa aventura.

Vocês devem ter compreendido, como eu evidentemente vim a compreender, por que não pude me impedir de estabelecer certas relações: tive uma mãe com quem, em muitas ocasiões e durante toda sua vida, pude experimentar os efeitos, e os malefícios, da total disponibilidade, da total eficiência e, numa palavra, da onipotência.

De uma mãe...

Será que, sem querer saber ou confessar para mim mesmo, decidi escrever este livro por sua virtude catártica? E será que por meio dele contava desfazer laços pessoais até então estabelecidos ou por tempo demais ou muito dolorosamente?
Por que não, afinal? E, se fosse o caso, não vejo de que deveria me envergonhar. Tanto mais que não há nenhuma contradição entre o empreendimento em si, tal como se apresenta, e seus eventuais efeitos inconscientes. Não foi por acaso que decidi logo de início expor minha implicação emocional na história que relato. E não resolvi fazê-lo por concessão à técnica narrativa ou para tornar o relato mais trepidante. Foi uma opção deliberada. Não tenho nada do técnico frio, atormentado pela constante preocupação em manter uma distância respeitável entre si e a matéria que pretende tratar. Não tenho nenhum gosto por esse papel, e menos disposição ainda para mantê-lo. Tampouco acho que tenho conserto. Portanto, não vejo por que deveria lutar contra minha extrema lentidão para me livrar dos acontecimentos ou contra minha incapacidade radical de me distanciar de uma situação para adotar em relação a ela a neutralidade esperada. Não acho que isso deva ou possa me tirar o poder de refletir ou de dialetizar os fatos que me solicitam. Tampouco acredito, seja lá o que queiram ou venham a me dizer, que se possa raciocinar, falar, escrever, dizer alguma coisa ou emitir uma opinião a não ser por, para, com e a partir de si mesmo. As conseqüências disso são lógicas. Portan-

to, não me protegerei por trás do material que exporei assim como não me ocultarei por trás das reflexões que ele suscitará em mim. E, ainda que o procedimento possa aflorar, às vezes e sob certos aspectos, numa exposição complacente ou indecente demais, acredito que ele tem o mérito de fornecer a todos matéria para elaborar sua própria percepção, sem lhes impedir o acesso à sua emoção ou à fundamentação de sua opinião própria.

Não encontro maneira de dizer melhor as coisas. Por isso, volto sem mais tardar aos bulevares externos, ao meu carro no meio do engarrafamento e, sobretudo, à minha passageira do momento.

Em poucas frases, ela acabara de me arrancar da minha concha e me lançar num mundo cuja luz ofuscante explodia em cheio no meu rosto. E eu nem desconfiava naquele momento da importância crucial do que estava vivendo. O choque era dos mais violentos. Ele me tirava da letargia na qual eu nunca tinha imaginado mergulhar, a tal ponto e por tanto tempo. Os acontecimentos e os fatos mais espantosos tinham sucedido e se sucediam numa velocidade tal que o tempo transcorrido ganhara uma singular densidade. O que acontecera dentro de mim em quatro dias assemelhava-se a uma verdadeira muda. Sentia-me penando para me livrar da canga de preconceitos que tinham confinado meu modo de pensar. Descobria de súbito quanto esse universo de trocas, no qual essa mãe me mergulhava, fora o meu há muito tempo e quanto, no maior silêncio e como se fosse uma tara embaraçosa, eu tinha dele a consciência insistente que minha vivência me conferira. Mas que ninguém se iluda: a relativa elegância da formulação de que agora faço uso apenas traduz a distância que o tempo, e somente ele, me fez tomar dos fatos. Pois, na hora, não era capaz de nenhum discernimento. Estava totalmente imerso na experiência e nada mais. Percepção em estado puro. Indizível, impossível de delimitar, compreender, controlar ou analisar – e não sem motivo! A única coisa que eu sentia com grande acuidade era que estava diante de algo inquietante, que reconhecia vagamente, que certamente aprovava e me deixava maravilhado sem qualquer reserva ao mesmo tempo que deplorava sentir-me excluído.

Como é de imaginar, estava a anos-luz do manejo do que se costuma chamar de "contratransferência" e que designa o procedimento utilizado em geral pelo psicoterapeuta, e sobretudo pelo psicanalista, para identificar da forma mais precisa possível o que produz nele a situação com a qual está confrontado – maneira de saber como reagir a ela permanecendo ao mesmo tempo na sacrossanta "neutralidade benevolente". Eu estava apenas abalado, transtornado, desnorteado, desestabilizado. Num embaraço indescritível e num profundo remorso. Sentia, de ponta a ponta, não ter estado suficientemente à altura da minha tarefa. E me descobria atormentado pelo temor de não conseguir assumir o fracasso que parecia se desenhar e que me deixava entrever as falhas vertiginosas da formação que eu tinha recebido, que, ainda hoje, vale dizer, é a dos futuros médicos em geral e dos postulantes ao exercício da pediatria em particular.

Os estudos médicos – como já foi assinalado, analisado, destrinçado, deplorado, dito e repetido, martelado, repisado etc., sem produzir qualquer efeito! – têm por único objetivo fabricar pretensos poços de ciência, em princípio capazes de reconhecer todas as doenças, inclusive as mais raras. É por isso, aliás, que eles duram tanto tempo e exigem, como se pode imaginar, tanto da memória. No entanto, no fim das contas, eles só conseguem produzir praticantes atordoados com o que acreditam ser – erroneamente – sua tarefa futura, angustiados com a extensão esmagadora de suas responsabilidades e totalmente alheios a tudo o que possa distraí-los das preocupações que, segundo foram persuadidos, seriam prioritárias. Não é de espantar que depois os acusem, hipocritamente, de desperdiçar o erário público com despesas inconseqüentes. É fácil e, aliás, ainda mais estúpido fazer tal acusação quando nunca se leva em consideração o ensino, inadaptado à realidade, que eles receberam, ou a virtude tranqüilizadora – para eles mesmos, em primeiro lugar, e, em conseqüência, para seus pacientes – de suas prescrições.

Com efeito, os estudos médicos não se preocupam em conferir aos estudantes qualquer rudimento do que será sua relação futura com seus pacientes e muito menos aquela que esses mesmos pacientes terão com eles, sem falar do silêncio cuidadosamente cultivado sobre a relação de qualquer ser humano com a vida e a morte. Fala-se do corpo, apenas do corpo, e nada mais que do corpo, quase no sentido inglês do termo "*corpse*" com o qual tem assonância: um cadáver, inopinada, miraculosa e transitoriamente vivo, cujo retorno a um estado inelutavelmente finalizado é preciso impedir a qualquer custo. A vida, com o que ela implica de movimento, desejo, conflitos e palavras, não faz parte das preocupações da medicina. Isso, por exemplo, acaba confinando os pediatras a um exercício quase veterinário de seu ofício. Com efeito, considera-se esse aspecto das coisas da alçada do juízo de cada um e de suas capacidades pessoais para assumi-lo ou resolvê-lo. Assina-se assim um cheque em branco para capacidades de improvisação, necessariamente múltiplas e variadas, sem atentar para o peso da tarefa ou para o desafio enlouquecedor que isso constitui. Pois, assim que uma ou duas histórias vêm mexer com nossos candidatos cheios de boa vontade, sem pré-aviso ou um pouco mais do que eles consideram tolerável, logo os vemos erguer suas defesas, entrincheirar-se por trás de sua tecnicidade e reivindicar a condição de executantes intercambiáveis em face de um sofrimento que, no entanto, é sempre único e sempre compósito. Depois de longos anos de uma aprendizagem voltada apenas para os cuidados do corpo da criança, em geral terminam o curso[1] sem ter a mais vaga idéia do que está em jogo numa maternidade, num projeto de vida ou no confronto de um indivíduo com sua história.

Em todo caso, na época não havia nenhuma razão para que meu perfil fosse diferente do que esbocei. Freqüentei aquela escola. Recebi aquele ensino. E nunca me autorizei a criticá-lo ou a pensar que poderia haver outro. Cheguei mesmo a sacrificar por ele, dia após dia, em impulsos de lealdade e num entusiasmo tão ingênuo quanto meritório, minhas opiniões, minhas convicções e o conjunto de meus conhecimentos anteriores. Deixei-me converter sem a menor resistência e perfeitamente convencido de que eu estava na melhor das vias possíveis. Era preciso que eu não tivesse outra forma de pensar que aquela que levava seu selo. Fora um

....

1. Não me aprofundarei, aqui, num debate certamente interessante mas que me afastaria um pouco demais de meu tema. Conheço minuciosamente as opções diametralmente opostas defendidas acerca deste assunto e estou ciente do desesperante diálogo de surdos que seus defensores mantêm. Quero apenas assinalar que dediquei uma obra inteira a essa questão (*L'enfant porté*, Paris, Seuil, 1982).

aprendiz escrupulosamente consciencioso e permeável ao que me ordenavam aprender. Aliás, um ensino não é sempre, por definição e por princípio, uma forma mais ou menos elaborada de lavagem cerebral? E será por acaso que ele consegue produzir tais resultados sobre seres jovens, maleáveis, inquietos e à procura da maior quantidade de certezas possível?

Eis exatamente onde eu me encontrava, e o que eu era quando aquela mãe me contou que, por seu filho, tinha vencido a morte duas vezes.

Sem que eu me dê conta, suas palavras virão a ter para mim valor de interpretação – no sentido psicanalítico do termo. Vão me abalar, mexer comigo e me obrigar a tirar de meu recalcado coisas que eu pensava ter arquivado ali cuidadosamente, para ter certeza de nunca mais deparar com elas por inadvertência, obstando meu progresso e minha determinação de atingir o objetivo que eu pensava ter escolhido com toda independência de espírito – a famosa livre escolha, a famosa liberdade! Sem poder saber por quê, descobria de súbito, por intermédio daquela mãe, o enorme contra-senso em que me deixara envolver. Revelava-se para mim, com provas, que o papel dos pais não se limitava apenas àquela função gerencial restrita de que me haviam convencido. Eles tinham, sobre o destino dos filhos, uma influência absolutamente determinante e a faculdade, cuidadosamente ocultada por todos os discursos que me tinham sido impostos, de levar até eles o texto não-decifrado de uma história obscura da qual eram, sem o saber, curiosos servidores.

O ovo de Colombo! A pólvora! Um eureca bem melancólico e ridículo! Era apenas um convite a admitir as evidências[2]. A recuperar as interrogações mais penosas mas também as mais partilhadas. A reingressar no rebanho de meus semelhantes do qual pensava ter-me afastado pelo caminho que tinha percorrido e pelo arsenal de diplomas e de conhecimentos que tinha acumulado,

---

2. ... nem tão evidentes assim, mesmo para certas correntes da psicanálise de crianças que restringem seu trabalho ao atendimento exclusivo da criança e só da criança. Como se houvesse algum interesse em lavar as folhas de uma planta decidindo deliberadamente não se preocupar com a água que falta nas suas raízes.

que eu guardara na memória, para a sede ou aquele tipo inesperado de situação, um inventário mínimo do que a vida tinha-me ensinado de próprio nesse registro. Mas teria eu o direito, em nome do rigor que eu supostamente deveria usar em toda circunstância, de me autorizar a tirar a conclusão que fosse a partir de uma amostra tão restrita? Pois o material pessoal de que eu dispunha sobre a matéria era bem restrito!

A única experiência de paternidade ou maternidade a que eu poderia fazer referência para paliar minhas carências não constituía uma contribuição decisiva, pois era a que eu coletara, como todos nós, na observação prudente de meus próprios pais e dos pais de amigos mais chegados. Quanto à experiência que tinha das mães, ela se limitava sobretudo à da minha, ainda que recentemente enriquecida pela da mãe de meus filhos, ela mesma provida da sua própria. E não podia tirar qualquer ensinamento disso porque, entre as características que eu destacara, algumas – no mínimo exóticas – pareciam-me tão impossíveis de assumir no contexto em que eu vivia, que meu único objetivo fora recalcá-las o melhor possível. Quanto às mães que eu encontrava havia algum tempo no meu cotidiano profissional, elas em geral eram circunspectas e distantes, características que muito depois entendi estarem condicionadas pelas minhas próprias.

Em outras palavras, eu estava armado de defesas que me impediam de usar minha sensibilidade ou minhas vivências. Era uma pena. Porque eu mesmo estivera doente muitas vezes, tinha ido muito a médicos e escutara inúmeros comentários sobre minhas doenças e sobre as causas que lhes eram atribuídas, o contexto que as condicionava ou o ambiente no qual elas intervinham. Eram todas coisas de que eu poderia ter tirado algum proveito. Mas, para tanto, também teria sido preciso que, por trás da fascinação que aquela mãe exercia sobre mim e o mal-estar que eu sentira desde nosso primeiro encontro, eu me autorizasse a pensar que algo nessa história repercutia na minha.

Porque eu deveria então ter convocado a imagem ou a força de minha mãe, o que teria sido propriamente impossível. Não por sentir vergonha em fazê-lo, em me implicar ou implicar a mim e a ela mais profundamente. Isso vinha da certeza antecipada de que qualquer comparação das situações era inútil, se não tola. Na verdade, sempre vivi minha mãe como totalmente à parte e profundamente diferente de todas as mães que eu tivera ou teria a oportunidade de conhecer. Talvez essa confidência faça sorrir, na medida em que é banal e parece quase ingênua, já que qualquer um poderia fazê-la sua. Apesar disso, continuarei a dizer que minha mãe era única e, sobretudo, realmente diferente de todas as outras sob todos os aspectos. Gostava muito dela, é claro, mas muitas vezes me perguntei se o amor que lhe votava não estava construído, em grande parte, em torno de um núcleo de simpatia e de comiseração.

Ela era velha, muito velha, como sempre a conheci. Ela fora usada, desgastada por uma vida que não a poupara de nada. Era de uma outra língua, de outra cultura, de outra civilização, ou, pior ainda, como quase me tinham convencido os termos depreciativos que tantas vezes escutei usarem a seu respeito, ela não era "civilizada". Durante muito tempo, adotou os costumes de seu país de origem – o que lhe custara os olhares aviltantes que se pode imaginar. Era analfabeta. E morreu sem nunca ter falado a língua de seu país de adoção, o francês. Eu era seu primeiro filho e durante muito tempo fiquei literalmente agarrado nela, assim como – só entendi isso muito mais tarde – ela a mim. No nosso meio necessariamente estrangeiro, tivemos uma vida de relação de uma força rara, na qual logo circulou um sentimento totalmente inusitado nesse tipo de relação, o de uma verdadeira e fantástica estima mútua. Fui o único de seus filhos a fazer longos estudos e sem dúvida poderia ter tirado mais cedo partido de toda a sabedoria que ela tentara me transmitir na massa enorme do que ela conseguiu me ensinar. Mas, também aí, eu teria tido necessariamente de conseguir romper o enclausuramento ao qual nos remetiam o tempo todo nossas trocas, e deixar de lado os malefícios de uma transculturação cujo poder alienante ninguém avalia, mesmo – e sobretudo, talvez fosse melhor dizer – hoje.

Em tal contexto, é fácil imaginar que fui uma presa consenciente do ensino que recebia. Entregue ao gozo prosaico de meu estado brilhante e novo, estava pronto para me desfazer de meus ouropéis usados sem lhes agradecer o calor que durante tanto tempo me tinham dado. Acreditava já ter tido uma sorte insolente conseguindo abandonar um universo do qual – eu me deixara persuadir – nada tinha valor no espaço novo a ser conquistado. Afinal de contas, eu não iria levar minha impudência ao ponto de tentar converter em moeda corrente aquela que recebera como herança e que, conforme me convenceram, não passava de promessas vazias. Portanto, aderi maciçamente e numa felicidade sem mácula aos *slogans* simples e acessíveis – que até hoje continuam recrutando tantos adeptos. Com efeito, não bastaria confiar na Razão e na Ciência para superar todas as dificuldades? E, se um terreno ou uma conjuntura por acaso se mostrassem indóceis, não bastaria, como corolário obrigatório, afastá-los cobrindo-os de desprezo, experiência dolorosa esta que serviria de lição?

Estaria eu me justificando? Alegando circunstâncias atenuantes? Ou acariciando uma nostalgia sedutora e despropositada?

Talvez. Mas não acho que seja só isso. Tento antes desenhar a gênese de um movimento que nasceu naquele carro, ao lado daquela mãe e que ocupará o centro de minha reflexão posterior a ponto de me levar a me definir, com o correr do tempo, mais como médico da família toda do que só da criança. Pois, se posteriormente assumi riscos e empenhei toda minha energia na tentativa de definir as invariantes das figuras parentais, devo-o a esse trovão numa vida que, sem isso, certamente teria se afogado no conforto embrutecedor preconizado pela sociedade e por uma época que, aliás, acabaram por nele submergir – como prova nossa crise atual.

Na verdade, só muitos anos depois evoquei, na minha análise e numa via associativa de ordem totalmente diferente, um acontecimento semelhante ao que acabava de me ser contado.

A imagem de um cobertor de lã de listras multicoloridas retornou em sonho. E minhas associações me levaram a evocá-lo naquele momento primeiro em que me lembrava de ter sido coberto por ele. Devia ter três ou quatro anos e estava sobre os ombros de minha mãe. Ela estava certamente me levando para casa. Morávamos num lugarejo, a alguns quilômetros da cidade, que tinha o nome engraçado de Elithêmê, cuja tradução exata – a palavra quer dizer: os órfãos – descobri no momento em que a escrevo, aqui, pela primeira vez. Prova, como se necessário fosse, de que uma análise felizmente nunca termina e que aquilo que se tende a atribuir apressadamente ao acaso geralmente nada mais é que uma peça pregada pelo destino: éramos, de fato, órfãos de pai e, ao procurarmos um abrigo para nos protegermos dos bombardeios incessantes da cidade, foi esse lugar, entre outros possíveis, que escolhemos como refúgio. Nós? Quem, nós? Não tenho a menor idéia, só sei que certamente não fui eu. Mas, apesar disso, será que fiquei protegido dos efeitos implícitos de uma tal escolha? É somente hoje que me dou conta desse fato, infelizmente tarde demais para investigá-lo. Minha mãe estava então me levando para casa – serão seus comentários posteriores que fixarão minha lembrança –, voltando de uma visita ao médico. Estava esbaforida, fora de si e resmungava sem parar. Ele lhe dissera que meu caso era um caso perdido e que todos os recursos terapêuticos estavam esgotados. "*E peccato, signora, un tanto bello ragazzo*", teria ele acrescentado como expressão de sua simpatia aflita. Ela me contaria que, embora essas palavras a tivessem deixado aturdida e aterrorizada por um instante, nem por isso ela as tomou por definitivas. Reagiu com uma espécie de fúria, decidindo não acreditar nas inaceitáveis palavras daquele ignóbil incompetente e ir consultar imediatamente seu mais temível concorrente, ou seja... o curandeiro árabe da esquina! O que ela fez no embalo.

Revejo o desfile, ao longo daquela estrada empoeirada esmagada pelo sol, dos comboios militares alemães que ela tentava em vão deter para pegar uma carona. Eu me sentia pesado e culpado tanto por meu estado como por minha dependência. Seja como for, o curandeiro a levou a sério. Pronunciou fortes palavras de conforto e de esperança. Prescreveu também um tratamento que nem ela nem eu esquecemos tão cedo. Ela tinha de conseguir um baço de carneiro, espetá-lo com um pente para pulgas e suspendê-lo por um fio por cima de minha cama. Meu mal, predissera ele, desapareceria à medida que o baço fosse secando suspenso. Não sei se é uma reconstrução ou uma lembrança real, mas revejo a mim mesmo perscrutando, durante horas, aquele infame naco de carne sobre minha cabeça. Pois ela seguiu ao pé da letra as indicações que lhe foram dadas. E também as recomendações acessórias, pois lhe aconselharam evitar que eu consumisse para o resto da vida baço de qualquer animal. Ela cuidou zelosamente para que eu nunca transgredisse aquilo que ela transformou em tabu, lembrando-me sem cessar minha dívida e a vida que eu devia à sua obstinação. Imaginem quantas vezes esse relato foi repetido e que frustração, misturada de fascinação, me causava cada refeição que tivesse essa famosa iguaria.

É claro que não pensei em nada disso no momento em que recebi o relato da mãe de Gwenael. Mas o fato de não ter consciência não impedia que estivesse inscrito em mim e condicionasse meu deslumbramento diante daquela tenacidade e determinação ferrenha, bem como diante da eficiência daqueles gestos aos quais eu estava prestes a reconhecer um poder de ressurreição.

O que minha mãe fizera não tinha concretamente nada a ver com o que acontecera no táxi. Mas, assim como aquela mãe se recusara a se submeter à fatalidade e considerar seu filho perdido, a minha decidira desafiar a funesta sentença do médico e me arrancar do campo prognóstico de suas palavras. O que provavelmente me fez sobreviver foi a violência com que ela aderiu à proposta do curandeiro e a mensagem de vida que ela tirou para mim. Por mais que se glose sobre o procedimento, não foi senão uma maneira de simbolizar e presentificar sem descanso uma relação privilegiada com as forças de vida.

Embora o esmiuçar dessas façanhas pareça destinado a introduzir o arrazoado que me proponho desenvolver sobre a força das mães em geral e sobre os vínculos recíprocos particulares que mantêm com suas filhas, ele não explica minha escolha de narrar o caso de uma mãe e um de seus filhos, tendo como referência de fundo a exposição abundante de minha própria aventura de filho de uma mãe. Não me custa imaginar que nessa fase do desenvolvimento de meu tema haverá, como sempre, algum espírito melancólico, confuso ou angustiado demais, disposto a fazer desse paradoxo o estigma de um excesso de pretensão ou o saldo de dificuldades múltiplas e inconfessáveis. Não perderei meu tempo desenganando-o, pois ele decerto se apressará em afirmar minha eventual negação para reforçar sua certeza.

Assim como defendi a pertinência de minhas implicações, direi que, mais do que de costume, o tema em que pretendo remexer não pode, a meu ver, ser objeto da menor negligência ou aproximação metodológica. Tenho de escolher um ponto de partida. Escolhi contar uma história totalmente inscrita, como veremos, nas preocupações que esbocei, e em relação à qual decidi não calar a maneira como a vivi, pois preciso ir até o fim de minhas associações, em outras palavras, não fugir da mensagem que me envia minha condição de homem e de filho diante da relação mãe-filho, relação de uma força singular. Devo agregar que as múltiplas opções que explorei para elaborar este texto se esvaneceram progressivamente por trás dessa construção e da escolha dessa história, que se impuseram a mim sem que, por muito tempo, eu soubesse por quê. Eu teria de avançar bastante em meu trabalho para convir que, como de costume, o inconsciente é sempre o senhor e impõe seus caminhos de maneira sempre pertinente. Terei de perceber, e depois mostrar, que quando as relações das mães com suas filhas patinam no insolúvel será sempre, com raras exceções, um menino que, em maior ou menor grau, pagará o preço na geração seguinte. Isso não quer dizer que as meninas possam ser preservadas dos efeitos desse tipo de impasse. É claro que elas também padecem quando não conseguem livrar-se de seu fardo sobre a geração seguinte. Mas em geral elas o fazem mais tarde, e de um modo menos violento e menos dramático. Essa conclusão, que pode parecer apressada e um pouco prematura, longe de fechar o debate, constitui uma interessante premissa na medida em que não poderá prescindir de tudo que a ela conduz.

Ademais, será necessário lembrar que, no fim das contas, uma mãe de menino e uma mãe de menina, embora difiram no modo de relação que instauram e cuja originalidade vou tentar descrever, têm vários pontos em comum – a começar por sua força e pela onipotência que dela decorre – que merecem um exame detalhado. Pois é sobre esse fundo de similitude que as diferenças, cujo levantamento farei numa etapa posterior, podem melhor se destacar.

Sem contar, além disso, que, embora nem toda mulher tenha necessariamente uma filha, ela tem necessariamente uma mãe de que é filha. E que, sobre esse fundo comum de experiência compartilhada de maternidade, os fatos não podem deixar de ganhar significação.

E a distribuição do sexo dos filhos já não é um singular mistério? Existem mães, no entanto, que só parem meninos ao passo que outras só põem no mundo meninas e outras, ainda, alternam ou variam sem dificuldade aparente os prazeres. Será algo atribuível apenas ao sempre bem-vindo acaso, como se tende a fazer optando pela atitude obtusa cujas armadilhas denunciei ao relatar minha dificuldade para me livrar dela? Ou será que isso obedece a uma lógica subterrânea que escapa a uma apreensão preguiçosa e superficial do problema? Do que, de que fator(es) dependeria então? Ao longo de toda a história, as sociedades procuraram sem descanso identificá-los e controlá-los. E nenhuma delas, até mesmo nossa medicina moderna, deixou de tentar encontrar uma resposta. Não existem, por toda parte, atendimentos especializados que prescrevem e controlam regimes alimentares rigorosos capazes de infletir, no sentido desejado, a distribuição natural? Maneira de evitar a brutalidade de certos procedimentos utilizados em outros lugares: em certas regiões da Índia, o diagnóstico precoce do sexo fetal desemboca na seleção exclusiva das gestações promissoras de meninos, ao passo que certos movimentos feministas britânicos pregam e põem em prática a opção oposta.

Trata-se de uma questão que não deixa ninguém indiferente e, no entanto, todos tentam descartá-la refugiando-se por trás do fato de que os homens, únicos detentores do cromossomo Y, estariam por isso na origem do nascimento de meninos. Como se a ejaculação pudesse fazer alguma discriminação na quantidade estritamente equivalente de cromossomos X e Y que contém! A ocultação freqüente – mesmo pelas pessoas bem informadas e acostumadas à reflexão – de uma evidência tão elementar só se explica pela dificuldade ou pelo temor de conferir apenas ao corpo feminino, e somente a ele, a escolha do sexo fetal. Isso não se deve apenas ao fato de que a mecânica íntima do processo continue sendo até hoje bastante misteriosa[3]. Pois, no mínimo, poder-se-ia atribuir esse potencial a um aparelho genital feminino cuja química se revela, a cada dia, mais complexa e mais rica em possibilidades. O que a esse respeito nos ensina a fisiopatologia da esterilidade dos casais é edificante: bloqueio da ovulação, obstrução mecânica, secreção cervical assassina de espermatozóides, processo de eclamp-

....

3. Embora a questão pareça estar prestes a se tornar atual, pelo menos se acreditarmos num artigo recente, de Anne Atlan, "A guerra fria dos cromossomos sexuais", *La Recherche*, n.º 306, fevereiro de 1998, p. 42, artigo seguido de repercussões e um comentário no número 307, março de 1998, p. 19, da mesma revista.

sia etc. Parece que o silêncio e a ausência de análise que envolvem esses fenômenos também decorrem, por razões difíceis de levantar e sobretudo de elucidar, de uma forma de inibição que obstaculiza seu desvendamento.

Ademais – a prudência e correção política exigem! –, ao abordar as coisas sob esse ângulo, deve-se evitar cair em processos que possam, de alguma maneira, culpabilizar mulheres já tão afetadas pelas inúmeras dificuldades geradas por sua condição numa sociedade que as maltrata muito. Como se levá-las a refletir por si mesmas, possibilitando que digam umas às outras as verdades que elas sabem exprimir tão bem, e elucidar-lhes algumas das possíveis vias de sua alienação, não tivesse pelo menos o mérito de fazê-las tomar consciência disso, ou, se não puderem assumi-lo, tentar pensar a respeito como algo seu.

No entanto, minha intenção não é confrontar visões de mundo opostas ou radicalmente diferentes.

Ao contrário, pretendo dizer que tudo o que aqui exponho, todas as questões que levanto, todas as hipóteses que formulo, todas as respostas que esboço, tudo o que, em suma, sei sobre as mães é o que elas me ensinaram ao longo desses anos sobre a parte secreta de sua condição, sobre o desconhecido de seu discurso.

Ora, o que foi que aprendi em primeiro lugar?

Que, para começar, era melhor não tratá-las como se elas fossem fracas ou continuassem sendo eternas menininhas que precisam ser afagadas, protegidas ou dirigidas. Trata-se de um grave atentado à sua dignidade e um insulto optar pelo registro pomposo, tão corrente e tão prezado, explorado atualmente por uma certa imprensa que, ao se dirigir a elas desse modo, visa apenas mantê-las num vergonhoso estado de sujeição. E é mais hipócrita ainda adicionar a esse tipo de conduta uma forma imbecil de incitação a uma extrema reivindicação sexista que muitas vezes carece de fundamento. Tudo isso é deplorável. Mas também tão corrente que decidir tratar as mulheres serenamente como adultos responsáveis produz um efeito de ruptura e, num piscar de olhos, dá a quem o faz uma sólida reputação de misógino. Ora, se me dei ao trabalho de me expor e de descrever em detalhes meu embaraço, minha falta de jeito, a incompetência, ingenuidade e cegueira que me caracterizavam no princípio de meu percurso profissional foi para evitar o surgimento de tal mal-entendido. Foi, acima de tudo, para permitir que as mães encarassem, sem pudor desnecessário, seu próprio questionamento e sacudissem a poeira dos discursos alienantes de que elas são objeto, assim como o foram e continuam sendo os médicos que elas procuram, esperando sua ajuda, quando eles mesmos, pelas carências de sua formação, são incapazes de formular, escutar ou receber qualquer das verdadeiras questões que a vida coloca.

Meu testemunho não é contra elas. É a favor delas. E não me cansarei de repeti-lo.

Pois foi pela observação de suas incontáveis façanhas que mais aprendi sobre elas e sobre mim mesmo. Foi coletando suas palavras de busca de si mesmas que consegui me interrogar sobre os pontos mais comuns de seus comportamentos. Foram elas que, confidenciando muitas vezes mais do que pretendiam, me levaram a me debruçar sobre o fundamento de sua condição comum e a forjar, por exemplo, essa noção bárbara, e talvez redundante para alguns, de mãe paradigmática.

Com efeito, foi às centenas que as vi passar na minha frente sem que minha fascinação se exaurisse. De todas as idades, de todas as origens, de todas as aparências, de todas as cores, de todas as forças, de todos os humores. Com seus traços comuns, sua especificidade, sua singularidade e suas diferenças. Com sua história própria e a relação sempre surpreendente com o parceiro existente, presente ou ausente, às vezes desaparecido. Elas riram, choraram, às vezes se calaram e muitas vezes falaram. Não conheci nenhuma que não tivesse com o filho ou filha, em todas as circunstâncias e idades da vida, uma relação passional e culpada ao mesmo tempo.

Por que essa força e como ela se explica? Por que essas convicções e em que se baseiam? Por que essas certezas triunfantes e o que elas tentam provar ou promover? Por que essas dúvidas dilacerantes e o que elas transmitem? Por que esses tons de verdade no que é comumente percebido como a experiência essencial de uma vida? Não é justamente isso que explica a incrível energia que as mulheres estéreis revelam na extenuante corrida de obstáculos que baliza seus percursos? Ou, ainda, o que leva outras, cujo número vem aumentando de maneira extraordinária e inquietante nas últimas duas décadas, a escolher ou enfrentar a condição de mãe solteira?

Estarei eu me expondo ainda mais ao trivial indagando, sempre maravilhado, seu agarramento literal à sua progenitura? De fato, o vínculo é sempre dessa natureza, e todos conhecem, mais ou menos e por experiência própria, sua excepcional solidez. Impossível de ignorar, impossível de cortar, requer um perpétuo e extenuante remanejamento, pois é de difícil acomodação. Torturem-nas, martirizem-nas, arranquem-lhes um membro, um órgão, tirem-lhes a vida, mas não toquem – sabedoria da sentença de Salomão! – num fio de cabelo de seu filho. Ele é, com raras exceções, a coisa mais importante, a principal preocupação, o essencial de suas vidas, quando não a sua vida. Aliás, elas concordam com isso sem problema. E, quando às vezes acontece de elas terem de lamentá-lo, elas se apressam em acrescentar que isso as supera, que "é mais forte" que elas.

Será ele seu torturador, seu carrasco, elevado por elas à condição de um senhor ao qual teriam consentido uma escravidão tácita, perpétua e inesgotável? Por trás dessa hipótese, veríamos perfilar-se as clássicas e falaciosas declarações de sacrifício. Ora, o que acontece é o contrário, porque esse filho é, acima de tudo, o modo pelo qual elas conseguem fazer a experiência de vida mais consistente e mais revestida de certeza. Ele é, sobretudo, a maneira pela qual elas por fim alcançam, radiantes e aliviadas, a plenitude de seu ser feminino. Seres vazios, assim sexuados, têm elas outra escolha senão a de seu comportamento? Servidoras zelosas da vida que transmitem, não serão elas, em última instância e em todos os sentidos, mães animais? E será que suas atitudes são tão diferentes das daquelas mães que vemos, nos documentários zoológicos, preocupadas, em primeiro lugar e de todas as maneiras, com a segurança e o conforto de sua progenitura antes de cuidar dos seus próprios?

Desde os tempos mais remotos de sua memória, elas esperam por esse instante supremo em que sentiram a vida germinar nelas. Por fim tinham dentro de si esse ser para o qual sempre souberam ter sido feitas e aos cuidados do qual, da maneira mais impecável, iam por fim poder dedicar essa energia de doação cuja natureza elas apenas pressentiam. Percebem que, pela primeira vez na vida, podem manter uma relação protegida de toda incoerência, e que o jeito de ser que com ela adquirem é de uma lógica tão perfeita que elas se deixam seduzir a ponto de erigi-la como modelo em qualquer circunstância. Essa lógica comportamental, que denominei lógica da gravidez[4], definirá para sempre e com a máxima precisão cada uma de suas decisões, cada um de seus pensamentos, cada uma de suas atitudes. Pois essa vida que cresce, longe dos olhares, mesmo aqueles indiscretos e abusivos do ultra-som, vale como recompensa fazendo com que sintam a cada fração de segundo seu poder de dar... vida!

E não sentem nem nunca sentirão a necessidade de decompor tudo isso em imagens ou palavras. Que lhes importam esse destrinçar inútil, esses raciocínios explicativos ou essas deduções impacientes? Que lhes importa saber claramente que esse famoso ser que elas carregam dentro delas é, por definição, um ser de necessidades? Não estão elas serenas, na certeza de que seu corpo saberá satisfazê-lo sem qualquer empecilho? E o que lhes dizem a solicitude e o enternecimento que colhem no seu ambiente, quando não em todo olhar que cruzam, uma aprovação unânime? Elas arvoram sua vitória, executantes perfeitas de uma arte que só elas detêm. E os dias passam. E o corpo ganha formas que o espelho devolve quando não é o parceiro, invejoso e inocentemente indecente, que se obstina em querer fixá-las para a posteridade. Nada conseguiria alterar seu humor ou questionar a certeza adquirida da promessa por fim cumprida.

Depois, chega o dia da grande ruptura. O dia temido e no entanto tão esperado. É fato notório que o espectro da morte foi definitivamente expulso das salas de parto – as seguradoras, conhecidas por sua rapacidade, garantem-no a ponto de ter aceito responsabilizar-se pela morte durante partos provocados por erro profissional. Quanto ao medo da dor, também ele foi definitivamente eliminado pela peridural da qual nenhuma parturiente pode pretender escapar. Todavia, nada disso conseguiu atenuar a angústia surda presente desde sempre nesses momentos. E, embora a me-

....

4. Para mais detalhes sobre essa noção, ver minha contribuição: "Un inceste sans passage à l'acte, le rapport mère-enfant" in Françoise Héritier, Boris Cyrulnik, Aldo Naouri, De l'inceste, Paris, Odile Jacob, "Opus", 1994.

dicina faça de tudo para martelar que se trata de uma etapa sempre transposta com facilidade e que a criança esperada está praticamente "garantida contra todo defeito de fabricação", isso nunca consegue tranqüilizá-las totalmente.

Pois o que elas mais temem é ter de enfrentar esse instante de verdade, o do encontro com esse ser ao qual sua imaginação dedicou tanto tempo. E não porque elas esperam "ver para crer". Isso é falso e abusivo. Elas não são nem tontas nem bobas. No fundo delas mesmas, sabem perfeitamente que não se trata disso. Elas sempre acreditaram no que está acontecendo com elas e sabem de antemão como será esse novo ser que vem ao mundo. Chegaram às vezes a sonhá-lo, idêntico a ele mesmo.

O que as atormenta é de ordem totalmente diferente. De uma ordem difícil de expressar e que, em princípio, é indecente desvelar. Dessa ordem que abala a vida até então protegida e situada apenas sob o signo da promessa cumprida. É uma ordem contrária a essa vida. É esse contrário da vida que faz da vida o que ela é para cada um: um tempo dado e necessariamente finito, um tempo contado que, nessa ocasião, é brutalmente evocado como tal. O tempo. Esse tempo impossível de apreender ou de compreender, esse tempo que também significa secamente que uma mutação acaba de acontecer e que as imagens sempre cedem o passo e morrem em face da implacável realidade. E isso elas sabem. Sabem até que só elas o sabem. Não o sabem na cabeça, na consciência ou por seus pensamentos. Sabem-no da maneira mais certa porque mais íntima, menos distanciada. Sabem-no com as tripas. Seu corpo, esse admirável autor da façanha realizada, já não tem disso uma experiência antiga e marcante no mais alto grau? Ele não lhes mostrou, desde que se tornaram mulheres, o ineluctável transcurso do tempo cronológico? A cada vinte e seis a trinta e dois dias, elas perderam sangue. E souberam, compreenderam sem ter de dizê-lo, que a vida que só pedia para germinar nelas não pegou. Que a promessa de vida retorna depois de cada interrupção mortal que anulou a precedente e talvez ainda o faça com a próxima. Que a vida e a morte nelas estão unidas, em seus corpos, desde a noite dos tempos, como o verso e o reverso de uma medalha e num espaço singularmente estreito desse mesmo tempo, cujo desdobramento, extensão ou duração lhes é impossível apreender. Sabem que, detentoras dessa vida que podem dar, acontece às vezes, sem nunca poderem controlar esse movimento, de distilar sub-repticiamente uma morte que sempre as arrasa. O extremo para o qual empurram o lado vivificante de sua função é proporcional ao que nela percebem de mortífero. Como se sua consciência lutasse sem descanso com o que as comanda e que elas sabem ser impossível controlar. Adulam tanto a vida de que são portadoras que sua angústia se focaliza sobre tudo o que possa lançar uma sombra sobre ela. O negrume está excluído dos adornos com que sonham. É do branco da probidade e da luz que elas gostariam – como aliás todos querem – de estar revestidas o tempo todo. E o que elas podem fazer com seu saber e com o caráter inelutável de seu destino? Que podem fazer com seu desejo imperioso, senão colocá-lo em ação e jogar o resto, o recusado, o inominável, nesse reservatório de culpa do qual todos que as rodeiam desejarão, durante toda sua vida, aliviá-las obstinadamente? Eis por que esse tempo, durante o qual seu corpo se atormenta e as atormenta no calor dessas confrontações, adquire para elas tão grande importância que irá constituir a essência de seu discurso.

Ora, eis que de repente esse corpo cede. Ele se esvazia. Esvazia-se como já se esvaziou, de outra maneira mas tão freqüentemente antes. Esvazia-se dando a vida mas, em última instância, pelas mesmas vias que o fez tantas outras vezes quando indicava a interrupção da vida. Ei-lo doravante incapaz de proceder, para com esse ser que elas alimentaram com o mesmo sangue retido todos aqueles longos meses, por meio do tranqüilizador automatismo de suas propriedades. A promessa cessou brutalmente de ser promessa. Mesmo que, em princípio, isso fosse algo esperado, mesmo se isso não passa do destino implícito de toda promessa, não existe aí algo da ordem da traição? E, afinal de contas, isso é tão bom assim? Pois a vida, a vida real, encarnada, a vida que não é apenas promessa de vida, não está ela destinada, por definição, a esse inaceitável que os longos meses da gestação tinham quase afastado definitivamente? Não seria melhor sonhar que esse tempo bendito em que o corpo produziu o milagre nunca, jamais terminará? Como é grande a tentação de se instalar na ilusão e desqualificar a um só tempo os múltiplos artifícios e as inúmeras mediações doravante necessários para a satisfação das necessidades

desse terceiro. É algo tão simples e que alivia tanto o peso do insuportável! Mas é também o começo de uma loucura insondável mas muito comum.
E eis que o seio alivia o primeiro choro. E a morte que rondava parece de repente se afastar. O mamilo percebe a sucção em suas mínimas nuanças e responde a ela com uma perfeição que lembra um milagre!...

Eis-me voltando a ter confiança nas minhas potencialidades, revisitando minhas performances ainda recentes das quais guardo, desculpem-me a modéstia, uma lembrança deslumbrada. Sabe, delicioso molequinho/divina pombinha, que meu seio substituiu meu ventre e que ele pode lhe dar exatamente aquilo de que seu corpo precisa no instante em que você pedir? Pode continuar a fazer por muito tempo, pelo tempo que quiser, seu pedido mudo, que você nunca obterá da parte dele uma resposta que não seja idônea. Você quis me abandonar, e, alegando seu pretenso acabamento, quis lançar-se, imprudente, na conquista de um mundo de cuja hostilidade você nem tem idéia. Não, não, retomo-o(a) nesse instante. Para mim, perto de mim, contra mim, como em mim. E você está bem contente. Sinto-o e sei. Mesmo que você não possa, mesmo que não saiba como confessá-lo. Não reconhece esse cheiro? Ora, ora! Ele está inscrito, no fundo das suas narinas, pois você se deleita com ele faz muito tempo. E minha voz? Não a conhece de cor, já que ela tantas vezes embalou seu sono fetal? E meu gosto, e meus braços, e minha maneira de segurar, minha maneira de carregar, minha maneira de transportá-lo(a)? Você sabe disso há muito tempo. E nunca mais, seja qual for seu futuro, suas experiências e o tempo que lhe caberá viver, conseguirá esquecer, apagar ou desfazer-se disso.
Porque é o alfabeto elementar e indispensável que meu corpo generosamente legou à sua percepção debutante. Porque é o núcleo indestrutível em torno do qual você reunirá e organizará tudo o que o mundo levar até você. Você poderá enriquecer seu estoque com milhões e milhões de combinações e de associações novas, e certamente o fará. O que pus em você continuará sendo, para sempre, sua essência. É como as poucas notas musicais com as quais se escrevem todas as sinfonias. Você agenciará tudo isso

a seu gosto, imprimirá sua marca e o considerará definitivamente seu. Mas tudo isso só será possível graças ao milagre desse primeiro depósito que trará inevitavelmente meu sinal, mesmo se, num improvável impulso de renúncia, eu decidisse não reconhecê-lo, ou que, por um trabalho de titã, você acreditasse na sua pretensão de ter se livrado dele. De certa maneira, estarei para sempre escondida em você. Tudo o que você perceber do vasto mundo, ao longo de toda a sua vida e seja em que terreno for, tudo o que pensar, tudo o que concluir, será, quer queira quer não, quer o admita ou não, quer o saiba ou não, refratado pelo depósito de que lhe dou ciência. Será a sua verdade primeira. E, como isso vem de mim e não me pareço com nenhuma outra, você terá uma verdade que lhe será própria, à qual você se aferrará, que defenderá e chegará até a querer impor, porque ela o(a) definirá mais que qualquer outra coisa. Aliás, ninguém poderá ter acesso a ela, como você tampouco poderá ter acesso à de outrem. Originalidade, singularidade, personalidade. Diferença para além das similitudes aparentes. Recusa da alteridade do outro, reivindicação da sua própria alteridade. Mal-estar? Confusão? Mal-entendido? Solidão? Percepção, para além de tudo isso, de você mesmo(a) como você mesmo(a), vivo(a). Por que acha que as crianças adotadas expressam tantas vezes o desejo de reencontrar sua genitora? Acha que é por causa de alguma falha da mãe adotiva? Certamente não, muito pelo contrário. Pois, em geral, é quando elas tomam consciência de toda a ternura e de toda a solicitude de que foram objeto que se permitem essa gota de nostalgia. Como se o enxerto, que pegou de modo tão admirável, ainda assim tivesse deixado nelas uma zona de deiscência que acaba despertando sua curiosidade. Elas querem ir confrontar o que conseguiram acumular com a origem desse primeiro depósito que sempre intuíram.

Entende por que nosso vínculo é eterno? Entende por que afirmo que eu, e só eu, posso tudo por você? Entende? Então vou dizer-lhe uma coisa importante. Mas terá de me prometer que o guardará cuidadosamente em segredo. Sabe, não somos dois, somos um, apenas um, um único e mesmo. E, se nada vier perturbar nossa presença mútua, talvez consigamos permanecer assim para sempre. Por meu intermédio você ganhou vida. Velarei para que possa senti-lo para sempre, regozijar-se, orgulhar-se, aproveitá-lo sem pudor e sem limite. Assim, por você, estarei certa de que continuarei viva. Para sempre, também. Pois o que faço desafia o tempo e até mesmo essa maldita morte na qual me recuso a crer mesmo sabendo que ela espera todos e mesmo se me dizem, por todos os lados, que ela também me pegará um dia. Sim, minha carne, sim, meu sangue, somos e seremos eternos e eternamente um para o outro. Pode ficar tranqüilo(a), farei com que nunca, nunca nada mais venha nos separar de novo seja de que modo for.

Pois é, veja, olhe. Se lhe dou meu seio é para prolongar o contato que tínhamos e que foi interrompido cedo demais. É para me dar ainda mais a você. Dôo tanto que você nem mesmo consegue perceber. E nada permitirá que você relacione conscientemente à minha pessoa e aos meus cuidados o proveito que deles tira. Isso você não sabe. Mas eu, eu sei. Sei até com que ingratidão um dia decidirá retribuir minha devoção. Triste curso das coisas. Será realmente necessário preparar-se para isso? De que serve já pensar nisso? Melhor não se preocupar. Pois, por ora e por algum tempo ainda, vivemos juntos(as) nesse automatismo que por tanto tempo foi nosso e cuja perfeição deixa em todos e sempre deixará em você, também em você, esse gosto estranho e singular cuja evocação alimentará seus remorsos. Portanto, viva plenamente este instante e deixe meu corpo refestelar-se com o prazer que me invade até mesmo nesse lugar que voltou a estar vazio, mas onde o(a) carreguei tão amorosamente que ele conserva uma forma indizível de memória disso. E eu que achava ter enfim me tornado mulher porque conheci o prazer amoroso e senti meu corpo fugindo ao meu controle e se revelando a mim num tremor que eu desconhecia! Então era isso que penetrava sub-repticiamente em mim? Esse depósito fecundante, cuja importância uma parte de mim se obstinava em ignorar, ao mesmo tempo que uma outra parte, escondida, recalcada, interdita, balizada de todos os lados, a cada vez só fazia esperá-lo. Nem a pílula conseguiu realmente clivar em mim o prazer obtido por meu sexo da esperança louca e calada de uma nova gravidez. Tive de conceber você para descobrir as vias da minha completude. Tive de conceber você para conhecer a plenitude. Compreendo agora por que dizem que tudo isso é uma história de mulheres e que, em todos os tempos, foi entre mulheres que esse segredo se perpetuou.

E você, meu pobrezinho, nunca compreenderá nada disso. Estará totalmente excluído e mais tarde, quando chegar sua hora de engendrar filhos, irá se perguntar qual o segredo da maternidade. E lembrará desses momentos abençoados que compartilhamos perguntando-se por que a natureza o privou tão cruelmente disso. Seu destino de homem lhe prepara um outro percurso. E dele, eu é que estarei excluída. E terei de aceitá-lo. Porque será à mãe dela que a mãe de seus filhos irá então recorrer...

Não tínhamos concordado que era uma história de mulheres? Com seu nascimento, tive uma idéia da dimensão de meu retorno à minha mãe, mesmo que você não constitua uma repetição estrita. Mesmo que por seu intermédio eu agora possua aquilo de que sempre sofri por me ver privada. Tenho uma idéia da violência do domínio sem limites que ela sempre quis manter sobre mim e contra o qual, ingrata imbecil, empenhei-me em me defender. Como fui injusta! E como, mesmo tão diferente de mim, você me devolve a ela! E já sei que eu também não vou deixar que você se afaste. E sei que terei ciúmes de cada instante que viver longe do ar que respiro. E sei com que olhar penetrante espreitarei cada um de seus progressos, vigiarei cada uma de suas iniciativas. Atenta, verificarei em cada coisa se permaneço bastante presente em você para deixá-lo partir com a certeza de nunca estar ausente. Terei orgulho de suas façanhas e, ao surpreender a ternura ou o desejo no olhar que as mulheres lhe dirigirão, terei de dizer a mim mesma, para não morrer, que nenhuma delas nunca irá me suplantar, que nenhuma delas nunca irá me destronar e que, seja qual for o tamanho da coleção que você tiver delas, nenhuma passará da posição de segunda. E, se um dia sua escolha se fixar numa ou noutra, saberei que seu cheiro, sua voz, suas mímicas ou seus gestos só servem para me evocar, a mim, evocar, naquele exato momento, o tempo em que vivíamos juntos e a marca indelével dele que você não pode não guardar e que eu, mais uma vez eu, deixei em você. De certa maneira, ela e eu teremos certa semelhança. E o seu drama será, então, saber ou não nos distinguir, poder ou não nos cindir, conseguir encontrar seu lugar entre a nostalgia de uma paixão que resiste a se apagar e a pressão de uma vida que o chama e que você tem de construir.

Trata-se sempre, e ainda, de uma história de mulheres. Uma história de mulheres que fabricam para si os homens destinados à sua realização. Uma história de mulheres, uma que-o-fez e outra que-precisa-dele, que dão uma à outra esse indispensável sem o qual a história de certa forma teria fim. Só os homens, coitados, é que não perceberam isso e se deixaram enganar tão bem pelas aparências que forjaram o agora famoso conceito de "troca de mulheres"! Não dizem os sábios que, se um homem solta uma boa idéia debaixo da árvore de palavras, é sempre porque sua mulher a assoprou durante a noite? A noite pode trazer conselhos de outra forma? Não é preciso que velemos por tudo isso, que estejamos e continuemos estando aqui, eternas e indestrutíveis, nós, as loucas guardiãs do bom, as sacerdotisas do concreto, as depositárias da certeza?

É, minha filha! Concreta você é, concreta continuará sendo! Porque conhecerá como eu esse momento raro, único e fulgurante em que irá reproduzir. E então saberá ter sentido o que eu senti, assim como senti o que minha mãe sentiu, e que ela sentira o que sua mãe... e assim por diante, até a primeira mulher. Bem-vinda, minha filha, à linhagem da certeza dos atos e da marca. Bem-vinda a essa história de mulheres. Tome seu lugar nela, não se afaste dela e não a traia nunca. Estarei aqui, sempre a seu lado, pronta para lembrá-la, pronta para apoiá-la, pronta para lhe dar, explicar, transmitir. Verá como ficaremos bem. Farei com você como minha mãe fez comigo. Exatamente da mesma forma. Não, melhor ainda! Mas, aliás, pouca importa. Ela está aqui. Ela estará sempre aqui – como sempre estarei para você – para nos dizer se estou fazendo, se estamos fazendo a coisa certa ou não. Ela será, se você assim quiser e diga-me que quer, nossa suprema referência. Entenda que ela é a representante última, memória viva, dessa linhagem de mulheres de que descendemos. Que sorte a nossa tê-la e saber que ela está disponível! Pense na felicidade que ela nos dá, pois sem nunca falhar, do alto dessa linhagem ininterrupta, ela está aqui para nos introduzir nesse saber que é nosso e que só nós sabemos transmitir uma à outra. Construí-la-ei à minha imagem em cada instante de nossas vidas conjuntas. Dar-lhe-ei minhas bonecas. Guardei-as todas para você. Meus outros brinquedos também. E, quando chegar a hora, mostrarei a você minhas próprias fotos de criança. Terei o cuidado de indicar-lhe o caminho, de mostrar cada passo que nele tracei. Protegerei você de tudo o que você considerar temível e a conduzirei ao ponto mais alto da ambição que tenho para você. Mostrarei a você como fazer para manter sobre si o olhar que um dia deslizou sobre sua púbis lisa. Você tirará a desforra por esse detalhe que não recebeu porque não era portadora daquela aspereza que faz a diferença. Ensiná-la-ei a despertar desejo em todos os olhares, sem exceção, e a sempre saber o que fazer. Farei com que sua beleza seja sempre notável e que ninguém possa ficar indiferente a ela. E você será tão bela, tão bela, que ao olhar para você verei uma versão de mim melhorada, desabrochada, realizada, enfim. Você será minha mais implacável desforra. E eu a verei crescer e adquirir nossas devidas formas. Um dia, virá me procurar emocionada e impressionada com seu primeiro sangramento. Introduzirei você nos mistérios de nosso sexo, de sua relação com a vida, e com a morte, da qual somos as únicas a saber zombar. Transmitirei a você o que recebi, acrescentando o que minha própria experiência me deu. Prepararei você para a onipotência que um dia lhe caberá e que será tão ampla que mesmo seus caprichos ou seus erros passarão por opções que trazem a marca do bom senso. Zelarei sem descanso para que não ocorra nenhuma ruptura entre o que percebemos nesse momento e o que perceberemos ao longo de nossa vida comum.

Então, deixe, querido(a), deixe, doçura, deixe que saboreie esses minutos assim como você mesmo(a) o faz. Deixe que eu me una a você, confunda-me com você, perca a noção de tudo o que me rodeia e que me tortura de tanto me solicitar. Deixe que eu me sinta certa, indispensável, enfim, total e indubitavelmente importante para um ser. Deixe que eu me sinta por fim, por fim poderosa. Poderosa com você. Poderosa por você. Poderosa para você. Toda, toda-poderosa. De um poder de que não preciso de outra prova senão o que passaremos a ser um para o outro. Você será seu instrumento. Eu, sua detentora. Formaremos um par tão unido que você nunca terá do que se queixar. Apressemo-nos! Apressemo-nos para alcançar essa comunhão que nunca deveria ter fim e que forja em nós as idéias conjuntas de harmonia, beleza, perfeição e justiça. E você quis me abandonar, imprudente! Agora retenho-o(a) junto a mim. E será quando eu quiser e somente quando eu quiser que apartarei você de mim e porei fim, um dia, a essa forma de conivência que, unânimes e enciumados, todos à nossa volta aplaudem sem reservas. O que quer que você faça, jamais renunciarei ao que me tornei, ao que você fez de mim, ao que, por você, enfim, sei plenamente... ser!

Bem singular essa fala sem aspas que reúne, num único discurso, mil e uma palavras sabidas ou ignoradas, ouvidas, deduzidas ou esboçadas aqui e acolá, por meio de uma confidência ou de uma emoção inopinada e transbordante. Que mãe se reconheceria nela? Provavelmente nenhuma. Que idéia estranha, com efeito, obstinar-se incessantemente em querer pôr em palavras, e ordená-las para lhes dar sentido, o que na verdade se manifesta, ao longo dos meses e dos anos, como lampejos logo esquecidos, percepções brutais e evanescentes, humores mutantes e lábeis, sensações bizarras e fugidias, estados d'alma passageiros, cuja primeira lei é a nuança e cuja razão nunca é acessível. Que idéia estranha querer lançar luz sobre o depósito heteróclito que jaz no fundo do inconsciente de cada uma! Decididamente, é preciso ser homem para pretender concebê-lo, empreendê-lo e assumir o risco de, laboriosamente, dar-lhe uma forma – sem dúvida inútil e legitimamente criticável!

E no entanto! Por mais construída e reconstruída que seja, não passa de uma fala rudimentar, uma simples fala básica, uma espécie de tronco grosseiro de uma fala fabricada apenas com o que se impõe em primeiríssimo grau. Nela, silenciou-se voluntariamente uma série de outros aspectos dessa relação complexa, como se, por ora, se impusesse um silêncio sobre a contribuição e o trabalho das raízes necessariamente múltiplas que, depois de a terem constituído, alimentam a árvore com a seiva de uma história que nunca pára de circular. E tudo isso para privilegiar o exame das invariantes primeiras do processo, aquelas que encontramos sem exceção em toda troca mãe-filho.

Troca que concerne a todas e a todos a quem ela fala dessa marca perturbadora e também dolorosa, enterrada no fundo mais ignorado do ser, que evoca aquela paisagem nebulosa em que, num longínquo passado, explodiu a primeira de todas as longas batalhas empreendidas para a conquista da identidade.

Quem na verdade consola quem? Quem arma quem? Quem carrega quem? Quem está em poder de quem? A criança está em poder da mãe? Sem dúvida e por muito tempo. A mãe está em poder do filho? Sem dúvida, e, como ela mesma confessa, por mais tempo ainda. Essa singular contabilidade pode parecer paradoxal. Mas não é. Pois se, sob o efeito de certas condições, o filho, seja qual for seu sexo, se emancipar bem ou mal de sua mãe, em contrapartida ela continuará de uma maneira ou outra atada a ele até a própria morte. Como resolver uma relação tão problemática e tão apaixonada se, por muito, muito tempo na escala de uma vida, cada um dos protagonistas extrai dela tanta força e tantas vantagens?

O próprio corpo social faz de tudo para tentar, da maneira que for, equilibrar sua violência, sem consegui-lo. A reivindicação implícita da condição materna não deixa ninguém surdo ou indiferente, pois é verdade que ninguém consegue evitar a emoção suscitada por sua expressão gritante ou muda. Tentamos em vão tomar alguma distância em relação a ela. Sonhamos consegui-lo. Mas toda a clarividência que a ela aplicamos, assim como a impecável lógica à qual nos empenhamos em apelar, tropeça inevitavelmente no que a situação remexe em nós, algo a que não temos mais acesso imediato.

Por que ela nos concerne a esse ponto, seja qual for nosso sexo, nossa idade ou nossa condição? E por que ela nos parece proceder de um discurso tão justo?

Porque todos, sem exceção, sabemos que uma hora nos deixamos convencer por ele. E pela simples razão de que não tínhamos outra opção! É por isso que não arrisco traduzir a vivência da criança por um procedimento similar ao usado para falar da emoção e do confinamento da mãe. Cada um de nós sabe, melhor do que ninguém, que foi criança e que de certa forma nunca deixou de ser. Será que isso não lhe permite pelo menos ter uma idéia de seu confinamento constitutivo? Seria então um insulto remetê-lo à sua própria condição?

Será que ele não sabe, mesmo que não tenha mais nenhuma lembrança disso, que durante muito tempo e de maneira profunda se viu atormentado pelas noções de vida e de morte que pus em primeiro plano na troca? Será que ele não sabe, quaisquer que tenham sido ou possam ser sua determinação e seus esforços, que não conseguiu, e que, aliás, não conseguirá rememorar as conclusões às quais chegara, nem as razões do caminho que esse debate o levou a tomar na vida? Talvez ele tenha sentido ou ainda sinta certa irritação. Mas terá de convir, pelo menos, que, seja qual for o trabalho que realizou sobre sua condição ou sua história, permanece marcado para sempre pela natureza e pela intensidade desses famosos primeiros vínculos. Pode ter passado parte da vida, ou até a vida inteira refletindo a respeito e tentando apagar a marca do desamparo em que se encontrou outrora devido à sua imaturidade de pequenino, mas terá sido tempo perdido. No máximo terá conseguido revisitar mais ou menos corretamente sua história e, no melhor dos casos, reconhecer, tão longe quanto sua memória permita, seus momentos de terror e as fantasias que eles suscitaram. Talvez, no decorrer do processo, tenha conseguido identificar a natureza e a intensidade dos conflitos que enfrentou, e balizar *a posteriori* seu percurso com todas as proteções que logrou erigir. Seu trabalho, concordo, terá sido considerável, mas, no fim das contas, ele terá sempre de fazer alguns lutos, a começar pelo da idéia de perfeição na qual os primórdios de sua vida o fizeram acreditar e na qual acreditará por tanto tempo.

O exemplo que aqui esboço é, no entanto, o mais louvável possível. Infelizmente, não constitui a regra, longe disso. Ele conhece todo tipo de contrários e será objeto de tantas refutações, mais ou menos veementes, quantos indivíduos houver. Pois é infinitamente mais confortável estagnar na auto-estima e na convicção da própria autarquia e independência de julgamento bem como na da inalienável liberdade. É essa a moeda mais corrente e, em geral, ela semeia a desgraça. Até o momento em que uma criança, mesmo que concebida para não ser nada mais que um simples bibelô, resolve, pela graça que a caracteriza, questioná-la, esperando, sem dúvida, com total inocência e em nome das demonstrações de amor com que a embriagaram, escapar de seu poder destruidor. Inventam-se então sintomas que persistem, insistem e se obstinam à espera de um encontro que não pretenda amordaçá-los a golpe de drogas, ou seja, que os respeite, que tente honestamente extirpá-los do tímido balbucio que constituem e lhes dê regalias da mesma forma que a qualquer outra linguagem.

É algo que espera só uma oportunidade para aparecer. E aparece. Mais cedo ou mais tarde.

E é sempre a mesma aventura.

E o que encontramos em primeiro plano?

Mãe. Ainda e sempre mãe. Munida de sua devoção e de suas demonstrações de amor, mas sempre presa no turbilhão das histórias herdadas, que está encarregada de transmitir e das quais, queira ou não, reconheça ou não, ela sempre participa plenamente.

... A outra...

Não estou muito certo de ter conseguido explicar como e por que me senti atordoado, e um pouco... transtornado em face daquela mãe. Contudo, deve ter ficado claro que ela é e continua sendo para mim a mãe mais impressionante que me foi dado conhecer. Aquela que resume, na sua pessoa, o conjunto das qualidades que cada um espera e que, num movimento de nostalgia dolorida, se dispõe a exigir dessa personagem parental. Ela não declarou ter conseguido ressuscitar duas vezes o filho morto? E a tranqüilidade com que ela me relatou o fato autorizava por acaso a pensar que ela pudesse ter tido qualquer dúvida sobre a eficácia de seus gestos ou sentido o menor espanto diante de seus resultados? Não se sabe ainda por que razão, seu filho não quis mais saber da vida que ela lhe dera um dia e decidiu brutalmente abandoná-la. Ela não o entendeu dessa forma. Recusou essa decisão. Recusou o fato consumado. E deu um jeito para, calma mas ativamente, pôr em obra seu desacordo. Por duas vezes, ela literalmente lhe insuflou seu próprio sopro. Aparentemente, mais como uma ordem do que como uma prece. E por duas vezes ele aquiesceu. Como se tivesse entendido que não lhe restava outra escolha.

De nada adiantou vasculhar minha memória, não encontro nada que possa relativizar o que seu relato me dizia basicamente. E o mais extraordinário é que eu, médico, que supostamente sei de modo concreto o que é a morte a ponto de, em princípio, ter escolhido dedicar minha vida a combatê-la, não duvidei por um só instante de suas palavras. Acreditei no seu relato. Aderi a cada uma de suas palavras. E não as ouvi nem como excesso de linguagem nem como testemunho de um milagre incompreensível. Tudo pareceu inscrever-se, ao contrário, no exclusivo registro de uma luta de vontades. É claro que não estabeleci nenhuma relação – e como poderia eu tê-lo feito? – entre o que eu escutava e aquele acontecimento do mesmo gênero que, posteriormente, encontrei numa zona inacessível de minha vivência. Senti-me apenas tomado de um estranho mal-estar que se somou aos precedentes e não me abandonou durante todas as consultas da tarde.

Foi naquele estado de espírito que recebi um telefonema do hospital C.

A continuidade da exploração do caso provocara uma reavaliação do diagnóstico. Tinham descoberto uma profunda anemia que só podia ser recente, pois não existia no exame de sangue da sexta-feira anterior. A quantidade de glóbulos vermelhos diminuíra até atingir um nível alarmante. Mas não era só isso. A taxa sanguínea da uréia revelara-se particularmente elevada, demonstrando uma insuficiência renal já avançada. As desordens eletrolíticas eram consideráveis, e a taxa de potássio, por si só, punha a vida imediata em perigo. Tudo isso era incompatível com o diagnóstico inicial, que estava portanto descartado e fora substituído pelo da síndrome de Moschowitz, inegável diante dos resultados dos exames. Era, então, o que hoje se chama síndrome hemolítico-urêmica, conhecida, por uma concessão à moda das siglas, por SHU. Comunicaram-me o fato informando-me ao mesmo tempo a decisão de transferência iminente de Gwenael para o hospital E., no serviço de nefrologia que eu freqüentava com assiduidade.

Naquela época, pouco se sabia sobre essa famosa síndrome. Contudo, sabia-se reconhecê-la, e eu mesmo já diagnosticara um caso alguns meses antes. Sua descrição clínica comportava, na sua fase inicial, todos os sintomas que Gwenael apresentava, da diarréia à tosse passando pelas convulsões, com exceção, no entanto, do estrangulamento herniário. Tanto é que me deixei enganar pelo diagnóstico, embora tivesse tentado impedir que ele me fosse soprado ao ouvido, e pelos resultados de uma contagem sanguínea que não revelava anemia, e sim os estúpidos critérios de coqueluche da época. O que, evidentemente, não fez qualquer diferença, como é fácil imaginar, no que se refere ao sofrimento com o qual eu viveria a continuação da história e aos remorsos que nunca mais me abandonaram. Era a insuficiência renal que estava na origem das desordens eletrolíticas bem como da hipertensão arterial, que completava o quadro e que, em geral, só aparecia num segundo momento.

A gravidade extrema da doença e seu desenlace, geralmente fatal naqueles tempos, eram bem conhecidos. Observara-se que, embora rara, ela aparecia em pequenas ondas epidêmicas que nada conseguia explicar e cuja causa exata era, evidentemente, ignorada. Portanto, tratavam-na como podiam, de certa forma conforme os acontecimentos, uma vez que na época a reanimação ainda estava dando seus primeiros passos e que os meios de que se dispunha eram de uma indigência inimaginável hoje em dia. Aplicavam-se sessões de diálise peritoneal, que consistiam em injetar no abdômen – o peritônio substituindo então o rim bloqueado – uma solução líquida capaz, entre outras coisas, de eliminar os edemas, protegendo assim o cérebro, bem como a uréia e a creatinina. Administrava-se um permutador de íons para abaixar a taxa do potássio sanguíneo. Submetia-se o doente a um regime alimentar draconiano, pesado e calculado da forma mais precisa possível, em particular em termos da ingestão de líquidos. Vigiavam-se cuidadosamente as variações de peso, que poderiam traduzir uma retenção ou uma eliminação excessiva de líquido, esperando que o rim se dispusesse a voltar a funcionar e que a urina pudesse ser eliminada por bolsas conectadas ao sexo, cujo conteúdo era zelosamente controlado.

Sabe-se, hoje, que essa doença, na sua forma mais corrente, deve-se em geral a uma intoxicação alimentar microbiana, em particular por uma variedade particular de colibacilo.

O colibacilo (que, como o nome diz, é o bacilo mais comum do cólon) é um hóspede normal do intestino. É útil para o organismo, ao qual fornece certas vitaminas, além de contribuir em diversas etapas da digestão. Tornou-se ainda mais útil depois que conseguiram domesticá-lo, cultivá-lo em larga escala e fazer com que fabricasse, a custo muito baixo e num notável grau de pureza, inúmeros medicamentos de importância capital (insulina, hormônio de crescimento etc.). Existe um grande número de variedades, e poucas delas são prejudiciais. Em todo caso, as consideradas como tal estão há muito tempo perfeitamente catalogadas. Por exemplo, logo se tomou conhecimento do mau gênio do 55:B5, do 126:B6, do 26:B6, do 75:B12 ou do 157:B7, que provocam epidemias de gastroenterites infantis às vezes temíveis. Fabricaram-se soros para reconhecê-las e se aprendeu a lutar contra elas. Mas, até uma data bastante recente, nada se sabia sobre a variedade responsável pela SHU. O colibacilo que responde pelo número 0157:H7 sempre foi conhecido como hóspede normal do intestino do boi – o que explica sua potencial transmissão pela carne mal cozida ou pelos produtos lácteos mal esterilizados. O que se sabe há pouco tempo é que ele secreta uma toxina – denominada verotoxina e da qual existem duas variedades – que se espalha pela circulação geral e altera profundamente a parede dos vasos sanguíneos, consumindo as plaquetas sanguíneas e criando a enxurrada de desordens observadas na doença. Produzem-se pontes de fibrina nos pequenos vasos, onde os glóbulos vermelhos acabam se quebrando e morrendo, liberando hemoglobina, cuja eliminação é de responsabilidade do rim. É fácil imaginar que, quando as quantidades a serem eliminadas são grandes demais, são os canais renais que ficam obstruídos por sua vez e o rim não consegue mais desempenhar suas funções. Outros dejetos passam então a se acumular de forma crescente, ocasionando uma série de distúrbios que, associados à hipertensão produzida pela retenção de líquido, podem conduzir à morte. As convulsões, cuja gravidade e conseqüências são imprevisíveis, quando não são consecutivas a um edema cerebral, o são a um mecanismo de má irrigação e, portanto, de oxigenação insuficiente do cérebro devido à coagulação disseminada. Quanto à tosse – sempre coqueluchóide e que, aliás, não se encontra em todos os quadros –, ela parece ser consecutiva a uma excitação direta pela própria toxina do centro cerebral que a comanda.

Embora hoje o prognóstico dessa doença não seja obrigatoriamente dos piores, era-o na época. Imaginem o efeito que produziu em mim o telefonema do colega do hospital.

Naquela mesma noite, ao fim de uma consulta que se prolongou até tarde, fui para o hospital. Ali encontrei meu amigo Pierre-Marie que estava de plantão e tinha recebido Gwenael. Alguns anos antes, tínhamos sido internos durante seis meses no mesmo serviço. Gostava muito dele e apreciava igualmente seu rigor e sua competência, sua calma e sua pugnacidade em todas as situações, inclusive nas mais graves.

Ele me levou até o leito de nosso paciente, agora comum.

Ela estava lá.

Sentada no boxe. Com o mesmo olhar direto que sempre me deixava confuso. Cumprimentamo-nos e, com sua voz diferente de todas as outras, ela logo me agradeceu por ter vindo. Estava totalmente a par da situação mas não parecia muito impressionada. Atribuí isso aos acontecimentos do dia e não fiz nenhum comentário. Preferi insistir nos laços que me uniam a Pierre-Marie. Por não poder lhe dar nenhuma palavra de esperança, oferecia-lhe o que podia, fosse apenas a perspectiva da continuidade dos cuidados num clima caloroso e cheio de atenção. Hoje, tudo isso parece banal. Mas não era. Pois os regulamentos draconianos dos serviços de pediatria, a pretexto do cuidado com a assepsia, proibiam formalmente os pais de ficarem ao lado dos filhos fora dos exíguos horários de visita. Nem por um instante pensei que o favor de que ela era objeto pudesse ter alguma ligação com a perspectiva de um desfecho rapidamente fatal para seu filho – na verdade, as disposições em vigor não teriam mudado, fosse esse o caso. Disse a mim mesmo, algo que já estava começando a se tornar natural, que era à sua atitude, e somente a ela, que tal tratamento se devia. E nem consegui ficar surpreso.

Mais uma vez, levei-a de carro até sua casa. Como fiz quase todas as noites em seguida, durante toda a hospitalização.

Ora, poucos dias depois, numa dessas voltas, ela decidiu contar-me algo. Começou a me explicar que antes da gravidez de Gwenael abortara cinco vezes. Seu marido e ela já tinham muito trabalho com os três meninos e não queriam mais filhos – também aqui é preciso situar essa fala em seu contexto, pois os métodos anticoncepcionais ainda não estavam disseminados. Quando se descobriu novamente grávida, também decidiu abortar. Mas o ginecologista lhe disse que mais um aborto podia lhe custar a vida – o horror e a periculosidade dos abortos clandestinos não eram, com efeito, um assunto a ser desconsiderado. O bebê então nasceu para contentamento geral. Em seguida, depois de ter-me explicado metodicamente tudo isso, fez uma pausa e acrescentou: "Desde que Gwenael nasceu, tive o mesmo sonho, todas as noites, sem exceção. Ele se passa num cemitério e estou ali contemplando seu caixão sendo enterrado pelo pai e pelos três irmãos, os quatro vestidos de violeta. Mas, depois que ele foi hospitalizado, não tive mais esse sonho."

Percebi, como qualquer um teria feito no meu lugar, que essa fala devia ser de considerável importância. Mas não entendi mais que isso. Novamente ela me deixava paralisado e sem voz. Decididamente, usava-me como bem entendia, à minha revelia ou, melhor ainda, em cheio na minha ignorância e sem que eu pudesse saber onde e como me situar em face da demanda que ela me dirigia. Tentava em vão, a toda a velocidade, apanhar o que pudesse dessa impressionante fala. Dizia-me que aquela cor "violeta" certamente tinha algo a ver com "violada"*, em outras palavras, a forma de "violação" que talvez tivesse constituído para ela a ordem do parteiro. A aventura de minha empregada veio-me à mente. Mas logo a expulsei para me perder no "vestido", na vestimenta, na cor do bispo, e sei lá mais o quê. Estava principalmente assustado com o que, a meu ver, traduzia o debate vida/morte que provavelmente tinha motivado sua atitude no táxi: "Se tiveste de viver para que eu não morresse, tens de continuar a viver para que eu não morra e para não me dizer que enfrentei tudo isso por nada." É claro que nada disso fora formulado nem fora objeto de qualquer pensamento consciente. Mas tudo aquilo não se resumia a algo equivalente? A menos que equivalesse (mas como?) a um singular e autêntico desejo de morte. E que desejo de morte! Repetido todos os dias durante meses! Nesse caso, será que a hospitalização vinha suspender a emissão daquele desejo? Ou será que constituía uma forma de atuação suficientemente consistente e assustadora para fazê-lo calar?

Foi quando ela acrescentou ter visto no desaparecimento do sonho "como que um sinal da Providência indicando que finalmente as desgraças iam terminar". E, como a surpresa causada por essa fala me reduzira ao silêncio, ela passou a contar detalha-

....

* Em francês, no original, *violet* e *violée* são quase homófonas. [N. da T.]

damente que tinha perdido, naquele mesmo ano, seu pai de um câncer de estômago, depois um de seus irmãos de um câncer na laringe, e como cuidara de ambos até o fim.

Devo ter pensado que era realmente demais. Por isso não disse nada. Não abri a boca. Mas sem dúvida devo, ao mesmo tempo, ter cuidadosamente tapado o ouvido. Até hoje recrimino-me por tê-lo feito. Repisei tantas vezes essa seqüência nas dezenas de anos que se seguiram que continuo a me perguntar se realmente não desperdicei estupidamente a exploração de um encontro crucial para o qual essa história nos convocara, a mim e a ela. É evidentemente tarde demais para voltar ao acontecimento e discorrer sobre o rumo que as coisas teriam tomado se eu tivesse estado à altura da situação. Assim como também já era tarde demais quando minha formação me acostumou a escutar esse tipo de fala. Aquela mãe, e somente ela, poderia ter esclarecido, por meio de suas associações, o teor da mensagem insistente que seu inconsciente lhe enviava através do sonho repetitivo. Mesmo aquilo que eu poderia reconstruir hoje a partir do material depositado em minha memória teria de ser tomado com cautela e estaria sem dúvida sujeito a uma desnaturação forçosamente suspeita.

No entanto, imagino que devo ter feito algumas reflexões terríveis e provavelmente despropositadas.

Devo ter-me perguntado como a serenidade que eu nunca deixara de observar naquela mulher podia coabitar com a inevitável marca das desgraças recentes que ela acabara de me relatar. Eu mesmo vivera, em várias ocasiões, episódios de luto. E me lembrava deles, apesar de ter pouca idade na época desses falecimentos. Não havia só aquele clima invadido por uma tristeza que acabava parecendo algo acalentado, implorado e mantido. Havia também algo ameaçador e paralisante no ar. Evitávamos a evocação, ainda que conjuntural, da desgraça que motivara nosso estado. Todos se calavam. Enterrávamo-nos, terrificados. Colávamo-nos uns aos outros. Manifestávamo-nos o menos possível. Mal nos olhávamos. Empenhávamo-nos em economizar ao máximo até mesmo os gestos mais correntes. E não tanto para nos juntarmos ao repouso dos defuntos. Avançávamos com lentidão. Como se não devêssemos nos fazer notar enquanto vivos por medo de nos constituirmos em alvos claros demais para uma morte cuja presença era sentida de modo confuso – não é por acaso que as imagens da grande mulher em movimento com uma foice se impuseram em tantos folclores. Expúnhamo-nos o menos possível no mundo comum dos vivos, como se temêssemos levar inevitavelmente até eles a desgraça que acreditávamos parasitar inevitavelmente o menor gesto e a menor ação. Aliás, não empreendíamos nada de novo ou ostensivo, porque estávamos persuadidos de antemão de seu fracasso. Era preciso contentar-se em sobreviver. Pelo tempo suficiente até que a vida recuperasse seus direitos pelo efeito conjugado da discrição e do escoamento do tempo. Não pretendo afirmar que o que vivi constituía ou devia constituir a norma. Um aforismo de minha língua materna havia muito me ensinara a variabilidade das situações dizendo que "quando se adota um país, deve-se adotar seus ritos funerários". No entanto, embora depois daquele relato eu esperasse encontrar aquela mãe paralisada pelo medo e extremamente temerosa de todos os golpes da sorte, ela continuava impávida, serena. Onde é que ela ia buscar sua energia e, em particular, a energia necessária para enfrentar a nova desgraça que a atingia?

A despeito da minha lamentável incultura naquele momento, já ouvira falar dessas personalidades suspeitas que se comprazem na desgraça e prezam cada sinal dela. E cheguei às vezes até a reconhecer algumas delas quando as encontrei. O prazer que essas pessoas manifestam nessas situações é, no entanto, tão odiosamente evidente que é impossível não ficar automaticamente revoltado. Mas não era esse o caso. O que eu via nela era tão incrível, tão inimaginável e tão admirável ao mesmo tempo! Cheguei até a me perguntar, num dado momento, se minha percepção não era precipitada e equivocada e se, na verdade, não estava diante de uma prostração tão intensa que, envolta numa decência rara e de circunstância, fazia pensar em algo completamente diferente. Contudo não acho que, por mais jovem e inexperiente que fosse, eu pudesse me deixar enganar a tal ponto. Incapaz de compreender o que regia tudo aquilo, concluí que mais uma vez eu perdera o prumo numa comunicação, provavelmente devido à minha cultura de origem, solicitada em excesso naquelas circunstâncias. E isso só me fez enfiar-me ainda mais no meu mutismo.

Os dias se sucederam. Os fatos se sucederam, fúteis ou dolorosos, impressionantes ou espantosos. Sempre comoventes, no entanto. Eu acordava pensando no que me revelaria minha incursão matinal ao hospital e atravessava meu cotidiano à espera do que me esperaria na minha visita noturna. Era apenas um de meus pequenos pacientes que estava doente e correndo risco de morte? Era o filho daquela mulher, que eu continuava não entendendo por que me impressionava tanto? Era aquela mulher mesma e minha relação pessoal com ela que estavam em questão? Sabia, por ter me feito essa pergunta honestamente, que não estava de forma alguma "apaixonado" por ela e que ela não me afetava por qualidades que poderia encontrar em muitas outras mulheres capazes de me comover no mais alto grau. Aquela criança era eu? Nesse caso, o que eu estava revisitando? Será que aquela mulher era tão parecida com a minha mãe? E então, o que é que eu lhe pedia e o que podia esperar dela? Em que mistério eu lhe pedia que me iniciasse, aceitando sem qualquer hesitação deixar-me guiar pelo que dela emanava e cujo teor eu conhecia pela primeira vez?

No entanto, não era só eu que me encontrava nesse estado. Ninguém, à volta dela, escapava dessa fascinação. Que meu amigo Pierre-Marie a cumulasse de atenções não me espantava; todos eram objeto de sua gentileza delicada e sua imensa bondade natural, sem que isso lhe exigisse qualquer esforço. Os outros colegas, as enfermeiras de todas as equipes, as auxiliares de enfermagem e o pessoal do laboratório também se encontravam no mesmo estado. E, no dia em que deixei de lado minhas reservas e venci minha timidez a ponto de abordar meu chefe para lhe perguntar sua opinião sobre o prognóstico do caso, ele eludiu minha questão como se fosse tola ou como se não pudesse me dizer nada que eu já não soubesse. No entanto, aproveitou o pretexto para se lançar num monólogo totalmente inesperado e pungente. Invocando como testemunhas todos os seus subordinados, declarou abertamente que aquela mãe causava nele uma comoção de que ele não se sabia capaz e que nunca encontrara alguém tão perturbador. Para quem o conhecia, e conhecia sua violência e seus acessos de fúria diante de qualquer coisinha que viesse alterar uma ordem de coisas que ele prezasse, ficava claro que era ele o autor daquela inovação num serviço de pediatria: permitir que o pai ou a mãe de um pequeno paciente ficasse junto dele dia e noite, se fosse necessário. Foi sua confidência, aliás, que poucos dias depois, na apresentação do caso de Gwenael à equipe médica, permitiu que eu não rebatesse o violento ataque que ele me endereçou indiretamente, quando um colega lhe perguntou o que fazer com o diagnóstico inicial de coqueluche, embora este estivesse corretamente formulado segundo seus próprios critérios: "Com um médico incompetente e um laboratório complacente, sempre se pode elaborar o diagnóstico que se queira", respondeu ele. Eu poderia tomar a palavra, defender-me, protestar ou me revoltar, ainda que não fosse costume fazer isso naqueles tempos de mandarinato. Não disse nada. Não por me sentir atingido ou ainda mais culpado, mas por simples cálculo. Para evitar envenenar as relações no nosso ambiente, o que teria sido prejudicial para os cuidados que meu paciente exigia. E fiz bem. Pois o clima que reinava em torno dele era, a meu ver, o mais desejável em qualquer circunstância.

Gwenael tornara-se O doente do serviço. Todos estavam a par de seu estado e mantinham-se regularmente informados. As curvas, os ábacos e todos os parâmetros eram consultados e comentados por todos os que faziam questão de passar por seu leito e trocar uma palavra ou duas ou então um sorriso com a mãe. Simpatia. Mensagens de vida. Votos de vida. Múltiplos, díspares e informes, que, pensava eu, talvez conseguissem se contrapor ao voto de morte – se é que ele tinha alguma consistência – que eu acreditava ter identificado no relato do sonho da mãe. As primeiras gotas de urina na bolsa coletora foram literalmente comemoradas. E a surpresa não foi maior com a retomada relativamente rápida da diurese. Todos se diziam que finalmente as coisas começavam a dar certo e que sem dúvida o fim do pesadelo se aproximava. O júbilo parecia ser duradouro. E constatei quanto ele podia ser contagioso: os médicos, pensem o que pensarem – e é bom dizê-lo nesses tempos em que nossos frios tecnocratas querem sujeitá-los de forma desumana a uma mera lógica contábil –, não são indiferentes à sorte de seus pacientes. Embora tentem controlar a emoção diante da catástrofe, liberam sem pudor sua alegria diante do sucesso, e em maior medida quanto maiores forem os riscos. O tempo, aliás, em nada interfere, pois não consegue vaciná-los contra esse entusiasmo. Como se cada derrota da morte potencial de um paciente alimentasse a ilusão de poderem derrotar a sua própria.

Singular mistério, portanto, essa mobilização unânime, essa identidade de percepção dos acontecimentos, esse coro de louvores. Embora eu estivesse a me interrogar sobre aquele encontro, os outros, todos os atores daquela história, sem exceção, viviam-na num tocante entusiasmo e pareciam se envolver com ela na esperança, comovente mas difícil de compreender, de encontrar um pouco de felicidade.

Caso eu quisesse, tomando a distância que o tempo proporciona, compreender algo desse fenômeno, teria de apelar a mecanismos estreitamente mesclados de identificação e projeção. Mas também teria de levar em conta sua multiplicidade e variedade. Não havia razão para crer, por exemplo, que Gwenael é que era o alvo. Havia muitas outras crianças doentes, e tão ou mais doentes que ele no serviço. Deveria eu portanto concluir que era sua mãe que atraía para si toda aquela simpatia? Certamente havia um tanto disso: essa hipótese permitiria compreender por que o processo provocou a decisão histórica do chefe em relação a ela. Mas será que isso poderia se aplicar a toda a equipe médica, uma vez que cada um de seus protagonistas poderia, como em geral acontece, substituir a mãe na relação com a criança e fazer por esta o que ela teria feito? Portanto, não podemos considerar essa explicação como única e temos de buscar outra alhures. É verdade que os pediatras são esses médicos singulares, e praticamente os únicos capazes de, à própria revelia, operar identificações e projeções múltiplas. Podem ora ser a criança, ora um dos pais, sem nunca se incomodar ou se cansar com uma ginástica que de certa forma lhes é natural.

Poderíamos pensar que é disso que se trata aqui, e que as projeções e as identificações não visavam Gwenael ou sua mãe separadamente, mas ambos ao mesmo tempo. Por mais sedutora que seja, também essa hipótese depara com duas críticas pelo menos. Ela não explica a singularidade e o caráter excepcional da escolha desse par mãe-filho, como tampouco explica a idêntica implicação emocional do resto dos profissionais, e até mesmo do pessoal da limpeza. Portanto, há uma única solução: não era só a criança nem seu caso que atraía as simpatias, não era só a mãe e seu comportamento, tampouco era só o par mãe-filho enquanto tal, era aquele par mãe-filho, aquele lá e nenhum outro, sobretudo com o que estava em jogo nele, algo de que ninguém podia ter consciência, mas que arrastava a todos porque se sentiam violentamente implicados sem saber muito bem por quê. Como se aquilo que se depreendia daquela relação fosse reconhecível de modo unívoco por todos. Não que pudessem reconhecê-lo com certeza, como ocorre com um acontecimento de que se guarda uma lembrança precisa. Mas que o reconheciam, com uma indizível felicidade, porque sabiam, com uma certeza igualmente grande, que nunca o tinham conhecido antes embora sempre sonhassem conhecê-lo.

Um assunto antigo, muito antigo!

Não nos vemos remetidos à primeira ou segunda infância, ou à primeira idade e seus terrores. Vemo-nos remetidos a um "muito antes". A esse antes do antes. A esse momento bem antes da linguagem e bem antes da organização da percepção. A esse momento em que os fatos, impossíveis de decifrar ou reconhecer, inserevem-se profundamente no ser, com uma acuidade que confunde, como sensações puras e brutas cuja marca permanece para sempre inapagável. É o tempo de todos os pânicos arcaicos e daqueles gritos lancinantes que fizeram todos nós, na medida em que existimos e atravessamos inevitavelmente essa etapa, esperar pelo socorro urgente que, temos de convir com dor, nunca chegou a tempo. Do fundo de nós mesmos, lançamos o apelo que trazia em si, até o máximo de sua estridência, nossa esperança. E, durante todo o tempo que aguardamos, esperamos ser percebidos. E todas as vezes que aguardamos, incorrigivelmente esperamos a resposta idônea. Quantas vezes nos aconteceu de ela não chegar! Tantas, tantas vezes acreditamos estar à beira da morte, que, miseravelmente, fomos obrigados a aprender a enganar o medo alucinando a presença do ser que nos faltava. O dedo ou a chupeta, ou, ainda, o inefável gosto de lágrima na boca! Tudo o que pudesse suspender o tempo, servir de útil distração, nos arrastar para um outro lugar menos penoso, sem nunca conseguir afastar definitivamente a ameaça ou fazer calar uma esperança sempre pronta a voltar à carga.

Eis o que conhecemos.

Mas o que nunca conhecemos, e que no entanto somos capazes de reconhecer porque guardamos em nós o desgosto de sua ausência, é uma disponibilidade total, eficiente, serena e sem falhas, capaz de nos proteger do sofrimento. Um amor imenso, transbordante e envolvente. Um amor que não conhecesse ruptura. Um amor puro, monocromático, voltado apenas para o futuro. Um amor tranqüilo, desinteressado, incondicional e profundamente vivificante como o foi nos primeiríssimos instantes da vida que desabrochava.

O par Gwenael e sua mãe exalava tudo isso. E era impensável que alguém ficasse indiferente àquele espetáculo e não viesse fazer alguma espécie de peregrinação – maneira de revisitar, sem se dar conta, as vias de sua própria alienação, de avaliar o desperdício de que foi objeto e de encontrar, na emoção fugaz colhida num olhar, a certeza de sua inocência e uma pitada de comiseração por seu próprio destino.

Cada qual queria, pois, fartar-se, sem o saber, daquela ventura raríssima, daquela atualização, oferecida à sua vista, de uma fantasia universal que o habitava e cuja natureza conhecia desesperadamente. Por que espantar-se, então, que quisessem acreditar no milagre e que o desejassem a ponto de se persuadir de que ele necessariamente se produziria?

A única sombra que vinha macular o quadro era da ordem lamentável de uma realidade indócil aos votos unânimes: episódios recidivantes de diarréia refreavam um entusiasmo que, no entanto, só pedia para ser desencadeado. Sabia-se que elas demonstravam a persistência da doença e faziam temer uma recaída. O que não tardou, aliás, a acontecer e sobreveio na forma de convulsões. Fez-se então o que se fazia na época – e que hoje se sabe ser inútil! Elas se repetiram vários dias seguidos sem que nada explicasse seu aparecimento. O fato era ainda mais espantoso porque o conjunto dos outros parâmetros não parava de melhorar. A sucessão de eletroencefalogramas que passaram a ser feitos não parecia ter outra utilidade senão a de alimentar o dinamismo dos médicos totalmente impotentes que continuavam esperando sempre encontrar, por obra do acaso, um indício capaz de ajudá-los em seu trabalho.

Depois que a televisão levou cada um para dentro dos serviços de reanimação, não é difícil ter uma idéia do quadro. No boxe havia sempre duas ou três pessoas envolvidas numa ou noutra tarefa. Gwenael estava, em geral, mais ou menos imobilizado. Tinha uma bolsa de coleta de urina e a clássica perfusão no braço ou no pé, mas também estava guarnecido, permanentemente, de uma certa quantidade de eletrodos necessários para os registros eletrocardiográficos e encefalográficos. Um animal de laboratório! Ora, sua mãe estava lá, sempre. Indiferente aos elementos que teriam impressionado qualquer pai, totalmente integrada, como já disse, à equipe profissional, que, aliás, não hesitava em lhe confiar várias tarefas e pedir sua opinião sobre vários assuntos.

Estávamos ainda na véspera de Natal.

Na manhã de 25 de dezembro, que caiu num domingo, fui ao hospital um pouco mais tarde que de hábito.

Estava subindo a escada que conduzia ao serviço quando, no meio do caminho, vi no patamar deserto os pais de Gwenael de perfil e estreitamente enlaçados. Parei por um instante para não interromper o que pensei ser um comovente momento de intimidade. Mas lentamente voltei a subir porque escutei os soluços abafados do pai e os sussurros da mãe. Avancei prudentemente. Ela estava içada, pequena, na ponta dos pés. Literalmente moldada ao corpo de seu esposo gigante, numa atitude que beirava o erótico, ela tinha passado os braços sob as axilas dele, e eu via suas mãos abertas sobre as costas do blusão de couro marrom. Ele, dobrado em dois com a cabeça escondida nos longos cabelos negros, era sacudido por soluços. Ela lhe dizia: "Não tenha medo, garanto-lhe que nosso filho viverá. Ele viverá, acredite em mim. Sinto-o, sei disso. Não tenha medo. Controle-se. Não temos o direito de desistir tão perto do objetivo. Você verá que tenho razão. Tenho razão. Necessariamente. Não pode ser de outro jeito." Fiquei com um nó na garganta. Detive-me alguns degraus abaixo, sem ousar avançar, sem ousar me mostrar, sem nada ousar dizer, constatando quanto minha intrusão tinha algo de inconveniente e perguntando-me o que podia ter acontecido. Eles não me viram. Ela continuava repetindo as mesmas coisas. Ele continuava a chorar. Transcorreram longos minutos. Depois, a porta da única sala daquela parte do andar se abriu. Pierre-Marie saiu por ela com um chefe de clínica que eu conhecia. Eles se separaram para ir ao encontro deles. Galguei os últimos degraus e me juntei a eles. Pierre-Marie, transtornado, declarou: "Ele morreu." Depois acrescentou, com o olhar embaçado: "Seu coração não reagiu e o eletroencefalograma ficou achatado. Todos nossos esforços foram inúteis. Nada pudemos fazer. Estou desolado, sinceramente desolado."

Só com muito esforço consegui reprimir os soluços que subiam em mim. O pai redobrou os seus, quase caindo, o que nos fez correr até ele para segurá-lo. Ela permaneceu firme. Olhou alternadamente para Pierre-Marie e para o chefe de clínica, e depois, com aquele sorriso indefinível tão seu, separando bem as palavras, disse-lhes: "Não, meu filho não morreu. Não. Eu sei. Ele não morreu. Voltem para lá. Recomecem a fazer o que estavam fazendo. Vocês verão, ele vai viver. Tenho certeza. Eu sei." Pierre-Marie não abriu a boca. Lançou-me um olhar que traduzia toda sua pena e aflição. Em seguida, olhou para seu colega esboçando um movimento na direção da porta que permanecera entreaberta. Atravessaram-na e se fecharam novamente lá dentro.

Eu estava aniquilado. Mudo. Sentindo-me inútil. Sem saber o que dizer. Sem saber que atitude tomar. O pai, com a cabeça para trás e as costas encostadas na parede, chorava copiosamente. Ela olhou para mim. Como para me dizer que eu já era bem grande para suportar aquele sofrimento e que ela tinha de se ocupar dele. Ela voltou a tomá-lo nos braços. Mais uma vez colou-se a ele, dizendo-lhe as mesmas coisas, cantarolando-as quase como teria feito numa canção de ninar. Perguntei-me o que é que teria acontecido. Se fosse qualquer outra mãe, tê-la-iam feito entender, de uma maneira ou outra, que sua dor a deixava cega e que tinha de enfrentar a realidade. Vi mortes serem anunciadas, e eu mesmo anunciei algumas, efetivas ou iminentes. Nunca tinha visto nada parecido. E sentia-me invadido por uma infinita ternura por aquele excelente Pierre-Marie. Que delicadeza a sua: ter compreendido que aquela mãe precisava daquele longo percurso para aceitar a idéia do irreparável, ter cedido às suas ordens para fazer com que abandonasse uma atitude que, em qualquer outra mãe, teria sido considerada propriamente delirante. À doçura que ela manifestara, ele respondera com a mesma doçura.

Passaram-se longos, longuíssimos minutos. Dez, quinze? Talvez vinte. Nessas circunstâncias, a gente se sente fora do tempo e talvez, também, em pleno tempo. Cada pensamento, cada emoção ganha densidade. Efeito de verdade que toda proximidade da morte produz. Deixamos de trapacear. Sentimos o peso da própria vida, assim como sua precariedade. Eles não se mexiam. No máximo, balançavam-se suavemente. Deve ter sido ela que tomou a iniciativa daquele movimento para acentuar o efeito de acalanto de suas palavras. Os soluços tinham recuperado a mesma regularidade que eu escutara quando tinha chegado.

Então, a porta se abriu.

Pierre-Marie ostentava um sorriso que iluminava seu rosto transfigurado pela alegria. Os três olhamos para ele sem ousar acreditar no que víamos. Nem mesmo ela disse qualquer coisa, totalmente concentrada numa palavra capaz de anular o abominável veredicto anterior. Foi o que sucedeu. Pierre-Marie nos explicou que seu colega e ele tinham reiniciado a reanimação por massagem cardíaca e boca-a-boca e que depois de alguns minutos eles presenciaram primeiro a retomada da atividade cardíaca, seguida da da atividade elétrica do cérebro. Gwenael tinha aberto os olhos. Voltara a si. Houvera uma troca de olhares entre eles e, em seguida, seu estado se estabilizara num patamar satisfatório.

Ressurreição.

A terceira, pensava eu.

"Um verdadeiro milagre de Natal", me escreverá Pierre-Marie no dia seguinte numa carta em que ele confirmava que Gwenael não ficara com nenhuma seqüela, sobretudo neurológica, dessa "travessia da morte". Aquilo me confortou na minha certeza de que ele não ficara sabendo dos dois episódios do táxi: eu não lhe contara e tampouco ela os tinha relatado.

Quantas vezes li e reli aquela carta durante esses anos? Como se eu tivesse de me referir reiteradamente a essa prova escrita para me certificar de ter realmente vivido aquilo, de não tê-lo inventado, de não tê-lo sonhado, de não ter simplesmente delirado. Aliás, é provável que eu tenha sentido alguma vergonha, pois nunca relatei essa observação, de qualquer forma que fosse, a ninguém. Precisei ler um número do jornal *Le Monde* do outono de 1996 – quando estava em plena elaboração deste escrito – para me libertar. Na reportagem dizia-se que a nova definição legal da morte exigia a produção sucessiva de dois eletrocardiogramas e de dois eletroencefalogramas chatos realizados com quatro horas de intervalo. Embora a aventura daquele Natal se avizinhasse efetivamente do "milagre", deixava de ser parasitada, em mim, por aquela forma de incômodo que lhe conferia, em maior ou menor medida e ainda que eu a tivesse vivido, a qualidade de uma ilusão.

Mas podemos nos contentar, sem outra forma de interrogação, com essa noção de "milagre"? Pois, queiramos ou não, o dito "milagre" só se deu porque Pierre-Marie assentiu à demanda da mãe e pôs a serviço daquela demanda toda sua probidade e a eficiência de seus gestos. Teria sido esse o desenrolar das coisas se a mãe não tivesse tido a atitude que teve? De forma que podemos, como pensei imediatamente, creditar a ela e mais uma vez a ela, essa terceira ressurreição ocorrida por simples pessoa interposta. Embora sua onipotência tenha, dessa vez, produzido seus efeitos por intermédio de um terceiro, foi ela que mandou esse terceiro, que não acreditava mais e que tinha supostamente bastante autoridade para impor sua opinião, agir de novo sobre seu filho. Era incontestável que ela continuava dona da situação, gerando em seus interlocutores aquele sentimento tão forte quanto impossível de qualificar, desnorteando cada um deles, sem exceção, com sua presença, como se, evoluindo sem dificuldade sobre o fio da navalha, ela carregasse efetivamente em si a marca daquele universal que evoquei e ao qual me referi dizendo que cada um acreditava poder reconhecê-lo lamentando ao mesmo tempo nunca o ter, infelizmente, conhecido.

Uma mãe contra a morte.
Ela era isso.
O que, em outras palavras, toda mãe sonha ser, sabendo desesperadamente de antemão que nunca conseguirá. Não morrerás porque sou tua mãe e estou aqui para proibir-te essa saída. Repete comigo: "Não morrerei porque tenho minha mãe... Eu A tenho. Ela ME tem. Não morrerei porque ela e eu unimos nossas forças: enquanto estivermos assim um(a) com a outra, um(a) da outra, reciprocamente, nada jamais poderá nos acontecer. Nem a ela nem a mim. Entre ela e mim, entre mim e ela, não se trata de 'morrer de amor' [*l'amour à mort*]?" Curiosa expressão, diga-se de passagem, essa vizinhança forçada dos contrários. A menos que se diga isso como se diz "*la cuiller à soupe*" [colher de sopa] – a sopa especificando a função da colher como a morte especificaria a desse amor, matriz primeira de todo amor.

Não existe mãe que não saiba tudo isso e que não faça desse saber embaraçoso sobre a morte que ela dá junto com a vida o pretexto da loucura que passará a ser sua e da qual, o que quer que ela faça ou queira, nunca mais poderá se subtrair.

É aliás essa loucura que, sem que ela se dê conta, incita-a a fugir da realidade e a alimentar meticulosamente a fantasia de que seu filho nunca saiu de dentro dela. Conformando-se à lógica comportamental que a gravidez imprimiu nela, ela se empenhará em manter esse filho na mesma ilusão, espreitando a eclosão das suas mais ínfimas necessidades e precipitando-se, ao menor de seus gritos, para satisfazê-lo sem tardar. Ela irá se empenhar em adivinhá-lo e satisfazê-lo além do possível para evitar que ele sinta qualquer desconforto ou sofra qualquer espera, o que significaria para ambos que, infelizmente, eles não se encontram mais naquele encaixe maravilhoso que prevaleceu durante aqueles longos meses e que teria a infausta idéia de terminar. Será necessário esclarecer que essas violentas e sobretudo muito naturais pulsões incestuosas[1] visam qualquer filho sem distinção de sexo? Afinal de contas, nada mais louvável! *Incestus*, a palavra latina, significa "não-faltante". E não é importante – como nosso meio social, que preconiza o efêmero (o efeito-mãe*) e não cessa de estimular em nós – que nada falte a uma criança? Ademais, a fantasia ganha ainda mais força hoje em dia quando a generalização da peridural consegue apagar da memória até mesmo a marca da dor por meio da qual se entendia que uma mãe era convidada a se submeter, mais cedo ou mais tarde, às mais benéficas conseqüências da separação bem real dos corpos.

No entanto, isso não deve levar a concluir sobre a periculosidade ou nocividade extrema dessa fantasia incestuosa. Pois ela é indispensável. E, enquanto permanecer dentro de limites razoáveis e administráveis, enquanto permanecer perceptível como fantasia e não se confundir com uma convicção delirante, tem a virtude incontestável de servir de ponto de apoio para a impulsão das forças de vida que podem repetitivamente se alimentar das in-

....

1. Ver *De l'inceste, op. cit.*
* Jogo de palavras no original entre *éphémère* e *effet-mère*. [N. da T.]

tenções que ela promove. A certeza de ter sido amado por uma mãe corretamente maternante confere, por toda a vida e tanto para um homem como para uma mulher, um sólido sentimento de segurança. Em contrapartida, o refreamento excessivo dessa fantasia ou sua ausência radical – ambos efeitos da história da mãe –, longe de serem desejáveis ou tranqüilizadores, comprometem da maneira mais deplorável o prosseguimento da aventura. Nesse caso, o voto de vida, radical, louco, gritante e violento ao extremo, na verdade dá lugar apenas às forças de morte, que tomam conta do terreno e podem conduzir diretamente ao desaparecimento físico da mãe ou da criança ou aos piores danos psíquicos num e/ou noutro.

Se uma mãe, siderada pelo que sua aventura de maternidade impõe, entregar-se a suas tarefas de maneira mecânica e numa forma de autismo impassível e formal, ela não dará ao filho nada além de elementos de realidade, dos quais se faz provedora muitas vezes atenta mas sempre destituída de emoções e quase anônima. A criança será introduzida à linguagem com muita dificuldade. E nada da aventura que deu lugar à sua concepção ou à sua vinda ao mundo se revestirá da menor importância nem será transmitida de modo algum. A alusão a essa perspectiva ou o convite, até mesmo a incitação que poderiam ser feitos a uma tal mãe para que modificasse sua conduta não seriam rejeitados ou considerados inúteis, simplesmente não seriam escutados. É como se, reduzida exclusivamente a seu corpo biológico – aliás, correta e até meticulosamente mantido –, fosse simplesmente interditado à criança qualquer acesso ao menor elemento de sua humanização: sua mãe, ela mesma quase ausente para o que vive, não sentiria nenhuma necessidade, e até acharia inútil, bobo e inconveniente referir o filho a qualquer instância exterior a ela que pudesse, por esse motivo, ocupar um lugar de terceiro adjuvante.

Não só o pai dessa criança ficaria assim posto de lado, mas qualquer outra pessoa ou instância que pudesse, de alguma maneira, substituí-lo ou cumprir sua função. E essa carência cria uma falta para toda a vida, a tal ponto que, quando as circunstâncias a revelarem obrigando-a a confrontá-la, ela irá se refugiar numa alucinação ou num delírio. A menos que, acreditando perceber, com a ajuda de certas circunstâncias, a iminência de seu próprio desaparecimento, essa criança se lance num violento investimento homossexual na esperança de agarrar-se assim a algo que evoque para ela sua própria pessoa. Seu desenvolvimento psíquico adentra uma via cujas subvariedades comportamentais nada mais traduzem senão a coloração singular de que se reveste às vezes, com o correr do tempo, a relação que nunca deixou de ser dual. Na verdade, ela nunca deixará de se sentir como um morto em problemático *sursis*, resumindo sua sobrevivência à aquisição de um certo número de automatismos psíquicos e mentais capazes, pelo menos, de mantê-la no seu estado. Não é ela que encontraremos repetitivamente febril ou doente. Na verdade, está excluída a hipótese de que ela possa, imprudentemente, deixar seu corpo flertar com a doença que, seja da ordem que for, é sempre da ordem da linguagem e portanto da expressão subjetiva que, deve ter ficado claro, lhe falta por completo. É por isso que os psicanalistas, que empreendem seu difícil tratamento, acolhem sempre com entusiasmo as manifestações somáticas a que ela se autoriza no tratamento e também graças a este.

Nem sempre é fácil identificar, por trás das atitudes tantas vezes enganosas, a instalação desses quadros no início da vida. E é ainda mais raro, quando não excepcional, conseguir intervir por pouco que seja na sua evolução. No entanto, isso aconteceu comigo. Mas não é nenhuma glória, pois veremos que a evolução favorável à qual pude assistir dependeu mais de uma enxurrada de coincidências que de uma ação claramente definida e programada.

Vi Léa pela primeira vez com a idade de três semanas, e logo me impressionou sua total indiferença e sua extrema hipotonia. Ela era totalmente mole e reagia tanto quanto uma boneca de pano, embora não sofresse de nenhuma doença física identificável. Continuou assim nas semanas seguintes e pode-se imaginar com que inquietação espreitei a eclosão de alguma reatividade que, decididamente, não aparecia. Ela era a segunda filha de uma mãe. Essa mãe cuja filha mais velha eu acompanhava havia três anos, que se caracterizava por sempre ser quase muda. Na verdade, nunca consegui entabular com ela nenhum diálogo. Ela nunca respondeu a minhas perguntas, discursos ou comentários, a não ser por monossílabos. Cheguei inclusive a me perguntar muitas vezes sobre sua atitude e, em particular, sobre o que, por trás dessa extrema reserva, motivava sua fidelidade a mim.

Depois daquele segundo nascimento, encontrei-a um pouco mais apagada que de hábito. Mas pensei poder atribuir seu estado a uma eventual fadiga ocasionada pela sucessão de partos e pelo sempre inesperado aumento de trabalho que um novo nascimento provoca.

Com dois meses e meio de vida, a persistência da indiferença total de Léa começou, no entanto, a se tornar insuportável para mim. E imaginei poder atribuí-la a uma surdez congênita que logo comecei a investigar, recorrendo aos serviços de um circuito hospitalar idôneo. Por um acaso dos mais curiosos, recebi, um dia, o telefonema de uma fonoaudióloga que me disse, sem muito saber como e por quê, que Léa e sua mãe estavam na frente dela e que evidentemente não tinha a menor idéia do que fazer com elas. Na verdade, é inconcebível aplicar uma audiometria a um bebê dessa idade. Sob o efeito súbito de não sei que intuição, em vez de reconhecer ou de denunciar a decisão inoportuna daquele encaminhamento, perguntei àquela senhora como a mãe se comportava com ela. Ela disse que a relação entre elas parecia boa e que o diálogo era agradável, relaxado e rico. Contei-lhe então sucintamente a natureza de meu mal-estar e pedi-lhe que continuasse vendo a mãe e a filha, dizendo que eu enviaria uma prescrição para trinta sessões de reeducação. O que foi feito. Não detectei grandes mudanças na atitude da mãe de Léa para comigo. Em contrapartida, vi a pequena literalmente sair da casca sob os meus olhos, emergir pouco a pouco de sua indiferença e recuperar cada vez mais rápido os comportamentos tranqüilizadores de sua idade.

O mais engraçado, e provavelmente o mais edificante nessa história, é que, uns meses depois, a Previdência social, que deveria reembolsar os cuidados que eu tinha prescrito, recusou-se a fazê-lo dando a entender – com razão, aliás – que minha prescrição era no mínimo estranha. No entanto, dei-me ao trabalho de defender minuciosamente o dossiê perante os serviços médicos mostrando que os cuidados em questão, embora pouco comuns, tinham o mérito, considerando-se o contexto, de ter evitado que aquela criança tomasse uma orientação psicótica quase certa e que, diante de tal resultado, o preço era bem baixo. Fato excepcional da parte de uma administração geralmente altiva, minha argumentação foi ouvida e o tratamento aceito.

Foi somente onze anos depois, quando Léa era uma pré-adolescente com excelente saúde, que pude compreender algo do que tinha acontecido naquela história. Certo dia sua mãe me ligou para me pedir o endereço de um psiquiatra para seu próprio pai, que tentara suicidar-se dias antes. Nessa ocasião, tivemos, por telefone, a mais longa conversa de nossa relação. Ela conseguiu contar-me que no terceiro mês da gravidez de Léa, durante um episódio tempestuoso e dramático, ficara sabendo da boca de sua mãe, de quem era a segunda filha (assim como Léa era sua segunda), que seu pai não era seu genitor. Pode-se imaginar que o incidente foi suficientemente perturbador para que ela desinvestisse brutalmente sua gravidez e de certa forma se ausentasse do nascimento e do devir da filha – a profunda indiferença de Léa na verdade nada mais fora que o reflexo da sua própria. É claro que ela não podia pronunciar uma palavra sobre tudo aquilo. Eu era homem, e isso bastava para me desqualificar. Foi sorte ela ter encontrado aquela fonoaudióloga e ter conseguido colocá-la no lugar de uma mãe mais benévola que a sua naquela etapa crucial de sua existência e da da filha que ela carregava. Com efeito, foi graças à relação que estabeleceu com essa profissional providencial que conseguiu sair de sua apatia, habitar de novo a vida e transmitir a Léa as mensagens que lhe eram indispensáveis.

No outro extremo, encontramos uma mãe mais ligada mas que há muito tempo tomou consciência do caráter trágico da vida e, mais ainda, do caráter trágico de toda aventura de procriação. Aliás, isso a assusta tanto que por muito tempo hesitou em decidir-se, muitas vezes só se resolvendo sob a pressão do tempo que passa – o que permite compreender como e por que a idade das primeiras maternidades vem-se elevando nas nossas sociedades tão abastadas. Portanto, ela só se lançou ao mar com relutância e apenas depois de ter elaborado um cuidadoso plano de proteção contra uma perturbação cuja amplitude ela vislumbrava. Com efeito, foi sua experiência pessoal de vida que conduziu sua reflexão de ponta a ponta. Num obsedante terror da morte, ela fará de tudo para evitar ter de confrontar-se com o inelutável e acreditará poder contorná-lo multiplicando as proteções em torno do filho.

Ao contrário da mãe anterior, é num extremo zelo pela eficiência que ela se entregará sem reservas à sua propensão incestuosa.

Vamos vê-la multiplicar suas fontes de informação para estar certa de compreender tudo, de controlar tudo, de fazer os gestos corretos e ter as condutas apropriadas. Preocupar-se-á em identificar em todos os campos o que é melhor para seu filho e fará de tudo para satisfazê-lo em todos os sentidos, a todo momento e de todas as maneiras possíveis. Não é ela que veremos executar mecanicamente sua tarefa. Ela a realizará, muito pelo contrário, numa espécie de febre e com uma certa felicidade, o que seria eficiente ou até ideal se não estivesse constantemente misturado com uma forma muda, mas impressionante, incontrolável e quase palpável, de desespero. Exatamente como se, na verdade, ela não tivesse qualquer ilusão em relação ao discurso que a sociedade mantém em relação à mãe, à maternidade e à criança – ao qual, no entanto, pareceria aderir considerando-se seu formalismo. E que, apesar de assumir com perfeição sua missão, ela estivesse intimamente convencida da inutilidade última do que ela faz, do que proporciona ou do que dá. Não tendo nunca podido perceber, por causa de seu próprio destino, a importância, por menor que fosse, do lugar do próprio pai, não consegue de maneira alguma resolver investir de maneira consistente o de seu parceiro para o filho que eles têm em comum. No entanto, ela tem consciência bastante do sofrimento que essa carência lhe infligiu para não rejeitar por completo o recurso a uma terceira instância. Não tendo, como ninguém tem, a possibilidade de se inspirar em outro modelo senão no que conheceu mas, sob a pressão de sua tarefa e em nome do amor autêntico que tem pelo filho, preocupada em se afastar dele, por menos que seja, acreditará poder resolver seu dilema investindo como puder uma terceira pessoa de seu meio, à qual seu filho será de certa forma entregue. Essa pessoa poderá ser sua mãe, seu pai, seu sogro, um tio, uma tia, uma amiga, até seu confessor, seu (ou sua) psicanalista, quando não simplesmente o médico que ela consulta para o filho. Mas será apenas um "como se", pois, enquanto tais, esses personagens só servem para suprir a função de um parceiro que ela não considera à altura da tragédia que ela atravessa empenhando louváveis esforços para não pensar a respeito. Imersa em sua culpa e preocupada apenas em aliviar seu peso, transmitirá ao filho tão-somente a consciência aguda da permanência da ameaça, convidando-o a desconfiar dela sem descanso, a se subtrair, bem como a se submeter a ela como a um mestre infalível. É essa obsessão, mãe de todas as outras, que instalará nele os mecanismos que o impedirão de ocupar em pé de igualdade um lugar de ser vivo, porque a função deles é essencialmente permitir que ele se enterre para escapar de uma morte onipresente, cuja simples evocação mergulha-o no terror e na paralisia. É essa mesma obsessão que irá gerar nele a preocupação constante de brilhar aos olhos da mãe, de tranqüilizá-la de todas as maneiras e em todas as ocasiões, e fazer de tudo para tentar, em vão, infelizmente, satisfazê-la e distraí-la de sua fascinação pelo espectro que a persegue indefinidamente.

Pode-se imaginar que, num terreno tão minado, toda a energia esteja apenas a serviço de uma preocupação exclusiva consigo mesmo e de um auto-asseguramento malucos, que obrigarão a longas hesitações diante da menor escolha, ao desenvolvimento de uma dúvida contínua contra a qual serão erguidas, entre outras barreiras, a multiplicação das precauções, a meticulosidade aplicada a qualquer empreendimento e a rigidez do conjunto de comportamentos, tudo isso disfarçado e desculpado por um aparente rigor – mas somente aparente, pois a rigidez está longe de ser excluída – do pensamento.

Foi porque desde muito cedo ela escolheu preferir a realidade da procriação ao cálculo de suas conseqüências, que uma outra mãe, de uma suposta terceira categoria, decidirá, com uma violência à altura de sua determinação, não se deixar enganar e enfrentar o problema como ela acha que ele deve ser enfrentado, ou seja, com as próprias mãos. Assumindo sozinha a inevitável culpa que sua aventura desperta nela, resolve, sem qualquer hesitação, rebater, à sua maneira, o que ela percebe como um insuportável desafio. Sem negar nenhum dado objetivo e subjetivo de um projeto que, conscientemente e por inúmeras razões diferentes, ela investiu, ou sobreinvestiu, resolverá seu debate considerando-se para todo o sempre a única responsável pelo ser e pelo devir do filho. Portanto, ninguém será digno de sua confiança em qualquer setor, e ela sempre terá muitos argumentos para afastar as críticas sobre sua conduta ou seu modo de agir. Nenhum raciocínio poderá convencê-la a viver seu cotidiano de uma maneira diferente ou mais relaxada. Com efeito, recusará qualquer eventual intervenção sobre o caráter angustiado de sua conduta, e reagirá aos conselhos e às propostas com uma forma de convicção que lhe conferirão uma atitude considerada insuportável porque seu lado fóbico passa despercebido.

Na verdade, ela tem em todos os sentidos um comportamento fóbico. Com a ressalva de que sua fobia não pode ser materialmente mostrada e muito menos denunciada. Pode-se sorrir daquele que não tem coragem de entrar no elevador, de sair de casa, ou de se aproximar de cães. É alguém que suportamos e diante de quem nos mostramos compreensivos, chegando às vezes a abandonar o registro da condescendência que suscita para apiedar-nos de sua sorte. Seus temores são tão estranhos a nossas próprias percepções que não encontram em nós nenhuma ressonância. Mas quem seria louco o suficiente para se lixar da morte ou para dizer que ela não lhe diz respeito? É por isso que ninguém fica indiferente à atitude dessa mãe e não pode, sem reagir, deixar que ela lhe lembre, o tempo todo, a identidade do inimigo jurado comum, dando-se ademais ao luxo de lhe infligir uma insuportável lição de coragem. Ora, é isso, é tudo isso que vai orientar de maneira sempre autárquica todas as suas escolhas. O pai da criança pode sempre dar sua opinião, mas ela raramente terá efeito. Não que ela não o leve em consideração ou não tenha nenhum sentimento em relação a ele. Mas o que é que ele sabe e o que é que ele pode saber ou compreender, ele, homem, sobre um debate que lhe é por definição totalmente estranho?

Se às vezes ocorre de uma terceira idéia, essencialmente feminina, aliás, ser ouvida ou aceita, é porque concorda sem reservas com a posição de princípio. As tomadas de decisão, seja em que campo for, serão, portanto, sempre hierarquizadas. A decisão sobre o modo de guarda, por exemplo, irá se impor numa ordem da qual será difícil se afastar, mesmo se as circunstâncias o impuserem. Ao contrário da mãe anterior que está pronta para delegá-la a quem quiser, é a si, e somente a si que esta considera estarem atribuídas a guarda e a criação do filho. E, para tanto, ela se dispõe a renunciar a muitas coisas. Na impossibilidade de satisfazer a essa exigência, é sobre uma empregada doméstica, quando possível, que recai sua preferência, que, por outro lado e nessa ordem, privilegiaria uma assistente materna a uma creche familiar e uma creche familiar a uma creche coletiva. Por outro lado, ela nunca deixa com alegria e coração leve seu filho aos cuidados de quem quer que seja. Se for obrigada a fazê-lo, fará forçada e sempre de olho em tudo o que possa acontecer. Seus eventuais substitutos terão direito a uma longa série de instruções escritas e serão freqüentemente convidados a anotar numa caderneta *ad hoc* o mínimo acontecimento que suceda. As pessoas próximas à criança receberão, da forma mais clara e detalhada, todas as indicações sobre os lugares onde ela, mãe, pode ser encontrada e sobre como proceder para fazê-lo. Ela concederá em segundo plano, e em geral em caracteres bem menores, uma série de números de telefone em que aparecem, em primeiro lugar, os únicos substitutos que ela consente em reconhecer como instrumentos válidos de suas prerrogativas e de seu poder, ou seja, o SAMU e o centro de atendimento a envenenamentos, bem como, às vezes e nesta ordem, o urgentista, o pediatra (mulher, de preferência) e o clínico geral. Apenas em seguida, em geral em caracteres ainda menores e numa ordem igualmente precisa, virão os números de telefone do pai da criança e dos avós, em geral maternos.

Três ou quatro vezes pelo menos durante a noite, a pretexto de saber se está tudo correndo bem, ela ligará para a *baby-sitter*, cuja presença em princípio eliminou todo motivo razoável para recusar uma saída da qual, por outro lado, ela estava prestes a desistir. Várias vezes por dia ela ligará para seus pais, ou para seu parceiro, quando, por acaso ou por necessidade, tiver aceito, com a morte na alma (é realmente o caso de dizê-lo!), ausentar-se por um ou vários dias. Mesmo sua relação com os cuidados médicos do filho trazem a marca de sua preocupação primeira. Ela vai querer saber tudo, controlar tudo, administrar tudo: do regime alimentar aos tratamentos medicamentosos, tudo terá de passar por suas escolhas e suas opiniões, e ela fará de tudo até encontrar o médico que concorde com ela em tudo, investindo-o na mesma proporção em que se sinta adivinhada. Por isso, ela costuma ser encontrada na sala de espera dos homeopatas. Estes sim são clínicos delicados e competentes que sabem como apoiá-la e alimentar seu narcisismo enchendo-a de perguntas sobre as manifestações mais anódinas do comportamento de seu filho, confortando-a assim no zelo meticuloso com que os coleta e tranqüilizando-a ao mesmo tempo sobre a qualidade de sua vigilância. Afinal de contas, não é sabido que as medicações que eles prescrevem agem com muita suavidade, conferindo ao corpo da criança defesas melhores porque permitem que ele fortaleça suas próprias armas, ao passo que as outras medicações, brutais demais, só tratam da doença que supostamente devem combater?

A pretensão a tamanho controle só aparece como tal ou como excessiva se comparada com outros modos de comportamento, e isso apenas para o observador externo. Mas o controle nunca é colocado em dúvida nem em termos de sua pertinência nem de sua eficácia e muito menos em termos da necessidade que a criança tem dele, criança que o interiorizará no correr dos dias e meses e ficará marcada por ele pelo resto da vida de modo indelével. Todas as relações que irá investir na verdade se verão afetadas por ele; procurará e escolherá aqueles "mestres" que lhe pareçam ser os únicos capazes de compartilhar com ele o verdadeiro ódio da morte que impulsiona cada uma de suas ações, ódio este concebido pelo lugar que ocupa no desejo da mãe. Tendo encontrado esses mestres, tentará recriar com eles a mesma relação – tranqüilizadora – que tinha com a mãe, sobre a qual, como tudo levava a crer, inclusive os inúmeros cuidados de que foi objeto, ele reinava.

Se agrupei esses três grandes modelos de mãe foi porque, afora sua distribuição estatística variável em função das culturas, eles têm em comum o fato de produzir no filho efeitos sensivelmente similares em ambos os sexos. Léa, cujo caso relatei minuciosamente, era decerto uma menina; mas eu também poderia ter contado a história de um menino destinado à mesma sorte. Sabe-se, ademais, que os homens não são os únicos a viver os horrores da incerteza e a se entregarem, para combatê-la, a ritualizações, coleções, verificações compulsivas e outros estratagemas de camuflagem. Quanto aos candidatos a fazer a felicidade dos outros e a salvar uma humanidade que então lhes ficaria grata, seu ativismo é encontrado em ambos os sexos.

A particularidade do quarto grande modelo que esboço decorre do fato de afetar de maneira patente apenas a descendência masculina. Trata-se da ilustração, levada ao extremo, do que já enunciei claramente sem no entanto tê-lo demonstrado, ou seja, que, quando a relação das mães com as filhas soçobra no marasmo, qualquer que seja o tipo, a natureza ou o conteúdo desse marasmo, será um filho que pagará o pato de maneira patente e gritante na geração seguinte. Segundo os profissionais que já viram muitos casos assim, esse modelo, no entanto, não seria muito mais raro, estatisticamente, do que os anteriores. Confesso que não posso julgá-lo e menos ainda testemunhá-lo. Pois, mesmo se os escritos teóricos a que tive acesso, ou os raros relatos de pacientes, me mostraram esse quadro, não tive nenhuma experiência direta conclusiva. O que, no entanto, é fácil de explicar. Meu recrutamento, que se dá de boca em boca, na verdade não teria como trazer tais mães até mim. E, se alguma vez aconteceu de alguma delas cruzar acidentalmente a porta de meu consultório, ela certamente se apressou, considerando o que o contato comigo desperta, em nunca mais voltar. O que me privou, sem que eu soubesse e lamentavelmente, da possibilidade de reconhecê-las e aprofundar sua observação. Aconteceu, no entanto, de eu farejar suas particularidades no relato que às vezes me foi feito por filhas que por sua vez se tornaram mães.

Trata-se, com efeito, de mães imponentes mas obsessivas, cativas e quase compósitas porque são portadoras de todo o peso e da presença inexpelível das gerações de ascendência feminina que as antecederam e das quais guardaram uma memória quase idólatra. Comumente feita de mães de um e/ou outro dos três primeiros modelos, essa genealogia tem como particularidade ter pouco a pouco votado uma espécie de culto exclusivo ao feminino, não só na relação com o corpo mas nas modalidades de percepção, na maneira de pensar e de sentir e até na maneira de receber e de apreender o mundo. Constata-se que o pensamento que nela circulou foi sempre incapaz de levar em conta ou em consideração o outro sexo, sendo que nesse contexto o masculino nunca se revestiu de outra condição senão a do infelizmente inevitável provedor de sêmen. O exemplo extremo desse tipo de disposição foi dado, nos últimos anos, por aquela jovem inglesa virgem que alimentou o noticiário reivindicando, de maneira retumbante e por via legal, o direito de ser inseminada artificialmente. Tal resultado não é o efeito de uma mutação brutal, instantânea ou fortuita. É a culminação de um processo progressivo mas inelutável. Na verdade, no correr das gerações produziu-se uma forma de travessia da fantasia extremamente banal.

Embora, como vimos, toda mãe acalente, de maneira natural e ainda saudável, a fantasia de imortalidade do filho e, em conseqüência, de si própria, cedo ou tarde ela acaba por reconhecê-la como tal, desprender-se dela e esvaziá-la de seu conteúdo. Mas no caso em questão, por um efeito de somação e de radicalização, a fantasia se viu reforçada a cada geração a ponto de não mais poder ser reconhecida. Uma primeira filha começa conservando uma fé inabalável na onipotência de sua mãe. Sua filha herdará o mesmo sentimento, que irá reforçar um pouco mais, a ponto de renunciar a questionar, o poder de dar vida e morte. Na geração seguinte isso irá ainda mais longe, e ainda mais longe na geração seguinte. Até que haja uma que por fim consiga aderir intimamente ao desejo de imortalidade que sua mãe teve por ela, bem como à crença de que sua mãe é imortal. Então, com a sucessão de gerações, a morte deixa de ter qualquer significado na vida comum de mães e filhas. Sua realidade, sua existência – que evidentemente não pode ser recusada, pois não estamos no registro do delírio! – será atribuída aos outros, a todos os outros, mas somente aos outros. Assim, certo número de gerações se sucedem sem que jamais sejam feitos os lutos impostos pela morte real. Ao final de um encadeamento de ordem indeterminada, a noção aberrante dessa dupla imortalidade terá adquirido a condição de uma evidência tão grande que qualquer um será convidado a aderir a ela, a não ser, é claro, que queira, estupidamente, apodrecer em sua negação. Mas tampouco se trata, como se poderia pensar, de uma convicção delirante comandada pelo culto implícito da ascendência. A evidência impõe-se como tal. Ela é, por definição, intangível e não se discute.

A mãe de uma menininha de poucos meses confidencia-me um dia o êxtase provocado por sua maternidade, acrescentando que espera ver a relação futura entre elas tomar exatamente o mesmo caminho da que ela teve com sua mãe, que mora no campo e lhe faz uma falta terrível apesar de seus três telefonemas cotidianos e das cartas de dezenas de páginas que elas se escrevem todos os dias.

Como não pude evitar um leve erguer de sobrancelhas, ela se sentiu ferida por meu espanto e perguntou-me o que eu poderia condenar numa relação de amizade, afinal a mais confiável que existe.

A recusa da morte – na origem de todas as outras recusas e em particular a da diferença dos sexos –, que vai se reforçando ao longo da história, faz da vida uma forma de sobrevivência acanhada e em geral reivindicativa. Não engendra nem abatimento nem passividade, mas uma forma de frieza, de dureza e de autoritarismo fora do comum, que às vezes constitui um solo propício para uma adesão oportuna a uma ideologia em que convivam a noção de mortificação e a crença na vida eterna. A carne, vivida na vergonha quando não no ódio, encontra então as melhores condições para amparar-se da idéia de pecado capital, cometido até pela simples evocação. O pudor, o recato e a psico-rigidez também entram em jogo, fazendo uma homofilia feroz – outra maneira de nomear aqui uma obediência única e exclusiva aos valores femininos – passar equivocadamente por uma homossexualidade recalcada. O que na verdade acontece é que uma tal mulher nunca abaixa as calças. Ela "veste calças" comandado sempre, em todo lugar e em qualquer circunstância. E não é qualquer calça! É uma calça de aço inalterável, ao mesmo tempo instrumento de poder, cinto de castidade e brasão de censura infinita que assinala a ausência total de investimento do parceiro. O pai da criança não é apenas inexistente. Excluído do panteão dos imortais, é simplesmente um morto, morto real ou morto-vivo, o que não faz muita diferença. Nesse contexto, entende-se o deserto afetivo no qual a vinda da criança opera uma diversão passageira mas fundamental, pois será mais uma geração destinada a cultuar a anterioridade.

Se a criança for uma menina, ela terá todas as chances de ter de tornar seu um credo ao qual ela será firmemente convidada a se filiar. Se for um menino, terá as maiores dificuldades para simplesmente conseguir um lugar como ser vivo. Com efeito, como ele logo percebe que seu primeiro objeto de amor, a mãe, se comporta como se fosse imortal, fica tentado a se identificar profundamente com ela – o que, afinal, é uma opção bem mais atraente do que a que consiste em escolher a via de um pai já morto! Mas ele também sabe que é menino, que é feito como todos os meninos, como todos os homens, como seu famigerado pai e, infelizmente, não como sua mãe. É fácil imaginar que a contradição com a qual se vê confrontado possa-lhe parecer insuperável por muito tempo. No entanto, acaba encontrando um embuste, um ardil que lhe permite superá-la. Por que, então, não se permitiria ele tal trapaça, já que acima dele a trapaça foi alçada à posição de filosofia de vida? Terá a possibilidade de viver, e até de escapar da mãe a partir do momento em que simplesmente a tomar como referência, sem se deixar obstar pela diferença sexual que existe entre eles. Já que tudo indica que ele não é feito como ela e já que até poderia concordar com isso, para resolver o dilema basta decretar ao mesmo tempo que ela, pelo menos ela, é feita exatamente como ele. Doravante, pode professar que ela é a única mulher da criação provida de pênis. Essa certeza assim forjada o pacifica e encerra, por certo tempo, o doloroso debate. Mas quando tiver de confrontar com a realidade a aberração da qual foi o autor engenhoso, inocente e teleguiado, para não ser obrigado a ver o que há debaixo das famosas "calças", irá investir o primeiro fetiche tranqüilizador que estiver ao alcance da mão ou do olhar, caso não se resigne a optar por uma homossexualidade destinada a poupá-lo da deflagração que teme ver ocorrer sob o efeito da confrontação com uma verdade que o faria resvalar à condição de seu pai morto.

Terminado esse inventário, digamos logo que esses modelos de mães tão contrastantes e quase caricaturais não são os únicos. Existem inúmeras nuanças e subvariedades, obviamente com a mesma quantidade de nuanças e de subvariedades comportamentais de filhos. Ademais, os dados iniciais capazes de influenciar o futuro dessas mesmas crianças podem ser atenuados ou radicalizados por toda uma série de fatores familiares, relacionais, históricos ou ambientais. As figuras paternas, em particular, podem ser menos apagadas do que foi descrito – e voltaremos a isso. Mas o que importa sublinhar, acima de tudo – e a clínica pediátrica o mostra melhor que qualquer outra –, é que aqueles modelos não são exclusivos uns dos outros e podem coexistir numa mãe de vários filhos, sem por isso provocar nela qualquer desconforto ou fazê-la perceber qualquer contradição em condutas às vezes radicalmente diferentes. Aliás, para atestá-lo não há apenas a observação. Todos os discursos que se escutam na verdade falam da existência de tais diferenças. E qualquer indivíduo que viveu numa fratria pode descrever e caracterizar, com uma precisão sempre impressionante, a relação de sua mãe com seus irmãos e irmãs – necessariamente distinta da que teve com ele e da qual se queixa. Ao escutar certos relatos, chega-se às vezes a constatar a legitimidade de certos sentimentos de ciúmes. Portanto não está errado, e é até mesmo bom dizer a uma criança, ou a cada uma delas numa fratria, que ela tem ou teve uma mãe que era sua e só sua e que ela coexistia no mesmo corpo com as de seus irmãos e/ou irmãs.

Em todo caso, é assim e não de outro jeito que se desenha a paisagem na qual evoluem nossos semelhantes. Ninguém pode escapar ao destino que sua mãe forjou para ele por meio da relação sutil que ela mantém com as forças de vida e de morte. Pois é nessa idade e por esse tipo sutil de trocas que se instaura, em cada indivíduo, o esboço – que irá ser reforçado e fixado ulteriormente na travessia da etapa edipiana – do que se chama sua estrutura, geralmente atribuída a algo que coube ao indivíduo por um efeito do acaso ou por uma quantidade incontável de fatores aos quais se dá o nome de "história". Se a história intervém – e não nego que ela o faça, longe de mim! –, é sempre depois dessa etapa, ou seja, intervindo e modelando a relação que a mãe mantém com sua maternidade.

Pode-se compreender, portanto, que a estrutura que cabe a um indivíduo jamais poderá, seja qual for seu percurso, sua trajetória ou a duração de sua vida, ser mudada ou profundamente modificada. Eventualmente poderá ser aliviada, reordenada de alguma forma, o que talvez possa atenuar um pouco os efeitos de seus dados brutos e tornar o cotidiano mais suportável, tanto para o próprio sujeito como para os que o rodeiam. No entanto, é imperativo que isso seja dito claramente e sem qualquer ambigüidade. Embora a primeira idade, com a vastidão de suas messes, o déficit de seu poder discriminatório e a violência de sua reatividade, estabeleça algumas passarelas entre os esboços de diferentes estruturas que o sujeito acreditou dever construir antes de escolher para si aquela que as mensagens reiteradas de sua mãe lhe imporão, ela lhes dá ao mesmo tempo sua conformação e sua condição definitivas. Não é pelo fato de o psiquismo de cada indivíduo esconder um núcleo psicótico ou de certos obsessivos adotarem traços histéricos, ou vice-versa, que podemos imaginar que, por meio de algum procedimento terapêutico, seja possível mudar a estrutura de um indivíduo. A estrutura na verdade nada mais é que um aparelho, com características precisas forjadas numa idade muito precoce e concluído um pouco mais tarde, que permite ao psiquismo filtrar e codificar toda informação em termos de vida e de morte, retirados, entre outros elementos concorrentes, da relação com a mãe em função direta da aferição dessa relação. Os elementos organizadores fundamentais estão aí inscritos muito profundamente, e isso só foi possível porque o substrato que os recebeu ainda era bastante virgem e eminentemente receptivo. A coletânea de informações, de injunções ou de ordens, a de todas as disposições da mãe no tocante a cada acontecimento, molda um cérebro em pleno desenvolvimento que coleta e armazena, de modo inatingível e portanto inexpugnável, o discurso desconhecido e não-formulado, porque espontaneamente impossível de formular, de uma mãe que, além disso, tem toda a latitude para transmiti-lo através de cada um de seus gestos[2].

Ora, a intensidade dessas trocas e da inscrição que delas decorre só será imaginável se guardarmos na memória que o ser imaturo e inacabado dos primeiros tempos da vida vai se aperfeiçoar continuamente, enriquecendo seu sistema perceptivo de maneira radical e sem jamais nele introduzir qualquer nuança. A mensagem de apelo de que faz uso, para apenas citar esse exemplo, na verdade é unívoca. Sob todas as latitudes e em todo tipo de situações, é, até o acesso à linguagem articulada, pelo choro e apenas pelo choro que ele traduz seu desamparo e sua necessidade. Ora,

....

2. Essa afirmação pode parecer surpreendente e um tanto exagerada. E como deixaria de ser, vindo como vem, inopinadamente e nesse lugar? No entanto, ela está muito bem fundamentada, e desmontei seu mecanismo em algumas de minhas obras anteriores, em particular: *Une place pour le père*, Paris, Seuil, 1985; "Points-Seuil", 1992, bem como *L'enfant bien portant*, Paris, Seuil, 1993 e 1997. Nesses livros pode-se ler minha demonstração de que o gestual de uma mãe não procede senão de uma colocação em ato de seu inconsciente.

esse choro terá de ser escutado pelo genitor – geralmente a mãe – que tentará interpretá-lo, corretamente se possível, nem que seja para ele cessar. E isso nem sempre é coisa pouca! Um testemunho pessoal ilustrará o que digo.

Estava passando parte da tarde com um de meus filhos e seu bebê de treze meses que, de repente, começou a chorar. Não era assim tão pequenino, mas um bebê que já andava sozinho, que era capaz de manipular objetos e dispunha de toda uma panóplia de sinais e de mímicas para se comunicar e exprimir suas resoluções ou preferências. Ora, o choro durou quase meia hora, resistindo às manobras empreendidas nas direções mais diversas, segundo a intuição estatisticamente fundamentada dos pais. Pegar no colo não adiantou nada, a mamadeira de água tampouco, o passeio também foi um fracasso estrondoso, assim como as palavras tranqüilizadoras da mãe ou a voz grossa do pai. A fralda é claro tinha sido verificada para não descartar o eventual desconforto de fezes recentemente expulsas. Depois, como nada adiantasse, tentaram embalá-lo e colocá-lo para dormir. Tudo em vão! Até o momento em que os passos do pai que o carregava puseram o bebê em presença dos biscoitos de coco colocados momentos antes sobre o bufê e que ele literalmente devorara a ponto de ele mesmo tê-los afastado uns quinze minutos antes. O choro parou instantaneamente dando lugar a um rosto alegre e vitorioso e a um dedo imperativamente apontado para o objeto cobiçado. A criança não teve nenhuma expressão intermediária entre os berros e lágrimas por um lado e o intenso júbilo, por outro. Não pode, e aliás não podia haver, nenhum meio-termo.

Essa dimensão héctica, que navega de um extremo ao outro, sempre foi e por muito tempo continua sendo a única existente na percepção e nas modalidades de expressão dessa idade. Confrontado com o desamparo no qual o coloca de imediato o caráter imperioso de sua necessidade, o bebê confere naturalmente à pessoa que o satisfaz uma dimensão de poder tão grande que levará muito tempo, muito, muito tempo para dele se livrar. Mas a confiança que nela deposita não é inútil, pois permitirá, por uma série de experiências repetidas, que ele forje sua visão do mundo e também aquilo que funcionará, sem que o saiba, como um sistema de segurança mais ou menos bem adaptado. Se cuidados atentos, serenos, inteligentes e equilibrados vêm responder adequadamente à expressão de suas múltiplas necessidades, ele se sentirá numa segurança satisfatória com a pessoa ou o meio que os tiverem dispensado. Compreende-se assim o sucesso ou as dificuldades da educação e criação remuneradas. E compreende-se ainda melhor que um pequenino, que tenha passado a maior parte de seu tempo de vigília com uma babá, reencontre a mãe com aquela alegria conhecida, mesmo que passe com ela apenas algumas meias horas no fim do dia. Se os cuidados da babá lhe oferecem uma segurança certa, é porque tem como referência a aferição de segurança inigualável que lhe proporciona a mãe de quem guarda em si uma marca física que jamais se apagará.

Por isso, nada é mais fácil de imaginar do que a riqueza prodigiosa do universo em que vive um bebê. Nele tudo é vivo, borbulhante, atraente e novo a ponto de fazer com que cada instante seja vivido numa intensidade emocional considerável. Nele, as solicitações são tantas que sempre haverá algumas às quais se entregará. Exprime então sua vontade à sua maneira, obrigando a pessoa que cuida dele, como fez meu neto com seus pais, a tentear a resposta adequada à necessidade que ele exprime. A esse respeito, poderíamos dizer que ele mesmo funciona segundo uma forma de poder que beira, com mais freqüência do que os jovens pais imaginam ou gostariam de imaginar, a tirania. É a partir dessa constatação que surgem todas as noções de caprichos e os mais diversos conselhos educativos. A maioria das mães aceita em geral essa lógica do tentear. Evidentemente existem algumas que reagem de outra forma; as que descrevi como sendo da terceira categoria caem, diante da menor hesitação ou do menor fracasso, na depressão e na autodepreciação, como se não tivessem o direito de fracassar ou devessem sempre fornecer ao meio a prova mais patente de sua excelência. Em contrapartida, as da quarta categoria farão uso de uma cólera fria ou de uma autoridade cortante, quando não de punições que consideram exemplares.

Não é difícil imaginar que as diferentes atitudes tomadas para resolver essa multidão de pequenos problemas possam produzir efeitos sempre singulares que vão orientar e rechear ainda mais precisamente a estrutura que se instala.

Vimos que, em toda relação comum de uma mãe comum – aquela que, pelo contrário, por alguma eventualidade não é dotada nem demais nem de menos – com seu bebê, o que está em jogo é a confrontação de duas formas de poder heterogêneas mas equivalentes quanto a sua intensidade e condição. O choro ou o grito, em qualquer circunstância manejados sem qualquer nuança, são ambos suficientemente insuportáveis para obrigar a mãe, com mais freqüência do que gostaria, a reagir a eles e tentar acalmá-los como e quando puder. Pode-se portanto dizer que o bebê exerce sobre a mãe um poder imenso, colocando-a assim exclusivamente a seu serviço. Em troca – e é assim que ele lhe paga e que, sem saber, se aliena a ela – está disposto a reconhecer-lhe, à medida que se acumulam suas satisfações, um poder incontestável e impressionante, que tentará avaliar e até desafiar por meio de um comportamento cada vez mais tirânico, o que só fará complicar a relação de amor – matriz de toda relação amorosa, inclusive a sexual, posterior – que o acompanha. Em todo caso, tendo como pano de fundo a ameaça de morte, trata-se de uma relação dual, uma forma de implacável face-a-face, acentuada pelo que, do tatear, produz uma escansão do tempo, que não faz aparecer imediatamente a regulação terceira embora a convoque.

Através das cautelosas verificações às quais se entrega, a mãe comum teria portanto toda a latitude para estabelecer de modo salutar uma forma elementar de percepção de um tempo que seus fracassos, mais que seus sucessos, escandiriam repetitivamente. Aqueles poucos segundos que às vezes transcorrem entre a expressão da necessidade e sua satisfação confeririam progressivamente à criança a consciência de seu lugar, fora do ventre materno onde o adiamento não existia. Acostumar-se com esses tempos de espera forjaria nela a consciência do corte e da diferença dos corpos e seres. Com a ajuda de seu crescimento e de sua maturação física, a criança aprenderia aos poucos que ela é ela mesma e não sua mãe ou um pedaço dela. Progressos e aquisições mais bem vividos e mais proveitosos quando a mãe consegue viver com serenidade e sem remorsos excessivos sua falta de jeito constitutiva. É dessa maneira, e apenas dessa maneira que ela pode mostrar ao filho que ele não constitui todo o seu universo, que ela tem outros interesses reais na vida além dele, que ela aceita e assume o fato de tê-lo posto no mundo. Em suma, ela atravessa uma experiência de perda, perda de sua posição de onipotência, perda de seu poder exclusivo, perda de seu poder absoluto, perdas estas que não a impedem de viver, longe disso, e até conferem à sua vida uma intensidade e uma força infinitamente mais satisfatórias. Tudo isso permite que seu filho se amolde a ela e ocupe seu próprio lugar de ser vivo, sem se sentir a cada instante ameaçado de morte.

Sobre um fundo de uma modelização que, embora nefasta, o discurso corrente de nossas sociedades transforma em mote, acontece, com mais freqüência do que se imagina, de uma mãe ser levada a viver suas aptidões sumárias de modo sofrido e passar o tempo desqualificando seu próprio comportamento. Sua relação com o filho será necessariamente afetada por isso, e este não terá outra escolha senão multiplicar as exigências para obter uma leitura mais clara da mensagem ambígua que assim recebe. A assunção da perda será adiada indefinidamente, apesar dos caprichos extenuantes que voltam sempre a reinterrogá-la e a exigir que ela se dê. Abre-se assim a porta para todas as dificuldades de educação, para todos os distúrbios de comportamento da criança e para inúmeras problemáticas de casal. Pois o ser humano é feito da seguinte maneira: ele só pode se sentir totalmente vivo se tomar consciência de seu destino mortal e aceitá-lo. Numa de suas correspondências, Freud confessou que a morte de sua mãe, conquanto dolorosa para ele, curiosamente também o aliviara, pois lhe permitia sentir-se mais intensamente vivo, já que até então proibira a si mesmo considerar a própria morte.

No extremo oposto, podemos encontrar outra mãe que, por motivos que provavelmente dependem de suas disposições em face da aventura que vive, entrega-se ao exercício de uma onipotência indefectível, consistente e exercida sobre uma criança reduzida à condição de objeto e que, em princípio, deve ser satisfeita ao máximo, em todos os sentidos desses termos. O tempo, aquele tempo criado pelas verificações cautelosas, não existe nem mesmo em estado embrionário na relação. Ele é puramente impensável, despropositado, interdito. Deixa de aparecer também qualquer necessidade de regulação terceira, pois os protagonistas não têm nenhum motivo de atrito ou de conflito. O todo funciona precisamente à maneira da relação que se instaurou fisicamente entre os corpos durante a gestação, mesmo e sobretudo se essa relação conferiu à mãe a consciência de uma forma de glória. É uma lógica comportamental forjada a partir do comportamento do corpo materno durante a gravidez e que continua a ser exercida sem qualquer reacomodação, como se a gravidez não tivesse terminado e estivesse destinada a perdurar indefinidamente sem que a colocação concreta no mundo devesse ser levada em consideração. Toda experiência de perda está excluída. E a criança, preenchida e satisfeita em tudo, cuidadosamente preservada da dita experiência de perda, impossibilitada de ter acesso à sua condição de ser mortal, paradoxalmente nunca se sentirá viva.

É aliás nesse ponto preciso que o sexo da criança intervém da maneira mais decisiva. Os etnólogos, observando nas maternidades a maneira como as mães se comportavam, e sobretudo a maneira como tocavam o corpo do filho, já mostraram faz tempo que elas tinham mais liberdade gestual com o corpo de suas filhas do que com o corpo de seus filhos, que tocavam com muito mais freqüência as primeiras que os segundos, e isso, fosse qual fosse seu lugar na fratria. É algo fácil de entender: o corpo do menino era radicalmente estranho à experiência que elas adquiriram de seu próprio corpo. É preciso escutar e vivenciar o alívio delas quando ficam sabendo da inutilidade de fazer qualquer gesto sobre o pênis de seu garoto – cabe, aliás, perguntar-se se os médicos que continuam a prescrever a inútil e nociva manipulação forçada do prepúcio entendem algo da diferença dos sexos. Pela mesma razão que as torna hesitantes quando não embaraçadas em relação ao corpo de seu menininho, elas estabelecem com o corpo de suas filhinhas uma relação mais confiável, mais confiante, mais relaxada e mais empreendedora. Isso diminui sensivelmente, quando não elimina por completo, esse tempo de apalpadelas de suas intervenções de que acabamos de falar – todas as mães e todos os profissionais da infância ressaltam que os bebês do sexo feminino são mais calmos, bem menos exigentes e adoecem bem menos que os menininhos, e isso não sem motivo, pois são satisfeitas de maneira mais adequada e mais rápida.

Esta seria uma constatação sem grande interesse se não reduzisse as atitudes maternas apenas às suas conseqüências sobre o comportamento aparente dos bebês. O que está em jogo é de uma gravidade e de uma importância insuspeitadas, pois é exatamente sobre isso que se insere a noção crucial do transcurso do tempo. Se as apalpadelas forem conseqüentes no menino, criarão as condições para uma percepção crescente da frustração, do adiamento, do tempo que transcorre e da memória que tenta dominá-lo. Quase inexistente para a menina, o estabelecimento dessas categorias perceptivas só se dará de maneira precária e transitória, de modo que quando ela se vir confrontada ao longo da vida genital posterior com a escansão que o tempo inscreve no seu corpo, na forma de puberdade, regras, gravidez(es) e menopausa, a relação singular que tiver com esse tempo não a levará a tentar um controle inútil dele, mas fará com que privilegie apenas as noções de instante e de eternidade. É essa introdução à dimensão que é provavelmente a mais específica do universo feminino que acarretará, por verdadeiros fenômenos de ressonância, uma forma de confusão, quando não de unidade, entre mãe e filha – entre mães e filha, melhor dizendo, pois essa relação dual é sempre e infalivelmente parasitada da relação da mãe com sua própria mãe – na qual, assim como não se sabe mais onde começa a mãe e onde termina a filha, não se saberá mais como o violento investimento na vida se diferencia da extrema angústia da morte.

O exame da relação mãe-filho(a) desde esse ângulo diferente dos precedentes não esgota, como se vê, sua importância, sua complexidade ou seu teor. Embora permita compreender um pouco mais a ambição e a amplitude do seu campo de intervenção, também destaca o fracasso quase infalível com que ela deparará mais cedo ou mais tarde. Fracasso salutar, ademais, pois é a partir dele que a disjunção e a tomada de distância entre ambos os protagonistas, quando o contexto permite, se tornam possíveis.

É nessa ordem de fatos, e principalmente então para um menino, que se encontra esse tipo singular e raro de mãe que chamei de paradigmática. Ela tem o dom, à primeira vista incompreensível, de adivinhar instantaneamente o aparecimento e a natureza das necessidades de seu filho. Ela sempre sabe identificá-las e satisfazê-las de imediato sem por isso, paradoxalmente, alienar o filho a ela. Sua ação não se situa no mesmo registro do da mãe anterior, que também se empenhava em não deixar o filho sofrer qualquer espera. Se a primeira executava sua tarefa para consolidar em primeiro lugar sua própria glória ou para combater uma surda e violenta culpa, esta inscreve sua ação na ordem de uma submissão extrema à exigência de uma missão que ela se teria imposto e aceito sem questionar qualquer termo: fazer o filho viver, para ele mesmo e não para ela, admitindo de antemão que ele está separado dela, que é mortal e que, em relação a essas coisas, ela não pode fazer nada. A justeza, a clarividência e a imediatez de sua ação não têm outra origem senão sua justa compaixão, nem outro objetivo senão evitar um sofrimento inútil. Sua visão das coisas, em outras palavras, torna-se singularmente clara por uma experiência, real ou fantasística, de morte que faz com que dê à vida, à sua e à que transmitiu, seu justo valor. O que a mantém afastada de toda tentação de poder que, no entanto, poderia surgir nela mais que em qualquer outra, devido à percepção de sua muito real mas muito vivificante e estruturante onipotência.

É inevitável encarar a aporia do que está em jogo nesse extenuante registro e que, sob muitos aspectos, permite entrever a face mais trágica da nossa condição de seres humanos. Saciado, quem não sonha estar? Em relação a isso, não temos todos a mesma fantasia? Em algum momento de nossas vidas, não conhecemos tanto a esperança de ser percebidos de maneira tão perfeita como o sentimento de desamparo ao qual às vezes sucumbimos por não termos conseguido nos fazer compreender? A marca que guardamos dessas situações opostas permanece viva em nós, mesmo que esteja enterrada em zonas inacessíveis à nossa memória. E, quando reencontramos a marca de nossas frustrações ou chegamos a compreender o preço com que às vezes pagamos uma certa devoção materna, poderíamos sentir outra coisa a não ser indignação e ressentimento em relação a uma aptidão que gostaríamos que beirasse a perfeição?

Portanto, essa noção de mãe paradigmática não é uma coisa qualquer. É aquela com que sonhamos atualmente ou no passado, porque ela é capaz de socorrer sem alienar e de satisfazer sem instaurar uma dívida que não seja simbólica. Aquela que todos acreditavam estar vendo no par formado por Gwenael e sua mãe. Não podemos negar que ela habite a imaginação de todas as mães sem exceção quando elas se queixam de sua salutar incapacidade ou de suas não menos salutares insuficiências. "Dê-me a receita que me permita, se não alcançar esse ideal, pelo menos me aproximar dele o mais possível", parecem elas pedir ao médico que, como elas sabem, também só sonha com isso. Ora, se elas se autorizam a proferir um discurso desse tipo, não é apenas para exprimir o desassossego provocado nelas pelo parto, é também para não transgredir o discurso consensual que, em todas as culturas, faz desse tipo de mãe o modelo a ser atingido. Disso se segue que estamos todos envolvidos nisso, sem exceção. E que o que sua evocação desperta em nós são os impasses gerados por nossa relação com nossos próprios pais, a deles com os pais deles, e assim por diante. Tudo aquilo que, de certa forma, constitui os estratos de nossa história e jaz em nosso inconsciente em zonas que, embora inacessíveis, nem por isso deixam de emitir o tempo todo mensagens às quais deveríamos prestar uma atenção ainda mais constante.

... E a outras mais!

Ela tinha, portanto, tudo isso. Essas qualidades que nenhum de nós conseguiria nomear ou descrever, mas que cada um se apressaria em testemunhar com uma ciência e uma facúndia que a ele mesmo espantaria, como se essa sua homenagem o consolasse de suas antigas frustrações dispensando-o ao mesmo tempo de voltar a elas ou confessá-las.

Tal era, com efeito, o estado de espírito de todos os protagonistas daquela aventura. Imaginem, portanto, o efeito produzido pela narração da ressurreição e o estado em que ficaram todos os funcionários. Nos dias seguintes, as conversas de corredor e das cantinas retomavam sem cessar os detalhes conhecidos para tentar avaliar o tempo durante o qual a vida de Gwenael cessara. Mas nenhum número parecia decente ou aceitável, alguns chegavam até mesmo a afirmar que a coisa tinha acontecido várias vezes. E ninguém podia perguntar aos atores do milagre que, como se estivessem sob efeito de um choque brutal, recusavam-se a falar sobre o assunto. Seja como for, todos se felicitavam calorosamente. Tanto mais que a cura, sem qualquer seqüela, parecia mais do que nunca iminente.

Quem é que, de repente, parou de acreditar nela?

E como isso aconteceu?

Eu não saberia dizer. E não foi por falta de ter tentado me lembrar ou de ter me debruçado compulsivamente sobre meu dossiê para procurar nele um indício capaz de me pôr na trilha de uma resposta.

Singular função a dessa amnésia. Do quê, de que detalhe ela estava destinada a me proteger? Porque é certo que algo me escapou definitivamente na rememoração dos acontecimentos e de seu desenvolvimento preciso. Reconhecê-lo ou resignar-me não faz muita diferença, pois sei que será impossível, mesmo pela via das associações, recuperar qualquer detalhe significativo. Mesmo se eu tivesse tentado fazê-lo há mais tempo, eu não teria tido maior resultado. De qualquer forma, não o fiz. E tampouco tive a impressão, durante todo aquele tempo, de que um sonho qualquer viesse em meu auxílio. Tanto que a conclusão a que acabei chegando me deixa mergulhado numa culpa, cuja origem, aliás, provavelmente não se encontra unicamente nessa história.

Pois o que foi que vivi de fato e que esta escrita tenta transmitir ou restituir como num doloroso trabalho de contrição? Uma proximidade extrema com a morte? Certamente. Mas não apenas isso. Pois a profissão que exerço e que estudei por muito tempo me obrigou a enfrentá-la muitas vezes em combates dos quais às vezes me saí vitorioso e outras, vencido. Será, então, que é do contrário que se trata? Ou seja, da fascinação inesgotável que em mim suscita a força surpreendente da vida e a violência com a qual ela invade o ser e o espaço apesar de sua aparente precariedade? Mas não tive eu sempre consciência disso? E essa certeza não estava implicitamente inscrita em mim a ponto de intervir até mesmo na escolha de minha especialidade? Então, do que é que se trata? E por quanto tempo ainda tenho de continuar questionando, explorando uma a uma as etapas intermediárias entre os extremos que discuto? É claro que há um pouco de tudo isso ao mesmo tempo. Mas há também uma outra coisa. E não posso dizer que o mais importante da marca que disso tudo guardei seja o medo, a tristeza, a dor ou a nostalgia. Pois, de tudo isso, a única coisa que se destaca com incontestável nitidez, e cujos efeitos continuo a sentir sem qualquer dúvida é a inesquecível lição que me foi ministrada pelo espetáculo de uma determinação e de uma convicção que conseguiram, ambas, fazer a morte recuar repetidas vezes. Embora isso tenha se revelado possível daquela vez, embora eu o tenha vivido e possa testemunhá-lo e comprová-lo pessoalmente, estaria eu impedido de concluir que, muito mais freqüentemente do que se imagina, se não sempre, a morte de um ser jovem – e por que não toda morte – nunca é outra coisa senão uma forma mascarada de morte provocada e por que não, às vezes, de assassinato? Recordei que, na minha cultura de origem, todos os presentes ao enterro de um defunto são convidados a lhe pedir perdão em voz alta. Portanto, eu estava prestes a concluir que uma pessoa viva de certa forma acaba morrendo quando compreende que mais ninguém à sua volta, a quem dê alguma importância realmente, liga para ela como ser vivo. Essa retirada de investimento pode ser efeito de uma indisponibilidade ou de uma distração passageiras, que então beiram o homicídio por imprudência, ou voluntárias, e, oriundas de um movimento agressivo, avizinham-se de forma mais ou menos insidiosa da premeditação que caracteriza todo assassinato.

Hipóteses delirantes e conclusões suspeitas? Forma sutil de paranóia? Ou verdades fundamentais que eu descobria brutalmente e cuja irrupção no meu cotidiano me deixava atordoado? Era toda a minha história pessoal que era tragada por essas interrogações, as quais, posteriormente, iria trabalhar longamente na minha análise. No entanto, tinha ao mesmo tempo a impressão de que, para além da coleção de detalhes que eu tinha acumulado e dos quais contava tirar partido, não podia mais evitar interrogar as múltiplas articulações desse inesgotável conjunto vida-morte-amor que, mesmo envenenadas pelo lamentável e tão freqüente enxerto desse quarto termo que é o poder, estavam implicadas em tudo isso. Em outras palavras, teria de examinar a maneira como se concebe, se considera, se articula e evolui a inevitável relação de todo indivíduo com um indivíduo outro, com todos os outros, com o outro. O que, como todos sabem, constitui um debate cuja extensão e complexidade são suficientes para desestimular e reduzir qualquer pretensão.

A começar pela dificuldade que existe simplesmente em definir esse outro, em situá-lo, em tentar saber quem ele é, o que ele é e que função desempenha.

Será ele sempre aquele sobre quem se convencionou dizer, como se quiséssemos restringir o tema a isso e assim nos livrarmos de uma vez por todas de seus outros aspectos, aquele com quem cruzo o tempo todo e que me devolve minha própria imagem? Seria, portanto, aquele por meio de quem eu conseguiria de alguma maneira apreender, definir essa imagem, aquele por meio de quem eu me reconheceria, aquele graças a quem eu finalmente confirmaria a consistência de meu ser. Mas será que ele é isso? Não seria antes, e *a contrario*, aquele que ameaça minha existência e sobrevivência, aquele que recuso, com maior ou menor veemência, e de quem fujo, porque as questões relativas à sua existência, sua condição ou sua função me assaltam, me perturbam e, decididamente, não são as minhas?

O problema assim colocado é o da distância suficientemente adequada que deve se instaurar entre dois seres, pois é ela que condiciona a possibilidade de ambos partilharem um espaço comum ou uma relação, a aceitação mútua e a capacidade de troca. Problema, em outras palavras, muito maior do que parece. Problema considerável. Desde os confins de sua história, a humanidade tentou, sem grande sucesso, formulá-lo de maneira conseqüente para encontrar-lhe uma migalha de sentido ou de solução. Assim, muito perto de nós e no nosso universo ambiente imediato, por exemplo, o texto bíblico tomou o cuidado de sugerir logo de início, em relação aos protagonistas, a existência de uma referência terceira capaz de se interpor e de promover respeito, reconhecimento das respectivas identidades e uma eventual comunicação: o homem fora feito por Deus à sua imagem (Gênesis 1,26). Se cada homem era feito conforme essa imagem e se a relação de cada um com essa imagem encontrada no outro tinha por função estruturar uma conduta impecável, a relação dos indivíduos entre si deveria vir marcada por sua fluidez e sua fiabilidade. Ora, poucos versículos mais adiante (Gênesis 4,4-16), o texto relata o que de certa forma teria sido o primeiro conflito trágico da humanidade nascente, aquele gerado entre dois irmãos por uma forma irracional e incontrolável de ciúmes.

Todos se lembram do rancor de CaiN* ante a recusa de suas oferendas por parte da divindade e do assassinato de ABeL que

....

* Manteremos a grafia francesa dos nomes, pois o autor trabalha com elas. [N. da T.]

ele cometeu. Esse relato pode ser lido nas traduções que, em qualquer língua, amputam-no do essencial, conferindo-lhe apenas efeitos ínfimos e estritamente similares. Na verdade, a única coisa que o texto original[1] revela é a maneira como esse episódio, já em germe na história desses dois irmãos desde sua concepção, foi cruelmente precedido por sua prenominação antes de se concretizar numa aparente tentativa de reequilibrar suas respectivas posições. Com efeito, o texto faz CaiN vir ao mundo ao final de um projeto justamente descrito em suas diferentes etapas e faz sua mãe declarar que ela assim o prenominou porque, "CaNiti"..., "eu o concebi"... com Deus (Gênesis 4,1). A narração da concepção e do nascimento de ABeL, cujo prenome significa bruma, névoa, pequena nuvem ou quantidade insignificante – nuança que reencontramos na denominação do professor Nimbus –, é em contrapartida literalmente expedida. Assim, tudo já estava lá.

É como se o projeto mais bem concebido e amarrado para gerir a relação com o outro, mesmo que seja um irmão, não pudesse deixar de levar em conta o que vimos constituir-se, sob o efeito da atitude materna, como estrutura.

Se mal tenho consciência de viver minha própria vida, se não sei nem onde estou nem o que acontece comigo e muito menos o que posso ou não posso fazer, se estou liquefeito(a) por minha impossibilidade de pensar qualquer relação, seja da ordem que for, pouco me importa que o outro exista ou não exista, que faça isso ou aquilo, que viva ou não viva. Pouco me importa que eu possa ser seu outro, sua imagem, que ele possa ser meu outro e minha imagem ou que possa se instaurar entre nós qualquer relação. Sou totalmente estranho(a) a esse debate. Não faz nenhum sentido para mim, se é que alguma coisa faça algum sentido para mim. Todos à minha volta o sabem e o admitem ademais. Pois não haverá um único tribunal, em nenhum país do mundo, para me condenar se as circunstâncias me levarem, às vezes e sem que se possa dizer que quis ou não fazê-lo, a atentar contra a vida desse suposto outro eu mesmo. Não há qualquer dificuldade em admitir

---

1. Em relação a esse ponto, bem como a outros com ele aparentados, devo meu reconhecimento aos ensinamentos de meu amigo Marc-Alain Ouaknin.

que sou irresponsável, pois o ato que perpetrei não tem para mim qualquer significação e, em todo caso, não a que lhe é comumente atribuída. A única providência que tomarão será confiar-me aos terapeutas para tentar – geralmente em vão, mas é melhor não espalhar isso, pois todos evitam dizê-lo – enxertar em mim essa porção de relação que me falta constitutivamente.

Se, num outro caso, minha principal preocupação consiste em me proteger por trás de todo tipo de atitudes, automatismos ou condutas rituais para acreditar poder escapar de uma morte que instituí como mestre, que condiciona cada um de meus pensamentos e cada um de meus gestos e que só de imaginar fico congelado(a) e paralisado(a), o outro não é aquele cuja existência ameaça assinalar a minha, designar minha presença ou, pior ainda, me fazer sair da toca? Nesse sentido, não sou muito diferente do animal. Tenho seus reflexos e sua lógica comportamental: primeiro eu e somente eu. Diante disso, não seria normal eu desejar que esse outro nunca tivesse existido e, que, obrigado(a) a me resignar com sua materialidade, eu pudesse simplesmente desejar seu desaparecimento? Oh, pessoalmente, eu jamais faria nada para eliminá-lo. Não teria a impudência de me propor, seja como for, como administrador(a) do que me domina. Conheço bem demais os dissabores a que isso exporia minha preciosa pessoa. E nem penso em me aventurar levianamente fora do abrigo fofo, discreto e tranqüilo que levei tanto tempo para construir e à manutenção do qual dedico a maior parte de minha energia. Mas eu não veria nenhum inconveniente se alguém, eventualmente, se encarregasse disso ou tomasse a iniciativa. E estou disposto(a), sem evidentemente me comprometer, a apoiá-lo e até a estimulá-lo. Tanto mais, aliás, que esse outro que desaparece não é apenas um tributo pago à morte mas também uma presa sempre passível de ocupá-la por um momento, de satisfazê-la e de distraí-la de mim, para não falar de todos os bens recuperados dos quais eu poderia, legitimamente, esperar uma parte nessa ocasião. Não é verdade que devo aproveitar, amontoar, acumular, me apropriar, consumir, nada recusar, lutar por minhas vontades e meus projetos, e, semeador(a) de morte, pensar sensatamente em mim e somente em mim em primeiro lugar? Em suma, que devo me conformar estritamente à ideologia monopolista de um capitalismo por fim triunfante e pronto para aplaudir sem reservas minhas disposições e minha atitude?

Se, em contrapartida, um ódio inexpiável da morte ocupa todos meus pensamentos, não posso me contentar em ativá-lo por conta própria, simplesmente aprendendo a reconhecer, para evitá-las, todas as suas armadilhas funestas. Faço isso desde minha mais tenra infância e o aperfeiçôo todos os dias, sem nunca ter conseguido saborear o prazer, tantas vezes antecipado, proporcionado por uma serenidade que persigo em vão, o tempo todo. Tenho de ir mais longe, sempre mais longe, e não hesitar em me aventurar até o terreno dessa inimiga reconhecida, denunciada, declarada, dessa única verdadeira inimiga que reconheço como tal. É aí que o outro será para mim uma verdadeira bênção. Pois cada uma de suas falhas será para mim a oportunidade de um pouco de heroísmo, heroísmo este cuja natureza me empenharei em calar e me esforçarei em minimizar, a fim de não trair minha estratégia e os benefícios diretos que extraio da situação. E terei ainda maior credibilidade quando me puser a fazer discursos destinados a convencer a sociedade da utilidade e da nobreza de minha justa luta. Poderei então denunciar a animalidade circundante assim como os abusos, fazer uso da sedução cultural, desenvolver uma verdadeira arte para despertar as consciências, e tirar partido de meu militantismo em favor de uma justiça de cuja necessidade extrema conseguirei convencer a todos, sem a menor dificuldade.

Pode haver posição mais inexpugnável? Ninguém jamais poderá me acusar de estar antes de mais nada a serviço de meu interesse secreto, pois o guarneço de qualidades morais acima de qualquer suspeita. Quem teria o despudor de me condenar por meu desinteresse material? Quem ousaria colocar em dúvida minha renúncia aos bens falaciosos deste mundo, meu altruísmo ou minha preocupação constante e sem falhas pelo bem do outro? Recolherei só elogios porque ninguém terá condições de adivinhar que essa energia, empregada tão generosamente em prol do bem comum, na verdade só serve a mim, pois me permite saciar esse ódio que me devora e cuja presença em mim mata minha vida. Pudesse eu tão-somente converter o mundo às minhas idéias, as disposições que defendo se tornariam interativas e eu seria seu beneficiário direto. Infelizmente, a coisa é mais difícil de pôr em prática do que parece. Cheguei a pensar, assim como tantos outros, que um dia poderia finalmente ensarilhar as armas e conceder a mim mesmo algum descanso fazendo, por exemplo, do ideal comunista um casulo definitivo para a minha pretensão. Lamentavelmente, meu sonho foi por água abaixo. Mas talvez nem tudo esteja perdido, pois o humanitário e suas famosas ações caritativas parecem servir de substituto para o objetivo que me faz viver. Talvez o combate em campo fechado ainda tenha belos dias pela frente.

Mas, se a morte é para mim uma espécie de mito mais ou menos vago e a diferença dos sexos um engodo, não pode haver um outro identificado enquanto tal. Aquilo que tentam me fazer designar assim, na verdade nada mais é do que o que considero o objeto sobre o qual posso, passageiramente e sem esforço, satisfazer um ou outro de meus caprichos. Aliás, é impressionante como ele se presta a meus ditos caprichos, como se ele fosse estritamente incapaz disso e se deixasse facilmente fascinar pelo que percebe, da minha parte, como uma insolente facilidade. Caninamente fiel à minha história, é claro que não vou me envolver no que alguns chamam de troca, coisa a que renunciei definitivamente, se é que algum dia tive alguma queda por isso. Fazem-me rir todos esses fantoches que se agitam como insetos condenados à mesma sorte, a essa sorte alheia ao conjunto de minhas preocupações. Eles não compreendem que a inventividade que emprego na tentativa de encontrar-lhes uma ponta de utilidade é uma caridade que lhes faço, pois, na verdade, nada neles suscita em mim qualquer interesse.

Quer ele seja objeto de meu repúdio ou de minha atenção, quer eu fuja dele ou a ele me associe, o outro continua sempre sendo para mim aquele por meio do qual, de uma maneira mais ou menos clara, mais ou menos consciente, posso me informar antes de mais nada sobre mim mesmo. Salvo exceções, a reciprocidade dessa relação permite que eu leia na sua pessoa a maneira como estão inscritas as sempiternas articulações que me ocupam, e descobrir mais cedo ou mais tarde que essa modalidade de inscrição faz singularmente eco à que eu supunha ser a minha. O que não deixa de ter seu interesse, pois é, para ele e para mim, o primeiro passo rumo à compreensão do modo como tudo isso um dia se organizou e à descoberta que cada um de nós pode fazer da remanência em si dessa troca dual fundadora, dessa primeira troca dual com a mãe. Com o que segue de expectativa, de esperança, de amor e de felicidade pelas demandas satisfeitas lado a lado com aqueles ódios, rancores, ciúmes e violências inevitavelmente semeados pela frustração e decepção. Portanto, um amplo programa.

O esboço dessas atitudes individuais, embora esquelético e certamente insuficiente, nem por isso deixa de ter o mérito de mostrar que, infelizmente, elas são tão intrinsecamente lógicas quanto nitidamente diferenciadas. Em todo caso, permite entrever a verdadeira natureza do uso que cada um faz do outro e, em conseqüência, a extrema interdependência dos indivíduos que convivem e se juntam. Isto ademais permite compreender por que a predominância, pelo menos numérica, de tal ou qual estrutura no interior dos grupos humanos pode infletir sua organização ou sua maneira de viver e explicar um pouco os abismos que às vezes os separam. Do mais primitivo ao mais refinado, temos à nossa disposição um leque de modelos sociais sobre os quais exercer nossos juízos. A expressão "capitalismo selvagem", empregada em nossos dias no campo político-econômico, destina-se, por exemplo, por sua própria construção, a nos remeter, sem que o saibamos e para evitar que sucumbamos à sua imitação, a imagens semelhantes às que foram semeadas em nós pela educação reprovadora que nos moldou. Numa manobra sutil, ela dá a entender que haveria um capitalismo que não seria selvagem!

Isso não deixa de evocar os costumes, relatados pelos cronistas do século XVI, daquelas populações ameríndias antropófagas que tratavam e paparicavam seus prisioneiros – chegando até a oferecer-lhes mulheres e a permitir que tivessem filhos – enquanto esperavam para comê-los. Com efeito, declaravam-lhes com toda clareza o amor e a estima que tinham por eles, acrescentando que era por causa das qualidades que reconheciam neles e queriam adquirir que pretendiam comê-los. O que tampouco deixa de nos remeter ao nosso doloroso espanto e à revolta ingênua que sentimos, em nosso meio mais imediato, em face da atitude dos bancos que perseguem impiedosamente um pequeno devedor ao mesmo tempo que olham com ternura para o poderoso tubarão que os espoliou. Do primeiro, sem recursos, sabem que não podem esperar nada, mas esperam, mais cedo ou mais tarde, tornar-se cúmplices do próximo golpe do segundo. Ora, quer o admitamos ou não, a lógica e a legalidade de tudo isso não tem nenhuma falha. Tal constatação não deixa de ter conseqüências, pois fornece, num campo dos mais correntes, um indício a mais sobre a relação cuidadosamente mascarada que nosso mundo ocidental mantém com as forças de morte.

É claro que nos encontramos no extremo oposto da moral hebraica – sobre a qual se implantou toda a civilização judaico-cristã –, que atribui ao indivíduo a missão exclusiva de assumir responsabilidade constante, plena, inteira e sem falhas em relação ao outro[2]. Sabemos qual foi o destino dessa meritória generosidade, como também sabemos no que ela se transformou com o tempo e com sua implantação no seio de populações com estruturas individuais reativas às disposições que ela procurava promover. Sem entrar em detalhes ou na evocação precisa dos múltiplos e muitas vezes lamentáveis avatares dessa primeira mensagem, notemos que ainda não saímos de suas derivações missionárias ou colonialistas.

Esse pequeno desvio que mistura o individual e o social de modo leviano tem por único interesse mostrar quanto a estrutura psíquica "estrutura", no sentido mais estrito do termo, os indivíduos, sejam eles homens ou mulheres, leva-os a reagir às palavras de ordem do conjunto no qual estão inscritos por meio da adesão, da recusa, do combate, da negociação, do desvio ou do compromisso, atitudes estas que, por exemplo, vemos florescer admiravelmente em nossas sociedades em períodos eleitorais.

Obviamente, esses rudimentos de clarificação, essas explicações balbuciantes, essa desajeitada tentativa de sobrevôo sequer resumem a teoria de uma relação que parece ser das mais árduas de dar forma, tanto por seu destino como por seu conteúdo patente ou ideal. Constituem apenas um instrumento tragica-

....
2. A esse respeito, pode-se considerar que o monoteísmo judaico foi uma vasta tentativa de histericizar o humano, o que abriria caminho para uma outra leitura do Holocausto.

mente insuficiente de reflexão mínima sobre as sociedades, as civilizações, as guerras, a moral ou as religiões. Mas será que isso justifica manter-se a distância de todas essas questões, uma vez que tocam aos problemas cruciais colocados pelo emaranhado das forças de vida e de morte que cada um herdou da mãe desde o nascimento?

Na minha família não havia tema tabu, e as palavras, sempre decentes e escrupulosamente respeitosas da hierarquia dos vínculos, circulavam com abundância. Minha mãe, que era uma extraordinária contadora de histórias, tentou a vida toda nos transmitir a considerável cultura oral da qual, provavelmente, se sentia uma das últimas herdeiras. Ela não tinha qualquer dificuldade para falar de si e de sua infância. Se a evoco, aqui e neste ponto, faço-o, entenda-se, cedendo a uma associação de idéias e porque estou falando de vida e de morte. Ora, lembro-me dela nos confessando que, quando criança, um dia se sentira mais incomodada que de costume pela obsessão com a idéia da morte e suas implicações. Isso a angustiou tanto que decidiu, do alto de seus poucos anos, abrir-se com o sábio da casa, ou seja, seu avô materno. Ele conseguiu tranqüilizá-la dizendo-lhe que isso só a perturbava assim porque ela estava destinada a viver por muito tempo. Parece que a terapia surtiu efeito. Da mesma maneira como sua narrativa provavelmente produziu efeito sobre aquele ou aquela dentre nós que tinha suscitado seu relato. Bem mais tarde, surpreso com o impacto de palavras que, embora investidas, afinal de contas tinham simplesmente o caráter de um voto, voltei a interrogá-la sobre esse tema. Ela fez um relato que transcrevi naquele momento tentando – sem ter conseguido por completo, creio eu – manter na tradução a força e o alento que tinha na versão original.

"Essas idéias não me vieram de qualquer jeito. Foram as circunstâncias que as puseram na minha cabeça. Em casa, cada um de nós tinha uma função e era obrigado a ter uma ocupação. Eu estava encarregada de cuidar da minha última irmã. Ela ainda era muito pequena, chorava muito e eu tinha de carregá-la no colo o tempo todo. E, como eu não tinha muitas outras coisas para fazer, ficava terrivelmente entediada. Por isso costumava ficar zanzando lá fora à espreita do menor acontecimento ou do menor movimento de pessoas, para encontrar ali alguma distração. Foi nessas circunstâncias que adquiri um hábito que ainda hoje me enternece: eu me juntava a todos os cortejos e em particular aos cortejos de enterros que tinham, sobre todos os outros, a vantagem de durar mais tempo. Por isso assisti a um grande número de funerais e acabei me familiarizando com seu lento cerimonial.

Um dia, voltando do cemitério, contei ao meu avô onde tinha ido. Ele sorriu. Isso me deu coragem para lhe perguntar sobre algo que eu tinha notado e que me preocupava porque eu não compreendia o sentido. Pedi-lhe que me explicasse por que as pessoas, que aceitam esperar pacientemente por muito tempo e às vezes até por um longuíssimo tempo, debandam assim que vêem os coveiros começarem a trabalhar. Devo dizer que eu freqüentemente as tinha visto saindo bruscamente de sua imobilidade. E sempre me perguntava por que corriam assim, para todos os lados, acabando por se espalhar e se dispersar como uma nuvem de pássaros assustados.

Nunca esqueci a resposta de meu avô. Voltei a pensar nela muitas e muitas vezes! Veja, é o tipo de resposta que toda criança sonha receber para as perguntas que faz. Uma resposta aberta. Uma resposta ampla. Uma resposta que não cessa de refletir seu conteúdo num inesgotável eco. É sempre possível interrogá-la e tentar encontrar uma falha. É trabalho perdido, pois, a cada vez, ela abre horizontes sempre novos e insuspeitados. Veja, tenho certeza de que hoje, fosse apenas por ter de contá-la a você, também vou aprender mais alguma coisa.

'Veja, minha filha – me disse meu avô –, quando o morto do fundo de sua tumba de repente se dá conta de sua condição, ele se comove, como você pode imaginar, e invoca imediatamente sua mãe. Não foi sempre assim entre eles? Ele não se voltou sempre para ela a cada uma de suas inquietudes? Ele não encontrou sempre junto dela todas as respostas a suas perguntas e a suas angústias? Portanto, é natural que seja ela que ele chame em primeiro lugar. Ele faz o que sempre bastou ele fazer e que sempre surtiu efeito: pensa forte, muito forte nela, sabendo que ela é sempre capaz de adivinhar pelo pensamento e sem recorrer à palavra. Ele se concentra e pensa nela mais forte do que jamais fizera. Mas ela, morta ou viva, naturalmente submersa na dor e à escuta apenas de sua imensa tristeza, não o ouve. Não pode ouvi-lo. Não o ouve mais. Então, ele se volta para seu pai, morto ou vivo ele também, para implorar: com ele, emprega aqueles murmúrios respeitosos e vagamente temerosos a que estava habituado. Tampouco o pai o ouve: o nó na garganta e as lágrimas que tenta em vão reprimir impedem-no de perceber qualquer som ou pensamento que pudessem voar na sua direção. Movido por seu terror crescente, assaltado por um desespero desconhecido até então, eleva um pouco mais a voz: dirige-se a seus irmãos, a suas irmãs, a seus amigos, que a provação abate tanto quanto os fecha. Nenhum deles o ouve. Multiplica seus apelos sem qualquer sucesso. Desfila todas as palavras e todos os sons que conhece na esperança de fazer com que pelo menos um perceba. Seu terror atinge o auge. Temendo ter procedido mal, recomeça então febrilmente seu percurso de ponta a ponta: sua mãe, seu pai, seus próximos, seus aliados, seus amigos. Repassa todos. E, como a cerimônia avança e ele não obtém nenhum resultado, quando a primeira pá de terra ressoa sobre a tampa de seu caixão, ele concentra toda sua energia para lançar um último apelo. Um grito. Um grito único, sem destinatário. Um grito feito apenas para comover quem quer que o possa ouvir na multidão aglutinada. Um grito que, segundo dizem, é lancinante, congelante, siderante, horrível.

Pois bem, minha filha, saiba que ninguém, escute bem, ninguém deve estar lá para ouvir esse grito, é preciso que ninguém o ouça! Pois ninguém pode ou deve servir de testemunha para esse humano que se vai só e que, só como entrou na vida, só como sempre foi, deve ir embora só. Simples veículo da vida que o elegeu, habitou e que o abandona, ele não deve ter a possibilidade de agarrar-se a um outro portador de vida.

É por isso que as pessoas vão embora, se afastam com o ar sério e apressado que você viu.

É permitido ouvir o grito da chegada à vida: é aquele som aberto, a linha sobre a qual vão se inscrever os atos e os discursos. Não se deve ouvir o grito do fim. Porque não se pode comungar com esse fim. Senão para nele se perder.'"

Estanqueidade.
Seria esta a estanqueidade entre os registros de vida e de morte que os humanos, a crer nessa forma de mito, deveriam se em-

penhar em instaurar em primeiro lugar. Para purificar a primeira de tudo o que, da segunda, pudesse vir a parasitá-la. Para deixar a primeira ocupar plenamente o ser e permitir que ele desfrute dela sem a menor hesitação ou reserva. Fantasia ou sabedoria extrema? Pois a morte, admitida, posta de lado e relegada ao lugar que lhe é consentido, deixaria então de ser um senhor terrível para uns e uma inimiga infame para outros. Isto lhes propiciaria uma apreciável economia de energia e lhes daria por fim os meios para ocupar, sem restrição, seu tempo e seu espaço de vida.

Mas é evidente, e para comprová-lo basta voltar mais uma vez às condições de estabelecimento da estrutura psíquica, que tal opção nunca pode vir *ex nihilo* – ou seja, de uma disposição arbitrária e propriamente individual. As relações que cada indivíduo mantém com a vida e a morte estão desde sempre demasiado misturadas nele para que pense, e muito menos empreenda sozinho, uma forma qualquer de clivagem ou de ordenação.

Portanto, o que esse relato sugere é que a solução só pode vir de um discurso totalmente exterior ao indivíduo. De um discurso que traduziria uma vontade coletiva capaz de definir uma linha de conduta que comprometa – ou até que obrigue – cada um a se submeter a ela, fornecendo-lhe, se for necessário, uma ritualização que pode chegar a envolver cada gesto de sua vida. Meu bisavô não tinha uma estrutura psíquica vazia, e seu inconsciente certamente estava no mesmo barco que o de qualquer pessoa. A lição que deu à sua netinha, e que me foi transmitida, na verdade nada mais traduz do que sua adesão – e as nossas depois dele – ao princípio do mito que ele relata. Trata-se, ademais, de uma tentativa de explicar, por seu fundamento, tanto os gestos como o comportamento dos seres. Mas tal adesão não se dá por decreto. Só pode ser o resultado de uma transmissão meticulosa, multiforme e consensual instaurada de longa data e certamente não alheia a um certo zelo missionário.

Isso pode levar a pensar que essa preocupação com a ordem, essa injunção feita a cada indivíduo para que estabeleça a qualquer preço nele mesmo uma estanqueidade absoluta entre as forças de vida e de morte seria de responsabilidade do corpo social no qual ela poderia, em troca, ter repercussões capazes de condicionar seu progresso. É uma solução elegante e um belo objetivo.

Mas também um maldito embuste! Pois, desde que esse famoso corpo social vem sendo objeto de tentativas de regulamentação e de ordenação dos laços que nele se tecem, se uma ou outra delas tivesse tido a menor chance de sucesso, todos evidentemente o saberiam. Ora, hoje em dia só os gurus e os fundadores de seitas continuam convencidos da justeza de seus respectivos discursos, alimentando uma lucrativa utopia[3]. Com efeito, a obra de morte nunca atingiu a força que lhe dá nosso armamento moderno. E os discursos mais denegadores ou mais lenitivos não reduzirão em um só milímetro as implicações de tal fato. Foi-se o tempo em que os transeuntes se descobriam e em que as lojas baixavam decentemente suas cortinas à passagem dos lentos carros mortuários. Foi-se também o tempo em que os vivos demonstravam, por meio desses gestos convencionais porém unânimes, seu penar ou sua culpa comum em face do triunfo recorrente da morte. As pessoas só se encontram na porta do cemitério para uma espécie de corvéia integrada à lógica mercantil e cuja duração, a pretexto de uma incompreensível decência, todos se empenham em encurtar.

Não se trata apenas de uma simples mudança de código de comunicação. Em vez disso, pareceria que estamos assistindo, com surpresa, incredulidade e impotência, ao retorno de um recalcado tão violento que só podemos imaginar sua constituição nos tempos mais distantes de nossa memória. Isso explicaria, aliás, o fato de ninguém ter condições de avaliar sua extensão ou conseqüências. A inflação dos meios de comunicação suprimiu as barreiras geográficas por trás das quais os grupos humanos até então se refugiavam para administrar e canalizar, cada um na sua escala, cada um com seus meios, cada um a seu modo, os efeitos dificilmente controláveis do confronto entre as estruturas individuais. A televisão faz viver hoje, ao vivo e a cada instante, tanto o psicodrama do familiar como a radicalidade do estranho. Ora,

---

3. Cf. a sublime ilustração que nos dá Nani Moretti em seu filme *Palombella rossa* (1989). Tendo como pano de fundo uma interrogação dolorida sobre o engajamento político e sobre tudo o que constrói um destino, o autor nos oferece o espetáculo – deplorável, é claro – da adesão estéril de um certo número de indivíduos a um sem-número de palavras de ordem ideológicas ou aos respectivos discursos de gurus de diferentes obediências.

tudo isso não constitui uma provação totalmente nova ou inédita. É apenas algo que ocorre, ou melhor, volta a ocorrer com outra extensão e outros ornamentos. É uma história antiga. Uma história na verdade antiqüíssima, pois remontaria à aurora de nossa humanidade.

Se, em termos elementares, o humano se define como um animal que enterra seus mortos, pode-se inferir, segundo a escala evolucionista, que ele nem sempre o fez. E isso pela simples razão de que ele estava inscrito, como todas as outras espécies, na cadeia alimentar tal como ela continua existindo no conjunto do reino animal: a vida nutre a vida, e quem come também é comido. Ora, o humano nunca foi, não é e não pode ser exclusivamente herbívoro. Se ele é onívoro não é apenas por gosto: para crescer, seu filhote continua não podendo prescindir de aminoácidos de origem animal. Deve-se portanto admitir que um dia ele realizou uma ruptura radical, cuja instauração é tão impossível de datar quanto é impossível compreender seus motivos. Podemos no entanto ter certeza de que foi a partir dessa ruptura, em outras palavras a partir da primeira tumba fabricada, que se inauguraram os rudimentos de uma moral que impôs imediatamente tanto o interdito do canibalismo como seu corolário imediato, ou seja, o interdito do assassinato. Moral a partir da qual a confrontação entre os indivíduos submetidos a novas regras de comportamento recíproco obrigou esses mesmos indivíduos a estabelecer entre si convenções e códigos capazes de garantir sua sobrevivência imediata. O advento de uma cultura nascida sob tais auspícios teria fabricado para cada um a consciência mais ou menos bem assumida de seu destino. A estrutura hoje instalada em cada criança pela relação que sua mãe mantém com a vida e a morte é apenas um avatar longínquo, necessariamente imperfeito e incontrolável, dessa primeiríssima mutação. E tudo isso encontra-se circunscrito no interior de estruturas sociais cujas convenções intervirão mais a título de geradores de nuanças do que de diferenças radicais no devir dos sujeitos.

Aliás, basta dedicar-se a qualquer leitura antropológica para constatar a extraordinária diferença que as sociedades conheceram em termos da penetração e evolução dessas primeiras bases.

É inútil sentir-se revoltado ante os sacrifícios humanos de tal ou qual outra sociedade histórica ou primitiva, ou ante a violência com a qual essa mesma sociedade concebe suas relações com o resto da humanidade. Não será com nossas inúmeras e sutis guerras modernas que estaremos autorizados a vilipendiá-las. O encolhimento de nosso planeta e o caráter cada vez mais espetacular da informação participam da desagregação cada dia um pouco mais flagrante do laço social. Não existem mais regras para auxiliar na gestão das relações interindividuais. Cada um está entregue a suas próprias pulsões e à indomável pressão de sua estrutura psíquica com o que ela supõe de terrores irreprimíveis. É o retorno, de uma forma pouco diferente, do que foi chamado em seu tempo de "luta pela vida" e que não mudou de natureza. Cada um tentando encontrar um ou vários outros para aterrorizar, dominar, esmagar. Estamos, e nem sempre nos damos conta, em plena civilização do "pequeno chefe". E todo sucesso nesse registro ridículo logo confere segurança, arrogância e insolência, revelando a ilusão alimentada por um pouco de poder cuja realidade parece que ninguém consegue compreender: um fútil, ridículo e ilusório chocalho que se acredita poder brandir para fazer frente à morte.

É como se, nesses movimentos brutais mas evolutivos que a humanidade sempre conheceu, fosse impossível legitimar essa estratégia de associação contratual de destinos que eclode no que chamamos de amor – talvez seja isso que constitua seu mistério e seu atrativo.

É verdade que em sua esmagadora maioria os indivíduos passam a maior parte do tempo a se defender e a desconfiar uns dos outros. Na verdade, ninguém pode permanecer indiferente à nuança da estrutura do outro, que interroga inevitavelmente a sua própria, obrigando-o à reexaminá-la quando acreditava já ter se libertado dela a pretexto de ter escolhido deixar de pensar a respeito. De certa forma, não há nada de mais banal. Pois, se vivo no terror extremo da morte, meu vizinho com estrutura similar só virá estorvar-me com a sua e me fazer afundar um pouco mais no que passará a ser nosso quinhão comum. E nem estou falando daquele que se prevalece do impertinente ódio que cultiva para me remeter, desprezivo e falsamente prosélito, ao que ele considera a mediocridade de minha existência. Cada uma de suas atitudes não vem me lembrar uma submissão que por um momento eu acreditei ter esquecido? Se, ao contrário, vivo no imprescritível ódio da morte, que simpatia pode suscitar em mim essa manada de submissos, tão medrosos e vergonhosamente demissionários que vão oberar o menor benefício que eu possa tirar de minha ação? Quanto àqueles com os quais eu poderia sentir um parentesco de percepção, o que é que eles parecem esperar com sua agitação desordenada senão legitimar à sua lastimosa maneira de lutar contra pás de moinho? Deixarei também de lado aquele que exibe sua impudente indiferença, errando em esferas que me são tão estranhas que reservarei para meus momentos de desespero o atrativo de seu exotismo.

Pode parecer estranho relacionar tudo exclusivamente à relação que cada um mantém com a morte. Mas não se deve perder de vista que ela constitui o essencial para todo ser humano cujo comportamento é regido sobretudo por ela, agenciando o conjunto de suas relações, moldando seus hábitos, habitando sua fala, aninhando-se entre suas palavras mais correntes e destilando-se até mesmo numa simples troca de olhares. A temática do mau-olhado, tão disseminada no Mediterrâneo, assim como a noção mais "in", e mais ocidental, de bom ou mau "feeling", dão provas disso. Pode-se portanto imaginar o que um ambiente de sentimentos exclusivamente agressivos produz num indivíduo e compreender como isso é suficiente para que ele desinvista a vida a ponto de fazer com que ela o abandone. É aí que jaz a eventual explicação da hipótese que levantei no início do capítulo. Seria impossível viver sem ser minimamente vivificado por um ou vários outros vivificando-o/os em troca. Como se todo encontro a que se atribuísse algum valor fosse sempre apenas um sucedâneo suplementar do investimento materno do qual quisemos nos libertar sem jamais ter conseguido fazer plenamente o luto. E ninguém tem outra alternativa senão saber que ele está inevitavelmente em algum lugar, a ponto de não poder alegar inocência se alguma desgraça acontecer com um ser com o qual estabeleceu laços e que ele tenha eventualmente desinvestido.

Aquilo que não se pode admitir sem invocar o mecanismo paranóico do raciocínio que a ele conduz, aparece da forma mais pertinente possível quando evocamos o que acontece num encontro amoroso. Pois, no meio desses encontros obrigatórios, chatos, pesados e sem interesse, surge um ser cuja equação pessoal vai não somente poder se acomodar à minha mas combinar com ela a ponto de considerá-la indispensável pelo resto de toda sua existência. O que me agrada e me convém, fazendo com que eu reaja da mesma forma em troca. Nossos respectivos ressentimentos, dirigidos a quem forem, da ordem e na ordem que sejam, vão conhecer uma calmaria miraculosa que nos permitirá a ambos imaginar que finalmente chegamos juntos a um porto seguro. Sentimos nascer em nós um sentimento que acreditamos ser novo quando, na verdade, é a ressurgência pouco disfarçada daquilo a que, havia muito tempo, achávamos ter de renunciar para sempre. Todo amor, quer sejamos homem ou mulher, na verdade se dá com base no primeiro amor dedicado à mãe. Cada vez esperamos reencontrar sua tonalidade ou seu jeito. Em vão. Pois a estrutura que refrata o amor atual confere-lhe uma coloração original. No entanto, o que importa saber é que não pode ser de outra forma.

Embora se admita com certa facilidade que o amor que um homem sente por uma mulher tem como fonte o amor que esse homem sentiu por sua mãe, é bem menos admitido, e até considerado chocante, que o amor que uma mulher sente por um homem proceda da mesma fonte. Ora, é aí e principalmente aí que jaz o mal-entendido e que se fabrica o drama. Pois, se uma série de mecanismos, inclusive a intervenção consensual do meio, intervém para incitar um homem a finalmente abandonar a mãe para investir numa mulher claramente diferente dela (incitação antiga como o mundo, conforme o surpreendente versículo que faz alusão a isso em Gênesis 2,24), nenhuma incitação desse tipo é feita a uma mulher. O que a deixa entregue a suas pulsões primeiras como se tivessem decretado que ela é capaz, sozinha, de erguer, contra seus medos arcaicos, uma diferença dos sexos que então se prestaria aos eventuais rearranjos que ela decidisse. Mas, apesar disso, tudo pode vir a acontecer de novo. Não se diz que o amor pode mover montanhas? Como é que então ele poderia ser detido por considerações tão obscuras?

Se meu objetivo é me proteger e eu tiver desenvolvido uma arte consumada embora ainda insuficiente para consegui-lo, não veria eu com bons olhos o concurso de um ser que partilhe comigo preocupações estritamente similares às minhas, oferecendo-me sua ajuda e recebendo aquela que eu lhe ofereço em troca? Seremos dois "uns" em um, e nossa relação cúmplice nos permitirá dar menos atenção ainda a esse outro estúpido, inconveniente e anônimo que nos importuna e nos agride todas as vezes que lhe dá na cabeça interpelar-nos ou nos solicitar. Trataremos de intercambiar cuidadosamente nossos rituais, nossas maneiras de fazer, alimentaremos nossos pólos de interesses, construiremos nosso abrigo, nosso ninho, vamos organizar nosso cotidiano econômico até a parcimônia, porque zelamos ao máximo por essa duração que vamos cultivar um com o outro, um pelo outro, um para o outro. E pouco importa que nossa aspiração à vida pareça aos olhos de alguns uma tentativa de mumificação. Nosso entendimento mútuo e nosso acordo fortificam nossas atitudes e têm todas as chances de nos tornar indiferentes ao que nos circunda.

Se meu objetivo de me proteger encontra uma forma – inesperada, inexplicável e maravilhosa ao mesmo tempo! – de incapacidade radical de fazê-lo, posso me sentir fascinado com isso. E estarei então disposto a me alienar a esse ser cuja vida e agitação há muito tempo são abertamente empregadas em desfazer o que tanto me aterroriza. Terei ainda menos a temer colocando-me sob a proteção de sua determinação do que refugiando-me por trás das muralhas de um torreão qualquer. Que extraordinária complementaridade a nossa! Pois me ofereço totalmente à sua generosidade como objeto capaz de canalizá-la, bem como de oferecer à sua preocupação de eficiência a materialidade do incremento de bem-estar ao qual nosso relacionamento me deu acesso. Não cessarei jamais de demandar e de expressar meus limites e desfrutarei ao me ouvir destilando mensagens de força e repetir a todo instante garantias sobre nosso projeto.

E que dizer então de meu encontro com aquele que é totalmente alheio à temática que me toma e que me convida a visitar seu universo desinibido, negador, inventivo e sempre fonte de um espanto um tanto assustado? Mesmo sabendo o que posso ou não posso ser para ele, sei que ele é para mim uma forma de ímpeto ou de descanso e imagino que com ele conseguiria desalojar, do lugar que ele cobiçava, esse outro cujo militantismo vivificante acreditava ter encontrado em mim um cúmplice pronto a se deixar ganhar...

Se não tenho nenhum objetivo e flutuo na vida ao sabor desses impulsos incompreensíveis...

Se a preocupação que me anima – no sentido mais literal da palavra – é a de denunciar as menores astúcias de uma morte que me empenho em perseguir sob todas as suas máscaras, não vou encontrar...

Podemos esgotar as combinatórias e examinar detalhadamente cada caso que elas nos propõem, podemos sexuar em todos os sentidos os protagonistas das trocas e sempre encontraremos a estrutura no princípio das uniões. E isso não deixa de ter conseqüências, longe disso! Pois, assim como cada um dos sujeitos que a compõem não pode evitar fazê-lo, toda união deve fazer face tanto ao meio no qual se inscreve como à duração que a afeta ou o que nela vem se inserir de estranho e desestabilizador. Minha relação com o outro, a dele comigo, o que faço dela, o que ele faz dela, o que é feito dela, pode nos encher a ambos de orgulho e, caso não nos dê uma consciência mais precisa de nosso ser, fornecer-nos a convicção de um ter inalienável. De um ter que consolida em nós a idéia de um poder maior e a legitimidade de todas as reivindicações que poderemos formular a partir do que percebemos em nós de desejo.

Mas... Uma decepção, um acidente, uma tristeza, o desaparecimento de um parente ou de um próximo, um fato que venha interromper com mais estrondo do que estamos dispostos a suportar nossa rotina cotidiana, e eis que, completamente transtornados, escorregamos pela ladeira do rancor. A ponto de chegarmos até a questionar essa relação poderosa e singular com um ser a quem no entanto tínhamos atribuído todas as virtudes. É nosso relacionamento a dois que é questionado, é nosso relacionamento que balança, é nosso relacionamento que se arrebenta, é nosso relacionamento que soçobra. E tanto mais rápido que acabamos acidentalmente atraídos por um novo encontro cujas promessas são tais que não podemos nem pôr em dúvida nem considerá-las mero eco de outras, mais antigas e no entanto idênticas, que foram feitas e que, cumpridas ou não, preferimos acreditar que nunca o foram. Estamos prontos para um novo quê de amor, um novo quê de vida, um novo combate... Todas as histórias de casal podem em suma ser lidas com base nesse inesgotável desejo de cada um dos protagonistas de encontrar com o outro, pelo outro e no outro o que lhe parece ser a maneira certa e mais simples de residir na vida.

Sejam elas fusionais ou distantes, quer se desenvolvam em meio ao combate ou na troca cúmplice, quer abortem ou durem, essas relações horizontais no entanto sempre evoluem com a consciência, mais ou menos aguda, que cada um tem de sua dissociabilidade se não de sua precariedade.

As coisas são completamente diferentes quando entra em jogo uma procriação. O amor que então passa a se desenvolver na vertical, porque enfrenta a fuga do tempo em seu próprio terreno e dá corpo à fantasia de uma autêntica derrota da morte, provoca sentimentos da ordem do vertiginoso.

A relação deixa de ser declinada em termos de alteridade. O filho, ainda que o fosse ou viesse a se tornar, não é e nunca será um outro qualquer. É uma parte de nós. Uma parte da qual nos recusamos a nos separar. Uma parte que guardamos zelosamente como refém e que faremos de tudo para forjar à nossa imagem, à nossa imagem própria ou àquela que cultivamos desde sempre e que deploramos não ter conseguido alcançar. Uma parte destinada a ser perfeita e vingadora de todos os rancores, de todos os fracassos e de todas as amarguras.

Tudo isso evidentemente não tem nada a ver com a nobreza convencionada dos cromos que nossos incorrigíveis discursos se esmeram em aplicar à função parental. Mas é melhor ver as coisas assim. Porque é assim que elas são em essência e porque qualquer outra visão que se tente dar delas, ou qualquer mutação que se procure produzir nelas apenas quebraria o movimento estruturante e de enorme necessidade para toda criança. A exemplo dessas associações que floresceram nas últimas décadas servindo-se dos mais diversos credos, seria preciso criar um "movimento pela causa dos pais". Ele ajudaria a legitimar, validar abertamente a idéia de que toda geração só se instaura a partir de uma alienação dessa natureza e que, para libertar-se disso, não há outra escolha senão lançar-se na sua própria obra de procriação assumindo-se como alienante por sua vez. É esse mecanismo e somente ele que intervém quando se trata da transmissão da vida e que constitui seu motor.

Foi o erro que meus pais – incompetentes a ponto de me obrigar a misturar minha piedade filial com uma piedade tardia – cometeram na minha educação que excita meu ressentimento e explica o conjunto das imperfeições que percebo em mim. É ele, esse erro, que resume minha "falta a ser" (outra maneira de nomear minha "falta a ganhar"?!). E é ele que explica e sobretudo legitima o projeto que desde sempre acalentei de fornecer a mim mesmo meios para minha própria reparação. É lamentável que isso deva passar por uma forma de vingança a ser saciada. Mas tenho eu outra escolha senão derrubar minha parentela de seu pedestal por meio desse filho que vou fazer e que pouparei do imbecil fracasso de que fui vítima e do qual tenho uma consciência superaguçada? Pode-se imaginar a energia que empenharei para concentrar minha atenção nessa zona de imperfeição que tão bem identifiquei. Nada mais poderá me distrair dessa preocupação, pois aquele que considero um outro eu mesmo ficará assim ao abrigo da desgraça que fez de mim o que sou. Pronto! Está dito! Não só não sei que acabo de entrar no círculo mais logicamente vicioso que existe, como tampouco tenho a liberdade de saber que não posso fazer de outro jeito. Pois evidentemente não poderei estar em todo lugar e deixarei em aberto um enorme campo no qual inevitavelmente irá se produzir um outro fracasso, se não vários! Fracasso(s) de que meu filho se apropriará por sua vez para... etc.!

É, portanto, através da procriação que o ser humano, no seu projeto de derrotar a morte, pretende libertar-se ao mesmo tempo da influência de seus pais, não hesitando, para consegui-lo, em apoiar-se de forma manifesta em seu filho. Aliás, é essa maneira de proceder que melhor ilustra a metáfora da estanqueidade de que se falou no que tange à vida e à morte. A geração atual interpõe-se entre a geração precedente, que já está com um pé na cova, e a geração seguinte, que tem por missão implícita ocupar e conquistar a vida. É por essa razão que qualquer abordagem terapêutica de um indivíduo não tem outra alternativa a não ser convocar pelo menos três gerações.

Parece que os grupos humanos – aparentemente sem sucesso, como demonstram suas dificuldades constantes – esforçaram-se longamente para, com esse intuito, prover-se de regras capazes de dar conta, sem desfazê-las, das contradições das condutas, bem como da coerência de uma certa postura. Exemplos abundam, cada um emprestando de seu meio, e da visão de mundo construída a partir dele, o embasamento de suas conclusões e de suas recomendações. A mitologia que sustenta o conjunto do projeto ético judaico é, entre outras coisas, uma excelente ilustração disso. Teria havido um primeiro estado do homem, um primeiro homem, um primeiro Adão, aDaM KaDMON, que teria sido perfeito. Lamentavelmente, teria em seguida decaído, decadência que não cessou de aumentar nas gerações seguintes, a começar pelo Adão que todos conhecem, num movimento que foi se agravando até o dilúvio. Foi com Noé e com suas primeiras leis que brotou o projeto de retorno à perfeição primitiva, projeto confiado à sucessão inesgotável das gerações. As primeiras dentre elas aplicaram-se em forjar regras de conduta cuja essência pedagógica deve supostamente permitir que cada um, desde que concorde em se submeter a elas, seja o depositário diligente e o transmissor benevolente de tal injunção. Para tanto, ele terá a seu serviço uma lista de 613 boas ações a realizar para paliar os 613 defeitos detectados no ser humano. A história nos mostrou no que tudo isso redundou, ainda que a moral que dela se extraia vise, essencialmente e com uma incrível inteligência, resolver o conjunto dos problemas que cada um enfrenta por sua inevitável relação com o outro. Esse projeto, embora tenha sido ou continue sendo assumido por muitos indivíduos, é obrigado a reconhecer e ratificar seu fracasso no plano social. Como se só conviesse de fato para aqueles cuja estrutura era adequada para recebê-lo, ao passo que incomoda no mais alto grau todos os outros.

De modo que, o que quer que se faça, se imagine, se queira ou se diga, é sempre com a lógica da estrutura que tropeçamos. Em outras palavras, com esse *initium* que coloca incessantemente a famosa questão do ovo ou da galinha. Toda explicação, toda incitação, toda prescrição, toda injunção depara, inevitavelmente e seja qual for seu poder, com a estrutura de uma mãe e com o que essa estrutura instala numa criança, à guisa de estrutura resultante, como vimos. E, como essa transmissão se dá em termos de vida e de morte, a mãe aparece para seu filho como aquela que pode, a seu bel-prazer, provê-lo mais de uma que da outra, ou vice-versa! Isso diz do fantástico poder que, sempre sem querer e muitas vezes sem saber, ela detém e de tudo o que esse poder implica. Poder que por muito, muito tempo lhe será conferido mesmo que o filho consiga desmistificá-lo, analisá-lo em detalhes e só guardar dele uma percepção em termos de uma marca à qual atribuiria, em sua memória, um lugar sem importância.

Quais podem ser as modalidades de ação possíveis para evitar as derivações e os excessos que tal situação provoca?

Seria o caso de intervir deliberadamente na estrutura da mãe para torná-la inoperante? É difícil, poderia ser nocivo, mas é sobretudo ilusório. Para convencer-se disso, basta examinar, por exemplo, o que aconteceu com os filhos de mães que já eram psicanalistas antes de procriar. Elas não podem ser suspeitas de não ter feito um trabalho prévio sobre elas mesmas, pois é justamente esse trabalho que determina o acesso à sua competência. Tampouco se pode pôr em dúvida o extremo desejo que as anima de fazer a coisa certa. Tenderíamos a pensar que elas dispõem de melhores condições que as outras e por isso são capazes de evitar o ramerrão que as espera. No entanto, o que se vê é que o filho delas – felizmente para ele e felizmente para elas, acrescento logo! – está exatamente no mesmo barco que seus semelhantes favorecidos de modo diferente. O que quer dizer isso, senão que os processos que intervêm na questão escapam a qualquer controle devido à sua dinâmica e à força da história que os promove? Nada mais lógico, aliás, pois os processos mobilizados aí são os mesmos que intervieram para a mãe numa fase extremamente precoce de sua vida e porque essa fase escapa, e sempre escapará, o que quer que se diga, ao trabalho da fala.

Seria então o caso de intervir, ao contrário, o mais precocemente possível no receptáculo constituído pela criança? Isso chegou a ser imaginado. Existiram sociedades em que se tentou criar as crianças longe da presença dos pais. Entre nós, a criação remunerada é alvo de certa simpatia quando não de uma verdadeira admiração, a pretexto, entre outros fatores favoráveis, de ter sido e ser apoiada por grandes nomes da psicanálise de crianças. Chegou-se a idear a criação de cursos destinados a uma vigilância sistemática das famílias e a um trabalho de prevenção precoce com elas. Ora, tudo isso parece inútil se considerarmos justamente a quase imediatez do estabelecimento da estrutura e das vias que ela toma para isso. Tanto que só é possível imaginar a realização dessa fantasia pelo afastamento precoce e definitivo de uma criança de sua mãe – como ocorre, por exemplo, na adoção! Mas essa operação não traria os resultados esperados, pois equivale apenas a mudar uma influência possível por outra, sem alterar em nada aquilo que se gostaria de evitar.

Nenhuma via, nenhuma solução é válida, portanto, quando se situa ou se origina fora da psique e do desejo da mãe. Veremos que a única que deu e ainda dá provas de sua extraordinária eficácia é a que faz intervir o pai da criança. Mas nem nesse caso se deve cantar vitória cedo demais tirando conclusões apressadas, sob pena de se equivocar seriamente.

Para coroar o todo, deve-se dizer que a evolução recente de nossas sociedades ocidentais desenhou uma paisagem na qual certamente reina a maior confusão. Se no século XX, ou até algumas décadas atrás, era da esmagadora personagem paterna que as crianças, sem distinção de sexo, tinham de se libertar, não é esse o caso hoje. E, embora a imagem educadora da mãe e do filho patologicamente agarrados um ao outro ainda continue vigente, ela parece estar se tornando uma comovedora peça de museu.

Alguns anos atrás participei, na qualidade de formador, de um curso pós-universitário de pediatras. Lá estavam uns cento e cinqüenta colegas, de ambos os sexos e de todas as idades, vindos de toda a França e dos mais diversos horizontes, com o projeto de aperfeiçoar sua abordagem do enorme material relacional que sua prática comporta. O curso durava três dias, e éramos seis para realizar a tarefa: dois pediatras, uma psicanalista e três terapeutas sistêmicos, dois dos quais eram ao mesmo tempo psiquiatras e psicanalistas. A organização previa que a cada meio período e em grupos de dois trabalhássemos com um terço de nossos colegas, para multiplicar os intercâmbios de pontos de vista e de práticas. O trabalho todo foi interessante e surpreendente por sua grande riqueza. Foi sem dúvida esta a razão pela qual decidimos, de comum acordo, modificar no último meio período o modo de funcionamento que nos fora imposto pelos organizadores. Todos os seis nos pusemos atrás de uma mesma mesa e propusemos a nossos colegas que nos perguntassem livremente tudo o que lhes viesse à cabeça, sem se limitar aos termos, esgotados aliás, das diferentes oficinas que tinham ocorrido. Sugerimos que, se necessário, escrevessem suas perguntas, propondo-nos a classificá-las por tema e responder a elas segundo nossas respectivas competências e interesses. Qual não foi nosso espanto quando vimos chegar num número impressionante de folhas a mesma pergunta, formulada, com poucas variantes, da mesma maneira: "É necessário matar as avós?"

Não nos refizemos muito rápido de nossa surpresa. Tivemos primeiro de compreender que se tratava das avós maternas e que era a elas que a vindita se destinava. Depois tivemos de concluir que certamente não era por acaso que o termo usado exprimisse tamanha violência. Na verdade, ele parecia traduzir, por parte de nossos colegas, uma espécie de basta unânime que não encontrara outro meio de expressão. Como se esses profissionais, apesar de sua formação clássica, tentassem falar, a partir de seu exercício cotidiano, do lugar extravagante, e muitas vezes nocivo, segundo eles, que aquela personagem assumia na constelação familiar de seus pequenos pacientes. Podia-se evidentemente desconfiar que eles manifestavam à sua maneira uma forma inconfessável de ciúme cego, como se não perdoassem a dita personagem por refrear o poder que eles sonhavam exercer sobre os pais de seus pacientes – um médico, e sobretudo um pediatra, não sonha, de certa forma, em ser uma mãe onipotente e perfeita ao mesmo tempo? Mas a discussão mostrou rapidamente que não era o caso. E muitos colegas relataram histórias clínicas das mais incríveis, demonstrando a influência muitas vezes nefasta da personagem incriminada sobre a saúde da criança.

Quanto a mim, não aderia sem reservas ao aspecto categórico e sobretudo violento dessa opinião. Assim como não aderi de imediato, embora entendesse sua essência, ao aspecto severo e excessivamente brutal da fantasia de sanção proposta. Aliás, foi o que eu disse quando chegou minha vez de falar e tive de retomar a pergunta e respondê-la. Ressalto aqui, no entanto, o aspecto espontâneo de uma informação que confirmava minha própria experiência e a opinião, que já era minha havia muito tempo a ponto de tê-la deixado transparecer muitas vezes em meus escritos anteriores, ou seja, de que no princípio de todo trabalho com uma criança há primeiro e antes de mais nada a mãe mas, rapidamente, teleguiando-a e muito próxima dela, quase indissociável dela e antes de qualquer outra personagem da constelação familiar restrita ou ampliada, sua própria mãe.

Por não ter guardado a lembrança precisa dos casos que foram relatados naquela reunião, exporei aqui alguns exemplos concretos e edificantes tirados de minha prática corrente. Isso dará uma idéia mais consistente e mais clara do debate que essa constatação levanta, o que, de passagem, possibilitará definir seus pontos principais e compreender suas implicações e conseqüências. E, se faço uso de um modo narrativo que toma as coisas em estado natural e exatamente como elas se apresentam, é para mostrar que não tenho o hábito de embarcar numa história com uma idéia preconcebida, e esperando também que a recorrência das situações ajude a compreender o grito de alerta de meus colegas.

Foi com um misto de alegria e surpresa que recebi, uma noite, um pedido insólito. Denise, uma de minhas antigas pacientes quando criança e cujos filhos eu já tratava, suplicava que eu fosse examinar sua irmã mais nova, Colette, que, fazia vários dias, estava sofrendo de dores abdominais intoleráveis que os diversos médicos consultados não tinham conseguido aliviar. Inicialmente recusei argumentando que, por mais nova que fosse, Colette já tinha quase dezenove anos e que a pediatria parava bem antes dessa idade e, sobretudo, que eu não tinha certeza de poder fazer mais do que meus colegas, pois já esquecera muitas coisas sobre a patologia do corpo adulto. Mas a insistência de Denise venceu minha resistência e prometi a ela dar um pulo, esclarecendo que seria apenas por amizade e sem garantia de qualquer resultado.

É que entre mim e essas duas irmãs muitas coisas tinham acontecido.

Eu tinha aberto meu consultório havia apenas um mês quando conheci Denise, então com treze anos e que foi trazida por causa de um resfriado que ela teria contraído ao nascer e do qual praticamente jamais se livrara. Depois de expor o motivo, a mãe ao mesmo tempo depositou sobre a minha mesa um enorme dossiê contendo todas as receitas, radiografias e exames reunidos ao longo daqueles treze anos. Pois ela não recuara diante de nada, percorrendo os serviços hospitalares de todas as especialidades e indo para qualquer lugar onde um interlocutor qualquer, depois de ouvir as confidências que ela oferecia em profusão, garantisse poder encontrar uma solução. As intervenções cirúrgicas, a alergologia, as medicinas alternativas, as terapias termais não tinham dado em nada! Eu já estava vendo toda a minha tarde ser tomada apenas pela exposição dos detalhes.

Não que me faltasse tempo. Tinha todo o tempo do mundo e na verdade não sabia como matá-lo. Mas não imaginava o que poderia fazer de diferente do que os colegas que tinham fracassado. Não dispunha de nenhum meio para enfrentar esse tipo de quadro. Ninguém ensina os médicos a tratá-los, como se fossem benignos demais para a nobre tarefa a que se destina a Faculdade. Sentia-me, em outras palavras, completamente incompetente. Mas, não sabendo como impedir a mãe de me invadir ainda mais, pedi-lhe que me deixasse sozinho com a filha. Ela consentiu, embora seu comportamento parecesse querer resistir à incongruência do meu.

Ainda me revejo – e me pergunto onde fui buscar essa maneira de agir! – dizendo a Denise: "Conte-me sobre seu último resfriado." Minha pergunta não pareceu surpreendê-la, e era como se ela estivesse esperando por isso. "Outra noite – me disse ela – eu estava numa festa. Tinha muita fumaça. Eu estava dançando e alguém abriu uma janela. Pedi que a fechassem. Meu par, que eu tinha acabado de conhecer, me disse então: 'É verdade, todo mundo sabe que você, sua mãe, ela tem sempre medo que você se resfrie!' Larguei ele ali mesmo, peguei minha capa e saí. Assim que pus os pés na rua senti que estava pegando um resfriado e imediatamente pensei: 'Bem-feito para ela!'" Não me dei conta do alcance do que ela dizia, que no entanto me pareceu engraçado, pois não tinha naquela época a menor idéia da relação entre a psique e as doenças do corpo. Apenas achei que já tinha dado muito do meu tempo. Chamei a mãe de volta, estendi-lhe uma receita de umas gotas nasais quaisquer e pus fim à consulta.

Eu provavelmente não teria mais feito caso dessa consulta – ela me incomodava e não me dera nenhuma satisfação – e certamente não a teria guardado na lembrança se não tivesse sido chamado algumas semanas mais tarde pela mãe de Denise por causa de uma febre alta de Colette, a segunda de suas duas filhas, então com quatro anos. Ela começou declarando que eu tinha realizado um verdadeiro milagre pois desde aquela consulta sua mais velha estava com o nariz definitivamente desentupido e ele continuava assim em todas as circunstâncias. Devo ter pensado que estava lidando com uma família de malucos, porque esses efeitos de aparência taumatúrgica eram totalmente estranhos ao cérebro perfeitamente descorado que minha formação fabricara para mim. Mas valia a pena aceitar o elogio, ainda mais que ele me valera e continuava valendo, pela publicidade que o acompanhava, uma quantidade respeitável de novos clientes.

Colette era bonita, rechonchuda, uma encantadora menininha de tez rosada e estava com uma gripe para a qual prescrevi apenas aspirina, o que fez a mãe quase ter um troço porque para ela era inconcebível tratarem de maneira tão leve uma febre que a assustava tanto.

Eu continuaria vendo as duas irmãs durante muitos anos. Até que o tempo as afastou do campo de minha clientela, primeiro Denise, depois Colette, sem nunca ter conseguido apaziguar o nervosismo da mãe delas ou familiarizá-la com meu modo de trabalhar. Acho que a fidelidade dela para comigo foi sempre conseqüência de minha primeira, e muito involuntária, façanha. Levei muito tempo para entender que ela não estava sozinha nisso. Pois Denise, que um dia se casou e teve, em poucos anos, dois meninos, confiou-me muito naturalmente o acompanhamento deles. Ora, um dia, em que eu discutia com ela suas eternas dificuldades com a ingerência constante da mãe no seu cotidiano, percebi, porque já tinha então percorrido um certo caminho, que ela dera aos filhos os nomes de Geffroy e René, que de repente escutei como "j'ai froid" e "re-nez"*. Pensei comigo mesmo que ela ainda tinha muitíssimo trabalho pela frente. Mas acho que, ao mesmo tempo, não pude me impedir de admirá-la. Porque a luta que ela empreendia contra a mãe era das mais meritórias. Elas moravam muito perto uma da outra e, como é tão comum acontecer, a avó, que não tinha outra ocupação ou que colocava em segundo plano as que pudesse ter, encontrara nessa vizinhança um pretexto cômodo para centrar sua vida e organizar seu cotidiano em torno das potenciais necessidades de sua filha e de seus netos.

....

* Respectivamente: "tenho frio" e "re-nariz". [N. da T.]

Todos sabem como é difícil questionar tamanha solicitude, sempre pronta a tirar partido de seu mérito e de sua discrição caso nos ocorra a grosseria de não louvá-la. Lógica singular a desse tipo de troca. Os benefícios que a filha obtém das disposições da mãe são inúmeros, e é desnecessário listá-los em detalhes e expor suas vantagens. Mas é o pior negócio que existe. A filha, persuadida de que tudo aquilo provém apenas da devoção comandada pelo amor evidentemente gratuito de sua mãe por ela, acredita poder dispor dele sem contrapartida, ou, em todo caso, a um preço que ela e só ela terá o privilégio de fixar. Ela não sabe – mas será que ela quer saber? – que sua mãe não tem outro sonho senão tornar-se indispensável a ponto de elas nunca mais poderem prescindir uma da outra e de elas voltarem a estar unidas como nos primeiros dias de sua vida comum e de sua definição mútua uma pela outra.

É um perigo de que Denise deve ter subitamente se dado conta, pois pouco tempo depois dessa consulta ela se mudou, tomando ademais a precaução de proteger sua autonomia por trás de várias estações de metrô e duas baldeações. O que, como conseqüência, lhe permitiu retomar os estudos que tinha abandonado e ocupar plenamente o espaço de uma emancipação cuja extensão pude comprovar em muitas ocasiões. Já fazia alguns meses ou talvez até alguns anos que isso tinha acontecido. Não me lembro mais com exatidão, mas não tem muita importância, digamos simplesmente que em todo caso estávamos, ela e eu, numa fase estável e quase definitiva de estima e de investimento recíprocos. Em todo caso, foi nessa época que ela me fez o apelo ao qual não pude me subtrair.

Era uma tarde cinzenta, e a sala onde eu estava sendo esperado era um pouco escura para o meu gosto. Lembro de tê-lo notado porque tinha me proposto a procurar uma icterícia no meu exame clínico, e as conjuntivas, que revelam os primeiros sinais objetivos da moléstia, são mais fáceis de examinar à luz do dia. Percorri a cena com um olhar circular escolhendo dar um bom-dia geral. Colette, que eu não via fazia muito tempo e que parecia ter se tornado uma jovem esplêndida, estava deitada sobre um canapé de frente para a janela. Ela gemia sem cessar, com os joelhos dobrados sobre o ventre e os olhos semifechados. Bem perto dela, amassando sua mão sempre que conseguia pegá-la, suando de angústia, emitindo ruídos guturais em eco aos seus gemidos, sua mãe agitava-se em todos os sentidos na poltrona. Num segundo plano, sua silhueta recortando-se contra a janela pela qual, alguns instantes antes, ela devia ter ficado absorta no espetáculo da rua, reinava, digna, impecável, austera e serena, a avó materna das duas moças. Eu a conhecia, é claro, por tê-la encontrado em várias oportunidades e por ter escutado Denise falar muito dela e de sua história. Bem no fundo da sala, quase afogada nas amplas dobras da cortina, encolhida na obscuridade que ela provavelmente escolhera de propósito, Denise estava sentada numa cadeira, com os joelhos apertados entre os braços cruzados sobre o peito, como se, optando pela mesma atitude fetal da irmã, quisesse indicar-lhe ainda mais sua simpatia. Sorriu-me quando nossos olhares se cruzaram, como para me fazer testemunha de que sua história ainda não estava totalmente em ordem, e ser perdoada pela insistência com a qual ela me pedira socorro.

    Sentei-me perto do canapé e comecei por reconstituir minuciosamente a história daquelas tão faladas dores. Tomei conhecimento das prescrições de meus colegas e dos exames que tinham pedido. Depois me ocupei de Colette sem que isso me desse qualquer indício ou tivesse qualquer resultado – como eu temia, mas como também já previa em algum lugar dentro de mim. Não tinha, evidentemente, nenhum diagnóstico a fornecer, nenhuma conduta a propor. Senti-me de certa forma remetido a alguns anos antes. Um longo percurso prévio, um amplo dossiê e um sintoma que desafia obstinadamente as estratégias terapêuticas. E nesse contexto atribuíam a mim um poder que eu sabia não ter. Fazia de tudo para afirmá-lo e para tentar provar minha impotência. Acontece que quanto mais eu me empenhava em fazê-lo mais me investiam. Era um singular paradoxo, e eu não via como me sair de um impasse no qual minha mera e insólita presença indicava minha complacência quando não minha cumplicidade.

    Pus-me então a retomar minuciosamente o percurso de Colette nos últimos anos. E não foi ela – cujo corpo berrava o suficiente para me dizer que ela não podia dizer nada – que indaguei. Sua mãe não queria outra coisa senão falar e relatar longamente, não podendo perder tão boa ocasião, em presença de sua mãe e de suas filhas, para expor seus méritos e exibir a virtude impecável que sempre comandara sua vida e seus atos. Aliás, ela o afirmava de modo tão admirável que parecia uma caricatura. A tal ponto que a interrompi perguntando se estava escutando o que dizia. Minha intervenção pareceu desconcertá-la por um instante, e ela se defendeu perguntando-me secamente: "O senhor quer dizer que sou eu que a deixo doente?" Não podia deixar sua pergunta sem resposta e achei por bem responder-lhe: "A senhora só pode devolver o que recebeu."* Minha pontuação pareceu-me tão fácil quanto evidente. Mas enquanto debulhava minha frase percebi que usava um tom que não me era habitual, falando lentamente e destacando cuidadosamente minhas palavras. Eu talvez me deixara atravessar por uma interpretação, mas o fizera de um modo singularmente sentencioso.

A um só tempo autor, ator e espectador da cena, estava com os sentidos alertas, decidido a não deixar passar o menor detalhe do que pudesse acontecer. Minhas orelhas estavam de pé, meus olhos não cessavam de espreitar a menor alteração nas fisionomias e atitudes de todas aquelas personagens. E o que eu acabara de dizer punha-me em tal estado emocional que eu não podia imaginar minha interlocutora em melhor posição, e era sobre ela que eu focalizava meu olhar e minha atenção. De modo que quase desmontei literalmente quando escutei, ao lado, o estrondo de uma cadeira derrubada. Virei a cabeça e, a tempo de percebê-la erguer-se como um bloco e lutar com a cremona da janela, escutei a avó de Colette protestar vigorosamente: "Que calor faz aqui! Como está quente! Está sufocante! É para deixar qualquer um doente!"

Parecia que, fossem qual fossem os atalhos que tivesse tomado, a mensagem de Colette por fim chegara ao seu destino. Aliás, teria sido difícil imaginar, por mais inesperada e original que tenha sido, uma melhor forma de acusar a recepção. É claro que não deixei de receitar um enésimo antiespasmódico para Colette.

....

* Essa interpretação só é possível em francês: "Vous voulez dire alors que c'est moi qui la rends malade?" "Vous ne pouvez rendre que ce que vous avez reçu." Há um jogo entre "rendre", usado na expressão "rendre malade", tornar doente, deixar doente, e "rendre" no sentido mais corriqueiro de devolver. [N. da T.]

Eu tinha certeza de que ele operaria o milagre esperado. Mais uma vez eu estava à altura da reputação que tanto se empenhavam em me atribuir. Mas tinha eu outra alternativa senão reordenar por pouco que fosse o narcisismo daquelas mulheres que, afinal de contas, tinham conseguido, em pouco tempo e com poucas palavras, acertar velhas contas entre si?

Pois, como seremos levados a ver e sobretudo a tentar compreender, é sempre de acertos de contas que se trata, mesmo que nada o indique à primeira vista.

É o que ilustra uma outra história que de repente me voltou em bloco à memória numa noite em que eu voltava do hospital onde fora ver um de meus pequenos pacientes. Não era uma boa hora para circular e me vi batendo os pés de impaciência numa avenida lotada. Fui obrigado a fazer o que todos fazem estupidamente nesses casos: fumava cigarro atrás de cigarro, girando de maneira irracional o *dial* do rádio e deixando meu pensamento correr à solta, procurando de todos os meios ocupar, para não perdê-lo, esse espaço de tempo que corria o risco de ser roubado da gestão econômica que pretendo ter do meu. Estava assim a resmungar quando me dei conta de que estava perto de um edifício onde morava uma pequena paciente minha que, alguns anos antes, eu visitara com freqüência demais para meu gosto. E pensei de súbito que fazia muito tempo que não a via. Por um momento atravessou-me a idéia de que talvez ela fora se tratar em outro lugar. É algo que acontece todos os dias: a livre escolha do médico por parte do paciente ainda é – embora tema que isso não dure mais muito tempo – uma das características de nosso sistema de saúde. Sou um fervente defensor disso. O que não impede que eu sinta cada defecção inopinada como uma penosa frustração que me priva do ensinamento que eu poderia tirar do caso. Imediatamente rejeitei essa eventualidade descobrindo que era algo simplesmente impossível. Por que uma tal certeza e a que podia estar ligada? Não tinha a menor idéia. Em todo caso, não me ocorria nada dizível. Devo ter pensado como era bom que de tempos em tempos houvesse certezas desse tipo! E isso me fez bem. Mas não durou, e logo me surpreendi mudando mais uma vez o rádio de estação e maldizendo com mais raiva ainda os problemas de trânsito.

Alguns dias mais tarde, por uma dessas coincidências que são um mistério para mim, recebi no meu consultório aquela menininha com sua mãe. Paule, que devia ter uns três anos e meio, não aparecia havia mais de sete meses. Atravessara o outono e o inverno sem ficar doente – uma façanha, considerando-se sua idade e sobretudo seu passado.

Nosso primeiro encontro fora muito marcante. Tinha ido à sua casa chamado pela mãe. Ela tinha cinco dias e chegara da maternidade naquela manhã. Ela estava mal, bem mal mesmo. Estava um pouco desidratada, não muito tônica. Estava sonolenta e não mamava bem. As nádegas estavam profundamente arranhadas sob a eosina generosamente espalhada, e nelas, bem como nas coxas, ainda se viam os inchaços mal reabsorvidos das injeções que deviam ter-lhe aplicado.

Durante o tempo que passei recolhendo esses indícios, observei o maior silêncio. Por prudência, é claro. Mas eu também estava constrangido se não ansioso. Ainda não conseguia saber se se tratava de uma história preocupante ou de uma situação provocada por todo tipo de fatores passíveis de gerar o mal-estar que eu sentia. O cômodo em que eu fora recebido revelava o gosto execrável que presidira a instalação de um lar indiferente em seu conjunto, como se devesse ser apenas um vago lugar de passagem. Ele estava bagunçado e sujo. A mãe tinha uma aparência cansada e um discreto estrabismo ressaltado por uma diferença de inclinação de suas fendas palpebrais. O que dava ao seu olhar uma expressão em que o terror quase predominava sobre a prostração, o fatalismo e a resignação. Aparentemente sem opor resistência, deixava-se ajudar por sua própria mãe de aspecto modesto e de rosto severo e fechado. Nada disso combinava com o clima que geralmente acolhe os recém-nascidos. Cheirava, se não a morte, pelo menos a luto. Eu não sabia por quê. Mas tinha de saber? Em princípio não, pois o juramento de Hipócrates ordena que os olhos não vejam o que não deve ser visto etc. Mas não posso ignorar minha permeabilidade a esse tipo de nuanças e o que às vezes acabo conseguindo com isso.

Pedi a caderneta de saúde que não vira perto do berço. Responderam-me que a clínica ficara com ela sem dar explicações. Não dispondo desse documento para ficar sabendo um mínimo sobre o histórico da gravidez e sobre o começo da vida, fui obrigado a fazer um longo e detalhado interrogatório, o que detesto fazer porque há muito tempo sei que, quando fazemos perguntas, a única coisa que se obtém são respostas. Mas eu não tinha escolha e não podia prescindir das respostas, que era o que eu procurava acima de tudo. Fiquei então sabendo que o nascimento ocorrera numa clínica distante que eu sabia ter uma reputação duvidosa e que o médico que fizera o parto era um velho clínico que pusera no mundo a própria mãe de Paule e sua primeira filha, Gisèle, de 3 anos, que naquela ocasião encontrava-se aos cuidados dos outros avós. O acompanhamento pré-natal parecia ter sido negligenciado e não correspondia a nenhum dos critérios estabelecidos para o atendimento das futuras mães. O parto fora manifestamente difícil, e o líquido amniótico estava turvo – o que costuma indicar um sofrimento fetal capaz de abrir as portas para todo tipo de complicações. O velho obstetra não mandara vir um pediatra, assim como não considerara necessário hospitalizar a menina. Contentou-se em aplicar-lhe injeções de uma associação antibiótica abandonada há séculos por sua ineficácia e sua potencial nocividade! Depois lhe dera alta, embora continuasse a perder peso, como se quisesse livrar-se dela, preservando assim a reputação de seu estabelecimento.

O que era intolerável para mim não era apenas a incompetência e desonestidade de que tomava conhecimento, mas o fato de exporem a isso, por vagos motivos sentimentais ou de lealdade, um recém-nascido, um ser totalmente novo que apenas pede para ser acolhido de forma decente na vida para a qual o trazem.

Ao final de meu interrogatório, estava mais furioso que angustiado. Retomei mais uma vez meu exame clínico e lancei-me numa diatribe violenta contra o colega, que tratei, fugindo a toda decência, de inconseqüente e criminoso. Fui tomado de uma das tantas cóleras que tive em minha carreira. Radicalizei o drama aumentando ainda mais a tensão que percebera ao chegar. Exigi que chamassem em caráter de urgência um laboratório, fiz recomendações dietéticas estritas e propus um tratamento a ser iniciado assim que o laboratorista fosse embora. Exigi e consegui rever Paule naquela mesma tarde e várias vezes nos dias seguintes, até que eu a considerasse a salvo. Depois continuei acompanhando-a sem no entanto ter conseguido me habituar com sua estranha mãe com quem as trocas reduziam-se ao mínimo.

Aos seis meses, ela fez um primeiro episódio de bronquiolite que tratei sem me comover. Mas, como ela teve três recaídas em oito semanas, no fim de uma dessas consultas passei para a mãe um pedido de radiografia das vias digestivas altas. Naquela época, estava-se apenas começando a suspeitar da intervenção dos processos de refluxo gastroesofagiano na gênese dos acidentes respiratórios de repetição do lactente, e ainda não se dispunha de toda a panóplia endoscópica que existe hoje. Tomei evidentemente o cuidado de explicar-lhe tudo isso em detalhes. Assim mesmo percebi que estava hesitante, surpresa e até um pouco irritada. Considerei adequado reiterar minhas explicações uma a uma, chegando a lhe dar uma verdadeira aula com a ajuda de desenhos. Ela pareceu ter-se tranqüilizado e me perguntou onde devia ir. Dei-lhe um papel com o endereço do serviço radiológico do hospital S. Ela pegou o papel. Deu uma olhada, voltou-se para mim e me disse com um tom furioso: "O senhor está louco?" Era a primeira troca não anônima que tínhamos e era no mínimo estranha. Diante do meu ar espantado, ela acrescentou: "Se eu levar minha filha para o hospital S., é simples, minha mãe me mata." Mantive-me em silêncio pensando que talvez eu pudesse finalmente compreender o que acontecera no nosso primeiro encontro. Ela prosseguiu, num tom veemente: "O senhor não sabe o que é esse hospital. Meu irmãozinho morreu ali aos seis meses de idade de uma toxicose[4]. Eu tinha três anos e meio e até agora meu pai, minha mãe e eu mesma, quando estamos a pé e não temos outra alternativa senão passar por essa rua, evitamos cuidadosamente andar pela calçada desse hospital. E quando estamos de carro, mesmo que o caminho aumente por isso, sempre fazemos desvios para não passar na frente. Para nós é um buraco, um branco, um preto, melhor dizendo, definitivo no mapa de Paris. E então, o senhor me vê, o senhor me vê levando minha filha para lá?"

Paule ocupava portanto essa posição de segunda de sua mãe, como o pequeno irmão ocupava a posição de segundo de seus

---

4. Era o nome que antigamente se dava às desidratações agudas geralmente consecutivas a diarréias infecciosas.

avós. Estariam esperando um menino para fazer a história se repetir? Fiz essa pergunta e fiquei sabendo que era o que o avô pensava. A escolha do obstetra parecia de repente estar a serviço de uma história destinada a ser repetida, já que não podia, com um pouco de sorte, ser corrigida. Quanto ao clima de morte que eu sentira com tanta violência na minha primeira visita, ele se confirmava parecendo ter sido o apogeu erotizado desse luto ainda inacabado.

Meu lugar ficava ainda mais claro. Minha função, e o saber que ela supostamente tem sobre a morte real, sacudira todos eles e os fizera abandonar suas opções fantasísticas. Ao anunciar uma ameaça de morte muito mais consistente e não fazendo nada para temperar uma indignação que eu expressava aos gritos, tinha ocupado para essa menininha a posição desertada tanto pelo decepcionado avô materno como pelo pai totalmente ausente, visto que deliberadamente excluído pela célula familiar materna, assim como pela mãe que ainda não saíra de lá, da gestão daquele destino. Sem saber, eu dera valor àquela vida e tinha possibilitado seu investimento pela mãe. E eis que, pelo curioso atalho de um caminho inesperado, eu trazia de volta, também sem saber, o espectro que eu ajudara a afastar. Não espanta que, em tais circunstâncias, eu possa ter sido percebido como "louco".

Portanto, do lado da mãe, aquilo começou a falar. Nunca o deixara de fazer, é claro, ainda que de uma maneira, digamos, ininteligível. Mas também do meu lado isso falava, embora eu o ignorasse. E fora mais bem ouvido do que eu podia supor, pois a comunicação saíra do campo do informulado sob o impulso do termo tão bem-vindo de "louco".

Dei o endereço de um laboratório de radiografia particular e marquei um retorno.

O tratamento que apliquei ao refluxo efetivamente encontrado em Paule não deu os resultados esperados. Portanto, tive de tentar refiná-lo várias vezes. Sem grande sucesso. Os episódios respiratórios iam ganhando um aspecto cada vez mais crônico e me desesperavam, tornando meu fracasso ainda mais insuportável, uma vez que eu confiara nas nossas trocas e na retomada da história para aplainar as dificuldades. Era como se tivesse de percorrer de novo esse caminho para desinvestir minha tentação terapêutica, reencontrar e assumir minha impotência e permitir que a solução viesse, como sempre, do outro e só dele. E, de fato, foi à mãe de Paule que fiquei devendo o fim de minha provação.

Ela chegou um dia com sua filhinha em tão bom estado que me surpreendeu. Na auscultação, não encontrei o menor sinal daqueles sinais respiratórios que, havia meses, não a abandonavam, e meu espanto só fez crescer. Contei-lhes o que tinha constatado e o prazer que isso me proporcionava. Acrescentei ainda que não estava entendendo nada. A mãe de Paule pôs-se então a me explicar o que tinha acontecido – o que prova que, assim como um trem pode esconder outro, uma explicação, mesmo que satisfatória, nem sempre resolve uma história por definição inesgotável.

"A outra vez – disse-me ela –, quando perguntei se tudo isso podia vir de uma alergia ao gato, o senhor não quis me escutar. Chegou até a responder que Paule ainda era muito pequena para desenvolver com tanta violência fenômenos dessa natureza. Pois bem, o senhor não me convenceu e eu não o escutei. Entreguei meu gato aos meus pais. Foi depois disso que Paule sarou." É o tipo de coisa que adoro escutar mesmo, e talvez, sobretudo, se coloca em questão alguma asserção científica bem estabelecida. E pouco importa, aliás, que tal coisa possa se prestar a interpretações abusivas. Mas como, ao mesmo tempo, não acredito em milagres, tentei saber um pouco mais. "Fale-me de seu gato – pedi à mãe de Paule. Por que esse gato em particular, e por que um gato significa algo para a senhora?"

"Meu gato – respondeu-me ela febrilmente –, o senhor nem imagina o que significa para mim! É vital. É demais. É essencial! É indispensável. É simples, é uma fonte de energia, uma fantástica fonte de energia. Quando acordo de manhã, a primeira coisa que faço é ir acariciá-lo. Com essa carícia fico em forma pelo resto do dia. E, se por algum acaso não puder fazê-lo, fico deprimida. Agora, por exemplo, como ele está na casa de meus pais, passo todos os dias no apartamento para me beneficiar dos efeitos de minha carícia. Sempre tive um gato. E até meu casamento ele sempre dormia comigo na minha cama. Quando eu era pequena, minha mãe me dizia que eu tinha de tratar o gato que tínhamos na época como meu irmão, que ele era meu irmão, e ela até queria que eu o chamasse pelo nome de meu irmão."

Eu ouvia tudo aquilo e tentava encaixá-lo da melhor maneira possível no devir daquela história clínica. Estava perdido em meus pensamentos quando escutei de modo quase distraído a continuação daquela história: "Meus pais também têm um gato que consideram como um filho, talvez e até com certeza como seu filho morto, embora não se aventurem a dizê-lo hoje com medo de parecerem ridículos. Eles não criaram nenhuma dificuldade quando eu lhes disse que queria deixar meu gato com eles. Mas, sabe, o resultado de tudo isso é que virou um belo problema para eles. Porque imagine só que meu gato encasquetou de querer dormir com eles na cama. Mas o deles já estava lá; e o fato é que os dois gatos não se entendem, sobretudo de noite! Por isso eles foram forçados a dormir em camas separadas! Além disso, com toda essa história, como não levo mais meus filhos lá, eles são obrigados a vir na minha casa para vê-los. O que, como o senhor pode imaginar, não lhes convém em absoluto. Mas que bem isso está fazendo para todos nós!..."

Aqui, trata-se de terminar um luto, se não de retomar uma história. Alhures, de consolidar uma identidade. Em outro caso, ainda, trata-se de ser absolvido como se isso fosse indispensável para a continuidade da vida. Mas, em todos os casos, é uma negociata estranha, furibunda, sórdida, inevitável segundo seus protagonistas e que aparentemente utiliza a criança como se fosse a única moeda em curso. É como se a condensação brutal do tempo em seus três modos não pudesse se desfazer de outra forma senão pela consideração do sentido lógico de seu escoamento. Supõe-se que, se o presente abre para um futuro, ele o faz apoiando-se sobre um passado. Mas melhor seria se esse passado pudesse aceitar permanecer no seu lugar e não tentar se refugiar sub-repticiamente no enovelamento do presente, sob pena de nunca cessar de parasitar o futuro, oberando, assim, o desdobramento imposto pelo desenrolar de qualquer história – onde mais uma vez encontramos, embora sob uma outra forma, a noção de estanqueidade já mencionada.

"*Let bygones be bygones*", diz o poeta. Decerto, mas, naturalmente, poderia ser de outra forma? Não é assim desde a aurora dos tempos? E em que o segredo da relação singular das filhas com sua mãe pode explicá-lo?

Mamãe, posso ir?

Portanto, tinham parado de acreditar. E continuo sem saber por quê.

Pois, apesar dos esforços despendidos numa narração que me fez voltar a mergulhar, mais do que eu podia supor, na densidade de meus afetos e nos estratos mais profundos de minha memória, não consegui reconstituir os acontecimentos em detalhes. A ponto de me ver impelido, para relatá-los, a me agarrar à vaga lembrança de seu desenrolar e de sua cronologia.

Logo depois do Ano-Novo, quando praticamente todos os problemas pareciam resolvidos, de repente as convulsões recomeçaram sem que nada levasse a prevê-las. Em casos assim, é clássico invocar a índole própria da doença. O que, na verdade, nunca engana ninguém mas tem pelo menos a vantagem de mascarar uma ignorância, barrando, assim, uma ascensão da angústia demasiado violenta. Na ocasião, recorreu-se ainda mais àquela explicação, pois o quadro agora apresentava uma gravidade nova, já que as crises não cediam mais às diversas drogas administradas. Estávamos portanto confrontados com os horrores da mais radical impotência. Os prazos de espera, bem como as esperanças depositadas na resolução espontânea do episódio, tinham de ser regularmente revistos. Ninguém sabia mais como proceder ou o que fazer. Logicamente, era o caso de passar a responsabilidade pelo caso para outros médicos ou, pelo menos, apelar para outras especialidades. Mas esse procedimento, em geral raramente adotado pelos chefes de serviço, era-o menos ainda naquela época. Contudo, tinha-se investido demais no caso para glosar sobre as atribuições de responsabilidade ou deter-se diante de sórdidas considerações de mérito ou de amor-próprio. Portanto, acabou-se consultando um neurologista de outro hospital. Ele veio naquela manhã mesmo. Examinou longamente o prontuário e os diferentes traçados e concluiu pela necessidade de uma transferência de Gwenael para o serviço de neurologia do hospital S., naquela época considerado o mais bem equipado. O chefe, cuja eventual suscetibilidade via-se assim respeitada, teve com seu homólogo uma longa conversa sobre o caso e, em particular, sobre seu ambiente familiar. Conseguiu que a mãe obtivesse favores semelhantes aos que ele mesmo lhe concedera no seu próprio serviço. Foi feita a transferência.

No entanto, o estado de mal epiléptico – é o nome que se dá a essas salvas convulsivas quase ininterruptas – só foi controlado depois de cinco dias. Mas, quando tudo já estava em ordem, percebeu-se que mais uma vez, e era algo extremamente espantoso, Gwenael aparentemente não guardara nenhuma seqüela da provação por que passara. Como se não bastasse, pela primeira vez depois daquelas longas semanas, o conjunto de seus parâmetros biológicos voltara à normalidade mais estrita. Podia-se, por fim, considerá-lo realmente curado. E, afora um último detalhamento de seu tratamento anticonvulsivante e o controle de sua tensão arterial (então normal, mas que podia aumentar, brutalmente até), ele não requeria mais nenhum tipo de cuidado e já se pensava serenamente na sua alta de um dia para o outro. Foi quando se declarou uma diarréia tão violenta e tão profusa que provocou uma desidratação rápida e considerável. Não foi algo que provocou grande comoção, pois se trata de um fato banal num hospital[1]. Ademais, no exame de fezes foi encontrado o germe que vinha havia semanas causando estragos no serviço. Foram adotadas as medidas que a situação impunha e, como deve ser feito, ele foi imediatamente colocado no soro. Algumas horas depois, para es-

....

1. Debochando das pretensões de eficiência assim como da tecnicidade, esse tipo de infecção, dita nosocomial, constitui um quebra-cabeça que até hoje não foi resolvido.

panto geral, declarou-se um novo estado de mal, infinitamente mais difícil de controlar que o anterior. E, sem que se entendesse de imediato a causa, aquilo que todos temiam e de que se escapara tantas e tantas vezes aconteceu: Gwenael saiu do episódio convulsivo mole como uma boneca de pano, com o cérebro integral e irremediavelmente destruído, encefalopata para o resto da vida.

Uma catástrofe.

Uma catástrofe cujos efeitos não é difícil imaginar. Mas nada iria acontecer da forma prevista. Embora uma provação daquelas devesse, ou pelo menos pudesse unir os diferentes atores que tinham colaborado no caso durante aquelas longas semanas, ela os separou radicalmente. Curiosamente, ninguém tomava a iniciativa de um encontro ou de um intercâmbio qualquer com um outro. Como se cada um se sentisse ao mesmo tempo culpado e vítima, não ousando enfrentar o olhar de seu comparsa por medo de ler nele uma insuportável contrição ou, pior ainda, uma muda acusação.

Foi só depois de vários meses, depois do tempo necessário para um relativo alívio da culpa, que retomei o contato com as diferentes equipes e ousei evocar o caso com a intenção expressa de entender melhor, se é que isso era possível, o que tinha acontecido. Embora com uns e outros eu praticamente só conseguisse recolher comentários escassos, aflitos e impotentes, foi Pierre-Marie, o excelente Pierre-Marie, o íntegro Pierre-Marie, o adorável Pierre-Marie que, por amizade, quis por bem romper o que eu começava a perceber como um silêncio combinado. Pediu-me sigilo, e o que fiquei sabendo deixou-me sem voz. O último estado de mal, aquele que provocara a encefalopatia de Gwenael, não tinha nada a ver com sua doença, da qual ele de fato estava curado. Devia-se a um deplorável erro na aplicação técnica do tratamento da diarréia intercorrente.

Para compreender a extensão do drama, é preciso saber que a preparação das bolsas de soro só pode ser feita de modo artesanal. Na verdade, só assim é possível adequar rigorosamente o produto aos parâmetros dos diferentes casos. Portanto, calcula-se de início a quantidade de soro fisiológico e de açúcar a ser administrada em vinte e quatro horas e fixa-se a quantidade horária que deve ser ministrada gota a gota. Depois disso, acrescenta-se à bolsa uma quantidade, determinada com exatidão por um exame sanguíneo prévio, de diversos sais minerais, fundamentais para a perfusão porque são indispensáveis para a difusão correta e equilibrada da água nas diferentes células do organismo. Parece que, naquele dia, quem cuidava disso era uma auxiliar de enfermagem novata. Foi ela que aplicou o soro. Mas ela se esqueceu de ajustar o gotejamento e, fato agravante, ela literalmente se esqueceu de adicionar os sais minerais. O líquido de repente diluiu violentamente o sangue, produzindo de imediato, num cérebro já bastante afetado pela doença, um edema irreversível que se manifestou pelo estado de mal. Infelizmente, só entenderam isso tarde demais. Pois trata-se de um acidente tão inimaginável que, enquanto todos diligenciavam em torno da criança, ninguém pensou em verificar a velocidade ou a composição da perfusão que continuava escoando.

Horror!

Durante aquela hospitalização, teve-se em várias oportunidades a sensação de ter beirado, quando não atingido, o fundo do poço, mas aquilo não era nada em comparação com o desastre a que se chegara.

Pode-se reagir a essa informação com todo tipo de perguntas sobre a explicação desse tipo de descuido, sobre sua ocorrência estatística e sobre os meios de impedi-lo. Pode-se também tremer retrospectivamente pensando em alguma estada passada num estabelecimento hospitalar ou, *a contrario*, sentir-se dali em diante desconfiado, para si mesmo ou para um ser próximo, em relação a qualquer perspectiva de hospitalização. Tudo isso não tem um real interesse. Pois todos sabem que, mesmo no reino nascente e já tão pretensioso da informática, o erro continua sendo humano, eminentemente humano e portanto inevitável. Nas companhias de seguro existem até especialistas atuariais cujo trabalho consiste em calcular da forma mais precisa possível, em todos os campos, em todo lugar e em toda circunstância, suas porcentagens de ocorrência.

O que, por outro lado, merece reflexão é a força do que foi ganhando, de todas as formas possíveis, a figura de um destino esmagador. Uma gravidez involuntária (a sexta do mesmo tipo em dez anos!) na qual o desejo foi substituído pela ameaça de um obstetra, um sonho recorrente de enterro que questiona os registros de vida e de morte, uma doença rara de aspecto enganador, três mortes e três ressurreições consecutivas, longos períodos sucessivos de aceleração convulsiva do cérebro, tudo isso foi atravessado sem deixar marca para acabar num lamentável ato falho definitivamente invalidante. Como se a luta ferrenha e determinada contra a infecção causal fortuita e suas conseqüências tivesse sido inútil, e a morte se obstinasse – como ela o fez quando, segundo alguns, ela assim decidiu – em reclamar sua presa usando de todos os métodos para consegui-lo. Como nunca gostei dessa visão fatalista das coisas, não acho que é fora de mim que devo buscar a explicação de minha amnésia e da extensão da tristeza na qual ela ainda me deixa.

Pois o que me sobrara para compreender aquele assustador encadeamento de fatos? A simples sucessão dos acontecimentos e o que eu eventualmente podia ou não podia fazer? Mas será que eu podia fazer alguma coisa? A causa já não estava clara? O silêncio unânime dos atores do caso não nos tinha encerrado, à mãe e a mim, na crença de que a doença tinha finalmente vencido, espezinhando o imenso desejo que empenhamos sem restrições para combatê-la? Não nos restou apenas o penar, a indignação ou a dor. Tínhamos sido atingidos bem mais profundamente. A morte encontrara a forma de se insinuar e, depois, de se enterrar profundamente em nós, e não ignorávamos que, para voltar a pôr os pés na vida, tínhamos de extirpá-la de seu esconderijo.

Em vão tentei encontrar sozinho algumas respostas para minhas múltiplas interrogações. Aquelas, por exemplo, que giravam em torno da presença da mãe de Gwenael na enfermaria. Também no segundo serviço era uma novidade, uma grande novidade. Como teria se dado? Como fora vivida? Não teria havido choques nem tensões? Teriam tentado limitar sua duração ou restringi-la a lapsos de tempo predeterminados? A relação com a nova equipe se estabelecera tão bem como com a precedente? Não tinha como saber a respeito de tudo isso. Apenas imaginava que uma conversa telefônica entre os dois chefes de serviço deveria ter pelo menos contribuído para aplainar, se não para resolver, eventuais dificuldades. Mas será que tinham compreendido aquela mãe? Tinham percebido sua determinação e a ajuda que se podia extrair dela? Será que tinha sido admitida e aceita? Ou sua assiduidade tinha recebido como resposta uma forma de agressividade surda e crescente que o ato falho apenas revelara? É nesse ponto preciso que deploro não poder testemunhar diretamente. Continuo na verdade não sabendo onde estava ou o que fiz naquela semana. Só tenho certeza de nunca ter ido ao hospital S. Terá sido por causa dos meus famosos problemas domésticos que, se bem me lembro, tinham se complicado ainda mais? Ou estivera tomado por outras preocupações pessoais? A menos que eu tenha considerado cedo demais a partida ganha e tenha baixado a guarda imprudentemente. Mas essas questões, algumas das quais talvez sejam totalmente inúteis, ainda servem para algo? Não parecem se revestir, sobretudo a essa distância, do aspecto lamentável de protestos de inocência que se igualam em sua impropriedade à impertinência e à pretensão? Pois, de fato, nada leva a pensar que minha presença no palco dos acontecimentos pudesse criar condições mais favoráveis ou mudar, fosse como fosse, o curso dos acontecimentos.

Afora a forma de absolvição que eu aparentemente me outorgo, o recenseamento minucioso de todos esses fatos, postos lado a lado, não permite tirar uma conclusão válida. Tanto mais que todos os parâmetros e redes de relações implicados concorrem para um mesmo e único ponto. No entanto, se não quiser permanecer no impasse, não tenho outra alternativa senão continuar indagando – e me indagando, é claro – o máximo de perguntas possíveis, esperando que a formulação de pelo menos uma abra uma nova pista ou permita entrever um novo campo de explicação. Em todo caso, foi a isso que me apliquei até esse escrito, no qual me lancei na esperança de que, mais cedo ou mais tarde, ele me permitisse uma descoberta. E, como apenas o exame da estrita materialidade dos fatos não me ajudou em nada, acho que é no cerne dos processos de vida que devo procurar a resposta e dar sentido ao que se deu ao alcance de nosso entendimento.

Pois, assim como nada permite prever que o consumo de leite fresco pode provocar uma doença grave, nada protege hermeticamente alguém de um estúpido erro de manipulação. Aliás, não acredito que possamos tirar partido, em nossos sistemas de relações, da invasiva ideologia "defeito zero" das montadoras japonesas que, gerando os covardes reflexos securitários e solipsistas, encerra cada um em sua bolha e o afasta de toda comunicação. Vivemos em perpétuo contato com uma grande quantidade de pessoas que são "outro"(s) com o(s) qual(is) nos propomos trocar, assumindo necessariamente o risco de nem sempre saber de antemão em que disposições estamos ou seremos incluídos. O que é certo é que, sejam quais forem nossas disposições, a menos que sejamos paranóicos graves, nunca podemos saber de antemão o que um encontro vai gerar. A inter-relação harmoniosa do inconsciente dos diversos protagonistas de uma história é da ordem da ficção ou da fantasia. A afirmação de sua possibilidade é sempre da ordem do engodo. E é somente a partir dessa posição que se pode tentar elaborar, apoiando-se em tudo o que foi dito anteriormente, se não uma explicação certa do ato falho, pelo menos uma hipótese coerente e bem fundamentada que possa dar conta dele de modo suficiente.

Retomemos, portanto, os fatos, sem nada agregar nem eliminar. A auxiliar de enfermagem era novata. Que fosse. Mas, embora inegável, o fato é cômodo demais como desculpa para se impor como tal e fazer renunciar a qualquer outro questionamento. Já freqüentei muitos hospitais para saber como as coisas se dão nesse tipo de circunstância. Não podiam, e na verdade não devem ter deixado aquela jovem trabalhar sem lhe dar um mínimo de informações prévias. Ora, tais informações são tão fáceis de assimilar quanto de reter. Os gestos são de uma simplicidade bíblica, pois se trata de transvasar, com a ajuda de uma seringa, certa quantidade de líquido das ampolas que o contêm para a bolsa que deve recebê-lo. Além disso, caso fosse a primeira perfusão que essa pessoa fazia, provavelmente não foi a única ou a última num serviço em que grassava uma epidemia de gastroenterite. Ora, não foi mencionado nenhum outro acidente do mesmo tipo. Se fosse o caso, meus interlocutores logo me teriam colocado a par, felizes em poder incluir aquele sobre o qual eu os interrogava numa série infeliz mas imprevisível. Portanto, não se pode dar como única explicação da catástrofe a inexperiência da funcionária. Somos obrigados a colocá-la diretamente em questão e então ler seu erro como um autêntico ato falho – que, como todos sabem, é sempre e antes de mais nada um ato particularmente bem-sucedido. Mas isso não é tudo, e não podemos parar aí. Pois que o inconsciente dessa auxiliar de enfermagem tenha conseguido lhe ditar e fazê-la executar sua conduta a esse ponto não é decerto efeito do acaso, mas resultado, como sempre é a regra, de sua confrontação com uma situação que ela deve ter percebido como ameaçadora e da qual ela tentou se livrar ou se proteger.

Não parei de dizer e repetir a perturbação que a mãe de Gwenael semeou, e não deixou de semear em mim desde nosso primeiro encontro. E, para explicá-la, dominá-la e dela me defender, fiz questão de mencionar todas as coisas que, nela, evocavam minha própria mãe e, a esse título, podiam dar conta da singular tonalidade de nosso vínculo. Foi o que aconteceu comigo, e não podem me acusar de ter feito essa leitura em razão de uma sensibilidade particular ou superaguçada que eu teria em relação a meus afetos. Se eu não os tivesse percebido, nem por isso esses afetos teriam deixado de existir, e sem dúvida teriam me posto exatamente no mesmo estado. O que fiz deles apenas me serviu para que eles não transbordassem – o que já é bastante mas que, como dei a entender, ainda era insuficiente. Ora, ninguém escapa à capacidade de perceber ou de sentir o que dissequei por minha conta. Com a diferença de que na ausência de tal dissecação a pessoa acaba sendo dominada por suas impressões e reage a elas de maneira reflexa e incontrolável. Por outro lado, habitante de sua própria história e tendo tido sua própria aventura de vida, só pode reagir àquela mãe – ou a qualquer outra – à sua maneira e tão-somente à sua maneira. Portanto, nada permite imaginar que a jovem incriminada reagisse como eu o fiz ou como os profissionais anteriores tinham feito.

A partir daí, pode-se construir muitos roteiros, todos igualmente coerentes e todos capazes de explicar a fantástica agressão que o ato falho constituiu. Mas seria desonesto e pretensioso, com um material tão pobre, aplicar com certeza qualquer um deles. Basta simplesmente reconhecer que a mãe de Gwenael, por várias de suas atitudes e comportamentos, pode perfeitamente ser percebida como absolutamente insuportável, terrificante até, por certas pessoas. Eu mesmo falei várias vezes do trabalho interior que sua inacreditável serenidade exigiu de mim. Numa outra época, mais cedo ou mais tarde ela teria acabado na fogueira, queimada como feiticeira. Que poder apavorante emanava dela num primeiro contato! Ganhar uma reputação que consiga ultrapassar os limites dos serviços hospitalares chegando até a precedê-la naquele para onde se dirige, ser objeto de um favor absolutamente excepcional e de elogios unânimes, ser autora de três ressurreições sucessivas – uma delas oficialmente reconhecida – é ter um mérito, uma estatura e dar provas de um poder sobre si e sobre os outros que pode ser vivido como assustador e propriamente impossível de viver, em particular por outra mulher. Nesse caso, não seria enquanto mãe, vivendo os pavores e as dúvidas habituais de toda maternidade, que aquela mulher teria agido. Pois, mesmo se ela quisesse atacar uma imagem que julgasse perfeita demais e que desejasse desesperadamente poder alcançar, sua contra-identificação não podia fazer calar a solidariedade materna e investir contra uma criança que lhe lembrasse demais a sua própria. Em contrapartida, enquanto filha irremediavelmente enterrada num debate insolúvel com uma mãe invencível, ela poderia pretender destruir, por um simples efeito de deslocamento, o que, na realidade, remetia-a a seu nada. Portanto, esse ato assassino não visava a pessoa de Gwenael, mas sua mãe, e apenas sua mãe, tal como era percebida e sentida.

Que triste condenação à morte daquela "mãe contra a morte".
E mais, em lugar de uma mãe de menina, ela que só fez meninos! Como se não tivesse conseguido evitar a armadilha de que sua escolha procriativa supostamente a protegera. Por trás desse comentário, encontramos a famosa questão do sexo dos filhos e de seu determinismo oculto. E, por trás dela, a perversão de uma idéia corrente que está sempre semeando desgraça: a idéia segundo a qual as relações das filhas com a mãe ocorrem naturalmente na serenidade, na convivência e na harmonia. Seria quase para dar risada não fosse a necessidade de conceder ao drama sua justa e lastimável dimensão. Pois a que nos fez assistir esse triste epílogo? Aos efeitos de uma violência das mais radicais, aquela que, derrubando todas as barreiras, abate-se sobre seu objeto tendo por único objetivo aniquilá-lo ou fazê-lo desaparecer para sempre. E, como a energia que ela mobiliza para alcançar esse objetivo é considerável, é difícil imaginá-la de outra forma a não ser

como resultado de um processo que tomou todo seu tempo para amadurecer e que, um dia, precipita-se de um longínquo passado porque encontrou a ocasião propícia para sua expressão. As pulsões agressivas compósitas, por muito tempo caladas, sufocadas, controladas e reprimidas, encontraram de súbito condições para sua liberação brutal. Ao que dali jorrou só restava perpetrar sua obra.

Seria aquele caso uma exceção? Seria bom, e eu seria o primeiro a proclamá-lo se não tivesse presentes no ouvido os discursos indignados, revoltados, amargos ou cheios de ódio que muitas meninas, com os dentes cerrados e brilho nos olhos, me fizeram falando de sua mãe. Não me refiro, é claro, à fala daquelas menininhas ou adolescentes de quem trato – estas ainda estão na idade em que adoram deixar-se levar por discursos sedutores –, mas à fala de suas mães, filhas das suas, que às vezes ousam se deixar levar, falar de seu conflito, ir buscar sua origem, domesticar seu conteúdo para, por fim, tomar coragem e exprimir a surda violência que sempre sentiram nelas mesmas, que nunca conseguiram exprimir e de que nunca conseguiram se liberar. E elas só se autorizam a isso depois de conseguirem encontrar, nas prerrogativas de sua nova função, a energia de que precisam para se subtrair ao inelutável de uma transmissão à qual foram, desde sempre, convidadas a se submeter. Quando não esperaram ser mães para abrirem os olhos e deixarem de ser enganadas, relatam um doloroso passado de luta anoréxica ou bulímica, do qual nunca saem indenes, situação que traduz uma inextricável mistura de amor e de ódio, de submissão e de revolta, de esperança e de renúncia, de audácia e de resignação.

Mas quantas mulheres tomam tal caminho em comparação com as que, atormentadas por remorsos e enterradas numa gigantesca culpa, continuam obedecendo cegamente às imposições destruidoras em que se deixaram definitivamente cair e das quais eu poderia citar uma grande quantidade de exemplos. E não estou falando daquelas que só conseguem vir à consulta sensibilizadas por serem escoltadas pela própria mãe. Também não falarei das mulheres que, por inúmeras razões estratégicas, fazem uso de seus bons favores mas sabem pagar o preço justo, mas daquelas cuja vida gira única e exclusivamente em torno dessa relação.

Lembro-me de uma mãe que, com mais de quarenta e cinco anos, nunca passara uma noite fora da cama da sua própria mãe. Ela morava na parte superior da casa, a mãe, no térreo, e todas as noites ia ao seu encontro depois que seu companheiro e seus filhos tinham adormecido. Ou então daquela outra que um dia me contou sua emoção ante o anúncio do divórcio dos pais. Para tentar atenuar o que ela pensava ser uma crise de casal um pouco mais grave que as outras mas, ainda assim, passageira, tomou a iniciativa de ter uma conversa com a mãe, autora do rompimento e àquela altura com quase setenta anos. O que ela guardou do que foi dito foram palavras que, sem se dar conta, ela acabou transformando num credo. Sua mãe teria declarado que um erro grave e bastante comum que as mulheres cometem é contentar-se em ter um único homem a vida toda. Todas suas tentativas de entender, na hora ou mais tarde, o que na história da mãe forjara tal opinião não conseguiram vencer um silêncio obstinado. Por isso essa fala, que não pode ser relacionada a uma origem ou prestar-se ao mínimo comentário, ganhou a envergadura de uma recomendação a ser seguida. Pouco depois daquela conversa, quando a relação dos pais já tinha, bem ou mal, se restabelecido, a jovem arruma um amante, que, aliás, manterá por pouco tempo, e depois se divorcia sem conseguir dar ao marido um motivo válido para sua decisão. Sozinha, conhece vários homens que sempre apresenta à mãe. Um dia esta morre de um câncer generalizado, e surpreendo a mim mesmo divertindo-me com as facécias da língua ao tomar conhecimento que os médicos encontraram dificuldades em seu trabalho porque não tinham conseguido identificar o "tumor-mãe"!

Para tentar temperar o aparente exagero dessas premissas, poderiam me acusar de procurar pêlo em ovo em histórias provavelmente excepcionais ou levadas ao extremo pela maneira como as conto. Aliás, em auxílio dessa afirmação pode vir o que cada um constata sem esforço em seu meio imediato. Pois não é aí que a verdade se encontra? Nesse caso, logo se verificaria que a cumplicidade incondicional, a obediência cega, a submissão sob todas suas formas e as declarações de fidelidade são a regra. Seria má vontade minha não concordar com isso. No entanto, afirmo que essas condutas superficiais, que muito facilmente dão o troco, criam, salvo exceções, as condições para uma violência cuja expressão é simplesmente impensável. Profundamente escondida e negada em seus motivos, legitimidade e posição, essa violência impossível de viver em geral não consegue ser metabolizada e eliminada a não ser por deslocamento. Portanto, não espanta que enlameie o ambiente imediato no qual o parceiro sexual costuma ser um alvo privilegiado.

Quantos homens, maridos, pais e até amantes não se viram confrontados com situações súbitas e explosivas que lhes pareceram incompreensíveis e que assim continuaram por muito tempo, quando não para sempre? E não sem motivo, pois a veemência que ali circulava na verdade não se endereçava a eles! Figurantes propiciatórios de um debate que se desenrolava sobre uma outra cena, a única culpa deles foi ter tido, por puro acaso, um comportamento que, sem que eles ou sua parceira soubessem, despertou uma velha história e tocou numa zona ainda particularmente dolorosa. Sem saber, eles assopraram inocentemente as cinzas, sem imaginar que reavivavam uma brasa ainda incandescente que só precisava daquele sopro para pegar fogo. E o pior é que alegar inocência nunca os ajudou em nada, pois seus protestos, o tom deles, evocavam outros, justamente aqueles que, odiados e desestimulantes, selaram um dia o insuportável aprisionamento.

Uma amiga minha, há muito tempo em análise, por acaso evocou comigo um dia a maneira como entendia essas coisas, confessando ter-se proibido atribuí-las a um eventual deslocamento. Até então ela acreditava que esse mecanismo obedecia ao maior rigor e que, portanto, respeitava uma correspondência sexual mínima. Retorqui que, embora felizmente se começasse a saber que os homens só se casam com a mãe ou com a irmã, era uma pena que a mesma publicidade não fosse dada ao fato de que também as mulheres só se casam com a mãe ou com a irmã.

O que, afinal de contas, é bastante lógico, já que o primeiro amor – é preciso lembrá-lo mais uma vez? – serve de modelo para todos os amores posteriores e aquele a que nos entregamos conscientemente não tem outra alternativa senão tentar reencontrar a primeira união, esta nunca totalmente desinvestida e sempre abandonada com dor.

Mas tudo isso é tão difícil de admitir! Tudo jaz tão longe, o acontecimento, o que se seguiu aos acontecimentos, recobertos por tantos estratos de esquecimento, foi tantas e tantas vezes retomado, reparado, reexaminado, remanejado, emendado e classificado, que acreditamos não restar vestígio, pelo menos nenhum vestígio doloroso. E é com surpresa que nos vemos agir ou reagir. O mal-entendido é tão grande que cabe perguntar-se como é que ainda pode haver alguma idéia de comunicação. Aliás, cada um resolve esse dilema a seu modo, ou seja, da maneira mais expedita possível. Agarrando-se ao seu hoje, obstina-se em separá-lo de qualquer referência e, ao mesmo tempo, em afastá-lo de qualquer projeto, a pretexto de ter coberto com um lenço o que escondeu no bolso por não querer mais ouvir falar. Fica a cargo das palavras de ordem do momento e das racionalizações de todo tipo fazer o resto. Efeito da vivência do tempo, economia avara da memória ou transações impossíveis com o passado e seu cortejo de instâncias fantasmagóricas? É um pouco de tudo isso que intervém, em proporções singulares, em cada história. Estamos tão persuadidos de nossas capacidades de julgamento, de nossa autonomia de pensamento, de nossa liberdade de apreciação que não atentamos para as armadilhas encobertas em toda situação com que cruzamos e que põe em movimento esse passado longínquo, inapreensível e do qual não queremos saber mais nada. Todos os julgamentos passam, então, a ser feitos de modo incisivo, desconsiderando as nuanças e qualquer dialetização. O que sempre dá grande liberdade de ação à força e à violência.

É algo gritante e evidente numa das situações mais banais do mundo, das trocas que os membros de um casal mantêm com suas respectivas famílias por afinidade, e mais particularmente com suas sogras, já que, regra geral, os genros e as noras quase não enfrentam problemas com seus sogros. Destaca-se a tolerância habitual dos genros com suas sogras em face do desentendimento costumeiro que a maioria das noras vive com as suas.

Do que decorre isso?

Do fato de que as primeiras têm reputação de inofensivas, se não simpáticas e colaboradoras, ao passo que as segundas seriam fontes potenciais de dissensão? Em todo caso, é isso que se avança, decretando-se ademais que, naturalmente, não pode haver, sob um mesmo teto e para um mesmo homem, duas mulheres estranhas uma à outra, o que dá a entender que o vínculo de uma mulher com sua mãe anularia qualquer diferença entre elas e faria delas uma só e mesma pessoa! Às vezes afirma-se também que genro e sogra viveriam numa relação de sedução recíproca, o que não ocorre no outro caso. Mas como explicar então a cordialidade dos vínculos que esse mesmo homem mantém com seu sogro? Haveria aí uma forma dupla e uma dupla vivência de homossexualidade? Por que não? Mas voltarei a isso, pois nesse momento não quero me afastar dessa visão corrente, mas simplista e errada, das coisas.

Embora seja verdade que um homem pode às vezes ficar tolhido pela imagem da mãe a ponto de justificar a prevenção de sua esposa em relação a ela, ao tolerar a presença dessa outra mãe que é sua sogra, ele demonstra que de certa forma resolveu esse tipo de relação e que não tem mais nada a temer dela. Sua mãe ou uma outra mãe, não lhe importaria mais tanto. O que lhe interessa é sua mulher e ponto. E ele se dispõe a aceitar sem resmungar a presença desses seres próximos, bem como a intensidade da relação que ela continua a ter com eles. Sua companheira, em situação simétrica, parece, em contrapartida, só ter interesse por ele, exclusivamente por ele, considerando natural pedir-lhe que se separe de suas origens e junte-se a ela na sua história. Manifesta, em particular, sua incapacidade de ter uma experiência suplementar de mãe, pois a da sua própria lhe basta amplamente. Isto levaria a pensar que a relação exclusiva da companheira com a mãe, relação que procuraria assim preservar, seria tão satisfatória que não pode nem prescindir dela nem confrontá-la com outra do mesmo tipo. A menos que, ao contrário, ela a saiba esmagadora, só lhe permitindo sobreviver numa intolerável subordinação, e que ela não queira revelar à sogra esse estado de coisas nem viver com ela uma nova coação. São coisas que ela sabe que sua mãe bem como sua sogra sabem, já que elas mesmas tiveram uma sogra cuja ingerência tiveram dificuldade de suportar. É como se as mulheres reconhecessem umas às outras uma faculdade de adivinhação específica e que todas concordassem entre si em não organizar um inútil "concurso de mães".

Poder-se-ia contestar essa leitura e dialetizar essas interpretações afirmando, por exemplo, que um homem estaria acostumado a ser submisso à sua mãe o bastante para não se permitir rejeitar a mãe de sua companheira, a menos que conte tirar desta última os mesmos benefícios que lhe proporcionaram sua posição de filho, ambas as hipóteses explicando então sua tolerância. Se fosse assim, a veemência de sua companheira – e, aliás, não se entende por que ela não poderia ter fantasias similares – estaria justificada e visaria permitir-lhe uma forma mínima de emancipação. Seria uma intenção das mais meritórias e uma explicação extremamente aceitável. Com a ressalva de que ela nem sempre dá conta da assiduidade e da intimidade da relação que essa mulher continua a manter com a mãe. Também seria plausível imaginar que o homem não consegue ver muito bem o que circula na relação de sua mulher com sua sogra, ao passo que uma mulher teria uma visão infinitamente mais clara na relação simétrica. Estaríamos, nesse caso, autorizados a indagar sobre a fonte de sua ciência e chegaríamos à conclusão de que, se ela revela um saber tão grande sobre a questão, só pode ser pelo fato de tê-lo resolvido na sua própria aventura de filha de mãe. Em outras palavras, ela já teria detectado há muito tempo a sufocante farsa da solicitude, teria condições de pressentir seus efeitos desastrosos e, querendo proteger o companheiro disso, interporia seu corpo, seu humor e seu discurso entre ele e sua sempre presente mãe.

Trata-se, sem dúvida, de uma trama defensável. Podemos contudo nos indagar se a rejeição que ela manifesta em relação à sogra não seria, no seu tom, na sua argumentação e veemência, a expressão exata daquela que ela há muito tempo recalcou e que, na verdade, nunca pôde exprimir em relação a sua mãe. Bela ilustração de uma conjunção de deslocamentos múltiplos e cruzados que permitem concluir que as relações que nos autorizamos a ter com os sogros são em geral as mesmas que nos proibimos ter com os pais.

Poderiam atribuir-me a intenção de querer escusar os homens de qualquer descaminho possível ou de fazer crer que eles nunca cometem "erro quanto à pessoa". Seria uma pena, pois meu único empenho consiste em arrolar as diferenças. E se considerar o outro lado do problema colocado pelas relações das filhas com sua mãe, ou seja, o das relações dos filhos com seu pai, não estarei ensinando nada a ninguém se disser que estas últimas nada ficam devendo às primeiras, com a ressalva, entretanto, de que nelas não há nenhum mistério. Na verdade, muito já foi escrito a respeito. E o problema foi e é formulado nos termos mais claros possíveis.

Com efeito, não se costuma admitir que é preciso "matar o pai"? É conveniente que todo filho, entenda-se – mas por que não toda filha, na verdade? –, em princípio passe por essa etapa e perpetre um ato supostamente promotor de sua autonomia e fundador de sua personalidade. A crença "é preciso matar o pai" não acabou se tornando, em nossas sociedades ocidentais, uma injunção tão aceita e difundida, um sinal de conivência e de cumplicidade tal, que adquiriu valor de rito de passagem para a idade adulta? Não faltará competência psicologizante, ou simplesmente competência, para desmontar e demonstrar o fundamento ou a necessidade daquela afirmação. E, infelizmente, tampouco faltarão pais que se conformem em ser – correção política exige! – o objeto compreensivo e consenciente disso. Seja qual for a pertinência ou a inépcia de tal injunção, ela tem, contudo, a vantagem de pôr o debate em termos límpidos. Aí, pelo menos, não se pode enganar ou se enganar. É franco, claro, nítido, assumido, dizível e dito. Afasta-se qualquer idéia de serenidade e de harmonia. Não se doura a pílula: trata-se, sem qualquer complacência ou risco de confusão, de assassinato. No entanto, conhecem-se os estragos consideráveis que os pais cometem em seus filhos quando, ao acreditarem poder furtar-se a um ciclo de violência que conhecem e reprovam, recusam-se a ocupar o lugar para o qual sua função os convoca escolhendo ser "pais-amigos". Nada mais hipócrita e, sobretudo, mais objetiva e certamente assassino que sua atitude. E, mais do que simplesmente apontada, ela merece ser denunciada, pois sufoca ainda no ovo um movimento indispensável para que o filho tenha acesso a sua condição de sujeito.

Estarei eu estimulando a revolta dos filhos e o potencial repressivo dos pais depois de ter exposto com estardalhaço que pode parecer suspeita a violência muda das filhas e estigmatizada a das mães? Serão dois pesos e duas medidas? De jeito nenhum e muito pelo contrário. Meu objetivo é expor, no seio das relações pais/filhos, a existência não de uma única mas de duas vias principais de circulação da violência, e afirmar que uma delas é não apenas desconhecida, mas calada e denegada, por razões e com um objetivo que, chegada a hora, cuidarei de questionar. E vou ainda mais longe professando que é da presença, do reconhecimento e da assunção desse duplo potencial que depende o equilíbrio de um sujeito (masculino ou feminino), bem como o de sua descendência num certo número de gerações. Com efeito, não é difícil imaginar o benefício que as crianças obtêm da proteção que a mãe lhes possa dar contra a violência potencial do pai. Mas tem-se mais dificuldade de admitir aquela que podem obter do pai contra a simétrica violência potencial da mãe, pois esta geralmente vem mascarada por trás de um excesso de solicitude, cuja toxicidade nem sempre é fácil identificar, a ponto de a proteção paterna, sem outra alternativa a não ser fazer uso da frustração, ser sempre atribuída a uma violência que caracterizaria exclusivamente o pai.

Explico. E partirei da famosa problemática edipiana, de que todos acreditam ter uma idéia clara embora ela seja menos simples do que se imagina. O que costuma ser dito é que se trata de uma história mais ou menos vaga de uma atração tida como espontânea: os menininhos desejam naturalmente sua mãe ao passo que as menininhas desejam o pai – atração natural precoce, e afinal de contas tranqüilizadora, pelo sexo oposto. Seria essa basicamente a história. Mesmo que incomode um pouco, acredita-se ou se finge acreditar nessa trama sem que ninguém ouse questioná-la, pois todos a aceitam com firmeza e serenidade! É por isso que ninguém entende mais nada do que acontece em seu próprio campo de experiência, supondo-se, obviamente, que se possa ou que alguém possa entender o que quer que seja nessas condições. Essa visão simplista, reducionista e tão difundida de um dos principais conceitos da psicanálise é, infelizmente, sua pior deturpação.

Na verdade, as coisas nunca se dão dessa forma. E, para entender como funcionam, é preciso começar do começo. Ou seja, levando em consideração os fenômenos biológicos, dando-lhes sua importância, conferindo a eles seu justo lugar, colocando-os em primeiro plano no campo das trocas pais-filhos. Trata-se de algo indispensável e, não importa o que digam, não é nenhuma traição aos ensinamentos de Freud, que certamente buscaria com avidez os conhecimentos, inexistentes em sua época, de que dispomos hoje. Acontece que esses fenômenos biológicos não têm qualquer relação com o sexo das crianças ou com sua orientação sexual ulterior pois, sejam quais forem os lamentos e as fantasias disseminados por um número igual de mitos e de sistemas filosóficos, são sempre as mulheres que carregam e põem no mundo as crianças de ambos os sexos. Meninas e meninos, em outras palavras, estão no mesmo barco.

Ora, esses fenômenos não poderiam sublinhar melhor o que faz da mãe o centro nevrálgico de todo o dispositivo relacional. De modo que, no começo da vida, essas crianças terão com ela uma relação estritamente idêntica sob todos os pontos de vista. Foi seu corpo que carregou tanto um como a outra, foi seu corpo que satisfez o conjunto de necessidades que nem precisaram exprimir. E foi ainda seu corpo que, durante a gestação, inscreveu no seu cérebro em desenvolvimento um alfabeto sensorial que leva sua estampilha, que será para sempre inapagável e que lhes servirá, para o resto da vida, e em todas as circunstâncias, de mediador para cada coisa ou cada acontecimento do mundo circundante[2]. Como desprezar isso? Como não lhe conferir a importância que merece? Como não levar em consideração e integrar a existência de um alfabeto tão primordial quando, por toda a vida, ele serve para refratar qualquer partícula de percepção? E ainda vêm dizer que a organização do sistema perceptivo seria acessória quando a percepção constitui a pedra angular de toda a existência, comandando tanto a relação consigo mesmo como a relação com os outros? E por que abandonar o que, melhor que qualquer outro artifício ou construção teórica, permite compreender a ferocidade do apego que a criança, seja qual for o sexo, tem pela mãe? Ora, ao examinarmos os detalhes desses fenômenos, sobre os quais no entanto não me deterei, compreenderemos, melhor do que por qualquer outro meio, por que a mãe é para o filho seu primeiro objeto de amor.

E se voltei a isso mais uma vez foi porque jamais se deve perdê-lo de vista. Pois, embora esse amor continue a ser para sempre o modelo original sobre o qual irá se calcar todo amor poste-

....

2. Falei, no que a isso se refere, da mãe como de algo "adquirido", em oposição ao pai a quem me referi como algo "devido". Cf. *Une place pour le père*, op. cit. No que concerne ao desenvolvimento do cérebro fetal e ao estabelecimento do que chamo de "alfabeto sensorial", pode-se consultar *L'enfant bien portant*, Paris, Seuil, 1993 e 1997.

rior, é forçoso constatar que, se o destino amoroso do menino é, naturalmente e desde o princípio da vida, heterossexual, o destino amoroso da menina é, de forma igualmente natural, homossexual. O impulso assim dado ao primeiro só o obrigará a uma forma, decerto mais ou menos problemática, de substituição; ao passo que esse mesmo impulso deverá, no caso da segunda, conhecer um desvio que, em muitos sentidos, terá de passar por uma forma às vezes acrobática de conversão, de traição até. Aliás, já mostrei[3], e voltarei a isso, que o encontro do homem com uma mulher situa-se sempre sob o signo do reencontro, enquanto o de uma mulher com o homem situa-se sempre sob o signo da descoberta. De forma que, seja qual for a posição de uma mulher na ordem dos encontros de um homem, ela será sempre a segunda, ao passo que, seja qual for a posição do homem na ordem dos encontros de uma mulher, ele será sempre o primeiro[4].

O interesse desse desvio pelo núcleo mais consistente de nossa famosa relação edipiana decorre do fato de que, sem poupar ninguém, ele intervém de maneira recorrente, até mesmo nas orientações sexuais posteriores que não podem de maneira alguma calá-lo ou suplantá-lo.

É verdade que se a experiência da gestação pudesse ser eliminada as coisas seriam infinitamente mais simples para todo o mundo, e então todos poderiam, a justo título, valer-se de sua clarividência e de seu famoso livre-arbítrio. Mas não somente não pode sê-lo como é longa e copiosamente reforçada pela imaturidade constitutiva do recém-nascido que requer cuidados assíduos situados em linha direta com a experiência acumulada durante o período intra-uterino. A satisfação imediata da menor de suas necessidades por uma mãe prestimosa vai suscitar de sua parte, em relação a ela, um amor que se empenhará em consolidar e manter sem descanso. Exclusivamente dedicado a ela, e perdoando-a por confiá-lo às vezes a substitutos que reconhece como tais com gran-

....
3. Ver *Parier sur l'enfant*, Paris, Seuil, 1988, pp. 209 ss.
4. Isto permite, ademais, compreender melhor a possibilidade das recomposições familiares e a natureza dos vínculos que aí se criam. Ver minha contribuição em *Recomposer une famille, des rôles et des sentiments*, Irène Théry ed., Paris, Textuel, 1995.

de segurança, constata bem rapidamente, nos casos mais clássicos, que ela é o tempo todo disputada por um indivíduo totalmente estranho à sua percepção, um homem que freqüenta o meio e ao qual é convidado, cedo ou tarde, a dar o nome de pai. Queremno então sensato e compreensivo, sensível às mostras de interesse desse sujeito inoportuno, e aprendiz voluntário da paciência e da renúncia. Suas competências foram tão incensadas que quase se lhe podem atribuir as virtudes de um cristo. Visão irrealista e absolutamente ridícula, pois não leva em conta os mecanismos fundamentais do que está em jogo. O bebê ainda não sabe nada disso – tendo, ainda por cima, grandes dificuldades para aprendê-lo – e funciona em bloco! É verdade que ele é reativo aos pais e que quase se inquietaria por eles. Mas sempre numa pura lógica de conservação de sua pessoa, pois compreendeu que sua sobrevivência dependia da sobrevivência dos que cuidam dele, e da de sua mãe em primeiro lugar.

E é com a mesma lógica que o bebê percebe seu meio imediato e desenvolve em relação a ele um louvável discernimento. Por um lado, dispõe de uma pessoa e de um sistema confiáveis que lhe dão, a todo momento e em qualquer circunstância, toda satisfação, e, por outro, um sistema propriamente suspensivo do anterior, pois, em sua presença, este anterior pára de funcionar de modo conveniente. De um lado, um sistema que diz sim a tudo o que lhe dá na veneta exigir e, do outro, um sistema que aparece, o que quer que faça, dizendo não a tudo, e que, por isso, será identificado e decretado agente de todos os nãos, agente de todas as frustrações, agente de todas as misérias. Como poderia ele perceber – por que milagre, aliás? –, por parte desse agente, amor, ternura ou solicitude? Nessa idade, percebe apenas sua insuportável violência e, não podendo satisfazer seu desejo de vê-lo desaparecer, põe-se a votar-lhe, sem incômodo nenhum, senão um ódio declarado, no mínimo um surdo mas sólido ressentimento.

Deve ter ficado claro que a relação com o pai, tanto para um menino como para uma menina, só se estabelece no começo da vida sob o signo da recusa, da veemência e da revolta. E só vai se impor e ser aceita, quando tiver de sê-lo, sob o efeito repetitivo da ameaça percebida e num estado de temor que, mesmo atenuado pela mediação materna, nunca deixará de parasitá-la. Como essa percepção nunca poderá ser apagada, seja lá o que se faça ou se queira, é natural que, cedo ou tarde, nela se introduza um voto de morte. O que explica, ademais, por que a morte de um pai, pela culpa que mobiliza, é, para um homem ou para uma mulher, a experiência mais penosa que nos é dado viver.

Será por acaso que a relação pai/filho(a) evolui numa tal violência e traz a ameaça imaginária de morte por um lado, e o voto simbólico de morte por outro? Certamente não. Pois o pequenino não tem outra abordagem, outra percepção ou outra idéia da vida, ou da fonte da vida, senão sua mãe e somente sua mãe, de quem só consentirá em se afastar, com pesar e chiando, sob o efeito de uma ameaça – sempre ouvida como ameaça de morte – proporcional ao apego que ele desenvolveu. É aí, aliás, que podemos encontrar o sentido exato do famoso "é preciso matar o pai". A injunção foi tirada da linguagem psicanalítica. Freud, de fato, formulou a hipótese de que a passagem dos humanóides para os humanos se deu em torno de um assassinato, o de um pai. Afirmou que um dia, numa horda, os filhos, maltratados e frustrados por um pai que lhes proibia todo comércio sexual com as fêmeas do grupo reservadas para seu uso exclusivo, teriam acabado por se aliar e matá-lo. Depois disso o teriam comido num banquete canibalístico que teria selado a aliança entre eles.

Em geral, é disso essencialmente que as pessoas se lembram e no que se fundamentam ao falar de "matar o pai". E é uma pena que esqueçam a continuação da história. Pois o discurso teórico agrega que os filhos, tomados pelo remorso e temendo sofrer uma sorte idêntica à que infligiram ao pai, estigmatizaram o motor de seu comportamento e decretaram a lei do interdito do incesto, proibindo o comércio sexual entre pais e filhos, lei que funda, desde então, o conjunto das trocas humanas. Esse mito, seja qual tenha sido sua contribuição ou seu interesse, nunca autorizou ninguém a dele se prevalecer para justificar a violência ou para incitar a um assassinato, que acreditam ser quase real, do pai. Com efeito, a fórmula que dele decorre só deve ser entendida como uma metáfora que indica que, assim como os filhos do mito depois de matarem o pai editaram a lei da espécie, cada filho deve internalizar de uma vez por todas essa lei, tomá-la para si, fazê-la sua e decidir então prescindir de um pai – do qual, ao mesmo tempo, se emanciparia de modo salutar – para continuar lembrando-lhe a lei e afastando-o de uma mãe, da qual aceita finalmente deixar de ser dependente. É o que uma filha gostaria de fazer mas não consegue facilmente, pois corre o risco de fazer desaparecer o único recurso de que dispõe para enfrentar a paixão fragorosa e singular que sua mãe, geralmente se não sempre, nutre por ela.

Em todo caso, é assim que se apresenta a violência que circula entre pai e filho sem distinção de sexo. E seu mecanismo é de grande simplicidade: é o face-a-face, em torno do mesmo objeto, de dois pretendentes igualmente certos da legitimidade de suas exigências e igualmente reivindicativos. Fundamentalmente, cada um quer excluir o outro, o que é uma constante da relação. Pode-se imaginar que isso nem sempre seja simples para o famoso objeto desse duplo amor. Em razão de múltiplos fatores dos quais não se exclui uma incontornável noção de hierarquia, o conflito acaba se apaziguando em maior ou menor medida com o correr do tempo.

Essa etapa[5] e a evolução que ela comanda revestem-se, aliás, de uma importância considerável no devir de cada um, a ponto de não ser exagero dizer que ela constitui o núcleo de toda aventura existencial. E por razões óbvias, pois o que aí se produz vai inserir-se na estrutura que tinha se consolidado no começo da vida e cimentá-la, conferindo-lhe seus atributos definitivos, depois de ter, de certa forma, lhe dado uma chance de atenuação ou de acomodação. Com efeito, a vivência da atração sexual desperta mais ainda para a consciência da vida. E é como se essa maior consciência recolocasse em primeiro plano a famosa problemática da morte, com ela se misturando intimamente, problemática esta que coube ao indivíduo pela relação que sua mãe instaurava com essa morte.

....

5. É muito comum ouvir dizer, a esse respeito, que a mãe estaria do lado da natureza e que o pai instauraria o acesso à cultura. Trata-se, mais uma vez, de formulações ambíguas e de uma simplificação extrema. Na verdade, mãe e pai situam-se fundamentalmente do lado da natureza. Ambos reagem com as tripas. A mãe, em primeiro lugar, com a violência do vínculo com seu filho, o pai com uma exigência equivalente de gozo de sua parceira sexual. É do confronto entre essas duas violências que nasce a cultura. Portanto, o pai não é um efeito da cultura, é a cultura que é um efeito da existência do pai.

Poderíamos dizer que a estrutura foi, até então, uma espécie de armadura, ou de malha de ferro, desde o início acrescida de um molde no qual, ao longo do desenvolvimento, iria sendo despejado o cimento constituído e fornecido pelos aportes do sistema perceptivo bem como pelas informações e pelos afetos armazenados sem cessar. O que permite conceber tanto a variedade de casos quanto a ordenação das grandes linhas nas quais eles se inscrevem.

Por isso, uma estrutura já confusa e mal amarrada, à qual nada venha prestar socorro, produzirá um edifício construído sem atenção para as leis do prumo e que corre o risco de desmoronar provocando os piores estragos.

A obsessão e o terror indizível da morte, para continuar a enumeração na ordem que usei mais acima, servirão de pretexto para fabricar uma fortaleza inexpugnável protegida por seteiras destinadas a desestimular a incursão do outro, de antemão rejeitado a menos que se revele explorável e, em todo caso, sempre mantido a distância.

O ódio da morte, em contrapartida, fará construir muros atraentes, providos de portas e de janelas amplas e acolhedoras, destinadas a atrair o outro, a lhe oferecer refúgio, a arregimentá-lo para a ilusória luta comum, a despeito do frio e das correntes de angústia às quais se expõem.

Quanto à certeza, para o sujeito masculino, da existência de um pênis na sua mãe, ela favorecerá a edificação de uma torre uniforme que comporte uma abertura única e disfarçada e cujo interior estará organizado como um labirinto.

E tudo isso acontece enquanto a criança começa a se interessar pelo pai ou pela pessoa que desempenha sua função.

Quando se trata de um menininho, ele vai tentar adulá-lo tentando se parecer com ele e imitá-lo em tudo, prometendo, em seu foro íntimo e fiel a si mesmo, conseguir um dia ser igualzinho a ele e então retomar o combate em igualdade de armas[6]. O resto da história é conhecido. No entanto, o conflito continua vivo por

....

6. Temática admiravelmente explorada na série de filmes de Georges Lucas, *Guerra nas estrelas* (1977) e os seguintes, cujo sucesso entre o público jovem é indiscutível.

muito tempo e, mesmo recalcados, o primeiro investimento e o ressentimento inicial só se atenuam lentamente, criando um equilíbrio instável, pois é preciso fingir uma indiferença em relação ao primeiro objeto de amor que não engana ninguém e assumir a culpa que resulta dessa impossível renúncia. O tempo, contudo, faz sua obra. E o novo amor aparecerá com traços que não deixarão de evocar o primeiro objeto, mas que estarão suficientemente distantes para possibilitar o investimento respeitando a diferença. Vez por outra, quando o conflito não foi muito mal administrado, a posição pode ser vivida com mais tranqüilidade, e o sonho de um entendimento entre homens se torna possível, chegando até a se realizar. O filho percebe então a integridade de sua função e compreende que a transcendência que seu pai visava por seu intermédio é a única garantia possível que este último encontrou contra uma morte que também lhe diz respeito e que doravante, chegada a hora, saberá como tentar derrotar. Por não terem atingido essa última etapa de reconhecimento e de estima mútuas, os homens que perderam o pai cedo demais arrastam indefinidamente um vago, irredutível e permanente remorso.

Quando a criança é uma menina, sua aventura tomará outro rumo. Incitada a fazê-lo, calcou cuidadosamente sua postura e suas atitudes nas de sua mãe, até que, consciente dessa similitude e fortificada por ela, decida resolver o conflito em que se encontra tentando simplesmente seduzir o pai. Não tanto para fazer dele seu novo objeto de amor – o primeiro será para sempre indestronável –, mas para adulá-lo, como fez seu irmão, e obter seu aval para poder continuar serenamente soldada à mãe. De certa forma, ela visaria mostrar-se a ele da maneira mais favorável possível para, antes de mais nada, desarmar sua desconfiança e fazer com que desista de desalojá-la de sua posição. Aliás, ela muitas vezes alcança seus fins sem que nem ele nem ela percebam que, assim fazendo, abriram as portas para as desgraças. Quantos homens, agarrados à mãe e ainda metidos no conflito com o pai, se deixam enganar pela lenda do entendimento mútuo possível e desejam ter filhas, pois supõem que dessa forma não terão de viver e enfrentar a agressividade.

Ora, é exatamente nesse ponto que o destino das crianças, até então paralelo, dá a guinada da diferença, e que o destino da menina vai se complicar de modo tão singular que deixará marcas no resto de sua aventura de vida. Pois, enquanto seu irmão fica praticamente para sempre numa lógica relacional própria desde sua vinda ao mundo, ela a abandona produzindo nela uma torção bem singular e entregando-se a uma acrobacia não menos singular. É aliás isso que lhe possibilitará sair de sua orientação homossexual inicial para ter a experiência de atração pelo sexo oposto e passar, desde que sua mãe não crie obstáculos, a preferi-lo. Embora seu irmão continue, de fato, indefectivelmente fiel ao primeiro e único objeto comum a ambos, ela, pensando estar agindo bem e procedendo no mesmo sentido, lhe terá demonstrado certa infidelidade ao tentar substituí-lo por um aparente mas crucial investimento de um segundo. Embora seu irmão esteja relativamente tranqüilo ao lado da mãe e, na verdade, só tem a temer aquele seu pai intruso, ela sempre continuará a temer tanto este último, que ela nunca tem certeza de que conseguiu neutralizar, como aquela que, aparentemente sem má intenção, quis tirar de seu lugar. De modo que, embora ousada e inovadora, a manobra a que seu destino a obrigou parecerá uma falsa manobra, uma dupla traição até, encerrando sua relação com a mãe num mal-entendido e numa culpa para sempre impossíveis de consertar. Se em sua vida aparecer uma intrusa, seja lá como for, será sempre sobre o fundo dessa trama universal que as coisas voltarão a se dar. E, em qualquer configuração que isso acontecer, será percebido como uma confrontação entre duas mulheres em que uma sempre tira o lugar da outra.

Mais uma vez é uma história que, a meu ver, dá a melhor ilustração disso. Coletei-a por mero acaso numa pálida manhã de inverno. É um detalhe importante, pois eu não estava justamente com disposição de coletar informação nenhuma. Na verdade, assim como o fazia à mesma hora dois outros dias da semana, estava indo para uma sessão de análise. Estava portanto absorto no burburinho de minhas associações de idéias em torno de meus sonhos da noite e, já fazia um bom tempo, não estava mais prestando atenção no rádio que eu ligara, como sempre, automaticamente. Foi quando fui tirado de minha reflexão – o que provavelmente não foi fortuito – pela voz muito masculina de uma locutora que parecia ter desejado assumir essa ambigüidade escolhendo, por nome e sobrenome, nada menos que dois nomes assexuados. O que escutei forneceu-me o material de minha sessão daquele dia e esteve no centro de meu trabalho das semanas e meses que se seguiram.

Era um homem de bem, representante comercial de profissão, que, regressando a penates, rodava por uma estrada de montanha coberta de neve numa noite de inverno particularmente glacial. Estava bastante preocupado com a pista escorregadia e com o mau estado do aquecimento do carro quando, para coroar o todo, o motor entrou em pane. Ao descer do veículo, constatou que estava no meio de uma paisagem desértica a perder de vista. O que o fez compreender rapidamente que, caso não encontrasse alguma forma de socorro, decerto morreria de frio em pouco tempo. Sem outra escolha, pôs-se a andar. Percorridas algumas centenas de metros, para sua grande surpresa vislumbrou ao longe um pálido clarão que cintilava entre os troncos das árvores. Tomou essa direção e, depois de muitos sofrimentos, alcançou uma fazenda onde um camponês e sua esposa o acolheram, o alimentaram e lhe deram uma cama. Ao nascer do dia, o camponês pegou seu trator e consertou o carro.

Foi somente alguns dias mais tarde que, repensando no ocorrido, nosso homem se deu conta do tamanho da dívida que contraíra com aquela brava gente. Para mostrar seu reconhecimento, decidiu dar-lhes um presente. Viu-se no entanto numa situação embaraçosa, pois guardara a lembrança de gente muito simples e de uma habitação de conforto rudimentar. Foi quando se lembrou do problema que encontrara ao querer se barbear e não encontrar em nenhum recanto da casa um espelho para se olhar. Ficou tão contente com sua idéia que encomendou e mandou entregar na fazenda um espelho mural. Foi o camponês que recebeu a imponente entrega e que, intrigado, nem esperou o retorno da mulher, ocupada com a ordenha no estábulo, para abri-la. Deu, então, de cara com seu reflexo. Transtornado, com um nó na garganta e a voz entrecortada, escutou a si mesmo gritar contra a própria vontade: "Papai!" Percebeu a estranheza da situação e sentiu-se confusamente tomado de uma emoção até então desconhecida e que não sabia como dominar. Decidiu nada dizer à mulher até recuperar a calma. E escondeu o perturbador objeto no sótão.

Nos dias e semanas seguintes, adquiriu um hábito que lhe proporcionava um prazer a cada vez renovado: todas as tardes, ao retornar do campo, dava um jeito de escapulir para se trancar por alguns minutos com o objeto que parecia ter suscitado nele uma estranha paixão. A esposa acabou reparando nos seus manejos e, intrigada, decidiu tirar aquilo a limpo. Inventou-lhe uma tarefa para cumprir na hora fatídica e aproveitou sua ausência para subir rapidamente até o sótão. Ao chegar ao alto da escada, também ela deu de cara com seu reflexo. E, num incontrolável acesso de raiva, ouviu a si própria gritando de repente: "Bem que eu sabia que era uma história de mulher. Mas, meu Deus, como ela é feia!"

"Papai", para um homem. "Uma história de mulher", para uma mulher. É na etapa que acabo de descrever ou, em outras palavras, no começo da história de cada um que a diferença de vivência tem sua origem. O berro do camponês é aquele terror antigo subitamente reencontrado, ainda que a ele se misture um maravilhamento enternecido e o prazer antecipado e louco de reencontros tardios, de um aplanamento último do conflito e de paz recuperada, num entendimento homossexual de teor até então desconhecido. O grito de sua esposa, que não pode evocar a imagem de sua mãe no reflexo envelhecido que o espelho lhe devolve, traduz sua impossibilidade de retornar àquele vínculo – não há mais retorno à perigosa paixão homossexual do princípio da vida. Quanto ao comentário dela, suas raízes brotam daquela cena arcaica em que era ela que se percebia na condição de acusada, e que de súbito revive como num *flash* sob o efeito da suspeita criada pelas manobras do marido.

Se a morte circula com o rosto descoberto desde o começo da vida entre pai e filho – como também entre pai e filha –, isso se deve à distância irredutível entre os corpos. E, mais uma vez, cabe invocar e retornar aos laços biológicos para compreendê-lo. De fato, não existe nenhuma experiência do tipo da gestação entre um homem e seus filhos. Por não poder inscrever neles nenhum alfabeto sensorial que tenha origem nele, um homem, mais cedo ou mais tarde exilado pela força das coisas de seu próprio local de origem, só pode vincular-se à existência de uma descendência para a qual ele é fundamentalmente alheio, por intermédio de um corpo de mulher. Sempre existiram e existem "filhas-mães", como se dizia daquelas mulheres hoje designadas como "mães solteiras"; nunca existiu e, não obstante os aventureiros da biologia, não existe "filho-pai". Tanto é que o dispositivo da parentalidade não deixa ao pai outra escolha para se fazer notar e ocupar o lugar que lhe cabe senão aceitar endossar e assumir a função ostensivamente mortífera que é sempre a sua, e isso, quer seja algo de que se felicita ou que deplore, quer queira quer não.

Em todo caso, os protagonistas da troca sempre conhecem a natureza das implicações do que está em jogo e podem, sem dificuldade, organizar sua estratégia. Trata-se de um processo decorrente da diferença dos sexos. É por uma ereção, que não pode passar despercebida, que se traduz e se trai o desejo do sexo masculino, ao passo que o desejo feminino evolui na discrição e na sutilidade. Nenhuma modificação do corpo o traduz de modo ostensivo. Tanto é que tentar desvelar o que sempre toma ares de mistério pode levar quem o faz a cair na indecência se não na obscenidade. Existem coisas que não devem ser olhadas e que, fundamentalmente, jamais devem ser expostas ao olhar mesmo sabendo-se que agem sub-repticiamente.

Foi por terem levado essa lógica às últimas conseqüências que os defensores do chador, ou do chamado "véu islâmico", enfrentaram o desprezo de civilizações que acreditam poder julgá-los porque ainda estão a meio caminho entre a estrita consideração dos dados da biologia e a tentativa de aplanar esses dados tão cheios de conseqüências. O primeiro deles é que a morte não está afastada da relação da mãe com os filhos, muito pelo contrário. Pode-se até dizer que o fato de estar implícita, sem que nada permita reconhecê-la e tentar escapar dela, só a torna ainda mais terrificante.

Se cada ser, desde os primórdios de sua vida, se deu conta de que deve a sobrevivência aos cuidados assíduos da mãe, tampouco deixou de tirar todas as conseqüências da eventual e ameaçadora suspensão desses cuidados. De tal forma que, quanto mais uma mãe demonstra capacidade de dom e oblação, mais aumenta seu poder de dar vida, mais aumenta, paradoxalmente, seu poder de dar a morte. É a esse conjunto que se costuma dar o nome de "onipotência". E, como é isso que faz dela o primeiro objeto de amor de seus filhos, é forçoso convir que a idéia de amor que aí nasce é naturalmente coextensiva da vida e, por definição, implicitamente egoísta. Mas notemos, mais uma vez, que se o menino, obnubilado pela confrontação aberta com o pai e fiel a seu combate, evolui, confiante e ingênuo, por um caminho claramente balizado, sua irmã, em contrapartida, é rapidamente chamada a se confrontar com um debate complexo e insolúvel, gerador de uma culpa paralisante em face da violência, cuja circulação ela percebe, mas que terá de calar imperiosamente, pois nada traduz a legitimidade de sua percepção, seja da maneira que for e muito menos de maneira evidente ou identificável. No entanto, sua desconfiança tem razão de ser. Pois é raro, se não excepcional, que o investimento de que é objeto por parte da mãe não seja, em essência e acima de tudo, profundamente egoísta e necessariamente alienante.

Tornar-se mãe não é apenas uma etapa da vida de uma mulher. É uma mutação profunda e perturbadora que lhe permite finalmente compreender, se não o que foi sua vida até então, pelo menos a coerência do comportamento que sempre foi o seu. A experiência da gravidez deu sentido e unidade à propensão que às vezes sentira até aquele momento sem compreender sua finalidade e que consistia em investir as necessidades de um terceiro para satisfazê-las da melhor maneira possível. Extremamente sensível à demanda e preocupada em responder a ela do modo mais adequado, durante longos meses pôde sentir a legitimidade disso ao sentir brotar dentro dela essa vida nova e pedinchona cujas necessidades eram satisfeitas única e exclusivamente por seu próprio corpo. E o prazer que tirou disso não esmoreceu por um só instante. Dar, dar, não cessar de dar, entregar-se, se deixar tomar, assim como se diz tão bem no aconchego da vida amorosa, pareceu-lhe, naquela ocasião, de uma necessidade tão límpida que sentiu sua pertinência ao longo de toda a sua vida e em cada um de seus comportamentos. Seu comportamento inteiro não se resumia a isso e só a isso? Um comportamento programado, vivido e assumido, às vezes infligido e sofrido mas que, sem descanso nem ruptura, mostrou-se uniformemente voltado para a perfeição e para o auge que atinge durante esse período bendito. Portanto, havia uma lógica. E foi ali, naquela etapa do percurso de vida que esta pôde, por fim, se expressar claramente. A mutação não serve apenas para constatá-lo, vai também revelar suas potencialidades, submeter-se a ela e convidar todo o entorno a se submeter a ela. É essa lógica comportamental da gravidez[7] que melhor revela para uma mulher o sentido de seu percurso existencial e a força particular de que se reveste sua relação de mãe com o filho, seja qual for seu sexo – e vou continuar insistindo nesse esclarecimento a cada oportunidade.

Pois o que está em jogo para ela na procriação, de maneira ainda mais consistente do que para seu parceiro, é o acionamento da fantasia de sua própria imortalidade[8]. Enquanto ele, preservado de tal fantasia pela irredutível distância dos corpos, assume a realidade de seu engendramento e procura transcender sua condição de mortal fazendo uso da projeção sobre um filho, ela tem toda a liberdade de se apoiar sobre a incomparável proximidade dos corpos, de que acaba de ter a experiência, para acalentar o sonho de ter vencido o desafio do tempo. Ei-la, pois, tendo contra si, real, viva e quente, a promessa que ela conseguiu fabricar para si.

Tenha ou não consciência, afirme ou não querê-lo, ela fará de tudo, de tudo mesmo, para manter o consolo concreto que assim lhe é oferecido; e, dia após dia, seus cuidados a certificarão de seu sucesso. Com a ressalva, no entanto, de que a projeção que ela não poderá deixar de fazer – qualquer genitor minimamente atento a suas percepções reconhece que o filho o fez e faz percorrer, de uma maneira ou outra, as diferentes etapas de sua própria infância – será mais fácil e também mais eficiente quando se produzir sobre a filha e não sobre o filho. De seu filho, com um corpo tão evidentemente diferente do seu, ela só pode, salvo exceção, sentir-se distante. Nem por isso o investirá menos, é claro. Ela não será menos forte, menos disponível, menos amorosa, ou menos devotada – quanta tinta este capítulo já fez correr! Mas a relação deles, o que quer que se diga, nunca será igual à que ela terá com

....
7. Ver nota 4 da p. 32.
8. Fantasia ainda mais eficiente quando se soma a uma fantasia de partenogênese: ela procriou sozinha, sem a colaboração de seu parceiro; o que lhe permite realmente não ter de lhe prestar contas. É o que dá conta do violento desejo de certas mulheres, como diz uma canção da moda, "de fazer um filho sozinha".

a filha. Pois a homossexualidade – no sentido mais estrito do termo – do amor que se manifesta nessa circunstância lhe permite lançar, para a frente, uma ponte sem rupturas entre sua filha e ela, como também retroativamente, entre ela e sua própria mãe, a mãe desta última, a mãe da mãe etc., e assim, indefinidamente, até a primeira mulher. E isso lhe fornece a prova mais imediatamente apreensível, mais tangível, de sua inscrição na incontestável eternidade de uma condição.

A fantasia de sua própria imortalidade nutre-se do que lhe aparece sob a forma de uma irrecusável evidência. O que nasce nela a partir da tomada de consciência mais ou menos clara de tudo isso é a idéia louca de que nunca, jamais, sua filha e ela, que são tão parecidas, tão semelhantes, tão idênticas, devem se separar, ser separadas ou viver experiências que não sejam estritamente similares. Ela tem, presa ao corpo, a certeza de ter descoberto o mais eficiente seguro de vida. O que lhe resta desejar é que sua filha um dia faça o mesmo e que nada venha interromper, seja como for, essa série infinita de partos perfeitos, de reproduções perfeitas. Terá de obrar nesse sentido e converter o quanto antes essa criança para a única verdadeira visão de mundo. Está disposta a empenhar toda sua energia nesse sentido. E mais nenhum instante de sua vida se afastará desse objetivo.

Será com espantosa leveza que ela se despojará da lembrança do sofrimento que sua mãe lhe impôs ao visar, em seu tempo, o mesmo objetivo. Cega e surda a tudo o que sobre isso possa ser mostrado ou dito, vai ser a primeira a se precipitar de cabeça nessa relação, com a certeza que sua experiência corporal lhe dá de não poder se enganar nem, aliás, fazer mal algum. Que orgulho sente quando lhe dizem que a filha se parece com ela – mas, em geral, ela não consegue compreender o eventual mal-estar que a dita filha manifesta nesta mesma circunstância! Com que facilidade, e hoje em dia mais do que nunca, não a vemos sintonizar-se com ela, emprestando sua linguagem, imitando sua maneira de viver, de comer, de vestir, tornando-se sua amiga, sua comparsa, sua cúmplice até, fazendo tudo o que está ao seu alcance para nunca se distanciar, chegando até a aceitar tornar-se ávida de cada detalhe de seu cotidiano, organizar sua agenda em função do encontro entre elas e viver assim por procuração[9]. Não será ela que se angustiará com a fantasia dessa clonagem, cuja realidade irrompeu no nosso cotidiano com a ovelha Dolly. De que isso lhe serviria e por que deveria interessá-la? Isso é uma história de homens e de homens angustiados pela temível rivalidade com a mãe. Seu clone, ela o tem imediatamente ao alcance da mão. Aliás, sempre o teve na cabeça e pode dizer, só de bater o olho, que o conservou e moldou a seu gosto. Para que tudo dê certo, basta que essa filha não teime na sua imbecil má vontade, que se dê conta da indefectível devoção que ela põe a seu serviço, que compreenda a extensão de seu amor, que lhe demonstre sua aprovação e que simplesmente a ela se junte no desejo prudente, desinteressado e clarividente que ela tem por ambas.

E não lhe faltam meios para atingir seu objetivo.

Está disposta a pagar o preço, seja ele qual for. Saberá mostrar suas qualidades, suas reservas de paciência e de humildade, o tamanho de sua solicitude. Não ostensivamente, é claro, mas com toda a arte de que pode evidentemente dar provas, para afirmar, com uma discrição infinita, sua gentileza tão natural e sua total disponibilidade. Desde que possa confiar algumas coisinhas de sua aventura de vida, de sua insatisfação, de suas expectativas frustradas ou das tristezas que certamente conheceu, não deixará de afastar as veleidades de resistência e atrair para si aquele tanto de simpatia que possibilitará passar para a etapa seguinte. Ela tem suficientes cartas na manga para que a injunção de repetição que ela assim forja em relação à filha seja audível, claramente escutada, e sele por um bom tempo o destino de ambas, destinado a ser comum.

"Vivi o que você viveu e o que você vive. Seja como eu, exatamente como eu. Siga meus passos. Faça o que eu faço, percorra meu caminho de vida, poupe-se de uma procura árdua que pode fazer você perder muito tempo e energia, faça sua a minha experiência, que ponho totalmente e sem reservas a seu dispor. Eu a amo, você sabe! Amo-a mais do que alguém já a amou ou amará.

....

9. Em relação a isso, rendamos graças a Claire Brétécher e à sua série de livros sobre a adolescente Agrippine.

Ninguém melhor que eu soube ou saberá cantar a beleza de sua pele ou saudar o brilho de seu olhar. Ame-me em troca. Ame-me como amei você, como você tão bem soube me amar no começo de nosso face-a-face, como continuo amando você e como gostaria que me amasse. E, se você recusar ou não ousar continuar fazendo-o – pois conheço você e sei que tudo isso nada mais é que uma questão de audácia –, não me traia: ame quem comigo se parece; ame quem me recebe como eu gostaria que você me recebesse, ame quem me aceita, ame quem me ama, ame-me em quem me evoca a seus olhos, sabendo que, mesmo respeitando isso e tendo de admiti-lo para não fazer você sofrer, ficarei com isso para sempre entalado na garganta e nunca o aceitarei."

É isso o que ela lhe diz, numa espécie de prescrição cuja essência, eco congelado da relação homossexual do princípio da vida, não deixa lugar a dúvidas. E, se isso não lhe parecer suficiente para convencer, ela não se importa de acrescentar sub-repticiamente, ficando até o fim martelando: "Como, você não quer? Você recusa? Desconfia de mim? Você me atribui alguma má intenção? Nega meu espírito desinteressado? Acha que tenho algum interesse na minha incitação? Quer instilar desconfiança entre nós? Despreza-me a esse ponto? É só isso o que sente por mim? É assim que reconhece os cuidados com que a cerquei? É assim que pensa pagá-los? Não sei para que fiz tudo o que fiz por você!" E isso quando esse tipo de discurso não vai ainda mais longe e coloca o pedido como uma exigência pura e simples acrescida de vexações esmagadoras, se não de ameaças assustadoras. Tudo isso destina-se a fazer entender, sem dar lugar a qualquer escolha, que é melhor entrar na linha, com um "... senão suspendo a vida que lhe dei" implicitamente anexado à mensagem. Às vezes, as formulações são estritamente inversas, sem por isso deixar de causar danos. Os "você tem razão... sou uma boba... sou uma nulidade... não quero nada, muito pelo contrário!... desculpe-me por ser como sou!... realmente você não deu sorte com esta mãe... mas, não tenha medo, não vou estar aqui por muito mais tempo... logo você vai estar livre de mim..." são coisas correntes. É fácil imaginar seu efeito. Mas isso ainda não é nada em comparação com a estocada que é dada em termos propriamente grotescos e tão insuportáveis que não se pode escutá-los ou aceitar levá-los em consideração, pois tocam fundo na ferida e expressam a parte mais verdadeira da troca. Pois, quer seja dito em voz alta, ou calado embora implícito, é sempre com um "você quer que eu morra!" veemente ou arrasado, que a arenga termina – avatar deflagrador daquele "morrer de amor" que vimos em ação. Um "você quer que eu morra!" que procura lembrar que a onipotência é tolerável, tanto em seu exercício como em sua vivência, exclusivamente na sua expressão da solicitude, que só parece existir para mascarar a violência mortífera que a ela subjaz.

Em geral, nada disso é dito às claras, e menos ainda de uma vez só, mesmo durante uma briga violenta. Por isso, a forma condensada que apresento e que não passa de uma ridícula caricatura ameaça desacreditar tudo o que estou tentando dizer a respeito. Na verdade, isso é administrado em pequenas doses, distilado ao longo de uma vida de trocas intensas. É dito migalha por migalha, entre as palavras, por pequenos toques marcantes, repetidos e retomados em todas as ocasiões.

Considerando o silêncio alimentado em torno dessa violência tão comum, será mesmo surpreendente o fato de assistirmos a um desinteresse pelo casamento? O casamento, que oficializa simbolicamente a subordinação do primeiro vínculo a um segundo, não pode ser recebido por uma mãe com a menor simpatia natural, se não houver o suporte normativo de uma cultura. A menos que tenha de suportá-lo, com as conseqüências imagináveis, ela só o aceitaria desde que nada mudasse[10] nos vínculos já tecidos, dando a entender suas disposições no que a isso se refere e jamais hesitando em defendê-las e deixá-las claras. E é inclusive nesses termos que o problema vez por outra se coloca quando, com o passar do tempo e da maturação às vezes favorável de vínculos recentes, surge uma mínima ameaça de desobediência ou, pior ainda, de ruptura: "Seu filho ou eu. Você tem de escolher. E

....
10. Algo que talvez compreenda, até bem demais, um homem que tolera tudo de sua sogra para não pôr a companheira em dificuldades. Mas a simpatia que expressa por esse vínculo, e a compreensão que manifesta em relação a suas implicações, embora aplanem as dificuldades momentâneas, apenas perenizam o conflito subjacente cujos efeitos só farão aumentar.

aconselho-a a fazer a escolha certa!" Armadilha das mais sutis, pois alia a ameaça à culpa.

Vivi uma história dessa natureza logo no começo de minha prática clínica. Era uma história tão rica e me impressionou tanto que não hesitei em explorá-la de todas as maneiras possíveis em vários de meus escritos. Apresento aqui um resumo a fim de extrair dela apenas aquilo que serve para ilustrar a idéia que estou desenvolvendo.

Tratava-se de um bebê de três meses, um garotinho, que tinha uma diarréia banal e sem gravidade. Apesar disso, tive de ir vê-lo quatro vezes a pedido dos pais, sem conseguir nem ficar preocupado com seu estado nem compreender o que acontecia. Em desespero de causa, cheguei até a hospitalizá-lo por vinte e quatro horas praticamente à toa. Mas nem bem ele recebeu alta fui novamente chamado à sua cabeceira. Não sabendo mais o que fazer por ele, pus-me de repente a prestar atenção a elementos em princípio estritamente alheios à doença ou àquilo que deveriam ser minhas preocupações. Notei o conforto modesto do cômodo e a escassez dos móveis no meio dos quais tronava uma fantástica cama branca com grades. A mãe, com um birote no alto da cabeça, estava ajoelhada na frente da cama, em face de sua própria mãe debruçada do outro lado com um coque idêntico. O pai, com as mãos nos bolsos, andava de um lado para o outro percorrendo todo o cômodo.

Pela quinta vez eu revivia exatamente a mesma cena, repetida praticamente sem a menor nuança, no mesmo cenário e, devo acrescentar, com os mesmos diálogos! Pela quinta vez, com efeito, eu escutava a avó, com os olhos sorridentes por trás de suas grossas lentes de míope, repetir a mesma frase simples, fútil e anódina: "É normal, doutor, é o primeiro deles, é um menino, ele tem três meses, está com diarréia!" Até então eu não tinha reagido, contentando-me em conferir a essa tautologia um sentido absolutamente convencional. Escutava-a como uma vaga e inútil frase de desculpas, um desses comentários feitos para preencher o silêncio ou destinados a relaxar o ambiente implicando o ouvinte numa forma de conivência. Achava que aquela avó estava me dizendo à sua maneira e no seu estilo próprio: "Desculpe-os, doutor, é normal que eles recorram ao senhor tantas vezes; estão preocupados porque é o primeiro filho e eles são inexperientes; é um menino, e eles queriam tanto um menino; ele tem três meses, não é muito, ele é até bastante frágil; ele está com diarréia, e todos sabem que no passado a diarréia matou muitos bebês..." Ora, dessa vez, ao invés de me calar diante do enunciado, lancei secamente um brusco "e daí?". Arrancando-se da posição em que eu sempre a vira, a avó dirigiu-se de repente a mim com grandes gestos, literalmente jubilante, e declarou: "Pois é, doutor, o senhor está me vendo? Sou a segunda filha de minha mãe. Antes de mim, ela teve um menino; com três meses ele teve diarréia e morreu. Minha filha, que o senhor vê aí, é minha segunda filha. Antes dela, tive um menino; aos três meses, ele teve diarréia e morreu. O senhor entende agora? É normal, é o primeiro deles, é um menino, ele tem três meses, ele está com diarréia, ele vai morrer!"

Daquela vez, foi tão evidente e tão claramente berrado que por um instante não acreditei nos meus ouvidos. A avó, tendo obedecido cegamente à injunção de sua própria mãe de imitá-la ponto por ponto, teve de pagar sua submissão com o preço da morte de seu primeiro filho. Se, mesmo ao preço da morte iminente de uma nova criança, ela jubila vendo a história se repetir, é porque isso por fim a redimiria de sua conduta de filha, garantindo-lhe ao mesmo tempo que também a sua será, em todo os pontos, sua fiel reprodução.

Mas nem sempre é assim, e outras vezes isso se mostra de forma menos franca, menos escancarada, mais perniciosa, forma contra a qual é bem mais difícil defender-se. Foi o que aconteceu com uma mãe de quem guardo um sentimento estranho, único e retrospectivamente assustado. Foi por telefone que tive meu primeiro contato com ela. Ela tinha uma voz que poderia ter sido calorosa e agradável se não viesse associada a uma dicção entrecortada e falsamente segura que a tornava propriamente sinistra. Expunha-me em grandes detalhes, mais anódinos uns que os outros, o estado de saúde de seus gêmeos, um menino, Igor, e uma menina, Telma, que tinham apenas poucas semanas de vida e vinham sendo acompanhados por uma colega, naquele momento ausente. Nada, na coleção dos minúsculos fatos sobre os quais ela se demorava com tanto afinco, justificava sua forte angústia. Deixei-a terminar, o que tomou um tempo enorme. Quando consegui tomar a palavra, para relaxar o clima, disse-lhe, num tom abertamente jovial, que, ouvindo seu discurso, parecia-me que o melhor que ela tinha a fazer era simplesmente jogar seus bebês no lixo e providenciar outros novos em melhor estado. Esse tipo de barbaridade, que geralmente resolve todos os problemas desencadeando um riso aliviado do outro lado da linha, daquela vez valeu-me uma réplica tão chocada e tão veemente que tive muita, muita dificuldade para me recompor. Por uma vez, minha experiência, minha cancha e meu senso de relação realmente não me pareceram inúteis. Nunca na vida encontrara uma falta de humor tão radical. Aliás, posteriormente, conversei a respeito com minha colega que já tinha feito a mesma constatação e que confessou viver cada encontro com aquela mãe como uma prova no limite do suportável.

Isso não me impediu de encontrá-la de novo e a cada vez cuidar de seus filhos, mantendo sempre em mente sua rejeição a toda metáfora ou a toda forma de linguagem que se afastasse o mínimo que fosse da realidade mais prosaica. Ela deve ter apreciado minha disciplina pois, para meu grande desalento e para grande alívio, confessado e encantado de minha sócia, ela me escolheu como médico exclusivo. Foi assim que fiquei sabendo, com o passar do tempo, que ela se casara e procriara tarde – o que a fez considerar sua gravidez gemelar como uma dádiva dos céus. Ocupava uma posição social elevada, e seus filhos ficavam em casa aos cuidados de... sua mãe, enfermeira aposentada, viúva, da qual ela era filha única e com quem sempre morara – o que explicava em parte, conforme ela sentira necessidade de esclarecer, por que ela levara "tanto tempo para encontrar um marido".

Certa noite tive de recebê-la em caráter de urgência por causa de Igor, que tinha então seis ou sete meses e sofria de uma diarréia profusa – provavelmente consecutiva a uma infecção por Rotavirus, do qual havia uma epidemia nas redondezas. Expliquei-lhe longamente o modo de instalação dessa afecção, seu mecanismo e a maneira sempre impressionante como evoluía. Apesar de minhas tentativas de tranqüilizá-la e do tempo que passei procurando transmitir-lhe meu otimismo, ela continuava mais agitada do que de costume e não sentia nenhuma vergonha em confessar essa angústia que eu já percebera havia tanto tempo e que eu sabia ser-lhe estrutural. Siderada como estava, era óbvio que não podia dizer muito mais – e é quase sempre assim quando um sintoma domina a cena de tal maneira. Ela simplesmente confessou sua surpresa por ter constatado que seus filhos, e seu filho em particular, adoeciam sempre que o marido se ausentava. Tomei todo o tempo necessário para dispensar-lhe conselhos idôneos. Cuidei de me certificar de que ela os tinha compreendido e assimilado em todos seus detalhes e passei-lhe uma receita em que não faltava nada.

Na manhã seguinte, às oito horas em ponto, o telefone tocou na minha casa. Reconheci imediatamente sua voz sepulcral. Para meu espanto, desculpou-se como pôde, explicando ter lutado a noite inteira contra a tentação de me telefonar. Seu filho estava muito mal e ela pedia que eu voltasse a vê-lo com urgência. Marquei com ela no meu consultório para dali a meia hora. O estado de Igor na verdade nada tinha de preocupante. Mas ele evacuara a noite toda, como eu avisara que aconteceria e como é de regra nesse tipo de quadro. No entanto, mamara bastante, o que explicava seu excelente estado.

Comuniquei-lhe minhas conclusões e, com muito cuidado, tentei expressar-lhe meu espanto, diante do que ela disse que precisou usar todas suas reservas de inércia para resistir durante todo aquele tempo aos comentários alarmistas repetidos por sua mãe que, valendo-se de sua autoridade profissional, queria que ela levasse Igor ao hospital T. sem mais tardar para interná-lo ali. Baseando-se no que eu lhe explicara, ela recusara obstinadamente. Mas não conseguira, quando deu seis e meia da manhã, impedir a mãe de chamar, ela mesma, um médico de urgência. Uma jovem mulher chegou poucos instantes depois e, ao final do exame, concordou plenamente com a hospitalização. No entanto, não conseguiu convencê-la. Tanto mais que se pôs a contar-lhe como ela mesma tinha perdido um filho da mesma idade e por causa da mesma afecção, alguns anos antes. Disse ter ficado chocada e quase desestabilizada com a confissão e com o cortejo de lágrimas que a acompanharam. Mas o que consolidara sua determinação em manter Igor com ela foi ter percebido, no insistente discurso de sua mãe, algo perturbador, suspeito e assustador ao mesmo tempo. Não estava ela em melhor situação para se dar conta do bom estado da criança que tinha um olhar vivo, que ria e balbuciava normalmente cada vez que acordava, mamando sempre alegremente? Era incompreensível que ela não se desse conta desses elementos. E ela certamente não era egoísta a ponto de querer se ver livre dos cuidados que ainda seriam necessários por alguns dias. Foi pensando nisso que se lembrou de que, cerca de um ano antes de seu nascimento, sua mãe tinha perdido, em conseqüência de uma diarréia profusa e apesar de uma hospitalização no mesmo hospital T. para o qual queria que levasse seu filho, um menino da mesma idade de Igor. Não tinham falado daquilo naquela noite, mas era impossível que isso não estivesse no ar e, em todo caso, era algo que a perseguia constantemente.

Só pude ficar feliz com sua conduta. Perguntei-me se ela tirara todo o partido possível do fato de a doença ter atingido Igor e não sua irmã gêmea, e se aproveitara esse fato para tentar compreender o determinismo de sua gravidez gemelar. Seja como for, não cheguei a compreender que efeito em nossa relação lhe possibilitou reconhecer a injunção de sua mãe à repetição e negar-se a se dobrar a ela. O que não me impediu de agradecer-lhe, e me surpreendi passando por cima de sua falta de humor e expressando-lhe minha admiração sincera e enternecida. Deleitei-me imaginando-a como a cabra de Monsieur Seguin lutando até o nascer do dia contra um lobo que ela acabou derrotando, e pensei comigo mesmo que, decididamente, ela dera um grande passo adiante.

Aquele tipo de passo que abre os olhos. Porque o que ele coloca em jogo aparece como algo tão vital que mobiliza o conjunto dos mecanismos de defesa e de simples autoconservação. Não é mais possível se deixar engabelar depois que o véu se rasga e a situação se revela na sua clareza ofuscante, com o que nela continua a circular de manipulação e de engodo.

"Ela tem raiva de mim por este segundo filho que fiz sem seu consentimento, me diz uma jovem mãe aos prantos. No começo, ela o chamava de 'coisa', acrescentando: 'Desculpe-me, esqueci o nome dele. Você sabe que eu esqueço fácil os nomes.' Muitas vezes ela me disse que, verdadeiro, era só o filho único! E ela queria dizer 'filha única', porque nunca me escondeu seu desprezo quando tive meu primeiro filho."

"Não a perdôo, diz uma outra, por me deixar na mão do jeito que ela faz. Preciso de mãe para ser mãe e ela me abandona, alegando que pus no mundo um menino em vez da menina que ela esperava. Como vou viver isso? Como vou viver com meu filho o que ela está fazendo comigo?"

Queixa que faz eco com outra, ouvida no mesmo dia: "Apesar dos três maridos que tive e dos meus quatro filhos, continuo não tendo direito à palavra. E quando acontece de eu reclamar é para escutá-la me tratando de 'sobrevivente de privada', de 'fenda fedorenta' e outras gentilezas da mesma ordem que não a impedem de se pavonear diante dos netos e de se fazer de avó-modelo."

E o que escutar por trás da queixa da mulher que, no leito do hospital, conta-me, desesperada, que quando disse à mãe que tinham decidido aplicar nela uma quimioterapia, esta última retorquiu: "Ah! sei! Quimioterapia eu conheço. Foi disso que minha mãe morreu."

Essa última, por fim, tão comovente quanto as demais, me conta como, por ocasião do terceiro aniversário de seu filho, pôs subitamente fim a uma dominação de que nunca se dera conta e que várias vezes quase acabara com seu casamento. "Tínhamos decidido fazer aquela festa por várias razões, dentre as quais o desejo de selar nossa reconciliação depois de semanas de tensão e de brigas. Reunimos nossas famílias e nossos conhecidos e eu convidei uma dúzia de crianças – colegas do Philippe da creche e da pracinha – e seus pais. Todo o mundo já chegara, e só estávamos esperando minha mãe para começar. Ela estava atrasada, como sempre, mas já estávamos acostumados, e devo dizer que esse pequeno defeito sempre me deixara enternecida, defeito que atribuía a um coquetismo estúpido e inútil. A campainha tocou. Só podia ser ela. Era ela. Estava escondida por trás de um enorme buquê de flores e um monte de pacotes de presente. Ela não me deixou ajudá-la. Entrou como uma flecha, derrubando uma ou duas cadeiras ao passar, e depositou os embrulhos sobre o sofá. Nem tive tempo de lhe dizer que ainda não tínhamos começado e que ela podia relaxar. Ela tinha decidido fazer o papel da avó realmente boazinha e dedicar-se totalmente a Philippe, que ela colocou sentado em seu colo. Várias vezes seguidas, cobrindo-o de beijos, ela gritou: 'Philippe, meu Philippe, meu querido, meu querido, olhe tudo o que a vovó trouxe para o seu aniversário, feliz aniversário, um feliz a-ni-ver-sá-rio, ô, ô, ô!' gritava ela. Ela não dava a impressão de querer encerrar seu número tão cedo. Eu olhava para ela e não acreditava no que meus olhos viam. Perguntava-me quando é que ela ia perceber que estava sendo ridícula. Tinha vergonha por ela. Mas ainda mais por mim. Não por causa de seus arroubos, não, todos já os conheciam. Mas ela tinha se enganado. Não era Philippe que estava nos seus braços. Quando eu lhe disse isso baixinho no ouvido para livrar a cara, a dela ou a minha, não sei, ela olhou em volta e teve de percorrer várias vezes um a um os rostos das crianças antes de reconhecer seu neto!"

O debate das mães com suas filhas adquire sempre a tonalidade que vemos nessas poucas anedotas tomadas ao acaso em meio a muitas outras que infelizmente não são tão fáceis de relatar? Ou só toma esse caminho quando se presentifica, aos olhos da mãe, um risco de ruptura, e sobretudo de ruptura radical? Mas ruptura de quê? Ruptura da comunicação? Ruptura da hierarquia? Ruptura dos laços de submissão? Ou então ruptura daquela ponte que, como vimos, tem valor de inscrição na eternidade, alimenta a fantasia de imortalidade e consegue fazer frente à angústia de morte. Manter essa fantasia, no entanto, pode exigir tanta energia que a pessoa envolvida queira privar dela os que vêm à vida, tanto mais que os meninos marcam, como veremos de forma mais detalhada, o desejo implícito e impertinente dessa tal ruptura.

Ferdinand só tinha algumas semanas de vida e já me preocupava muito. Encontrava-se num estado idêntico ao da pequena Léa, cuja história evoquei acima. Aquele quadro de passividade extrema, aquela maneira de se deixar levar ao ponto de anular qualquer tônus, aquela maneira de, de certa forma, não querer se agarrar à vida, são sinais que denotam um sofrimento extremo no recém-nascido, sofrimento que pode se expressar de várias formas e sobretudo ter diversas origens, algumas delas autenticamente orgânicas, impossibilitando qualquer conclusão fácil. Temos de nos aventurar em sua exploração com muita cautela, pois qualquer manobra falsa pode precipitar distúrbios e agravar de modo sempre prejudicial a angústia já grande dos pais. Portanto, Ferdinand era mole como uma boneca de pano. Praticamente não reagia às solicitações. Mamava sem grande entusiasmo. Tinha um olhar apagado e distante, parecendo ausente tanto do ambiente quanto da vida propriamente dita. Mas eu não identificara nenhum sinal objetivo que levasse a pensar em algum problema físico. No nosso segundo encontro em quinze dias, seu estado não apresentara nenhuma evolução. Fui, portanto, obrigado, como não podia deixar de fazer, a tentar descobrir a causa prescrevendo diversos exames. Isso me absorveu por longo tempo. Evidentemente, sabia que não encontraria qualquer indício de distúrbio orgânico. Mas esse procedimento me parecia indispensável para manter contato com os pais. A mãe o exigia, negando violentamente e de antemão que pudesse haver qualquer problema na relação com esse menino desejado, programado e tão aguardado. Estava eu assim me debatendo com minhas pistas e minhas dúvidas quando a chave da história me foi dada por acaso. Recebi um telefonema da tia-avó materna de Ferdinand, de cujos netos eu tratava depois de ter tratado dos pais dessas mesmas crianças algumas dezenas de anos antes. Isso tudo a autorizou a me telefonar um dia a pretexto de me falar de suas preocupações em relação à sorte de seu sobrinho-neto. Escutei por um bom tempo o que tinha a me dizer e a felicitei por sua iniciativa.

Foi assim que fiquei sabendo que Ferdinand trazia o nome do finado avô materno de sua mãe. Esse bisavô, morto havia décadas, deixara uma viúva, Lydia, que continuava mantendo debaixo de vara suas duas filhas, portanto a avó materna do bebê. Diziam que aquele bisavô sofrera a vida toda por não ter tido um menino. Já vimos por que os pais esperam um filho, e não se deve atribuir tal desejo a pretensas atitudes sexistas. Mas, daí a fazer disso o sofrimento de toda uma vida, talvez haja uma certa distância. No entanto, não é difícil imaginar como esse tipo de informação, ao ser transmitida de uma geração para a outra, é, por essência, dialetizável quando não duvidoso. Nada mais fácil que atribuir ao outro seus próprios sentimentos. Segundo os códigos de comunicação, isso se chama projeção ou manipulação – o que, aliás, dá no mesmo. O uso que se costuma fazer disso é bem conhecido, uso ainda mais fácil e abusivo quando o interessado não está mais presente para se justificar ou apresentar qualquer desmentido. A bisavó, por exemplo, poderia ter inventado toda aquela história para mascarar seu próprio sofrimento ou para realçar e fazer prevalecer a pureza do amor que ela, e só ela, sabia ter por suas filhas, as quais, por sua vez, podem ter se apropriado da informação, se é que não foram elas que a inventaram de ponta a ponta.

E, quando ocorre de filhas chegarem a esse extremo, certamente não é tanto para deplorar a pobreza do investimento do pai sobre elas, mas por terem se sentido entregues, sem qualquer interposição, à onipotência da mãe. Em todo caso, a segunda daquelas filhas-já-avós-por-sua-vez, minha interlocutora ao telefone, dera ao pai dois netos, ao passo que a mais velha só tivera duas filhas. A própria mãe de Ferdinand era a segunda filha de sua mãe. Sua irmã mais velha tivera duas filhas, e ela teve primeiro uma filha, Isabelle, e depois Ferdinand. Ora, num dado momento, essa famosa tia-avó contou-me aos prantos no telefone que sua irmã, a avó de Ferdinand, dissera à mãe comum: "Está vendo, acabei fazendo para você o Ferdinand que você queria. É verdade, não fui eu, *mas minha filha, mas dá no mesmo, não é?*[11] Em todo caso, é um verdadeiro Ferdinand, e este é seu primeiro nome. Aliás, é seu único nome. Não é como minha irmã que, apesar do que você lhe disse, só deu esse nome ao seu segundo filho e somente como segundo nome."

Sem nos determos no significado do sistema tão disseminado da transmissão dos nomes, podemos nos perguntar o que, na verdade, está em jogo aí. A maneira como as coisas pareciam ter-se dado pelo lado da mãe do bebê Ferdinand era relativamente simples de adivinhar. Não se pode imaginar sua mãe tendo para com ela uma atitude que não fosse autoritária ou sedutora, provavelmente recebida também como herança de sua própria mãe. Mas nada permitia saber como tudo aquilo fora vivido pelo pai do bebê. Ele veio à consulta seguinte e apressei-me em perguntar-lhe o que representava para ele o nome de seu filho. Declarou ter concordado sem problemas com a decisão de sua esposa – "De qualquer maneira, não lhe dei escolha – pontuou ela secamente –, era esse nome ou não tinha filho!" Estava ainda avaliando as conse-

....

11. Os itálicos são meus: a formulação é tão edificante! Menos, porém, que a da mãe de uma menina chamada Eva me dizendo sobre sua própria mãe: "É uma loba. Ela me defende. Não duvido de seu amor. Ela me protege e eu sei disso. Mas, no limite, sinto que, por meio da minha experiência, é sua própria vida que ela recomeça."

qüências imediatas ou futuras de tal imposição, quando ele acrescentou que, freqüentemente, se surpreendia chamando o filho de Virgile, e, diante do espanto denunciado em meu rosto, prosseguiu dizendo que aquele era o nome de um filho de sua irmã ao qual outrora fora muito ligado, que suscitara nele pela primeira vez o desejo de ser pai e que, infelizmente, morrera com poucos meses... de morte súbita.

Tudo ficava mais claro: independentemente da coloração que a narração conferia à sua parentalidade, qualquer que fosse o lado de onde lhe chegasse a injunção, Ferdinand não tinha outra alternativa a não ser ocupar o lugar de morte. Em suma, não sabia como ocupar um lugar de vida. O quadro de indiferença, que evocava – não sem razão, poderíamos dizer! – uma surdez profunda ou uma orientação autística, desapareceu na seqüência desse relato e Ferdinand pôde se desenvolver sem problemas.

Talvez seja difícil compreender como intervieram, no destino dessa criança, as relações entre mães e filhas de sua ascendência. Assim como pode parecer difícil conseguir se situar nessa topografia familiar. Uma árvore genealógica sem dúvida ajudaria a esclarecer esse lugar. No entanto, podemos prescindir de sua representação retomando simplesmente as diferentes articulações da história.

Temos como ponto de partida um recém-nascido de sexo masculino em sofrimento, sofrimento este para o qual a medicina não consegue fornecer uma explicação, e que desaparece assim que a ele se aplica um discurso que o esclarece e permite que os protagonistas localizem melhor suas respectivas posições no romance familiar dentro do qual tentaram elaborar um projeto comum.

Desse recém-nascido remontamos a sua mãe. Ela é a segunda das duas filhas de sua própria mãe e começou por dar nascimento a uma menina, como se tivesse tentado, por um momento, como o fez sua irmã mais velha, entrar num esquema de reprodução idêntica prestes a se tornar tradicional. Com efeito, na geração anterior nota-se que a avó materna do recém-nascido é a primeira de duas irmãs e que ela, por sua vez, reproduziu de maneira idêntica a configuração familiar de sua própria mãe: sua mãe teve duas filhas, ela tem duas filhas. Sua irmã, em contrapartida, rompe com esse modelo e vai no sentido estritamente oposto, pondo no mundo dois meninos.

Inúmeros parâmetros decerto intervêm para explicar esse tipo de evolução. Mas não é raro, como já indiquei destacando seus efeitos potenciais, encontrar reproduções idênticas repetindo-se num número respeitável de gerações. Neste caso, essa não é a questão principal. Apenas importa notar a maneira como uma palavra materna desce as gerações em cascata: ao contrário do que se poderia esperar, ela parece ter um peso tanto maior quanto maior a distância de onde vem. O fato de que ela apareça aqui por um simples concurso de circunstâncias e seja utilizada no tratamento do caso, nem por isso significa que seu impacto tenha sido percebido ou avaliado, seja da maneira que for, por qualquer de seus destinatários. Com efeito, não relatei aos pais do pequeno Ferdinand o telefonema de sua tia-avó materna. Assim como tampouco fiz qualquer intervenção sobre a fala desta última. Ora, o que parece fazer a avó do bebê – que sequer imagina quais serão as conseqüências de sua atitude – com seu arrazoado e suas demonstrações de fidelidade, tais como foram relatados por sua irmã, senão tentar obter os favores de sua velha mãe, adulando sua vaidade?

E uma atitude capaz de suscitar algum tipo de enternecimento, caso se inscrevesse entre as condutas de crianças de pouca idade, pode apenas surpreender quando se dá entre duas mulheres em plena posse de suas faculdades mentais, dotadas de sólida formação intelectual, tendo realizado percursos profissionais impressionantes e, acima de tudo, que já são avós! É possível imaginar a extensão de seus recursos, mas é impossível conceber a vivacidade de seus sentimentos e sobretudo o zelo que empenham em continuar querendo fazer gozar[12] à porfia... uma mãe imbatível. Ora, se isso acontece é porque elas não conseguiram se libertar dos vínculos singulares e assimétricos que teceram na sua primeira idade e porque continuam convencidas de que sua vida ain-

---

....
12. ... e em fazer viver! Pois todo o peso aliviado, que coloca um indivíduo em posição de poder e aí o confirma, também o faz viver deixando-o extrair, como bem entender, a energia de que necessita da dos indivíduos que a ele estão submetidos. Não é difícil imaginar os termos do inesgotável debate que esse tipo de situação instaura. Tal fato foi recentemente destacado, e amplamente comentado, para explicar a extraordinária sobrevivência do presidente François Mitterrand a seu câncer.

da está nas mãos de sua mãe, que, provavelmente, amarrou a situação sob a pressão de fatores oportunos sobre os quais pôde assentar seu poder. Isso sempre se deve diretamente a uma história singular.

Pensar na inocência das jovens gerações persuadidas de que sempre decidem, a respeito de tudo, com total consciência e apenas com sua liberdade de julgamento, é para deixar qualquer um pasmo! Pois ninguém age, seja da maneira que for, sem estar submetido, à sua revelia, a mensagens similares, das quais ignora tanto a natureza quanto o teor e que ressurgem, à sua revelia, num sintoma de seu filho, quando não em um dos seus. E o pior, ou o mais terrível, é que as avós e as bisavós nem sempre estão vivas e nem sempre existem tias-avós para vir aliviar o peso de um destino "dedurando", no momento oportuno, o que é uma boa maneira de se consolar!

O que essas histórias dizem é que, em circunstâncias que sempre parecem propriamente inacreditáveis, certas mães, confiantes em sua experiência, chegam a tentar dissuadir suas filhas de investir os meninos que elas tiveram a ousadia – por qual efeito de traição, chocante e incompreensível? – de fazer. É a maneira que elas têm de denunciar o fracasso de uma transmissão homossexual[13] à qual estão apegadas e pela qual cultivam uma tenaz nostalgia.

Foi a história do pequeno Louis que me deu a mais bela ilustração.

Com efeito, fiquei-me perguntando por muito tempo o que teria acontecido com seus pais para que sua mãe me anunciasse sua separação quando ele tinha apenas dois ou três meses. Ela mesma disse que não entendia nada, esclarecendo que fora o marido que tinha ido embora e que o fizera sem lhe dar qualquer explicação.

....

13. Todavia, é importante nuançar esse tipo de disposição relacionando-a, na dinâmica que descrevi, como sendo a sua, com nossa esfera ocidental. Pois é sabido que, no oriente próximo ou distante, são os meninos que são muito mais investidos. Isso equivale a dizer que os vínculos mães/filhas desenvolvem-se segundo um outro modo ou de outra maneira? Certamente não. Isso decorre de uma lógica da qual voltarei a falar mais adiante para não interromper a exploração da temática que destaquei e que sempre se revela mais dissimulada e mais discreta do que meus relatos expressam.

Louis era o primeiro filho deles. Mas para mim aquela não era a primeira constatação de acidentes da paternidade e estava disposto a aproveitar a primeira oportunidade para obter mais dados antes de propor uma eventual ajuda para aquele casal. O que sempre me aplico em fazer, considerando sistematicamente que o maior serviço que posso prestar ao meu pequeno paciente é zelar pelo bom entendimento entre seus pais e ajudá-los a ser os bons pais que, em princípio, eles sempre querem ser. Como aqueles dois tinham concordado numa presença comum e partilhada em torno do filho, optei, quando tive a oportunidade, por receber o pai sozinho e por indagá-lo com todo o tato de que era capaz sobre o que tinha acontecido.

Ele me deu uma resposta que considerei tão opaca e ambígua que a tomei por um pedido firme e educado de ir me meter com o que me dizia respeito, ou seja, a vacinação de Louis e as modificações a serem introduzidas na sua dieta. Ele me disse: "Tenho medo de não ser mulher suficiente para ela." Senti que perdera a viagem e desisti de qualquer outra pergunta. O que será que ele queria me dizer com aquilo, ele que era tão másculo, com seu porte, sua calvície, sua barba cerrada e seus antebraços espantosamente peludos? Que ele já tinha entendido e delimitado seu problema o suficiente para não precisar de nenhuma ajuda? Ou que a dissensão referia-se à vida sexual do casal, que ele já analisara esse problema e não tinha a menor vontade de que eu me metesse? O fato é que fiquei com aquilo, simplesmente me espantando um pouco mais a cada encontro com a confidência lacônica que me fora feita e que parecia aplicar-se tão mal a uma mulher que, pouco a pouco, eu descobria ser divertida, encantadora e até coquete.

Passados alguns meses, ela chegou certo dia toda feliz, anunciando logo de cara que a vida realmente era bela, que ela era "toda felicidade", que "fazia vários meses ela se sentia nas nuvens", e que tudo isso era porque ela estava vivendo "o amor perfeito. Adivinhe com quem? Com o pai de Louis!". Como devo ter feito cara de espanto, ela reforçou seus dizeres garantindo-me que seu marido e ela nunca tinham estado tão bem juntos. Acrescentou que continuavam separados e que ambos mantinham seu próprio apartamento. "Não sei por que ele continua a pagar um aluguel – prosseguiu ela –, ele praticamente não pôs mais os pés na casa dele. Está sempre enfiado em casa. E se o senhor soubesse como estamos bem e como Louis está feliz!"

Enquanto eu me perguntava o que teriam feito para usar a distância como modo de resolver suas dificuldades e introduzir em suas vidas a pimenta que nela parecia ter-se instalado, ela prosseguiu: "Ah! cuidado! Minha mãe não sabe de nada. Aliás, ela não pode saber. Ela me mataria se soubesse que estou dormindo com meu marido." Seria este o conteúdo da formulação que tinha me deixado perplexo alguns meses antes? Teria aquele homem tentado me dizer à sua maneira que nunca tinha conseguido desfazer os laços de sua mulher com sua sogra? Que ele se esforçara? Que acreditara poder consegui-lo, mas que aqueles laços tinham readquirido uma força singular após o nascimento de Louis, acabando por penetrar, invadir e envenenar até a intimidade do casal? Que sua mulher não parecia mais estar disponível para ele e encontrar interesse no homem que ele era, expressando-lhe sem dúvida este fato no lugar onde ele é mais perceptível, a cama?

Haveria muito a dizer a partir dessas poucas falas reunidas e suas implicações na vida de casal[14] em geral e na desse casal em particular. Permitem entender a maneira como a história dessas duas pessoas provocou nelas a necessidade de se unirem, de se desunirem e depois de se unirem de novo, antes de se desunirem mais uma vez – o que, aliás, acabaram por fazer, ambos definitivamente vencidos pelo peso e pela densidade de uma das relações mais alienantes e mais difíceis de resolver. "É simples – me disse um dia a mãe de Louis à guisa de comentário de sua situação presente –, minha mãe é uma feiticeira, ela tem antenas. Cada vez que tenho uma relação sexual, ainda que acidental, ela tem um ataque de psoríase. É inútil progredir na minha análise, nada muda e, aliás, pergunto-me se alguma coisa pode mudar, porque, na verdade, é ela que deveria ocupar meu lugar no divã. Mas vá dizer isso a ela! Ela sabe, e ela sempre soube tudo, melhor que todo o mundo!"

....

14. Tratei longamente desse aspecto das coisas na minha obra *Le couple et l'enfant*, Paris, Odile Jacob, 1995.

Perguntei-me então o que teria acontecido se o pequeno Louis tivesse sido uma pequena Louise. E logo em seguida disse a mim mesmo que esta era uma pergunta estúpida. Pois o sexo das crianças não deve ser considerado um efeito do acaso, mas um fenômeno sempre sobredeterminado em primeiro lugar pela relação que a mãe mantém com seus dois pais e em particular com sua própria mãe.

Tomemos o caso de uma filha cuja experiência de vida não lhe trouxe a satisfação a que acreditava ter direito, e que nunca deixou de viver, em face de uma mãe dominadora, num terror impossível de mitigar. Cedo ou tarde, ela acaba se submetendo, apagando toda percepção dos fatos de sua consciência e só deixando transparecer um resíduo sob a forma de um sintoma, que, aliás, às vezes tentará eliminar: com efeito, ela não procria nada. Encontramo-nos então diante da figura inconsciente extrema de uma agressão destinada a responder, de maneira econômica e comandada pelo contexto, a um comportamento uniformemente vivido como agressivo.

Quando é levada a falar a respeito, essa mulher conta, espontaneamente e de forma detalhada, a mãe perfeita que teve e cuja excelência tenta desesperadamente igualar a ponto de às vezes confessar que a perspectiva de ser mãe por conta própria lhe parece equivaler a um crime de lesa-majestade. Sabe-se que nesses casos a eficácia da armadilha é temível e que o sintoma não cederá tão cedo. Quando, em contrapartida, lhe acontece confessar que sua experiência a levou a concluir que a vida de criança era um inferno e que pagaria qualquer preço para não infligir essa sorte a um filho, ela se põe, sem nem sempre percebê-lo, numa via que permite esperar um remanejamento de seu sintoma. É preciso entender que esses sentimentos díspares podem coexistir, mas também evoluir com o correr do tempo e dos encontros propícios que possam sobrevir. Temos assim o leque das mulheres estéreis, bem como das mães adotantes ou das mães com uma primeira gravidez tardia ou muito tardia, que, como se sabe, e certamente não por acaso, fazem, segundo minha estatística pessoal, mais meninos que meninas. Não é impossível, diga-se de passagem, que a auxiliar de enfermagem responsável pelo ato falho que visava a mãe de Gwenael estivesse metida, sem ter a menor idéia, numa problemática desse tipo.

A partir dessa primeira constatação, podemos continuar a examinar as eventualidades, em função da intensidade decrescente do sentimento de terror e dos fatores ambientais que contribuem para exacerbá-lo, mantê-lo ou atenuá-lo.

Quando o terror foi vivido num nível máximo mas foi internalizado como um estado natural das coisas que nada jamais poderá denunciar ou modificar, a alienação da filha ao desejo da mãe é total. A injunção de repetição, que ganha então toda sua força, é respeitada ao pé da letra, e toda procriação só poderá dar lugar a uma sucessão ininterrupta de meninas. Tem-se, aliás, um resultado estritamente idêntico quando há entre filha e mãe um entendimento perfeito, em outras palavras, a conivência, a cumplicidade e a serenidade que supostamente deveriam sempre caracterizar essas relações. Em outras palavras, e a julgar pelos resultados, a segunda atitude nada mais é que uma sublimação ou uma máscara da primeira. Nenhuma revolta pôde surgir e assistimos a uma sucessão de gerações de mulheres dedicadas ao culto do feminino. Voltando ao estabelecimento do quarto modelo de estrutura que descrevi, sabe-se o que isso pode um dia produzir: meninos que serão maltratados e oferecidos, como vítimas propiciatórias, ao conflito que sua ascendência feminina sempre manteve com os homens.

Resta o caso em que uma tomada de consciência do terror ganhou a forma de uma denúncia que permitiu a organização de uma forma mínima de defesa. A perspectiva que o acesso à procriação abre é então imediatamente aproveitada e vários meninos seguidos serão postos no mundo. Maneira sutil e elegante de derrotar a injunção de repetição e de se libertar do sortilégio do *continuum* tão incensado desses corpos desencaixados uns dos outros como várias bonecas russas. Sem falar da esperança implícita de que um menino, que supostamente expressa por sua mãe um apego mínimo natural e indefectível, a poupará daqueles ataques cheios de ódios que tão dolorosamente marcaram sua experiência de vida, o que nem sempre é percebido, podendo até ser sublimado sob forma de temor de não conseguir ser, para sua filha, uma mãe tão perfeita quanto a sua foi para ela.

Se o esquema assim esboçado peca por uma simplificação excessiva, é por não ter levado diretamente em consideração uma enorme quantidade de parâmetros capazes de modificá-lo de ponta a ponta. Efeitos do acaso ou da estratégia instaurada por uma ou outra das estruturas psíquicas para administrar uma configuração relacional, esses fatores participam da infinita variedade das situações encontráveis. Não se pode, portanto, desprezar a importância da proximidade ou do afastamento geográficos, da intensidade da endo ou da exogamia ou a função que o exotismo de certas uniões, assim como sua posição relativa, desempenha numa experiência prévia mais ou menos longa de conjugalidade. Tudo isso intervém de fato para fazer obstáculo à injunção de repetição, quando não para garantir sua eficácia, acobertada por condições que passam então a ter papel de álibi.

Mas para apreender a lógica que comanda todas essas condutas é preciso examinar os fatos não em seu contexto imediato, mas à luz da sucessão das gerações, procedimento este que desapareceu há tempos dos costumes e das mentalidades de nossas sociedades e que parece prestes a voltar. No entanto, o que permanece como mais determinante ainda é o encontro com um parceiro, que nunca é escolhido por acaso e tampouco faz sua escolha às cegas. No caso, por exemplo, das procriações tardias, muitas vezes se verifica que o próprio parceiro foi maltratado por uma relação difícil com uma mãe da qual não conseguia se desfazer. É a reunião saudável de dois embriões de revolta que ajuda ambos os parceiros a vencerem sua hesitação e a dar o passo. No caso das maternidades múltiplas de filhas, não é raro que o parceiro da mãe se encontre ele mesmo numa relação de veneração excessiva da sua, supondo-se que não tenha sofrido com a sombra excessiva projetada por um pai esmagador. O fator comum aos dois parceiros lhes possibilitará levar a bom termo um projeto em que não há nenhuma nota destoante. Uma tenta obter dessa forma o perdão, sempre recusado, de uma mãe que sempre a obrigou a viver na culpa, o outro pensa poder assim poupar-se da relação cheia de ódio que um filho, como foi seu caso, desenvolverá para com ele. O mesmo se dá com as maternidades múltiplas de meninos em que percebemos que tanto o pai como a mãe sentem por suas respectivas mães uma desconfiança idêntica.

Na mesma linha de raciocínio, poderíamos nos perguntar como pode acontecer que, em certas descendências, haja uma forma de alternância, regular ou irregular, de meninas e meninos. Não temos de apelar a outros fatores além dos que foram descritos; é uma simples questão de contabilidade em relação a uma situação inicial. Por exemplo, é possível que o nascimento de uma criança possa por si só acertar uma dívida ou contas, permitindo então a variável posterior, que, operando da mesma forma, voltaria a acionar a alternância. Uma menina foi outorgada em pagamento à mãe, e isso basta para recuperar um equilíbrio relacional que permite fazer um menino. Um menino foi feito e a mãe foi colocada a distância, pode-se então conceder-lhe uma menina. Em ambos os casos, é a famosa "escolha do rei*" que supostamente garante a serenidade das relações entre gerações. Evidentemente, às vezes acontece de serem necessários dois filhos consecutivos, ou mais, do mesmo sexo para obter o mesmo resultado. Sem esquecer o caso intermediário em que uma mãe faz uma filha em primeiro ou em segundo lugar, para criá-la de maneira estritamente inversa da que conheceu e administrar à sua mãe uma espécie de lição, permitindo-lhe em seguida ou bem continuar a fazer outras, se sua experiência não a libertou do terror, ou então fazer um menino para finalmente se emancipar do vínculo penoso que assim desanca sem muito medo. E se há sempre interrogações e fantasias em torno desse tipo de desejo é porque, no dizer das que tiveram essa experiência, o nascimento de uma menina constituiria, mais que qualquer outra coisa, a realização última de uma vida feminina.

Poderíamos quase concluir, de certa forma, que as menininhas seriam procriadas sob a égide de uma influência materna esmagadora e prevalecente de ambos os lados da parentalidade, e que os meninos seriam procriados fora dessa mesma égide. Poder-se-ia então concluir que os meninos são procriados sob uma eventual égide dos pais? Dizer isto seria conferir aos homens mais espaço do que eles realmente têm no mecanismo de determinação

....

* No original: *choix du roi*, expressão antiga, que tem origem na lei sálica, e que costuma significar a sorte de ter um casal de filhos, sendo o primeiro menino, e o segundo, menina. [N. da T.]

do sexo das crianças¹⁵. E insisti bastante sobre a importância que atribuo aos fenômenos biológicos para não perder o rumo. Afirmei que o esperma deles fornece em quantidade estritamente equivalente os espermatozóides que conferem ao embrião um ou outro sexo. Como é uma mecânica do corpo feminino que intervém nesse caso, importa, para não perder o fio do raciocínio, matricentrar de forma estrita o debate.

Para resumir, eu diria então que, embora qualquer rebento provoque automaticamente uma aproximação da mãe com sua própria mãe, verifica-se que essa proximidade será sempre maior se a criança for uma menina do que se for um menino. Não é apenas a famosa procura do *continuum* que entra em jogo, mas também a esperada tolerância pelo que a aproximação, por si só, não poderá deixar de produzir. De mãe para filha para neta etc., entra em jogo apenas uma única forma, elementar mas tão eficaz, de transmissão, ao passo que o menino, excluído desse processo, será, na melhor das hipóteses, oferecido pela mãe ao pai como o lugar que permitirá a esse pai transcender sua própria existência. É o que se comprova pela importância do nome, que apenas os meninos, na esmagadora maioria das sociedades, transmitem, ao passo que as meninas, provedoras de filhos para seus companheiros, tomarão e darão o nome destes últimos. Essa própria diferença de devolução deve ser atribuída à diferença dos sexos, uma vez que transmissão do lado feminino e transcendência do lado masculino, mesmo destinadas a derrotar a morte, só podem instalar-se numa estrita homossexualidade¹⁶.

....

15. O que pode não agradá-los muito, eles que ficaram por tanto tempo protegidos de sua eventual implicação na esterilidade do casal.

16. Donde a necessidade de uma dupla presença parental. Pois, se o menino ficar totalmente entregue ao desejo de transcendência do pai e nenhuma proteção materna vier regular esse desejo, o resultado será catastrófico: abre-se a via para a paranóia. Para avaliar a dimensão disso basta ler, nessa ordem, o livro do presidente Daniel-Paul Schreber (*Mémoires d'un névropathe*, Paris, Seuil, 1975, e "Points-Seuil", 1985) e o único de seu pai traduzido para o francês (D. G. M. Schreber: *Gymnastique de chambre médicale et hygiénique*, Paris, Lyse-Ornicar, 1981); ou então ver o filme de S. Hicks, *Shine*, 1996, que é uma admirável ilustração disso. Se os distúrbios provocados pela ausência de interposição paterna entre mãe e filha têm a reputação de ser menos graves é porque a filha tem a faculdade de acumular de alguma forma sua perturbação para descarregá-la sobre seu futuro parceiro ou sobre a geração seguinte. Acre-

Mas é fácil entender que isso tenha efeitos sobre o investimento que será feito sobre a criança. Da filha querida, porque considerada capaz de tranqüilizar definitivamente uma mãe irascível quanto à fidelidade que nunca lhe deixamos de demonstrar, ao menino sobreinvestido porque erigido em prova tangível de nossa audácia e da vitória alcançada, vemos desfilar todo o leque das variantes introduzidas pelos fatos da história. Pois, mesmo que ocupe tais posições, uma filha pode, ainda assim, ser rejeitada ou um menino, odiado, se o lugar que passam a ocupar na relação de sua mãe com a própria mãe for vivido pela primeira como a tradução excessivamente flagrante da maneira como ela padeceu, em silêncio, o peso da segunda. É por isso que – repito – nunca se pode compreender um destino senão retomando o percurso das relações de pelo menos três gerações.

Mesmo depois dessas explicações, e por mais convincentes que sejam, pode-se pensar, à leitura das ilustrações clínicas em que me detive, que nada mais descrevo senão as etapas banais, inevitáveis e, em suma, salutares da maturação de um vínculo e das eventuais vias de remate de uma mãe novata. Infelizmente, as situações que relatei são hoje o que há de mais raro. Pois, quando as coisas se dão assim, criam-se oportunidades para que as filhas, por mais cativas que sejam, questionem, com os meios de que dispõem, sua relação com a mãe e tentem modificá-la. Mas, quando uma espécie de consenso tácito sufoca cada uma de suas tentativas e reforça sua submissão, assistimos ao inverso. Por meio do mecanismo de deslocamento evocado anteriormente, a violência acumulada acaba, cedo ou tarde, irrompendo entre os parceiros e enlameando-os.

É o que acontece cada vez mais hoje com a enxurrada de conseqüências que todos conhecem. Os casais se desfazem e os lares se desagregam numa velocidade que vem preocupando os juízes de família, confrontados com seu dever de dizer a lei, sem ter sempre os meios de compreender a significação e as implicações

....

ditar que um pai é necessário somente para seu filho é uma idéia equivocada. Sua filha precisa dele em igual medida, se não mais, desde que não nos restrinjamos a uma única geração.

dessa onda e das decisões que ela lhes impõe. Nesses casos, as crianças costumam evidentemente ser confiadas à mãe, que, em geral carente sob vários pontos de vista, volta-se para seus pais que, a seu ver, são os únicos capacitados para responder a suas necessidades e dispostos a pôr a seu serviço uma devoção que, ademais, por trás da indiferença manifesta, lhes dá uma nova razão de investir na vida. A presença deles ao lado das crianças acumula dia após dia tantas provas de sua utilidade que, em geral, ela acaba decidindo por uma aproximação geográfica destinada a, caritativamente, aliviar o trabalho deles. É raro ver o retorno à coabitação sob o mesmo teto. Mas os apartamentos vizinhos, no mesmo bairro, no mesmo edifício, ou até no mesmo andar, tornaram-se moeda corrente.

Foi talvez a multiplicação desses casos nas jovens gerações, e as características quase previsíveis do que eles instalam, que fez meus colegas pediatras reagirem a ponto de levá-los a questionar as referências que nós supostamente constituíamos perguntando-lhes se, afinal, não se devia "matar as avós". E se estas últimas foram objeto de uma veemência tão intensa foi porque são elas, e praticamente só elas, que acabam assumindo o rumo dos acontecimentos. Tornam-se então tão concretamente presentes ao lado de seus netos que chegam às vezes a despojar suas filhas das prerrogativas de suas maternidades. Mostram-se abertamente encantadas, e sua adaptação à situação é tão perfeita que parece ser o resultado de uma forma de complô tramado exclusivamente para esse fim.

Não se trata de uma hipótese tão estúpida à luz da mecânica que comanda a injunção de repetição e que desmontamos. É como se elas dissessem a essas filhas: "Deixe-me continuar me entregando à lógica que comanda nosso comportamento, deixe-me reencontrar sua coerência e me sentir de novo vibrante de vida. Você tem pela frente toda uma existência. E não lhe faltará oportunidade de procriar de novo e ter um filho ao lado de quem viverá a felicidade cuja extensão eu e você conhecemos. E, mesmo que não esteja entre seus projetos satisfazer tal capricho, você pelo menos sabe que sempre lhe resta essa possibilidade, pois a contracepção de que você faz uso apenas suspende sua competência. Então, seja compreensiva. Permita que eu ainda me sinta tão viva quanto você mesma se sente com essa criança. Não me deixe deslizar pela encosta desse fim de vida que provoca em mim uma angústia que me assola sem cessar. Já não ficou claro entre nós que você não queria a minha morte?" E o debate se reinicia sempre com a mesma veemência. Uma não perdeu nenhum dos meios de que dispunha para impor seu desejo, ao passo que a outra rói seu freio e bate os pés de impaciência perguntando-se quando e como, fora justamente a intervenção da morte que ela está proibida de invocar, poderia finalmente pôr fim a sua sujeição. A clara consciência da situação não lhe serve de nada, pois o desejo de morte, desejo calado e recalcado, nada mais faz do que alimentar ainda mais a culpa que sempre sentiu.

Muitas vezes, se não sempre, falou-se das mulheres que fazem um filho para o pai. Não é uma formulação fácil de compreender porque a coisa se situa num nível ainda mais profundo da psique. As que encontrei na minha prática – que coincide, como já disse em várias oportunidades, exatamente com a de meus colegas – parecem nunca ter feito filhos senão para suas mães, esperando talvez poder se emancipar, por essa atribuição que ultrapassa o simbólico, de um vínculo no qual, na verdade, elas só fazem enclausurar-se um pouco mais. A menos que tudo isso não passe de aparência e que elas só façam infinitas concessões à mãe para não vê-la recriminar-lhes sua atração culpada pelo pai. Como se a temática da traição nunca deixasse de estar no centro do debate e fosse sempre, sempre ela que comandasse as atitudes e as trocas. O que explica a infinita variedade das situações encontradas.

No entanto, mais uma vez verifica-se nessa ocasião, com um outro estilo e de um outro modo, mas com uma força similar se não maior, a violência das relações que se pretende reservar apenas à relação dos pais com os filhos homens. A elaboração, provavelmente confusa para o gosto de alguns, de paralelos entre ambas as situações não mascara na realidade sua insuficiência. Ainda não se conhecem perfeitamente as engrenagens desses processos que, às vezes, levam à tragédia, nem essas idas e vindas impostas por uma exploração que se parece com uma tentativa de achatamento, necessariamente engessada, do que se apresenta sempre como um volume, e um volume, além do mais, móvel. Tomar as coisas apenas por um lado e acreditar que dessa forma se pode esgotar seus diferentes aspectos implica, com efeito, desprezar, e sobretudo não reconhecer, inúmeros fatores igualmente importantes, e às vezes até mais importantes do que aqueles a que decidimos dedicar atenção.

No entanto, não é uma razão suficiente para não denunciar, desde já, o silêncio imposto à relação mãe/filha. Pois, assim como as mulheres conseguiram, por meio de suas reivindicações, fazer com que o direito ao pleno exercício e à plena assunção de sua sexualidade fosse reconhecido, elas têm de tomar consciência de sua posição de alvo privilegiado da violência materna. Caso contrário, continuarão a exercer em silêncio, sobre seu parceiro e sobre sua descendência, uma violência similar à que elas sofreram e que continuam a sofrer, e a bloquear o processo de seu desenvolvimento. Caso queiramos eliminar os fenômenos de deslocamento e dar seu devido direito, e sobretudo dignidade, aos indivíduos de qualquer sexo, é preciso que os lugares de cada um sejam perfeitamente identificáveis e claramente reconhecidos. Infelizmente, tal tarefa não pode se restringir a iniciativas isoladas. Só pode ser bem-sucedida, como veremos adiante, por uma solicitação e um consenso do meio social.

Mães e filhas

Ela tivera quatro meninos. E eu não tive nenhuma informação sobre o sexo dos fetos abortados. Quatro meninos. Que insistência! Que contas estava acertando? Tinha tantas contas a acertar com sua mãe? E será que isso dá algum sentido ao que aconteceu com seu infeliz quarto filho?

Eu não me fizera essas perguntas e sem dúvida nunca as teria feito se a escrita deste livro não me tivesse obrigado a tanto, mergulhando-me mais uma vez na minha perplexidade e remetendo-me sem complacência a meus remorsos e à extensão de minhas insuficiências. Na verdade, não tinha entendido nada do que estou aqui esboçando e, fato agravante, instalara logo de cara nossa relação num mal-entendido fiando-me em apreciações errôneas. Não a teria eu, um pouco rápido demais, tachado de ibérica apenas devido ao sobrenome que levava – que nem mesmo era seu! – e a uma aparência pela qual eu me deixara ou quisera me deixar levar? Aliás, durante muito tempo não achei que deveria questionar essa certeza. É verdade que o quadro da doença ocupara com tanta violência o primeiro plano que teria sido incongruente qualquer preocupação em torno de um detalhe aparentemente tão fútil.

E que terá acontecido para eu não ter feito caso, desde os primeiros instantes de nosso encontro, da estranha combinação entre aquele famoso sobrenome e o nome da criança que, ademais, também o levava? Isso não deveria ter me colocado uma pulga atrás da orelha e me feito pelo menos perceber a evolução consonantal que já parecia marcar os nomes dos irmãos mais velhos? Angel e Carlos não podiam soar mais claramente e pareciam ter sido escolhidos para confirmar e confortar uma identidade aparentemente bem assumida e destinada a ser transmitida sem qualquer mal-estar. Mas será que Raoul podia ser associado a eles sem reserva, já que é tão comum em francês como em espanhol? Não deveria eu ter percebido sua ambivalência? Ela sem dúvida teria me posto no bom caminho fazendo com que eu notasse sua dimensão de articulador. É verdade que a hipótese da qual partira não me dava muitas chances de me dar conta e, ainda que o fizesse, teria sem dúvida atribuído sua escolha ao lento, minimalista e, em última instância, banal procedimento de integração das populações imigrantes – quantos Nadia, Samy, Miriam e outros Ianis não tenho em minhas fichas de crianças do norte da África! Só hoje esse nome me aparece como o início de uma evolução que a escolha ulterior de Gwenael estaria destinada a radicalizar. Era como se os dois primeiros filhos estivessem bem inscritos na lógica de seu sobrenome, como se o terceiro tivesse se afastado, por pouco que fosse, para que o quarto pudesse produzir esse efeito de ruptura que vai bem além da simples assimilação a um contexto.

Mas eu não tinha como compreender tudo isso. Como podia imaginar que estava testemunhando um processo flagrante do que associo a uma "devolução"* e que nomeio como tal? Evidentemente, não tinha a menor idéia desse tipo de coisas e estava a anos-luz de imaginar sua importância. Se alguém tivesse comentado esse fato, eu certamente teria expressado reticências em aceitá-lo: estava acostumado demais com o exotismo de meu próprio nome para aceitar esse tipo de interrogação e ir fuçar nas zonas obscuras de minha própria história.

Era bem mais fácil eludir o problema refugiando-me por trás dos vestígios de 1968 e das idéias libertárias que circulavam, então, a respeito da educação das crianças e que fizeram eclodir brutalmente inúmeras fantasias. Lembro-me de atendimentos que me traziam, numa mesma tarde, um Ivan-Illich mexicano depois de

....

* No original, em francês, *dévolution*, originário do latim medieval *devolutio*. Refere-se à passagem de direitos hereditários a um grau subseqüente por renúncia do grau anterior, ou a uma linha sucessória, por eliminação da outra. [N. da T.]

um Krishna saboiano da gema, de um perfeito John picardo caipirão, de uma autêntica Houria da Lorena ou de um genuíno Mao, pura cepa das Cévennes! É verdade que, mesmo em tais circunstâncias, nada disso é da ordem do acaso. Mas ninguém tinha me ensinado, indicado ou mesmo dado a entender, em meu percurso profissional, que o nome de um indivíduo pudesse ter alguma importância e pertencer ao registro do código. Foi o que comecei a descobrir, sozinho e surpreso, justamente com a pequena Houria. Apesar de seu nome árabe, ela era filha de um casal francês homogêneo e dos mais clássicos. Com a ressalva, no entanto, de que seu pai um dia batera a porta e abandonara a fábrica que deveria herdar porque não suportava mais a maneira como seu próprio pai, inqualificável racista, tratava os funcionários imigrantes. Sabendo que esse nome significa "independência", é possível adivinhar o preço vinculado a tal escolha. Eu não conseguia imaginar melhor ilustração para me ajudar a compreender que, pelo nome que recebe, a criança revela sua condição de baliza, mais ou menos claramente legível, no decurso de uma história.

Eu sabia que, em muitas culturas, o recém-nascido recebe sempre, por exemplo, o nome da última pessoa da família que morreu ou o de um ser querido desaparecido mais ou menos recentemente. Mas eu achava que se tratava de uma forma de tradição folclórica sem significação real e destinada apenas a honrar as respectivas ascendências dos pais. Precisei de muito tempo para compreender que a devolução que assim se marca nunca é neutra e que ela sempre intervém, queiramos ou não, na seqüência dos acontecimentos. A criança se sente, mais ou menos conscientemente, tanto portadora das virtudes do ancestral como portada pelos termos de uma decisão que às vezes, se não sempre, equivale para ela a uma missão.

Poderíamos discorrer longamente sobre esse tema que, de fato, revela-se inesgotável. Mas de que serviria farejar ou querer sublinhar uma eventual devolução se não fosse para tirar disso uma leitura nova dos acontecimentos nos quais ela intervém?

Já que me propus, sem pudor, recuperar aqui o tempo perdido e evoco essa noção com certa insistência, sou forçado a postular que Gwenael, que, como toda criança, foi certamente objeto disso, o foi num sentido sobre o qual ainda não sei nada, mas que é, segundo todas as evidências, radicalmente diferente do de seus três irmãos.

E, para poder saber mais, tenho de voltar em primeiro lugar ao lapso de tempo que transcorreu entre seu nascimento e o do terceiro. Sabemos que ele foi ocupado por interrupções de gravidez. Mas será que devemos ficar nisso, contentarmo-nos em evocá-las e confirmá-las, sem tentar dar-lhes outra significação, ou seria pertinente interrogar sua ocorrência, sua quantidade e seu efeito, ou até sua insistente repetição?

Constitui um erro, e um erro grave falar, como se faz nesse tipo de situação, de filhos desejados ou não-desejados. Essas expressões deveriam ser definitivamente banidas da linguagem. Uma vez postas no mundo, só existem crianças queridas ou não-queridas. E ponto final. Pois todas as crianças são, sem exceção e em todas as circunstâncias, desde sua concepção e por definição, desejadas. O querer é da ordem da consciência, e o desejo, da ordem do inconsciente. E, mais freqüentemente do que se pensa, as duas instâncias estão em desacordo, em profundo desacordo até – o que não quer dizer, aliás, que se deva sistematicamente colocar-se ideologicamente do lado de uma e não da outra. No entanto, verifica-se que é sempre o inconsciente que dita as regras do jogo[1]. E, como ele não tem a menor dificuldade de brincar com a vontade, pode produzir tanto sintomas como gravidezes – ou ainda atos falhos como aquele de bom tamanho que vimos a auxiliar de enfermagem cometer.

O que sabemos, com certeza, é que os três primeiros filhos daquela mãe foram concebidos num acordo sem falhas entre desejo e querer, ao passo que, no caso das gestações seguintes, o de-

....
1. O que abre para um debate importante, mas impossível de desenvolver aqui. Com efeito, somos muito facilmente levados a crer que tudo o que provém do inconsciente está a serviço das forças de vida – donde, por exemplo, a inesgotável e difícil questão do aborto –, quando, na verdade, as forças de morte estão presentes nele em igual medida. O problema é que nem sempre conseguimos, e nem sempre podemos, saber disso ou discriminá-lo claramente. Por isso, nunca se pode escamotear por completo a consciência que temos das coisas. No entanto, é difícil, se não inútil e impossível, colocá-la totalmente fora do campo de influência do inconsciente. A não ser que nos dissolvamos em palavras de ordem sociais que, apesar de tudo, também podem, sem que se saiba, ir num sentido ou no outro.

sejo tentou reiteradamente se impor sem nunca ter conseguido. Foi preciso a intervenção do obstetra, e nada menos que a ameaça de morte brandida para fazer a vontade ceder. Poderíamos concluir que essas idas e vindas entre a eclosão insistente de um desejo e sua repetida frustração não produziram nenhum efeito sobre aquela mãe? Mesmo que o debate tenha se dado em zonas inacessíveis à sua consciência, ele certamente contribuiu para modificar, ou para acentuar, certos traços de seu comportamento. A serenidade que ela demonstrou, do começo ao fim da história do caso, é um exemplo disso. Ela parecia estar tomada por uma vontade férrea voltada para a defesa de objetivos que a nova situação redefinia a cada vez.

Mas será que essa notável disposição era antiga – não esqueço quanto ela me impressionou desde o nosso primeiro encontro – ou recente e consecutiva à doença grave do filho?

É aí que mais uma vez volta o sonho recorrente do enterro e que podemos compreender melhor o fato de que a hospitalização tenha suspendido seu aparecimento. Ele pode ser lido como a continuidade do voto de morte que tivera em relação àquela gravidez bem como em relação às anteriores. O imposição do obstetra a teria obrigado a colocar seu querer a serviço de seu desejo. As forças de vida teriam, em outras palavras, encontrado um aliado para se imporem e permitir que a criança nascesse.

Esse primeiro nível de leitura decerto se sustenta. Mas se fossem apenas as forças de vida que estivessem em questão, e se somente elas estivessem em foco, o sonho não teria motivo de aparecer e menos ainda de se repetir. A rejeição como pura expressão de um não-querer nunca vem habitar as noites, pois a mensagem onírica brota sempre do inconsciente, e porque querer ou não-querer não estão inscritos nele. Portanto, o que ali se instalou continua por enquanto incompreensível. Só podemos concluir que a doença vai equivaler para essa mãe a uma ameaça de atualização de seu voto de morte. Seu reflexo é recusá-la e, atormentada pela culpa, consegue avaliar exatamente suas implicações decidindo assumir a situação sem nunca se deixar superar por ela. O filho que ela não quis, esse filho que não tinha um lugar objetivo no projeto de vida que ela elaborara para si, depois de ter consentido em deixá-lo viver para ela mesma não morrer, teria de repente aparecido como não devendo e não podendo morrer. Não é possível entender de outra forma o fato de ela ter conseguido, como já sabemos, transmitir aos reanimadores a certeza que a animava. Uma vez frustrada sua vontade inicial de abortar, seu desejo de dar vida passara objetivamente a ocupar todo o espaço, e o que supostamente poderia refreá-lo nunca mais deveria, a nenhum preço, acontecer. O filho, ressuscitado de diversas maneiras, tornava-se o filho ao qual iria se devotar, ao qual passaria a ter que se dedicar, em relação ao qual ela tinha deveres e sobre o qual, em suma, ela podia julgar ter alguns direitos. Ele deixava de estar no mesmo barco que os irmãos. De repente, aquele era por fim SEU filho. SEU filho, só DELA. E talvez então tenha compreendido o que, de alguma forma, ela sempre soube: que ele era aquele que ELA esperava, aquele que ELA desejava ter mais que qualquer outro e que, cinco vezes seguidas antes, sua razão, sua vontade e sua relação com seu meio a dissuadiram de deixar vir ao mundo.

O que explica que, mesmo "quebrado", mesmo reduzido ao estado de uma boneca de pano, ela continuaria devotada a ele, a lhe fornecer cuidados cuja natureza e ternura não é difícil imaginar e, sobretudo, sobretudo, a acreditar, sem jamais mostrar a menor hesitação, no seu inelutável retorno a uma vida normal. Posso afirmá-lo porque, durante anos, eu a veria com ele várias vezes por mês.

E durante todo aquele tempo, que me parecia, a cada encontro, arduamente denso e longo, jamais soube que atitude tomar. Com efeito, o estado de Gwenael não poderia ser mais grave. A visão que tenho da primeira vez que ele voltou a meu consultório é tão distante da impressão de graça e de harmonia que eu guardara de nosso primeiro contato que me faz sentir mal. Ele voltou num estado pior que o estado fetal. Um feto ainda não é um bebê, mas tudo nele traz a marca de uma organização coerente e cuja eficiência posterior é indubitável. Gwenael, como já disse, é um trapo mole e desorganizado. Um grande corpo quente e vivo mas com uma mecânica desmantelada. Ele não fica sentado, evidentemente. Mas ele tampouco segura mais sua cabeça. De suas mãos partem tremulações incessantes que sobem, em tremores cada vez mais amplos, até os antebraços dobrados ao longo do corpo. Quanto a seus olhos, no meio de um rosto cuja mímica está ausente, eles não fixam nada, animados por movimentos laterais incessantes e desordenados.

As consultas sucedem-se sempre do mesmo modo, e por muito tempo nada muda. Minha principal preocupação consistirá em tentar controlar as convulsões que sobrevêm periodicamente e que, quando começam, nunca sei como vão acabar. Não é uma tarefa fácil.

Por serem essencialmente movidos pelo resultado de sua ação, raros são os médicos que um estado desses consegue motivar. Não constituo exceção à regra. Sinto-me só, desarmado e profundamente desestimulado. Mas, mesmo convencido da inutilidade de tudo o que digo ou faço, minha implicação na história recente não me permite de forma alguma desertar de meu posto. Sem saber, sou sem dúvida movido pelo infinito respeito que tenho pela relação mãe/filho, à qual me disponho a conceder – por minha própria vivência, é claro – os poderes mais amplos. As opiniões que busco reunir a respeito também para sair de minha solidão são uniformemente pessimistas. Os controles eletroencefalográficos são desestimulantes e, ademais, alarmantes. Fala-se de hipsarritmia, até de síndrome de Lennox, duas entidades igualmente catastróficas na época. O estado clínico permanece desesperadamente estacionário durante meses e não permite entrever ou esperar qualquer progresso. Embora sua tensão e seu estado renal, que estou encarregado de vigiar, não coloquem nenhum problema, Gwenael não reage.

Sua mãe tem plena consciência disso e às vezes parece, por mais paradoxal que isso possa parecer, não ter qualquer ilusão. Diz saber que é muito grave e, mais ainda, que ele está gravemente comprometido. Mas, cada vez que tem de se confrontar com essa terrível realidade, ela a tempera, sempre com seu mesmo delicioso sorriso, com a constatação satisfeita de que "afinal de contas meu filho está vivo". O que, como se pode imaginar, me remete cada vez mais ao mal-estar que a versão verdadeira da história deixou em mim e que nunca tive coragem de contar a ela. Reflexo de solidariedade profissional? Certamente não! Achava apenas que devia poupá-la do horror que eu mesmo sentira diante daquela revelação e temia – decerto equivocadamente! e que besteira eu ainda fui cometer! – que a tenacidade e a motivação que ela manifestara desde o começo da doença pudessem se alterar. Erro de apreciação? Sem dúvida. Eu ainda não tinha aprendido (ou admitido?) na época que é preciso desconfiar da noção de vítima e que, em geral, cada qual, o que quer que lhe ocorra, tem sempre, em maior ou menor medida, participação ativa em seu destino. Aliás, ela logo acrescentou à sua constatação resignada "... daqui por diante TUDO vai depender de mim". E ela repetiu isso em muitas ocasiões. E confesso que, a cada vez, tranqüilizava-me sentir que nada podia abalar sua determinação. Pois eu sabia que tinha pessoalmente necessidade dela para suportar a situação e sobretudo continuar, não tenho vergonha de dizer, a viver nossos encontros.

Depois de vários meses, sem dúvida sob o efeito da impregnação pelo fenobarbital, as convulsões acabaram se rarefazendo até desaparecer. Noto ínfimos progressos, pelo menos é ela que quase me obriga a notá-los: "Ele segura a cabeça"... "ele fica sentado"... "ele vira na cama"... "ele se arrasta"... "ele olha"..., me diz ela com insistência. Gostaria de acreditar nela. Mas não percebo nenhuma mudança e continuo totalmente consternado. Na verdade, sou forçado a constatar que Gwenael se mantém num estado de extrema agitação e que seu quadro está dominado por uma descoordenação total. Custa-me ocultar minha preocupação, se não meu desespero. Ela percebe. Fica decepcionada, desalentada. E, como que para se desculpar ou pedir um pouco de ânimo, ela sempre me diz antes de sair: "Não temos sorte quando estamos juntos, o senhor não o vê nas horas boas; é verdade que ele está agitado e insuportável, mas é porque está com sono; ele fica sempre assim quando está com sono." Ao que eu respondo invariavelmente: "Acredito na senhora, acredito em tudo o que diz; é verdade que ele deve estar com sono; temos de continuar." E não hesito em acrescentar, sincero e sem nenhum cálculo: "O que a senhora fez e o que a senhora faz pelo seu filho, ninguém, ninguém mesmo, podia, poderia ou pode fazer no seu lugar..."

Pouco a pouco, essas frases, distribuídas a modo de uma comiseração que não se expressa como tal, quando não somadas de certa ligeireza e de um difícil controle da situação emocional, vão adquirir para mim um sentido completamente diferente. Vou surpreender a mim mesmo dizendo-as com mais força, sinceridade e convicção. Toda minha relação com o caso vai se modificar porque também eu vou me surpreender começando a "acreditar". Por um efeito de embebição? Porque sou médico e porque qualquer pequena melhora de um quadro clínico vale como estímulo e desencadeia meu entusiasmo? Porque, sem saber e sei lá por que razão, eu mudei mais do que pensava? Talvez. Mas tampouco posso me impedir de constatar que os prognósticos funestos decorrentes das diferentes entidades eletroencefalográficas não se confirmam e não se realizam de modo algum. E não posso negar, mesmo que não consiga explicá-la, a melhora progressiva, constante e objetiva que se produz diante dos meus olhos propriamente incrédulos. Depois de dezenove meses Gwenael senta, aos vinte e dois meses ele reage ao ver os irmãos, aos vinte e três fixa o olhar, engatinha e balbucia. Aos trinta e cinco meses, anda bem, depois que o tratamento cirúrgico – problemático, pois foi preciso vencer a resistência dos cirurgiões reticentes! – de suas hérnias o livrou de um considerável incômodo. Na mesma época, começa a repetir muitas palavras e até a manter um esboço de verdadeira comunicação. Esses dados podem parecer ridículos, mas, em relação à encefalopatia inicial, constituem simplesmente conquistas inacreditáveis e estritamente inexplicáveis.

É preciso dizer que o cotidiano da constelação familiar se organizou todo em torno dele. Seu pai e seus irmãos participam ativamente da maternagem. Como a solução de internação foi desde o princípio rejeitada, fosse qual fosse a perspectiva de futuro, os progressos são vividos por cada um como ganhos e vitórias pessoais muito estimulantes. Poder-se-ia até dizer que passa a reinar na casa uma certa felicidade. O pai de Gwenael é mecânico de motos. Seu trabalho é, como fico sabendo, relativamente lucrativo. Angel, Carlos e Raoul freqüentam o liceu. Seu desempenho escolar é satisfatório. Raoul passou por uma fase um pouco difícil. Durante certo tempo esteve turbulento, opondo-se a tudo e muito colérico. "Mas isso se resolveu logo, me diz sua mãe. Em vez de puni-lo ou censurá-lo, não esperei chegar o Natal, a festa de seu padroeiro ou seu aniversário para lhe dar o relógio de mergulho com que ele sonhava fazia tempo." Pois toda a família sempre tem um gosto particular pelo mergulho e o esqui náutico. No verão ou no inverno, todos correm para praticar esses esportes assim que surge o menor raio de sol sobre os lagos da região parisiense, me conta ela, dizendo que ela, na verdade, tem uma paixão maior pelos cavalos – o que, anos depois, me permite compreender o surpreendente traje com que a vi nas primeiras vezes. Essas atividades foram retomadas depois que Gwenael deu mostras de alguns progressos e os vizinhos aceitaram ficar com ele por algumas horas. Nos fins de semana, vão para a Normandia ver os avós paternos: "Eles têm um grande jardim, e as crianças gostam muito daquele lugar onde adquiriram seus primeiros hábitos." No entanto, uma única sombra veio recentemente manchar o quadro: a atitude da avó. "Ela não gosta de mim, nunca gostou. Mas agora é pior. Ela ficou louca. Não pára mais de me dizer maldades. Chega até a dizer que Gwenael não é do meu marido. Eu não dou atenção. Meu marido não gosta dela. Às vezes eles brigam, e ele chega até a bater nela. De qualquer maneira, ele sempre toma o meu partido."

Na hora, não perguntei mais nada. Não teria conseguido. Estava ligado demais a ela. Era a ela e só a ela que eu também, em qualquer circunstância e não importa em que contexto, teria dado razão. Pois, mesmo tendo mais ou menos enterrado a lembrança das três ressurreições de que ela fora a autora, durante todos aqueles meses não a tinha visto colher os frutos de sua constância e inverter, mais uma vez, uma situação para a qual a medicina não teria dado um centavo? Eu estava totalmente conquistado pelo sucesso de sua muito real e benéfica onipotência e não conseguia imaginá-la, fosse em que situação fosse, longe da verdade. Mãe com plenos poderes – como certamente deve ter sido a minha no começo da minha vida! –, ela só podia ser mulher e esposa acima de qualquer suspeita. Admirável, ademais, por ter a bondade, como ela fazia crer, de não atiçar o debate! Exemplar. Fascinante. Quantas vezes terei de dizê-lo?

Só hoje percebo toda a estranheza da situação. Efeito da reflexão, da dissecção minuciosa a que me propus, ou então da distância que sua morte, o transcurso de quase três décadas e o acúmulo de desilusões interpuseram entre ela e mim? Não saberia dizer. Talvez seja de uma mistura de tudo isso que decorra minha mudança de atitude. Não que minha emoção tenha se atenuado. Ela permanece intacta, e a evocação de cada episódio me produz um nó nas tripas e me abala tanto quanto na época em que os vivi. Mas não posso adiar para sempre minha necessidade de aliviar essa culpa a que me refiro com tanta freqüência. E sinto-me obrigado, enquanto escrevo, a ir até o fim da desconstrução que me impus, esperando que minha obstinação permita lançar luz sobre o que ficou na sombra e me ajude a ver com mais clareza aquilo de que me aproximei e a que certamente me prendi mais do que deveria.

Em todo caso, temos um casal que não gosta ou não gosta mais de uma avó paterna mas que, no entanto, continua a freqüentá-la assiduamente apesar da distância, alegando o apego das crianças ao lugar. Hoje, este não me parece ser um argumento no qual se possa confiar cegamente. Pois de que crianças se trata senão das três primeiras, considerando-se o estado da quarta? E por que uma mãe, adorada por estas mesmas crianças e dotada tanto de bom senso como de intuição, sentiu a necessidade de transformar num anteparo a hipotética necessidade delas, quando poderia, ou até deveria explicar-lhes a situação e fazer com que suportassem uma eventual privação? Ora, se numa tese há uma argumentação tão frágil, não é toda a tese que tem de ser questionada? E não seria o caso de voltar a examinar seus termos permanecendo colado à realidade dos fatos? Sem dúvida nenhuma. Por muito tempo hesitei em fazê-lo, sabendo que, para tanto, teria de adotar um certo cinismo e postular que a confidência que recebi devia estar cheia de falsas desculpas. E que, na verdade, aquela mulher, por mais irrepreensível que fosse, também devia tirar para si mesma um benefício mínimo e direto daquelas visitas cujo clima pesado ela denunciava.

É verdade que essa hipótese não dá nenhuma indicação sobre a natureza de tal benefício, mas nada impede de procurar um e examinar, para isso, as diferentes possibilidades à luz do conteúdo da história.

Temos, inicialmente, de considerar a repetição dos episódios de altercações. Com efeito, ela não cessa de funcionar como uma necessidade ou como o fundo imutável sobre o qual tudo se dá. Há algo que tem de retornar – como o sonho do enterro – e retornar, a cada vez, idêntico e no mesmo lugar. Mas o quê? Apesar dos indícios que poderiam lhe dar crédito, podemos logo de início eliminar a trama fácil que consistiria em atribuir a essa mulher a preocupação de ver repetitivamente seu marido dar provas de sua fidelidade e de preferi-la à sua própria mãe. É difícil vê-la com esse tipo de preocupação mesquinha demais para sua estatura, além de não haver nada que demonstre sua necessidade disso. Parece preferível centrar a investigação nas conversas que giram em torno de Gwenael. Pois, antes de mais nada, é de um julgamento a respeito deste último que se trata. E de um julgamento que não é expresso de qualquer maneira, pois coloca propriamente em dúvida a virtude dessa mulher, a paternidade de seu marido e a filiação de um de seus filhos.

É aí que se encontra o núcleo do insulto, mas é também aí que se engancha a alusão à loucura. E é como se a confrontação do insulto com a alusão à loucura devesse se repetir para revelar o sentido de sua estranha vizinhança. A acusação em si só pode ser rejeitada, pois é evidentemente tão falsa quanto peremptória. Mas por que essa mulher a destacou e por que isso lhe causava tanta dor? Se a tivesse vivido como realmente delirante, por que faria caso dela ou a relataria a um terceiro tentando ganhar sua simpatia e obter implicitamente dele um desmentido ou uma condenação? A única explicação, que permite dar sentido a essa seqüência de paradoxos, é considerar que sua fala não tinha apenas o caráter de queixa, mas também o de uma informação, ao mesmo tempo sobre uma situação de fato e sobre uma interpretação das mais selvagens, ainda opaca para ela e a cujos efeitos teria tentado resistir ou se acostumar.

Portanto, tudo aquilo nada mais seria, numa condensação brutal, do que o eco ensurdecido e indefinidamente repetido do que já lhe tinham dado a entender, à minha revelia, várias de minhas próprias intervenções, aquelas que a remetiam sem descanso ao frente-a-frente que ela mantinha com o filho, ao que ela fazia por ele e ao imenso poder que exercia na relação deles. Ela estaria de certa forma me dizendo que eu não era o único a tê-la percebido mais ou menos claramente – embora, eu, ademais, a tenha estimulado a isso –, totalmente submetida a seu próprio desejo, mas que escutar aquilo sendo repetido tantas vezes lhe era indispensável para poder, finalmente, identificar esse desejo e fazer o que fosse preciso para melhor assumir seus imperativos e suas conseqüências.

Ora, de que desejo poderia se tratar senão do desejo que colocava Gwenael no centro? Gwenael, o filho cujos cabelos loiros contrastavam tanto com a tez sem brilho de seus irmãos. Gwenael, o filho cujo nome era radicalmente alheio ao universo ibérico unívoco do resto da família. Gwenael, o filho deficiente, o filho destinado a ficar colado para sempre à sua mãe, o filho cuja realidade permitia imaginar que ele nunca teria de ser partilhado. Gwenael, o filho DELA, só DELA. Tão DELA que não pode de maneira alguma "ser" oriundo do filho dessa sogra, que não hesita – na linhagem dessas culturas que afirmam, em sua condenação ao adultério, que os efeitos dele recaem sobre a criança concebida – em denunciar sua condição fundamentando-se num saber sem ilusão, o seu próprio, o de mulher, de esposa, de procriadora e de mãe.

Encontramo-nos mais uma vez no âmbito das relações que se desenvolveram entre noras e sogras e que, como vimos, fazendo uso de um sutil mecanismo de deslocamento, são portadoras de todo o inapreensível da comunicação entre filhas e mães mas, também e em particular, da comunicação das mulheres entre si.

Quantas vezes não vemos as sogras criticarem as noras, instalando-se como guardiãs ciumentas e veementes dos interesses de seus filhos e se autorizando a dizer em voz alta o que estes últimos não se dariam nem o direito de pensar. Por que a audácia que elas demonstram, como a faculdade que se outorgam de julgar comportamentos, nunca deixam de acertar na mosca? É como se elas se pusessem a manifestar uma fineza de percepção e uma clarividência espantosas na leitura de uma conduta feminina da qual conheceriam, por terem-na vivido e serem craques, todos os meandros. Ficaria então implicitamente entendido que, entre mulheres, sabe-se do que se fala. E que uma mulher, embora possa querer enganar à vontade um homem necessariamente grosseiro, lento, ingênuo, crédulo e ignorante, não pode esperar enganar por muito tempo uma outra. Não se trata nem de paranóia nem de histeria. Tampouco é uma prerrogativa da idade ou efeito dos ciúmes e da recusa de ceder lugar numa ordem de preferência. Decorre, mais uma vez, apenas do registro sexual e remete justamente a esse sexo – considerado com razão misterioso, pois o é para as próprias mulheres – que elas têm em comum e do qual teriam um tanto de saber comum. Elas sabem, todas, pela experiência de seu corpo próprio, que o desejo que nele podem conceber, mesmo quando ele as sufoca e enlouquece, permanece imperceptível ao olhar e jamais trai suas disposições, permitindo que elas façam o que quiserem com ele[2]. É por isso, aliás, que elas não precisam de provas tangíveis ou concretas e que, receptivas e ciosas da aparência, manifestam uma sensibilidade exacerbada em relação a uma palavra que possa feri-las, sobretudo se emanar de outra mulher, em outras palavras, de uma mulher que também sabe tudo sobre as estratégias do disfarce.

Será que isso significa que entramos aqui no registro do segredo e de tudo que nele pode-se manifestar? Por que não? Não deixaria de ser interessante. Mas já temos bastante trabalho com a opacidade dos movimentos do inconsciente. Tanto mais que tudo leva a crer que, entre elas, as mulheres aparentemente têm um acesso mais fácil e mais imediato a eles – em todo caso, é o que revela a brutal afirmação da sogra. Mas, se esta última conseguiu lançar, além da sórdida denúncia de adultério, uma acusação que acertou na mosca, é porque tinha a faculdade de fazê-lo desde uma posição incontestável de saber e certa de que seria ouvida. E isto em nome de um universal ao qual ela não seria a única a ter acesso, mas que compartilharia com todas as mulheres, inclusive sua nora. Podemos até nos perguntar se a insistência, a violência e a ferocidade de seu discurso não exprimem tanto, se não mais, seus ciúmes e seu despeito quanto a censura que ele supostamente faz.

É como se ela acusasse a mãe de Gwenael de ter cedido a uma tendência condenável, de não ter-se defendido contra uma propensão que ela mesma conhece, pois seria comum a todas as mulheres. É como se ela lhe tivesse dito: "Onde você encontrou a força e a determinação para se entregar ao poder que nos é proibido, mas que nós, mulheres, temos de puxar na nossa direção e na de nossa história, nossa progenitura e de não deixar ninguém ter acesso a ela? Como é que você se autorizou essa traição? Precisava cumpri-la a tal ponto? Você não podia se contentar com o que

....

2. O que explica, diga-se de passagem, por que a pornografia só é apreciada pelos homens. Como se eles pensassem poder, por meio dela, penetrar num mistério que farejam e cuja percepção querem obstinadamente converter em termos que lhes sejam acessíveis.

já tinha e com a linha de conduta que havia seguido até então? Você tomou essa decisão. E aí está. Aí está gozando de uma felicidade da qual me privei, que não conheci, que nunca conhecerei e cuja nostalgia devo até mesmo calar. Odeio você e a invejo por isso. Invejo você e a odeio. Tanto mais que foi do meu próprio filho que você se serviu. Ele consentiu nessa guinada como se conhecesse seu desejo secreto. Como você pôde engambelá-lo tão bem? Foi a sua sedução ou você conseguiu explorar nele uma disposição que ele sabia ter? Pois o mais terrível e que eu sei, é que ele sem dúvida aquiesceu ao seu desejo em nome, justamente, dessa dor que sempre senti, eu, a mãe dele, em mim, e que jamais consegui abafar ou calar o suficiente para que ele não a percebesse. A dor de ter tido de me afastar, mais do que desejaria, de minha história, de meus lugares de origem, e, acima de tudo, de minha mãe. A dor de ter fugido e ter tomado distância dela através desse menino. E gostava de você pelo fato de, por três vezes, ter feito como eu. Mas eis que você se compromete num interdito, que, pensava eu, você tinha assumido e posto de lado, que eu mesma acreditava ter assumido e posto definitivamente de lado. Você me força a reconhecer, hoje, que ele nunca cessou de me produzir comichões. Só posso odiá-la, pois você me obriga a reconhecer minha própria felonia. E é justo que você me odeie também. Só podemos nos odiar, pois a desgraça que agora compartilhamos é de responsabilidade tanto sua como minha. Maldita seja a nossa laia! Malditas sejam as mulheres! Fingidas, e não têm como evitar sê-lo. Elas o são por essência. Que destino insuportável e odioso!"

Não me é difícil imaginar a repulsa que pode suscitar a leitura desse novo monólogo fictício e louco, como também imagino a desconfiança que ele pode provocar em relação ao que tento propor com tanta prudência. Que propensão feminina universal é esta que invoco e que ponho no centro de uma comunicação não-formulada e não-formulável? Que desejo de mãe é esse que quer arrastar um filho para sua própria história? E o que ele tem a ver com tudo isso? Nada além daquilo que já abordei exaustivamente[3], e que ainda terei de retomar em termos de relação mãe/filho,

---

3. Ver, em particular, *Une place pour le père, op. cit.*, e *De l'inceste, op. cit.*

em termos de estrutura, em termos de vida e de morte. Em última instância, isso tudo nada mais é que uma ilustração clínica particularmente eloqüente. Pois, no decorrer de nossas consultas, pude reconstituir aos poucos a história da mãe de Gwenael. Ela nasceu numa pequena aldeia da Bretanha. Provavelmente vocês já tinham imaginado. Mas, sem grande esforço, devido ao que contei, pode-se também imaginar a profunda surpresa que essa informação suscitou em mim quando a recebi. De repente, dava-me conta da extensão do erro a partir do qual eu operara e o tempo que tinha perdido tentando obstinadamente juntar indícios heteróclitos. Mais uma vez eu me sentia desesperadamente alheio a esse solo ao qual eu achava que devia e podia me fundir e em relação ao qual, tinha de confessar, faltavam-me as referências mais elementares. Estava persuadido de que as mulheres bretãs eram sempre criaturas robustas, férteis e loiras, à imagem daquelas jovens que eu vinha contratando fazia algum tempo e que pegavam nossos dois filhos ao mesmo tempo, um embaixo de cada braço, para acabar com seus caprichos e levá-los com autoridade do quarto para a banheira. Será que existiam bretãs miúdas, delicadas e castanhas? Estava completamente perdido.

Isso fez com que eu me apegasse um pouco mais a Gwenael, de quem descobria de súbito a origem do nome, dos cabelos loiros e da atipia física. É claro que ainda estava muito longe de evocar ou compreender a devolução de que ele foi objeto ou o esboço dessa espécie de retorno às fontes que o nome dado a Raoul provavelmente já anunciava. Isso só viria depois, pouco a pouco e ao longo das dezenas de anos que transcorreram. De modo que, mesmo que cheire a puro artifício, confesso ter voluntariamente construído meu relato de forma que não revelasse esses detalhes antes. Com efeito, pareceu-me importante manter um certo nível de desconhecimento para poder mostrar o grau de desgarramento e de erro em que chafurdei por tanto tempo. Não sei se consegui dar uma idéia do tamanho da minha ingenuidade. Espero que sim. Pois não encontrei jeito melhor de mostrar quanto, nesse terreno concreto e também na questão teórica que discuto, é preciso desconfiar das aparências e evitar conclusões apressadas ou reducionistas. Tudo é sempre muito mais complexo do que imaginamos.

Então, ela era bretã. E viveu até os quinze anos em seu vilarejo natal. Era a terceira de quatro filhos. Tinha dois irmãos mais velhos que ela e uma irmã menor – que "continua morando lá", precisou esclarecer com um tom curioso, ao me falar a respeito. De sua própria mãe, disse conhecê-la mal e ter tido poucas conversas com ela. Descreveu-a como uma mulher pouco expansiva e silenciosa, quase selvagem e dura. Mas, como se pode imaginar, apressou-se em desculpá-la se não em absolvê-la. Parecia não querer e, sobretudo, não poder dizer nada contra ela. E mais uma vez atribuí sua atitude à sua grandeza de espírito, de que eu não tinha nenhuma dúvida.

Mas não costuma ser assim? Seria tão raro as filhas maltratadas, até mesmo as mais maltratadas, por sua mãe, tentarem obstinadamente encontrar-lhe um monte de circunstâncias atenuantes? Em geral, elas se aplicam a lhe construir ou reconstruir, às vezes nos mínimos detalhes, uma história comovente, um melodrama, capaz de desculpar sua cegueira, suas insuficiências ou sua falta de jeito assim, como o sofrimento que, no entanto, ela não deixou de infligir-lhes. Maneira de aceitá-la para sempre prestimosa, constantemente devotada, necessariamente admirável, muito naturalmente amorosa, numa palavra, intocável. E é exatamente disso que se trata. Elas sofreram em suas mãos, mas não lhe guardam nenhum rancor, pois compreenderam o peso da adversidade que ela teve de enfrentar. Nenhum crime de lesa-maternidade! Nunca. Jamais! Pois é isso que é imperdoável. E o impasse que se desenha é terrível, pois o que está em jogo é todo o processo de identificação, assim como o da inevitável solidariedade sexual em face da similitude dos destinos.

Não posso cuspir na minha mãe sem renegar a mim mesma e me destruir, pois durante muito tempo sonhei ser como ela, muitas vezes desesperada de nunca conseguir. Não posso vê-la como sinto, hoje, que ela é na verdade, pois foi seu exemplo que me atraiu, me obcecou, me inspirou. Afinal de contas, não posso ter me enganado a tal ponto. Não posso ter me construído a partir de um mero semblante. Isso seria assustador! Não posso ter me deixado levar por uma imagem. É impossível! E, se alguém me disser isso, recusarei tal opinião. É verdade que evoluí. Mas ainda assim continuo sendo aquela que sempre fui, desde aqueles primeiros tempos em que o som de sua voz, seu perfume, seu sorriso, o ruído de seus passos bastavam para me dar a idéia mais justa de toda a maravilha do mundo. Depreciá-la é me depreciar. Quebrá-la é me quebrar. Desprezá-la é me desprezar. Julgá-la é não apenas julgar a mim mesma, mas me expor a ser um dia julgada. E como imaginar que um dia pude não me sentir amada por ela? Se eu não a tivesse conhecido amorosa e se não continuasse a reconhecê-la até hoje como amorosa, que faria eu com esse deserto afetivo, e poderia eu um dia me sentir digna de um amor qualquer? Não é possível que seja assim, como às vezes me acontece pensar que é, momentos estes em que surpreendo a mim mesma me achando clarividente. Sou eu que devo ter falhado. Só posso ter sido eu. Fui certamente eu que a decepcionei. Fui eu que não estive à sua altura e que não devo ter correspondido às suas expectativas. Fui eu, ingrata, estúpida e egoísta, que não soube apreciá-la e compreendê-la. E cá estou, mais uma vez, reclamando bobamente como a insuportável menininha mimada que devo ter sido.

Irrepreensíveis. As mães são por definição irrepreensíveis. Todo o mundo sabe. Todo o mundo o reconhece. E não falta ocasião para o proclamar e repetir. A nobreza da tarefa materna não está colocada no pináculo? Não é incensada até pelas instituições? Não constitui a base de toda moral? Não é ela que invocamos para consolar toda desgraça? E quem, exceto essa imbecil que eu sou, pode ver alguma falha nela? Vou me calar. Com certeza é o melhor que tenho a fazer. Enterrar tudo isso. Emendar-me, arrepender-me e esperar que não seja tarde demais.

Eis como, com mais freqüência do que se imagina, as meninas sufocam suas reivindicações, às vezes as mais legítimas, fabricando para a ascendência o romance que lhes convém. Elas não têm a sorte de seus irmãos, que são incitados pelo meio a não hesitar em se rebelar de todas as maneiras possíveis contra o genitor do mesmo sexo e confrontá-lo. Isso seria difícil de administrar, causaria desordens. E, sobretudo, muito sofrimento para esses mesmos irmãos que, em qualquer idade, mantêm por suas mamães – nas quais muitas vezes se apóiam para levar a cabo o combate contra o pai – um apego tão indefectível que se dispõem a eliminar qualquer crítica, antes mesmo que ela surja. Um instrumento a mais – e por que não este? – da ordem social masculina que, de diversas maneiras e em diversos lugares, submete as irmãs com o assentimento e a cumplicidade das mães. Para essas irmãs, ou seja, para as mulheres não resta outra escolha. Não é suficiente terem lhes concedido o exercício de uma sexualidade e o acesso ao prazer? Eis como, não podendo se fazer reconhecer, se conhecer ou ser as filhas de suas mães, elas recalcam violentamente sua agressividade e a sublimam, tornando-se um dia as mães de suas mães a quem não regatearão nem devoção, nem submissão, nem disponibilidade. Lutam sem parar contra o que quer aflorar e elas enterram, conscientes de que no dia em que isso sair será sob uma forma surpreendente e que será melhor eles se protegerem do revide. Portanto, pode-se pensar que toda forma de entendimento e, sobretudo, de adulação, por elas manifestada, nada mais é do que a máscara de um indizível terror, fustigante e devorador de energia. Discuti acima sobre sua capacidade de procriar ou não e sobre a importância que deve ser atribuída ao sexo das crianças que elas eventualmente põem no mundo.

Ela, portanto, teve meninos. Foi esta a única forma de revolta a que se autorizou. Nunca disse nada. Sempre aceitou tudo. Mas recusou-se obstinadamente a reproduzir de maneira idêntica a relação que lhe foi infligida e que sofreu em silêncio e no silêncio. E eu tenderia a crer que ela só abortou fetos de sexo masculino, adiando a cada vez, sem nunca resolver cumpri-la, a promessa que ela deve ter feito a si própria, a cada vez, de fazer uma filha para sua mãe, talvez para restabelecer com ela um laço que, na verdade, nunca existiu – é este um dos sentido contidos na alusão à irmã "que continua morando lá". E foi talvez por ter percebido que aquela última gravidez também era de um menino que ela planejou mais uma vez abortar, como se tivesse compreendido que ainda não tinha evoluído o suficiente e que, mais uma vez, não estava pronta para saldar sua dívida. Mas ela não contava com a ameaça do obstetra. Chega de abortos, decretou ele. E ela é mais uma vez coagida a manifestar o contrário da submissão na qual, por trás de sua aparência tranquila, sempre se sentiu. Sem falar do luto a fazer de qualquer gravidez posterior, pois a razão e as contingências também podem por vezes autorizar a colocação de limites num projeto de vida. O nascimento de um menino não deve ter sido uma surpresa para ela. Não sei o que pôde ter feito para ele ser tão loiro e tão diferente dos outros. Nunca falamos sobre isso. Só imagino que possa ter se sentido a meio caminho da satisfação. Talvez isso tenha-lhe parecido suficiente no meio da massa de preocupações que tinha de enfrentar. Talvez ela o tenha aceito com suas características – sabendo, certamente, que tinha parte nisso – e o consagrou dando-lhe seu nome bretão: Gwenael. Talvez tenha considerado que sua dívida, embora não totalmente saldada, pelo menos o estava pela metade – o que dizem ser sempre melhor que nada. Mas, mesmo que isso pareça plausível e coerente, não creio que tenhamos atingido o fundo da exploração do caso.

Pois, embora seu relato mencione a maneira como sua sogra reagiu à devolução indicada pelo nome, ela não diz como sua mãe acolheu esse nascimento. Ela teria sem dúvida encontrado maneiras de pôr na boca de sua mãe palavras calorosas e estimulantes. Mas não creio que tenha sido assim. Caso contrário, não teria deixado de salientar o fato e de felicitar-se em função da história que ela me contou, a qual logo me pareceu tão trágica que admirava não ter semeado desgraça.

Aos dezessete anos, sua mãe teve um bebê, um menino, nascido de uma ligação passageira. Na época, tal acontecimento era algo grave, praticamente inadmissível. Para salvar as aparências e evitar a desonra, a família, furiosa, decidiu mandá-la para longe, banindo-a praticamente. Logo arrumaram para ela um trabalho de ama-de-leite em Paris[4]. E, para que seu leite não secasse devido à duração da viagem, mandaram junto com ela sua irmã menor, encarregada de trazer o bebê de volta depois que ele tivesse mantido a secreção láctea. No caminho do volta, o bebê morreu no trem, de frio e de fome. Não lhe disseram nada, e ela só ficou sabendo do fato por acaso e vários meses depois. Largou o emprego, voltou para sua aldeia, desposou um homem mais velho, o primeiro que concordou em relevar sua honra manchada, encerrou-se defi-

....

4. Era um tipo de emprego comum, inclusive prezado e muito procurado, na época: com efeito, o leite materno constituía o alimento quase exclusivo dos nenês e, quando uma mãe não podia ou não queria amamentar, alugava os serviços de uma outra com bons seios.

nitivamente em seu silêncio e fez, um atrás do outro, quatro filhos. Do pai, a mãe de Gwenael fala pouco. Segundo ela, ele era tímido, muito discreto, quase apagado, silencioso também mas terno. Ela era a filha preferida. Foi por isso que ela fez questão de cuidar pessoalmente dele até sua morte.

É uma história que está em perfeita conformidade com os considerandos que esbocei acima. Infelizmente, sua reconstituição é tragicamente insuficiente para uma exploração mais profunda. Coletei-a como pude e não teria podido fazê-lo de outra maneira na época, pois minha formação para a recensão e identificação dos elementos importantes ainda era muito precária. Embora forneça indicações preciosas sobre as grandes linhas que a percorreram e que certamente são de grande interesse, comporta inúmeras lacunas, fosse apenas sobre a idade dos diferentes protagonistas, sua ordem de nascimento, a distribuição dos nomes, inclusive o do bebê morto, o ambiente social e familiar, em particular dos avós, bem como a datação e as condições de seu registro. Tanto isso é verdade, que a maneira como vai se montando, pouco a pouco, um romance familiar é fortemente constitutiva da personalidade daquele que o vive e que o reconstrói para assumir seus dados.

À luz do que foi dito sobre a distribuição dos sexos e sobre o indício que ela constitui para apreender a natureza da relação de uma mãe com sua própria mãe, já se pode inferir algo da colocação no mundo, pela avó materna de Gwenael, de três meninos seguidos. Teria decerto sido interessante dispor de maiores detalhes sobre o debate que levou os pais da moça que se "perdera" a exilá-la. A mãe ou o pai, quem ficara mais indignado e quem foi o mais veemente? Teria a mãe garantido a compreensão, a proteção e a solicitude esperadas dela por sua filha nessas circunstâncias, ou apoiara um pouco rápido demais a renegação paterna?

Não se pode, evidentemente, dizer nada de consistente. Pode-se, no entanto, afirmar que, se, uma vez morto seu primeiro menino, a impetrante colocou, um atrás do outro, dois outros no mundo, é altamente provável que ela tivesse para acertar com essa mãe uma conta das mais sérias. O nascimento da mãe de Gwenael talvez tivesse servido para zerar as contas e marcar o fim de um conflito inconsciente considerado já bastante longo. A seqüência da história mostra, em muitos pontos, que ela na verdade serviu para dar continuidade e arrematar esse mesmo conflito. Ela teria sido, como às vezes acontece, a maneira de sua mãe mostrar à sua própria que, tendo por três vezes se assegurado de sua autonomia de decisão por meio da recusa, cujo preço pagou da primeira vez, de uma reprodução idêntica, podia afinal se permitir pôr no mundo uma menina graças à qual poderia retomar sua aventura e eventualmente revelar todos os maus-tratos de que considerava ter sido objeto. Ela será, com essa filha, a mãe que sua mãe não foi com ela. E demonstrará, pela idéia vinculada a seu projeto, que toda a violência de que foi vítima e que se empenhou em denunciar é coerente.

Compreende-se que, embora uma filha que nasça depois de tantos meninos às vezes pareça anunciar a reconciliação iminente restabelecendo o *continuum* dos corpos femininos, ela também permite que sua mãe a conceda, à sua própria, em posição de força. Podemos então imaginar que ela seja aguardada, esperada, pensada, percebida, investida e vivida como instrumento e meio, e não como aquela que é chamada simplesmente a reproduzir a dita mãe, e a reproduzi-la tão bem que poderá ser querida por ela sem limites por ter-lhe permitido reconhecer-se e projetar-se nela, num verdadeiro clone fantasístico. A missão, propriamente vingativa e sempre pesada que lhe cabe, mostra-se praticamente impossível de cumprir porque, por mais que se aplique, jamais poderá restaurar plenamente o regaço materno e ser objeto do amor tranqüilo, gratificante e sobretudo gratuito que supostamente dele brota. E, nesse caso preciso, a missão era ainda mais impossível, pois estava petrificada pelo silêncio ameaçador e mortífero que a envolveu.

Como sempre acontece, era isso que a mãe de Gwenael não podia saber quando tentou ganhar os favores e o reconhecimento da sua própria retomando integralmente seu percurso. Com efeito, aos quinze anos aceitará, por sua vez, que os pais a mandem trabalhar em Paris, como empregada de um médico. Ela tinha alguns anos menos que sua mãe e tampouco foi obrigada a passar pela "perdição" e pelo bebê morto que marcarão, queiramos ou não, sua história. Algumas correções têm de ocorrer na reprodução de uma trajetória. Não é este, aliás, o destino desse tipo de projeto?

As mães não opõem nenhum obstáculo. Quanto às filhas, lançam-se nele com a esperança secreta de ver sua submissão, e sua vontade de se superar, valer alguma admiração, algum agradecimento ou algum reconhecimento. É claro que se poderia ver em tudo isso apenas uma construção que usa como pretexto um efeito do acaso, já que a Bretanha daquela época era conhecida por fornecer em abundância esse tipo de mão-de-obra e que a aventura dessa mocinha era, afinal de contas, estritamente similar à de milhares de outras. Aliás, eu mesmo não o comprovei por conta própria? Para não perder o fio da meada, e porque elas estão cheias delas, não me deterei nessa nova – e impressionante! – coincidência entre nossas duas histórias. Apenas retomo o comentário feito sobre a irmã que "continua morando lá".

A insistência com que ele foi relatado parece destinada a introduzir uma forma de contraponto, por mais discreta que seja, no desenrolar do relato. Confirma um pouco mais a hipótese que defendo. Como para dizer, com toda a ambigüidade que pode haver em tal dito, que existem mulheres que são convidadas, se não coagidas, ao exílio, ao passo que outras são autorizadas, se não convidadas, a permanecer. E que é como se algumas fossem "naturalmente" autorizadas a seguir os passos da mãe e para isso não teriam de despender nenhum esforço, ao passo que outras têm de empenhar sua consciência e sua vontade para consegui-lo, como se, aterrorizadas, tivessem entendido que não tinham outro direito. Para umas, as vantagens imediatamente concedidas, para as outras, os tormentos de uma provação que, longe de constituir um preâmbulo, parece destinada a não ter fim.

Este é um dos paradoxos desse tipo de situação. Pois, se descrevi em detalhe, acima, a violência que circula entre mães e filhas e afirmei que sua existência se baseia numa injunção de repetição do lado das mães e numa forma de indocilidade reativa diante de sua execução do lado das filhas, tratei disso como se uma mãe tivesse apenas uma única filha ou, o que dá no mesmo, como se agisse de forma semelhante com todas as suas filhas. Seria lamentável permitir que esse erro perdurasse. Deveria ter explicado desde o começo que, na verdade, nunca é assim. Mas será o acaso que me impediu de fazê-lo e que, tendo chegado neste ponto da obra, eu simplesmente não queira me dar ao trabalho de corrigi-lo retroativamente? Acho que não. Pois, como meu trabalho tenta ir do mais simples ao mais complexo, e o que eu descrevia já me parecia bem difícil de admitir, achei que podia deixar para agora o complemento necessário para a compreensão dessa singular dinâmica.

Correndo o risco de me repetir e tornar pesada minha exposição, direi que, numa família em que há várias filhas, a injunção de repetição visa sempre uma única e que a escolha da mãe é feita mais sob a pressão de efeitos da história do que em função da ordem de nascimento da criança. Portanto, nem sempre a primeira é a eleita. Pode ser a quarta, a segunda ou a quinta! Aliás, não é diferente – e por que não ressaltá-lo? – nas relações similares de pais com um de seus filhos. Com a ressalva, no entanto, de que os filhos podem se beneficiar, e em geral se beneficiam de uma igual proteção da mãe, ao passo que a proteção similar das filhas pelo pai choca-se com a obstinação e a rigidez de uma paixão materna difícil de conter ou conciliar.

Todavia, o que se pode notar é que, num grupo de irmãs, a privilegiada é aquela que corresponde à ordem de nascimento da mãe. Outras vezes, as primogênitas não são investidas porque são objeto de uma devolução previamente convencionada e consentida a certas pessoas da ascendência. A primeira filha será devolvida à avó materna ou paterna, quando não a uma tia ou a uma madrinha, a segunda o será a uma outra etc., de modo que a mãe, cedendo às pressões do meio, esperará esgotarem-se as concessões antes de se entregar à sua escolha. E em outras vezes ainda, tratar-se-á de um momento fecundo da vida do casal, ou então de uma qualidade singular de prazer sexual sentido, conscientemente ou não, na hora da concepção, quando não de uma tessitura fantasística particular que fundamentou o desejo e escandiu o tempo da gravidez. Mas todos estes são exemplos vagos. Estão longe de esgotar os fatores que entram em jogo e cujo número e especificidade desafiam qualquer pretensão de exaustividade para dar conta do leque de nuanças produzido por sua intrincação.

O que, no entanto, não impede de fazer uma constatação regular que é encontrada em todas as configurações. Embora as filhas visadas pela injunção materna invejem as que não o são, estas últimas não escondem o desapontamento e o sofrimento por não terem, de alguma maneira, sido submetidas a ela. Como se considerassem que ali se estabeleceria uma espécie de diferença insuportável. Poderíamos então pensar que as primeiras não têm razões objetivas para estarem insatisfeitas com sua sorte. Ora, não é esse o caso. Pois verifica-se que as que são coagidas pela injunção batalham em nome da aspiração ao que acreditam poder ser sua liberdade, e que aquelas que ficam fora dela, e teriam todas as razões para sentir um amplo acesso a essa mesma famosa liberdade, lamentam a falta de arreios de que acreditam ser vítimas. Seria porque não existe outra liberdade a não ser a que se conquista? Tal idéia, se fosse correta, deveria alimentar a determinação das eleitas e produzir nelas uma inventividade que nem sempre demonstram, ou então reduzir as outras a uma resignação que estreitaria singularmente seu horizonte. Ora, em ambos os casos, nunca é assim. Tudo leva a crer, portanto, que é de outra coisa que se trata. E que, decididamente, não é mais simples ser filha do que mãe. Mas é esse tipo de dificuldade, por mais insuportável que seja, que faz a vida e a condição humana, porque os filhos e os pais não se encontram num barco muito mais invejável e porque, seja qual for a geografia das relações entre indivíduos de uma mesma família, os problemas estiveram, estão e sempre estarão presentes.

Mostrei que a injunção de repetição era a maneira como a mãe, projetando-se literalmente na filha, e certa de poder fazer dela seu clone, combatia o medo de sua própria morte alimentando assim a fantasia de sua imortalidade. A filha assim investida pode, sem medo, outorgar-se, em troca, um amplo leque de reações, até mesmo a de pronunciar um voto de morte[5] em relação a uma mãe que, a seus olhos, apresenta-se aureolada de sua inabalável onipotência e como que superprotegida por sua famosa fantasia. Sua aventura edipiana seria então atravessada mais facilmente, pois de certa forma pagaria, com a provação que lhe toca,

---

5. Para isso não é necessário que ela formule um desejo real, ou que tome consciência clara da violência que a anima. Basta simplesmente imaginar o que seria sua vida depois da morte de sua mãe. No nível inconsciente, trata-se de algo estritamente equivalente. Isso mostra a freqüência, se não a banalidade de tal voto.

a famosa traição de seu primeiro objeto de amor que ela não pode deixar de praticar. Um castigo merecido, as contas estão acertadas. Ela pode fazer o que quiser tendo praticamente certeza de nunca receber uma reprovação. O que não é o caso da filha que não está submetida à injunção de repetição. Esta ficaria de certa forma abandonada, pois estaria confrontada com a culpa gerada por essa mesma famosa traição do período edipiano. É por isso que vai se aplicar a ganhar a mãe, a repetir o mais fielmente possível sua aventura, a melhorá-la até, sem no entanto conseguir, por mais curioso que isso aparentemente seja, pôr um fim à sua empreitada ou ver o mérito de sua intenção algum dia reconhecido.

Traição ou não? Traição assumida ou traição geradora de culpa? De uma maneira ou outra, ainda e sempre, é da natureza, do devir e dos impasses do primeiro amor que se trata.

Será preciso lembrar novamente que esse amor é fabricado por tudo o que, do biológico, vem significar a persistência de uma relação portadora de vida? E que a mãe é vivida por seu bebê, menino ou menina, como aquela que sempre tem o poder de afastar dele a morte e, em conseqüência, de entregá-lo a essa mesma morte suspendendo o exercício de seu poder?[6] Mas tudo isso só dura um tempo, e depois de ter-se assegurado o suficiente, em princípio, de sua sobrevivência, esse mesmo bebê um dia vai se descobrir naturalmente, e numa mistura de horror e de jubilação, separado do corpo de sua mãe e tendo de se assumir como si mesmo, ou seja, tendo de alcançar sua identidade própria.

Ora, é em torno desse processo que se concentram, desde muito cedo, a maioria dos problemas de relacionamento que as meninas, seja qual for sua ordem de nascimento e sua posição, têm com a mãe.

Com efeito, na primeira idade, a menina é permeada pelo temor de jamais conseguir se destacar, para tornar-se ela mesma, de uma mãe à qual se sente violentamente ligada, pois sabe ter vindo

....

6. É importante assinalar que esse sentimento não enfraquece nem desaparece com o tempo. Vimos a avó e a tia-avó do pequeno Ferdinand entregarem-se a suas respectivas acrobacias para recuperar o regaço obsoleto em que continuam acreditando poder encontrar a essência homossexual de um amor do qual fazem o suporte de sua inscrição na vida.

dela e, sobretudo, sabe-se feita como ela. A pergunta que ela terá de se fazer, mesmo que nunca se dê conta dela ou a formule, é infinitamente mais angustiante do que se pode imaginar. A um primeiro e hesitante "quem sou eu?", segue-se logo depois um problemático "eu sou eu?", que dá a entender um "eu sou eu real, viva, autônoma e coerente, ou apenas seu reflexo, em outras palavras, nada de mais que uma ilusão sobre a qual ela terá para sempre poder absoluto"?

Vivenciei uma ilustração dessa indescritível angústia no meu consultório, embora a coisa se desse entre... dois irmãos! Acho que nunca vivi nada tão insuportável. O mais velho, de mais ou menos sete anos, tinha, desde o começo, engolido da pior maneira possível a vinda do irmão, um pouco menos que quatro anos mais novo. E não parara de agredi-lo, para deleite estampado da mãe, estupidamente orgulhosa de ser o objeto privilegiado dessa dupla e devoradora paixão. Tentei em vão, com conselhos que acreditava audíveis, amenizar o conflito. Lamentavelmente, as motivações profundas da mãe lhe forneciam benefícios tão substanciais que era praticamente impossível fazê-la compreender. Recorrer ao pai não surtira maiores efeitos: também ele parecia refastelar-se com o conflito que tinha diante dos olhos e que parecia repetir aquele nunca resolvido na sua relação com um irmão menor, tão odiado quanto seu segundo filho era pelo mais velho. Em cada consulta ficava sabendo dos detalhes das altercações que, aliás, prosseguiam na minha presença.

Eu não gostava nada do olhar fruitivo e das atitudes sádicas do mais velho que eu repreendia copiosamente, embora me espantasse que o menor, de olhar doce e miserável, se interpusesse tantas vezes entre nós tomando abertamente a defesa de seu irmão mais velho. Não acreditava na famosa temática do gozo comum entre torturador e vítima e concluíra que os erros de educação produziam efeitos bem singulares. Um dia, decidi acomodar-me à situação, renunciar às minhas intervenções e evitar cair na armadilha. Mal tinham entrado, as duas crianças reiniciaram suas trocas habituais. O pequeno foi pegar um brinquedo; imediatamente, o maior o tomou dele alegando tê-lo visto primeiro e ser justamente aquele que ele queria. Abandonando o terreno sem qualquer resistência, foi brincar com a balança. Instantaneamente o irmão o tirou dali. Mais uma vez não se contrapôs e foi se sentar na cadeira de balanço da qual seu irmão, evidentemente, o desalojou. Aquilo prosseguiu durante alguns minutos numa velocidade incrível e com uma violência, administrada e sofrida, insuportável. Até o momento em que o pequeno de repente estancou com as mãos atrás das costas no meio da sala, detendo com seu olhar escuro, imenso e dolorido, o ímpeto de seu irmão e dizendo-lhe: "Cê é eu? E eu sô ocê? Num sei mais si'eu sô eu ou si'eu sô ocê. Fala, cê pode me dizer si'eu sô ocê? Cê pode me dizer se cê é eu? Será qu'eu sô ocê? Será qu'eu num sô eu? Será qu'eu sô eu? Será qu'eu num sô ocê? Será qu'ocê é ocê? Fala, cê sabe? Qué me dizê?" Fiquei perplexo e não ousava acreditar na genialidade daquelas perguntas. Ele dissera tudo aquilo de uma tacada. E lá estava ele, ainda de pé, de olhos erguidos e com toda a gravidade e o desespero do mundo que neles tinham vindo se instalar. A mãe continuava com seu mesmo sorriso estúpido quando o mais velho, torcendo braços e mãos, virou-se para mim com um olhar no qual se lia uma espécie de estupor desconcertado antes de ir sentar sozinho no sofá e ficar absorto na contemplação silenciosa de um quebra-cabeça.

Para que, mesmo num delinqüente de sete anos, a intervenção daquele garotinho tivesse produzido tal efeito, e que eu mesmo tivesse ficado tão abalado, supõe-se que ela seja nodal e que não possa deixar ninguém indiferente. E não sem motivos, pois ela faz eco a uma outra que todos certamente se fizeram num momento crucial de sua existência, quando, confrontados com o caráter esmagador de sua relação dual inicial, acharam que poderiam perder até mesmo a noção da própria identidade.

Quando se faz esse tipo de pergunta perante sua mãe – pois também ele a faz –, o menino, salvo exceções, dispõe de todos os elementos para resolvê-la referindo-se simplesmente à diferença dos sexos. Prova disso é a enxurrada de perguntas a que se lança, ainda que não possa evitar acompanhá-las de inveja e da angústia de se ver amputado do que o distingue[7]. Em todo caso, rapida-

....

7. Angústia contra a qual se defende investindo todos os brinquedos com potencial agressivo (espada, revólver, metralhadora, mísseis etc.), identificando-se com os

mente e sem grandes dificuldades, ele logo consegue saber que ele é ele e não sua mãe e que sua mãe é sua mãe e não ele. Percebe bem que se parece com o pai. Mas, desse lado, nunca sente o temor de uma confusão. Pela simples e boa razão que, mesmo estando muito próximo dele e profundamente apegado, seu pai, como já disse, é esse terceiro totalmente estranho: nunca o carregou na barriga e nunca inscreveu nele um alfabeto perceptivo que permita o estabelecimento de uma comunicação imediata.

Eis, localizado e designado, aquilo que condiciona o destino da menininha e que às vezes ameaça fazê-la cair numa tragédia. Um órgão bem pequeno, uma coisa bem pequena que sobressai e que poderia prestar-lhe o minúsculo mas indispensável serviço de que se beneficia seu irmão e que lhe faz cruelmente falta. Um órgão na verdade ridículo, mas tão primordial na medida em que é a ele que se vincula a diferença e que ele preserva seu portador da ameaçadora confusão, ainda que este último possa, paradoxalmente, sentir algum despeito por essa impossibilidade. Ela, por toda a vida, lamentará não possuí-lo e sempre manterá com ele uma relação passional que fez correr muita tinta das feministas, e acabou desservindo à causa que pretendiam defender e semear, nesse registro delicado, os mais lamentáveis mal-entendidos.

Devemos a Freud o célebre conceito de *"penisneid"* – ou seja, "inveja do pênis" – que desencadeou tudo e que valeu para seu autor o repúdio, mesmo por parte de certas correntes psicanalíticas femininas, do conjunto de suas afirmações sobre a feminilidade, sob a alegação de que tudo aquilo não passava de alegações machistas e que as mulheres obtinham suficiente prazer com seu próprio sexo para não sentir mais inveja da posse de um outro sexo do que da gloríola da capacidade de mijar em pé. O que prova que, ao ler em diagonal escritos fundamentais e por isso ficar na superfície das coisas, não só nos enganamos profundamente como também contribuímos para generalizar uma confusão que

....
personagens superpoderosos (Homem Aranha, Super-homem e outros Batman que relegaram ao esquecimento nosso piedoso Zorro) ou manejando monstros (ah! Os dinossauros!) que pode controlar como quiser. Esses são brinquedos de meninos, e não é nem por acaso nem por um efeito de censura que não interessam às meninas. Naturalmente, elas não temem ser castradas.

remete a uma outra da qual ainda não teríamos saído ou da qual nunca gostaríamos de sair.

Voltemos portanto a essa inveja e à emoção suscitada pelo questionamento identitário do pequeno paciente da última história. Isso permitirá encontrar a bifurcação da dificuldade comum, e no entanto diferente, vivida pelas filhas submetidas à injunção de repetição e por aquelas que são mantidas fora dela. Nenhuma das duas pode evitar o debate sobre sua existência própria. A ambas sempre faltará o apêndice diferenciador. E ambas tentarão obtê-lo assim que puderem, o que, afinal de contas, é ótimo, pois é o que fundamentará seu interesse por um parceiro que possa dá-lo e que fará com que se prestem de boa vontade a um acasalamento ou o busquem[8]. Sabemos que, quando as circunstâncias lhes impedem todo acesso a esse tipo de busca, elas não terão outra escolha senão privilegiar sua orientação homossexual inicial e fazer dela sua orientação exclusiva. Portanto, um dia elas conceberão. E a criança que colocarão no mundo através de seu sexo desempenhará, de alguma maneira e em maior ou menor medida, a função do que lhes faltou e que, felizmente, tiveram razão de procurar. Mais uma razão que poderiam invocar, se necessário, para justificar a intensidade do investimento que dirigem a essa criança, seja de que sexo for. Mas as diferentes etapas de seus percursos são demasiado distantes umas das outras no tempo para não serem vividas numa espera habitada pela angústia e em que a impaciência disputa com a ameaça de fracasso total.

A pequena Léa, três anos, me foi encaminhada porque sentia necessidade de fazer xixi a cada três minutos. Avaliei seu distúrbio sem encontrar qualquer doença. Ora, durante a consulta em

....

8. Embora isso lance um pouco mais de luz sobre a natureza da experiência que as mães, as noras e as sogras têm em comum e que cria uma ponte entre elas, permite sobretudo compreender a origem dos distúrbios sexuais que podem afetar os casais: um homem poderia temer encontrar na parceira a mãe à qual, na primeira idade, se sentira prestes a sacrificar seu órgão diferenciador; uma mulher, que permaneceu atada à mãe e que nunca sentiu, ou reprimiu violentamente, a inveja desse mesmo órgão, não o investirá de forma alguma. O primeiro, no melhor dos casos, desempenhará seu dever o mais rápido possível; a segunda se submeteria a ele passivamente como para desqualificar o órgão que lhe é oferecido e oferecer sua impavidez ao altar do culto materno.

que eu transmitia minhas conclusões à mãe, ela entrou na sala com um boneco de pintinho que encontrara largado na minha sala de espera e se recusou veementemente a se separar dele na hora de ir embora, declarando claramente que o queria para si e tinha a intenção de levá-lo para casa. Sainete que poderia ser anódino ou gracioso, se a mãe não tivesse decidido exigir violentamente que o deixasse, manifestando uma cólera e uma raiva desproporcionais considerando-se as circunstâncias: estava verde de raiva e agia como se sua filha tivesse cometido a pior das inconveniências, não hesitando em arrancar-lhe das mãos o pobre boneco. De modo que, vendo ambas berrarem para ver quem levava a melhor e agarradas ao mesmo objeto que nenhuma queria largar, intervim para pôr fim à briga e dizer a Léa que eu lhe dava com todo prazer o boneco e que podia levá-lo para casa. Quando eu esperava ver o incidente terminar do modo mais simples, deparei com o olhar tenebroso e reprovador da mãe que, depois de ter largado o objeto, disse-me com um sorriso no canto dos lábios: "Ela tem sorte. Basta pedir para conseguir. Outras passam a vida esperando sem conseguir nada.", fala que não pude deixar de ouvir como expressão integral da problemática na qual essa mãe se debatia já fazia algum tempo. Por isso não me surpreendeu saber, algumas semanas mais tarde, que Léa estava perfeitamente bem desde aquele incidente e que não demonstrara mais qualquer interesse pelo boneco que tinha levado.

As diferenças introduzidas pelas regras sociais ganham, nesse ponto preciso, todo seu peso e significação. As inúmeras discriminações não deixarão de ser percebidas pela menininha e de gerar nela um legítimo e sempre patético grito de socorro. Como é bom, então, poder encontrar uma mãe generosa, amorosa, disponível e segura, que acima de tudo dispensa esse incomparável olhar em que é possível afogar-se deliciosamente e mirar-se no espelho mais complacente que existe.

"Espelho meu, espelho meu, existe no reino alguém mais bela do que eu..." Pertinente e moralizador, o conto de fadas ilustra essa etapa denunciando ao mesmo tempo os excessos desse tipo de recurso. É que o espelho ou o olhar materno não são anódinos em seus efeitos. Principalmente o olhar materno! Olhar que tanto pode refletir como absorver e que pode fazer do recurso ao espelho um jogo altamente interativo. Os efeitos dessa troca na verdade não são os mesmos quando a mãe olha a filha e a deixa encontrar nesse olhar tudo de que precisa, ou quando é ela que se olha na sua filha e se afoga, até perder consciência, na luz de seus olhos. Portanto, esse olhar materno pode ser dotado de propriedades de consolação e de edificação, chegando às vezes até a cair em excessos nocivos, ou estar profundamente voltado para si mesmo e, sem deixar de ser cativante, ser vivido pela criança quase como um abandono. No primeiro caso, é um olhar propriamente compensatório, porque se revela capaz de ajudar a suportar a falta já que não pode preenchê-la. No segundo, seria um olhar que busca compensação, porque trai a problemática que a mãe continua a manter com sua própria falta e cujo teor transmite então integralmente à filha. Ora, é esse olhar que procede à instauração do chamado narcisismo de apoio, porque ajuda a criança a se amar o suficiente para poder amar por sua vez.

Mas como nem tudo é simples e os comportamentos dos indivíduos são, como já foi dito várias vezes, portadores de influências que desabam sobre eles, em cascata, desde o alto de sua história, é importante assinalar que pretender analisar de maneira precisa o que se passa num momento estanque de vida é pura ilusão. Deter-se na imagem não prejulga nem sobre o antes nem sobre o depois da imagem e proíbe formalmente qualquer opinião peremptória sobre o conjunto de uma seqüência. É importante sabê-lo, e sobretudo dizê-lo, para não ser tentado a crer que o recurso ao artifício que utilizo possa dar outra coisa senão uma idéia grosseira e necessariamente distorcida da maneira como se agencia uma relação. Mas, como sempre é preciso um ponto de partida para descrever um encadeamento de fatos, deixarei deliberadamente de lado tudo o que vem antes do que me ponho a descrever.

Assim, o olhar compensador viria às vezes manter a promessa que a mãe, desapontada ou encantada demais, teria feito à filha de ajudar a enganchar aquele olhar que não se deteve, quando ela nasceu, sobre sua púbis lisa. Pois não se deve esquecer que é sempre um olhar que confere ao humano, desde sua vinda ao mundo, sua identidade sexual. Dessa filha assim sobrevalorizada, e que se tenha deixado levar pelos sortilégios dessa sobrevalorização, dirão mais tarde que ela é "fálica". Aliás, esta palavra quase entrou na linguagem corrente – será um indício da freqüência crescente do quadro clínico? Ou talvez uma maneira de dizer que essa filha se prestou o suficiente – mas poderia ela ter feito de outro modo? – a ser o instrumento de poder de sua mãe para acabar acreditando que ela mesma foi investida desse poder. Condicionada a não esperar nada dos outros e hiper-saturada pela satisfação que lhe deu sua relação exclusiva com essa mãe, não haverá nela lugar para a dúvida ou para a sadia tortura dessa falta que faz cada um perceber que está vivendo. Depois de uma infância de tirana pronta a se tomar por uma princesa cuja condição nada pode desmentir, virá a se tornar altiva, seca, peremptória, intransigente e insensível em relação ao que possa acontecer fora de seu estreito campo de interesses.

Se nada em sua aventura de criança vier desenganá-la, corrigir sua apreciação ou infletir seu percurso, ela fará parte daquele grupo de mulheres geladas, de um narcisismo destruidor e que em geral são consideradas dominadoras, frustrantes, egoístas, castradoras e mortíferas. Daquelas mulheres que, curiosa conjunção, sempre atingem seus fins, isso quando não são alvo de uma adulação que, embora pareça incompreensível para alguns, nem por isso as impede de lutar e obter as posições sociais mais invejadas. Em todo caso, não será de nenhuma delas que se escutará qualquer queixa e não são elas tampouco que encontraremos nas salas de espera dos psicanalistas, a não ser para se sacrificar a uma moda e legitimar melhor ainda o poder que não cessam de buscar e que tanto lhes importa exercer. Elas procriarão, ou não procriarão, em função de acontecimentos que possam abalar, quando não macular, suas certezas. Mas aquela que procriar colocará no mundo uma filha e a investirá, apressando-se em livrar-se logo do genitor. Tampouco deixará de transmitir-lhe, além da mensagem que ela mesma recebeu, suas próprias convicções; esta filha, por sua vez etc. Já falamos, a propósito da quarta forma de estrutura, dos danos que incidirão, numa geração mais ou menos longínqua, em um menino.

Quando, em contrapartida, o olhar não se faz fonte insistente de compensação, paradoxalmente os problemas não são muito menores do que no caso anterior, pois a menininha, à espera do brilho que deveria circular nele e lhe dar uma idéia de sua existência, se não de seu lugar, não pode prescindir dele. Por isso ficará à procura dele por muito tempo mas sempre em vão. Pode-se imaginar, então, a amargura e o sentimento de frustração. Mas teria ela outra alternativa, ela que ama tanto que não pode imaginar que seu amor não seja correspondido? Tanto mais que sua mãe evidentemente nunca deixará de demonstrar em relação a ela nem ternura, nem devoção, nem nenhuma das qualidades que ela tem direito de esperar dela; e que faltaria pouco para que tudo estivesse bem. Mas a mensagem que ela recebe, seja qual for a maneira como uma ou outra queira administrá-la, será infalivelmente ouvida como portadora de um desestímulo com valor de álibi. Segundo o contexto, poderá tomá-lo por um "de novo!" informulável e já saturado, com todos os subentendidos possíveis, ou um "já dei o que tinha que dar", ou ainda um "você se parece demais com minha sogra", quando não é um "por que você traiu a submissão da qual eu não saí?" que não deixa de lembrar um "como vou encarar os que esperavam de mim um menino?" ou introduzir um "você tinha de me lembrar a irmã que tive depois de mim!". O que ainda é suportável em comparação com o opressivo e insuportável "não posso fazer nada, o lugar já está ocupado" ou, pior ainda, o "não posso me dividir e já dei tudo o que tinha".

Poderíamos continuar por muito tempo a enumeração desses motivos que as filhas invocam em seus relatos para dar conta da relação que mantiveram com a mãe, e jamais esgotaríamos seu leque. E nunca conseguiríamos dar conta da variedade das situações encontradas na clínica, inclusive os de irmãs gêmeas, que nunca são vividas pela mãe como idênticas entre si. A constante dessas situações é que, mesmo quando o tom da confidência embrenha-se pela via da raiva e exprime uma velha e inesgotável reivindicação, o conjunto das falas parece sempre querer defender e não atacar a mãe e fornecer-lhe circunstâncias atenuantes. Como se ali flutuasse um terror surdo e misterioso destinado a circunscrever o ressentimento dentro de limites razoáveis. "É por isso que sou assim", elas parecem dizer. "Eu poderia ser melhor se...", tentam elas em vão acrescentar porque logo se apressam a dar a entender: "Afinal de contas, melhor ser assim do que não ser coisa nenhuma."

Assim, cada uma dessas mulheres avalia a seu modo, para aceitá-lo e assumi-lo superando sua decepção, a extensão do destino que lhe coube, conseguindo às vezes compreender como ele se encadeou na primeira idade. Com efeito, o estabelecimento de seu narcisismo não se deu da mesma maneira do que para aquela que pôde se acreditar provida. Num debate que gira em torno de tê-lo ou não, ela só pôde perceber a falha inicial da qual guarda a marca. Ela não só não tinha o órgão diferenciador, como nem mesmo teve um substituto na forma daquele olhar com potencial valorizador. Percebe-se não tendo com que se consolar, dar o troco ou se iludir. Ela está, em outras palavras, totalmente despossuída. O que a mantém indefinidamente no perigo de uma confusão e não lhe permite diferenciar-se da mãe com total segurança, porque corre o risco de ver interditado o acesso à consciência de sua própria autonomia. Ora, não se trata de um perigo hipotético. Ele existe de fato e pode produzir todas as formas de inibição. Talvez seja sua freqüência que melhor dê conta da disseminação do mal-estar feminino, o qual, cedo ou tarde e inevitavelmente, enlameará por deslocamento o meio ambiente imediato ou ampliado. Que paradoxo! Pois não é justamente essa filha que ocupa a posição mais conforme ao espírito de seu sexo? Não é ela que, longe de todo imbecil, ilusório e inútil enxerto de virilidade, poderia melhor desenvolver suas potencialidades específicas?

Trata-se de algo que se verifica quando, sob o efeito de encontros ou acontecimentos fortuitos de sua história, ela acaba tomando consciência da sorte que tem. É quando supera o que sempre acreditou ser sua deficiência e passa a desfrutar, com invejável facilidade, de um registro de relações que, descobre com felicidade, não foi saturado. O que lhe permite obter substanciais compensações para o que fora até então percebido como uma sorte iníqua, revela-lhe seu estado invejável de permeabilidade ao outro, tira-a de sua prostração e faz dela um ser social altamente apreciado. É claro que ainda continuará por muito tempo fascinada por aquela outra, esmagadora, que não deixará de encontrar em múltiplos exemplares e de quem invejará, num ataque de nostalgia, a sorte fechada e repleta de certezas. É por isso que demorará muito para compreender, se o conseguir, que é ela a privilegiada, que é ela que evolui na história, que é ela que gera o futuro, que é ela que conquista a liberdade e que, em suma, ocupa plenamente a vida. O que é salutar não só para seu companheiro ou para seu meio, pois sua descendência imediata e distante continuará beneficiando-se disso por muito tempo.

Deve ter ficado claro que é entre as duas figuras extremas que retratei que se situam as inúmeras nuanças que afetam as mulheres, filhas e mães com quem cruzamos ou com quem podemos cruzar no nosso cotidiano. E essa extrema variabilidade das situações, longe de produzir um efeito de quebra-cabeça ou de tornar insolúveis os problemas que possam ser encontrados, constitui, muito pelo contrário, para todos e todas, a garantia de sua originalidade, assim como ancora cada qual em sua história de maneira ainda mais vivificante.

Podemos retomar, aqui e agora, a trajetória deplorável, mas realizada sem falhas por tanto tempo, da mãe de Gwenael.

Ela então saíra de casa, retomando a aventura de sua mãe para corrigi-la no ponto em que ela se tornou trágica. Construiu para si uma existência simples e boa que poderia satisfazer qualquer um e que sem dúvida a satisfez por muito tempo. Tudo poderia sem dúvida ter continuado assim se o silêncio de sua mãe não a tivesse também reduzido ao silêncio, antes de obrigá-la a retomar uma corrida sem fim. Para que tudo fosse diferente, teria bastado que essa mãe lhe reconhecesse algum mérito ou lhe demonstrasse um interesse substancial aceitando sair de seu interminável luto e da contemplação mortífera de sua falha narcísica. Em vez disso, abandonando-a à sua sorte, aceitou seu distanciamento geográfico e o inevitável esgarçamento da relação entre elas. Foi por isso que ela, a mãe de Gwenael, considerou necessário prorrogar seu percurso e fornecer mais provas ainda. Sucederam-se gestações que ela não hesitou em interromper, como para perpetuar, *a posteriori*, em vários exemplares o aborto que sua mãe não efetuou e que, na época, teria selado de outra forma seu destino. A menos que a concessão de Raoul, como articulação na execução de seu projeto, tenha lhe dado a breve esperança de que um filho mais ou menos devolvido à sua história pudesse ser entregue à sua mãe em substituição do bebê morto.

Isso daria sentido ao suicídio posterior desse rapaz: sua vida estava tão fortemente atada à de sua mãe, que a perspectiva do desaparecimento desta só podia remetê-lo a uma condição que teria se tornado insuportável para ele. Mas isso não passa de uma hipótese. Em seguida, eis que um dia um obstetra, com sua ciência, vem dar um basta autoritário à sua compulsão. Nasce-lhe um filho. Este não poderá não ser bretão. E é com ele que a devoção dela à história da mãe irá se expressar, à sua revelia, até o horror. Pois essa criança terá de morrer. Será ele a criança morta. E ele evidentemente teria morrido se a medicina não tivesse feito tanto por ele. Teria morrido se ela mesma não tivesse reagido como fez, contrariando a injunção de seu inconsciente e recolhendo, à sua volta, todos os pedaços de desejo de vida que pudesse encontrar e que levou até ele. Até o dia em que o encontro com uma atendente, que deve ter suspeitado que ela tinha parte em tudo aquilo, vai fazê-la pagar por sua temeridade e devolvê-la brutalmente a seu desejo inicial.

Voltamos assim, mais uma vez, ao sonho recorrente que agora ganha um significado totalmente diferente: a criança é enterrada por seu pai e seus três irmãos. Se ele morreu no sonho é porque deve morrer para que a tarefa que ela se propôs vá até o fim. E, se seu pai e seus irmãos estão vestidos de "violeta", é como se ela os percebesse "violados*" em seu cotidiano pelo que seu inconsciente ordena a ela e somente a ela. A menos que o "violeta" esteja lá como um significante flutuante e venha presentificar a "violação" de que, por não sei que razão, ela achava que sua mãe fora vítima. As duas interpretações não são, aliás, nem as únicas possíveis, nem excludentes. Mas quem poderá dizer hoje qual a correta? E será que importa sabê-lo, a não ser para mostrar os impasses nos quais a história às vezes obriga as filhas a se perderem? São essas filhas que não entendem por que elas estão "a mais" e por que a mãe delas as fez quando já tinha, ou terá em seguida, a filha da qual, evidentemente, ela quer a qualquer preço fazer seu clone.

Longe de ser insignificante, a pergunta delas é de importância crucial. E provavelmente merece mais do que qualquer outra receber uma resposta, ou pelo menos o esboço de uma hipótese.

É o espetáculo das meninas brincando de boneca que pode nos dar uma primeira luz. Sabemos que, em geral, elas têm várias. Hoje, geralmente Barbies – e não é por acaso, pois essas bonecas representam sua mãe e isso lhes permite explorar a amplidão dos sentimentos que elas têm por ela, assim como permitem que se defendam dela alimentando a ilusão de que a dominam. Ora, essas bonecas não estão todas no mesmo barco: existe aquela que a gente penteia, aquela que a gente afaga, aquela que a gente paparica, aquela que a gente beija, aquela que a gente educa a toque de corneta e também aquela que a gente pune. Em meio à névoa que caracteriza seu universo afetivo, as meninas exploram por intermédio das bonecas a multiplicidade das personagens que as habitam e a das situações que vivem. E é por meio desse jogo que conseguem tomar alguma consciência de seu ser ou, em outras palavras, perceber-se como um sujeito atravessado pelo desejo.

Postulo que, sem se dar conta, as mães obedecem a uma lógica da multiplicação de filhas que não é nem gratuita nem cínica e nem básica ou deliberadamente má. E nem por um instante duvido – acho que deixei isso claro – da qualidade de seu investimento e da autenticidade do amor que têm conscientemente por cada uma dessas filhas que estão a mais. As nuanças que se criam situam-se em outro lugar.

Filha visada pela injunção de repetição, há sempre uma. Ela é escolhida, como já expliquei, em função de dados de uma história e sob a pressão da angústia de morte – e da fantasia de imortalidade destinada a combatê-la – que anima cada mãe. E ela é assim escolhida, mesmo por uma mãe que não foi objeto de uma injunção por parte de sua própria mãe. Tudo isso decorreria de uma forma de fisiologia do ser humano, pois, como vimos, a vertente dos homens se dá sob a forma da seleção de um filho que o pai escolhe para transcender sua existência e lhe dar sentido.

Digamo-lo então. E que se saiba que não existe geração que possa escapar a esse mecanismo.

As outras filhas, por seu lado, não são mantidas, como geralmente crêem, afastadas do desejo da mãe. Se assim fosse, não teriam vindo ao mundo. Sem sabê-lo, recebem uma missão de outra ordem e que, embora difícil de cumprir, nem por isso é menos nobre. É como se a mãe delas, mais ou menos consciente do sofrimento provocado, quer queiram quer não, pela condição que experimentaram ou não e que elas já ou ainda não conferiram à irmã, quisesse poupá-las deixando-as de lado. Cada uma dessas filhas será destinada pela mãe apenas a pôr em prática a parte de liberdade que ela nem sempre teve o prazer de experimentar tanto quanto desejaria. É por essa razão que ela as manterá a distância, que será discreta, não-invasiva, respeitosa de suas prerrogativas – atitudes estas que podem ser entendidas como rejeição ou abandono. Muitas delas compreenderam isso por meias palavras e, cedo ou tarde, conseguem cultivar uma felicidade tranqüila e de boa qualidade. Outras não encontraram nada que pudesse satisfazê-las e às vezes passam a vida desejando ter-se enganado na apreciação de sua sorte. Não entenderam que a trepidação e a efervescência interiores com as quais sempre viram sua mãe acolher a irmã cuja sorte invejam, embora pareçam traduzir um apego inconsiderado, na verdade mascaram a pouca confiança que a mãe tem na autonomia de sua eleita, temendo tanto seu desaparecimento físico como o fracasso da demanda que lhe dirigiu. Portanto, são elas que se lançam na corrida interminável que tão bem conhecemos, que é uma maneira de estarem sempre prontas para o dia em que seu mérito será reconhecido e serão constatadas as virtudes de sua piedade filial.

Tudo isso seria tão mais simples, tão mais fácil de viver se fosse possível colocá-lo minimamente em palavras em vez de ruminar suas decepções, cair nas armadilhas e engodos de um ilusório poder, ceder ao peso da história, deixar o silêncio se instalar e arruinar tudo! O que certamente não é fácil quando tudo está profundamente enraizado e se vive em sociedades em que o efêmero foi elevado ao pináculo e em que os efeitos do tempo e da transmissão foram esvaziados de todo seu sentido. Mas tudo ainda poderia ser recuperado se pudesse haver pelo menos uma forma de mediação, uma forma de ordem serena, que pudesse colocar, entre as filhas e suas mães, a indispensável distância que as preservaria, umas das outras, umas e outras, da confusão e da desgraça.

De um pai a outro

Ela parecia ter entendido a necessidade de uma mediação. Em todo caso, tanto quanto o desafio da missão à qual sempre soube ter de se dobrar. E ela sem dúvida só se lançou na aventura munida da segurança de que gozara até então, e certa de que a garantia de que se beneficiara continuaria cobrindo-a pelo tempo que precisasse para terminar sua tarefa. Como se tivesse sentido, se não compreendido plenamente, que voltar a percorrer o caminho de sua mãe nunca seria algo isento de riscos e que tal empreendimento requeria uma sólida proteção. Com efeito, não é grande a tentação de saciar o desejo, ainda vivo, de ingressar na categoria das irmãs visadas pela injunção de repetição? É tão simples conformar-se a uma tal missão. Haveria meio melhor para ter certeza de finalmente se tornar essa mãe do que fundir-se a ela, confundir-se com ela? E qual não seria o prazer de se oferecer assim a ela, de surpresa, sem reservas e sem nuança? Como um clone, seu clone, o único, o verdadeiro, assumido sem restrição, porque realizado com amor e sem um dedo de má intenção.

Mas sua probidade também deve tê-la levado a compreender que ceder a tal tentação expunha-a a trair o essencial de sua missão. Pois a satisfação de sua ambição tê-la-ia levado a reproduzir o percurso de forma idêntica, desdenhando as reacomodações e correções que ela deveria fazer. Foi certamente nesse ponto preciso que ela deve ter percebido a necessidade e as virtudes da mediação de que sabia dispor. Como se, para furtar-se ao debate que sempre manteve entre seu desejo louco e seu dever, precisasse se preservar de qualquer perda de rumo e sentir-se o tempo todo devolvida à consciência aguda de sua identidade própria. Será ela, ela-ela e não ela-sua-mãe, que retomará o percurso para terminá-lo e, por fim, corrigi-lo.

Era certamente isso que dava a entender sua alusão a seu pai, à ternura particular que ele lhe manifestava e aos deveres que ela não deixou de lhe retribuir. Uma maneira de explicar a âncora que ele sempre representou para ela e a segurança que ela sabia poder encontrar ao se referir a ele e ao rememorá-lo. Não estaria ela me dizendo que foi porque ele estava lá, e somente porque ele estava lá que ela pôde assumir o risco e fazer o que fez? Em todo caso, ainda estava com a informação na cabeça quando ela me contou detalhadamente a continuação de sua aventura e a maneira como ela afinal conseguira corrigir a aventura infeliz de sua mãe.

Ela também conseguiu um emprego em Paris. Sem ter tido de viver os horrores que já conhecemos. Os patrões que a contrataram – ele era médico; que coincidência! – não a privaram nem de sua atenção nem de sua solicitude. Comportaram-se com ela como verdadeiros pais substitutos. Cuidavam dela com atenção e vigiavam ciosamente suas saídas e companhias. Foi por isso que eles foram os primeiros a conhecer aquele que viria a se tornar seu marido e que encontrara, bastante rapidamente, sob auspícios "autenticamente romanescos".

Premida pela vontade de se distrair e pela curiosidade natural das moças de sua idade, cometeu a imprudência de ir sozinha, um dia em que estava de folga, à feira da praça do Trono. Péssima idéia. Porque logo se viu assediada por rapazes mal-intencionados dos quais ela não sabia mais como se livrar no meio da multidão indiferente. Foi quando ela o viu chegar. Bastou seus "olhares se cruzarem" para ela se "sentir salva". Ele era "bonito, forte, determinado, vivo e atlético". Ele logo lhe "ofereceu, como bom cavalheiro, a proteção de seus imponentes ombros e de sua gentileza. Os outros logo compreenderam sua desdita. Dispersaram-se sem esperar segunda ordem". "Viram-se", ambos, "face a face". Ela lhe agradeceu, é claro. Mas, sem saber muito bem "como", queria também mostrar-lhe sua "gratidão". Portanto, "deixou por conta dele a iniciativa" decidindo de antemão não se preocupar "com o que pudesse acontecer". Ela lhe "deu" sua "confiança". E disse a si mesma que, embora não soubesse por quê, sentia que podia "realmente confiar nele". Tinha "certeza de que ele não podia lhe fazer nenhum mal". "Passaram o resto da tarde juntos." "Uma tarde de sonho" cuja "lembrança de cada instante guardou intacta". Quando a noite chegou, aceitou que ele a acompanhasse. "Nenhum gesto dele foi inadequado, ele não teve nenhuma atitude" que não a tivesse "seduzido". Estavam vivendo "as primeiras horas" do que seria sua "vida em comum", e "era como" se "sempre tivessem-se conhecido" e soubessem "que não deviam nunca mais" se "separar." Não deixaram mais de se rever. Ela logo ficou sabendo que "ele trabalhava de mecânico em Paris" e que "era o filho único de um casal de refugiados espanhóis instalados na Normandia". Quando, ao final de algumas semanas, ele a "levou para lá" para "apresentá-la a seus pais", sua "futura sogra" logo "foi fria com ela". Mas eles não "levaram em consideração seu humor". Passaram "por cima de suas reticências". "Escolheram juntos o caminho de seu entendimento" e se "casaram muito rápido". Os pais bretões só conheceram o genro no dia do casamento. Ela só tinha dezessete anos, e ele, dezenove. "Até a doença de Gwenael, nossa vida foi um perfeito romance de amor", acrescentou ela – no que acreditei sem muito esforço.

Ouvi seu relato sem interrompê-la e acompanhando-a mentalmente em seu périplo. Surpreendi-me deplorando, num certo momento, que minha própria empregada não tivesse tido, em circunstâncias similares, a mesma sorte. Seria porque os rapazes mal-intencionados o eram um pouco mais atualmente? Porque as multidões eram cada vez mais covardes? Porque a curiosidade das moças aumentara demais? Ou porque os indivíduos "cavalheirescos" tinham definitivamente desaparecido de nosso meio? Estava examinando a toda velocidade pensamentos dessa ordem quando a escutei prosseguir: "... Sabe, o mais triste de tudo o que nos aconteceu é que antes eu era esposa antes de ser mãe, agora, sou primeiro e acima de tudo mãe..." Logo senti, sem saber muito bem o motivo, que essa reflexão me deixava incomodado. Foi sem dúvida para atenuar seus efeitos que me refugiei na lembrança do intenso e sensual abraço em que a surpreendi com seu marido, no corredor do quarto de hospital, naquela famosa manhã de

Natal. O que é que ela queria, o que é que tentava me dizer, a que fiz obstinadamente ouvidos moucos, já que terminei a consulta de forma um pouco precipitada e sem dizer mais nada?

Que mulher singular! Apesar de tão familiarizado com sua postura e com o olhar que ela lançava sobre o mundo, mais uma vez ela me espantava! Com que sutileza e audácia continuava ela a examinar sua situação! Com que precisão e que segurança manejava ela conceitos que eu ainda levaria anos para avaliar a pertinência!

Assim como ela restaurara o equilíbrio de Raoul oferecendo-lhe um presente em vez de brigar com ele, naquele dia ela me ofereceu sua confidência para compensar por minha ineficácia, e puxou-me para as realidades de uma vida ao largo da qual eu estava passando. Em poucas palavras, mostrou-me um estado patente de coisas, chamando minha atenção para um universal de cuja existência eu sequer suspeitava. Incitou-me, com sua doçura habitual, a pôr lado a lado duas categorias que, naquela época, eu nem imaginava que pudessem ser distintas, não coexistir naturalmente ou ter de manter entre si alguma forma de hierarquia.

É claro que não respondi de imediato ao seu convite. Que podia significar para mim a estranha fratura que ela descrevia, o curioso dilema que ela relatava, ou a maneira singular que ela tinha de viver seu cotidiano? Eu não queria saber nada sobre tal debate. Como poderia eu imaginar que aquilo fizesse algum sentido, se em minha trajetória eu nunca me confrontara até então com ele? As categorias que ela evocava não eram as minhas. Não tinha eu a sensação de ser, ao mesmo tempo e sem esforço, esposo e pai? E não notava a menor diferença ou qualquer relação de subordinação entre o que eu percebia como não sendo nada mais que as duas facetas de um mesmo papel que ela, só ela, na minha opinião, insistia em batizar diferentemente em função das circunstâncias.

No entanto, a brutalidade de sua formulação não me largou mais. De modo que, agarrado às minhas certezas, comecei a me perguntar se não estaria diante de um debate típica e exclusivamente feminino, e nesse caso não seria tão surpreendente que eu não entendesse muita coisa. Mas minha esposa não era minha esposa, e será que eu a sentia outra, mesmo se ela era a mãe de meus filhos? Parecia-me que esses dois papéis estavam, simplesmente e sem disjunção possível, encravados nela. Onde é que poderiam se situar as dificuldades que ela talvez fosse levada a sentir e que essa confidência me convidava a postular? Não conseguia imaginá-la tendo qualquer dificuldade para passar de um de seus estados para o outro. E não via por que devia me dar ao trabalho de questionar sua atitude a meu respeito quando ela estava com meus filhos, ou supor que ela tivesse alguma preocupação relacionada com seus filhos quando estávamos só os dois e ocupados um com o outro.

Essas considerações, mesmo que as entendesse, decididamente não pareciam ser minhas nem de qualquer outra pessoa, exceto daquela mãe singular. Como minha capacidade de conceber a situação que ela me expunha acabara se contrastando com minha vivência de uma situação similar que eu não pretendia perturbar, afastei meus últimos escrúpulos decidindo que eu não devia ser o único para quem distinções tão sutis quanto aquelas que me eram propostas fossem um problema. É verdade que nem todos temos a mesma faculdade de introspecção. E que nós, a maioria dos indivíduos, estreitamente entricheirados por trás das defesas de que munimos nossa psique ao longo dos anos de aprendizagem da vida, reclamamos quando temos de questionar as escolhas que fizemos ou as certezas que forjamos para nós mesmos. Precisei de anos para compreender que as noções que ela expusera tão cedo permaneciam inacessíveis para mim porque nunca, durante toda minha vida, pensara que minha mãe – viúva de um homem que, mesmo morto, sempre tivera uma presença formidável no seio da família – tivesse algo a ver com isso.

Portanto, não estou exagerando quando dou, à formulação tão simples que ela me dirigiu, valor de uma interpretação que acertou singularmente no alvo, obrigando-me a me apropriar dela, retomá-la em seguida e tentar compreender todas as suas implicações. Todo meu trabalho de reflexão e o conjunto de meu percurso posterior de certa forma devem-se a ela. Levarei anos para avaliar a amplitude dos horizontes que ela quis me fazer vislumbrar se eu quisesse segui-la. E, depois de ter dado o primeiro passo, embrenhei-me numa aventura que ainda não terminou e em meio à qual este escrito constitui a homenagem, infelizmente tardia, que lhe rendo e o único meio que encontrei para saldar, por pouco que seja, minha dívida para com ela.

A esposa, dizia ela portanto, vira alterar-se, com o correr dos acontecimentos, sua faculdade de circular entre suas diferentes posições e parecia ter-se fixado na de mãe.

Não fora isso que a avó paterna logo compreendera? E certamente não seriam os tapas de seu filho que conseguiriam modificar sua atitude ou fazê-la mudar de opinião. Mulher, esposa e mãe, ela estava em posição de saber o que é ser esposa e o que é ser mãe, o que significa ser uma e depois a outra, passar de uma para a outra e da outra para a uma, ser uma mais que a outra, ser primeiro uma depois a outra ou o inverso, ser, enfim, só uma e não a outra – entendendo-se que neste último caso é em geral a mãe que predomina. Vimos que a violência da acusação da sogra e sua vã tentativa de devolver seu filho ao primeiro plano nas preocupações de sua nora procediam de uma intuição do significado e das conseqüências desse tipo de prioridade. Pode-se acrescentar, sem qualquer risco de erro, que sua própria experiência de esposa e de mãe provavelmente não lhe permitiu alimentar qualquer ilusão e que ela sabia, em contrapartida, que mais se padece do que se domina esse gênero de situação. Suas recriminações teriam então servido apenas para esbravejar seu rancor e sua dor? Talvez. Mas talvez elas tenham colaborado para o progresso das interrogações de sua nora, que tentou tirar partido delas e certamente o teria feito se tivesse a sorte de fazer suas perguntas a um profissional menos encurralado, menos obtuso e menos surdo do que eu era.

Isso significa que são as mulheres que melhor entendem a vida? E que são elas que melhor conseguem definir o que é indispensável para seu pleno desenvolvimento? Essa hipótese, valorizadora e elogiosa, é provavelmente defensável, e a tal ponto, ademais, que inúmeras mães sem dúvida concordariam com ela, sem se dar conta, no entanto, do fato de que a responsabilidade que assim herdariam tornaria propriamente insuportável a culpa, já tão grande, que o mero acesso à maternidade provoca nelas.

Seja como for, aquela mãe não hesita em se apropriar totalmente do problema e em enfrentar, para apreender suas implicações e conseqüências, a curiosa e inevitável divisão que ela expressa.

O que foi que ela disse, basicamente? Que ela sempre se soube e que sabia ser ao mesmo tempo esposa e mãe sem sentir qualquer dificuldade para passar de um para o outro desses dois estados, confessando, no entanto, ter-se sentido, até então, com mais disposição para o estado de esposa do que para o de mãe. Como se não pudesse evitar experimentar certo dilaceramento quando tinha de passar do primeiro para o segundo dos dois estados e não conseguisse assumir o segundo sem se sentir invadida pela remanência do primeiro. Era fácil imaginá-la ainda envolvida pelo charme do primeiro encontro e ininterruptamente visitada pelos ecos que esse encontro semeou nela. Teria continuado a ser uma amante imutável e teria feito dessa disposição o princípio primeiro de toda sua ação. De certa forma, um destino sonhado, tendo, como pano de fundo, a questão fundamental sobre a singular determinação que não cessa de promovê-lo. Como pôde isso desafiar tão longamente o tempo que passa e que, como todos sabem, atenua tanto as percepções mais sutis como as mais intensas? Será por ter decidido privilegiar ambas as condições que ela os evocou, em detrimento de um terceiro que teria querido ocultar? Com efeito, pode-se destacar que, naquela ocasião – terá sido por acaso? –, ela não fez qualquer alusão à sua condição de filha que, no entanto, ainda ocupava. Será que ela pensava já ter-se emancipado dela há muito tempo ou sentia que jamais o fora e preferiu não mencioná-lo? A menos que ela não soubesse que o era e ao mesmo tempo não era mais e que, com sua sabedoria habitual, considerou inútil dizer qualquer coisa a respeito.

Em todo caso, seu silêncio sobre esse ponto não deixa de ser eloqüente. Pois, apesar das indicações que dá sobre o clima do encontro com o rapaz que se tornaria seu marido, ela não expressa diretamente as oscilações que, perspicaz como era, não deve ter deixado de perceber entre seu estado de filha e seu estado de jovem mulher cativada pelo amor nascente. Será que ela teria mais coisas a dizer sobre isso? Talvez não. Mas ela sempre falou com tanta precisão, e tão à flor do inconsciente, que poderíamos ter esperado, de sua parte, formulações novas e uma lição inovadora sobre esse tipo de acontecimento.

Na verdade, ela insistiu sobre a rapidez com que os destinos se amarraram. Caso não tenha se tratado de algo da ordem de um amor à primeira vista, tudo se passou como se todas as características do encontro já fossem conhecidas de antemão e tivessem satisfeito, da melhor maneira possível, as exigências de uma espera até então informal. Também nesse ponto, sua história tem uma dimensão paradigmática. Pois basta retomar os elementos do seu relato para perceber a estrita conformidade de seu objeto de amor com o modelo antigo que ela sempre teve dentro de si e que forjou, como cada um e cada uma de nós – será preciso recordá-lo? –, a partir da relação com sua mãe.

Aquele rapaz não era um desconhecido para ela. Sempre soube de sua existência e do que ele podia e devia lhe trazer. Sabia que ele estava destinado a ela e se sabia destinada a ele. Não sabia quando o encontraria. Sabia apenas que o encontraria um dia e que, nesse dia, certamente o reconheceria. Em outras palavras, ele estava literalmente inscrito no seu percurso de vida.

Temos aí a temática clássica do príncipe encantado que experimenta um sapato de vidro ou que dá um beijo na boca da bela adormecida. Portanto, ele não a surpreendeu, ele a maravilhou. Não a conquistou, ela já era dele – "um dia meu príncipe virá...". E, para coroar tudo, ele interveio – e também aí encontramos o conto – exatamente no lugar que ele, no entanto, não podia saber que devia ocupar. Não a tirou das mãos dos agressores, evitando simbolicamente aquela violação que habitava sua história? E não a inscreveu rapidamente numa união oficial, poupando-a de uma vez por todas da famosa "perdição" que tinha de ser evitada a qualquer custo? Era exatamente com ele, tal como ele era, que ela tinha de cruzar. Ele, que encantou, ele, belo, jovem e forte, e não um homem mais velho, que, no máximo, a quisesse bem, como foi o caso de sua mãe.

Outras, diferentemente dela, lançadas em aventuras similares e vivendo esperas idênticas, não têm essa sorte e às vezes são obrigadas a proceder pelo inevitável sistema de ensaio e erro até encontrar o homem que lhes convém – e nem sempre o conseguem! Ela o encontrou assim, imediatamente, no meio de uma atmosfera de violência. Ele foi como foi, tornando-se, sem que ambos o percebessem, o agente de que ela necessitava para terminar a missão implícita que lhe fora atribuída para acabar de acertar as contas com sua história. Podia investi-lo totalmente como seu objeto de amor. Ele foi aquele que a devolveu às suas primeiríssimas emoções. Aquele que abriu novamente para ela o tempo, que lhe permitiu encontrar, no seu presente, o passado destinado a propulsar seu futuro. Aquele que a mobilizou, que invadiu seu pensamento, que fez dela um ser novo. Aquele por meio do qual ela finalmente conquistava sua liberdade. Aquele que, por ter conseguido expulsar até mesmo a lembrança, até a marca do modelo que durante tanto tempo ela levara consigo, permitia que ela enfrentasse a duração. Ele constituiu a mediação última de que ela necessitava. E ela fará com que ele continue sendo isso para sempre. E, por causa do que aconteceu numa simples troca de olhares, ela soube que podia confiar nele, que ele era capaz de protegê-la para sempre do domínio de sua mãe sobre ela. A segurança que ele lhe deu deve sem dúvida ter-lhe parecido equivalente à que outrora encontrara no investimento de seu pai, a ponto de poder substituí-la. E ainda por cima parecia ter inúmeras vantagens sobre esta última. Pois, se o apoio que outrora fora necessário para converter a homossexualidade de seu primeiro vínculo viera acompanhado de um remorso somado a um sentimento de traição, este estava isento de ambos os sentimentos. Com efeito, não estava pegando nada que tivesse pertencido a quem quer que fosse, exceto talvez à mãe daquele rapaz, se é que isso fosse admissível, fato este a que ela se refere dizendo que esta última logo "foi fria com ela". Mas, ao que tudo indica, ela conseguiu encaixar isso numa ordem de coisas que lhe dizia muito respeito e que, por muito tempo, não lhe causou problemas.

Nesse relato, encontramos em filigrana o sentido simbólico do casamento como ritual pelo qual os contratantes tomam como testemunha o corpo social para se declarar cônjuges e passar a se definir pelos laços que estabelecem, que suplantam suas condições anteriores de filho e filha de seus respectivos pais. É talvez o que explica sua existência, em todas as culturas, e o fato de que nem sempre produzisse catástrofes quando era – como durante muito tempo aconteceu e continua acontecendo em inúmeras sociedades – arranjado previamente pelos pais dos cônjuges. Pois, nesses casos, o que importa em primeiro lugar é o fato de que os pais indicam claramente a seus respectivos filhos – que, por sua vez, o entendem – que não têm mais de se preocupar com eles:

uma forma, de certa maneira, de zerar a história, que só pode construir-se de maneira correta respeitando, da maneira mais rigorosa e precisa, a sucessão das gerações.

Em todo caso, foi dessa maneira que, para ela, sua aventura de filha encontrou um fim: um encontro de efeitos fulgurantes, oficialmente selado e com o mais belo futuro pela frente. Durante anos, isso será confirmado pela felicidade tranqüila que ela experimenta sem cessar e que a leva a crer nas virtudes definitivas de sua nova condição.

Um eventual balanço dessa nova situação certamente lhe teria parecido dos mais meritórios. Deveria ter posto fim, e sem dúvida o teria feito, à sua corrida infinita se tivesse podido ser reconhecido como tal, se sua mãe lhe tivesse dado, de uma maneira ou outra, alguma forma de quitação. Ora, sabemos em que silêncio o rancor e o luto inacabado aprisionaram esta última.

Por muito tempo soube como tomar partido da situação. Abandonará sua mãe a seu pai. É para isso que servem os pais. Para um dia encontrarem-se sós e, no melhor dos casos, felizes com esse fato, porque compreenderam que cumpriram seu dever e conduziram, como puderam e o mais longe possível, seus filhos pelos caminhos da vida. Portanto, ela será esposa. Esposa antes de qualquer outra condição. Esposa e feliz de sê-lo porque tudo a autoriza a sê-lo. Pode-se permitir substituir o amor arrebatador que outrora ela não pode não ter sentido por sua mãe por um amor que a satisfaz no mais alto nível, pois a realização de seu percurso sem perdição absolve-a para sempre do sombrio eco da famosa e inexpiável traição.

É aconselhável retomar e tentar corrigir aqui, num breve inciso, uma idéia falsa e tenaz, a que já aludi: aquela que levaria a crer que, assim como os homens desposariam sua mãe ou sua irmã, as filhas em geral desposariam o pai ou o irmão. Isso pode eventualmente acontecer. Mas tem sempre uma significação singular. Demonstra que o desligamento inicial, por intermédio do investimento do pai, não teria se dado na hora certa e de maneira satisfatória. De modo que a filha, ainda e sempre aterrorizada pela violência do apego excessivo à mãe presente nela, não tem outra alternativa senão reproduzir a interposição de maneira idêntica ou perenizá-la. O que permite supor o peso dos vínculos de subordinação.

Uma fixação dessa ordem ao pai não é, de forma alguma, a regra, pois este último não tem outra maneira de se situar senão como mero fiador da conversão do primeiro vínculo de sua filha. Assim procedendo, incita esta última a fazer, do amor que ela percebe na aurora de sua existência, um modelo a imitar profundamente e não na forma. Ele a ajuda a manter intacta apenas a idéia de seu conteúdo e a livrar-se da atração enganadora de seu continente, sabendo que um dia será substituído em sua ação pelo parceiro que sua filha terá escolhido para si. E isso não é pouca coisa, pois o reconhecimento do amor em si e sua validação conferem, ao que nele circula, a estampilha da vida e do que faz frente à morte. Como a mesmice não cria nada e a diferença encontra-se no princípio de toda individualidade, ou seja, do que dá a cada um a consciência de sua inscrição original na vida, os pais, ao que tudo indica, procederam dessa forma em todos os tempos e sob todas as latitudes, afastando suas filhas das respectivas mães e confiando-as, tomando-as pela mão, ao homem que lhes cabe. É o que, aliás, os antropólogos constatam quando sublinham, às vezes espantados, outras, indignados, que os homens procederam e continuam procedendo à troca de mulheres.

Ora, para ter-se disseminado a tal ponto, esse tipo de disposição deve certamente ter uma função totalmente alheia aos esforços de querer fazer dele o fundamento de uma guerra cruel e deliberada entre os sexos. Essa função, por mais singular que seja, é também na história da mãe de Gwenael que podemos abordá-la e fazer sua leitura.

Eis uma mulher de quem o mínimo que se pode dizer é que ela sempre fala com uma precisão impressionante das coisas da vida. Se ela o faz tão bem, e num campo tão vasto como o mostram suas intervenções, é provavelmente, entre outras razões, pelo fato de também ter sido mãe. E de ter compreendido de maneira admirável as implicações da mutação que o acontecimento produz na psique feminina – já me alonguei bastante sobre isso e não penso retomá-lo. Vimos que, tendo cuidadosamente quitado seu dever para com sua própria mãe e tendo encontrado em seu marido o instrumento de sua autonomia e de sua liberdade, pôs no mundo uma série de meninos. Mas de que maneira comenta ela a sua experiência de mãe? Dizendo que, por muito tempo, se não sempre, ela foi secundária à de esposa.

Dessa maneira, ela nos diz que o fato de ser primeiro esposa antes de ser mãe constituiu, para ela – mas por que, diabos, não o seria para toda mulher? – o meio mais seguro de assentar sua identidade própria. Ou seja, sua identidade em relação àquela que por tanto tempo a definiu como a filha de seus pais e, em particular, como a filha de sua mãe, e como a executante potencial, na falta de uma injunção de repetição, de uma missão que lhe foi atribuída desde sua concepção, ou mesmo antes dessa concepção.

Para dimensionar a importância dessa escolha prioritária, basta retomar o debate esboçado acima em torno do lugar do que chamei de órgão diferenciador. É tornando-o por fim seu na união sexual que uma mulher pode apropriar-se dele por completo e livrar-se da angústia que desde sempre a dilacera e, finalmente, sair da confusão. Ela sabe então, na mesma hora e com toda a certeza, que não é mais sua mãe de jeito nenhum, e pode até pôr-se a fazer o luto do sonho acalentado de um dia sê-lo. Evidentemente, para tanto ainda é preciso que ela não viva passivamente essa união, mas que tenha todas as razões para apreciá-la, investi-la e até adquirir certo gosto por ela. Que não considere apenas a materialidade como verdade, à imagem dessas mulheres que se lançam numa corrida desenfreada e colecionam parceiros na esperança de finalmente encontrar um que realmente convenha. Uma união fecunda de todos seus efeitos possíveis nem sempre ocorre por si só. Para convencer-se disso, basta evocar o sem-número de receitas mecanicistas cobradas aos sexólogos por suas pacientes insatisfeitas. Pode-se compreender, então, que a harmonia cujos contornos estou esboçando é mais rara do que se poderia crer. E que, em outras palavras, a felicidade do encontro que a mãe de Gwenael teve não é tão corriqueira. Pela simples razão de a dominação materna sobre as filhas ter-se tornado, nestas últimas décadas, tão pesada que poucas conseguem libertar-se dela o suficiente. Aliás, não é necessário procurar muito longe a razão do atual desinteresse pelo casamento, da ascensão das curvas de divórcios e da precariedade dos casais que, apesar disso, teimam em se constituir.

Uma objeção possível a essa série de conclusões poderia ser feita invocando-se a relativa brevidade do ato sexual. E talvez haja certa dificuldade em imaginar seus efeitos remanentes, conforme sugerem minhas palavras. Isso seria fazer pouco caso de suas propriedades intrínsecas – um orgasmo não se inscreve apenas no corpo, deixa inúmeras marcas na psique –, dos efeitos de sua repetição – que extraordinário disjuntor! – e sobretudo das modalidades de sua execução. No que tange a esse tema e embora eu tivesse muito a dizer, não entrarei nas minúcias de uma descrição que não tem cabida aqui. Apenas retomarei, mais uma vez, a confidência da mãe de Gwenael.

Ela diz, em suma e para melhor esquematizar sua fala, ter investido quase exclusivamente em seu sistema de relações horizontal relacional, e ter conseguido, por seu intermédio – para não dizer rápido demais, por sua interposição –, proteger-se de forma duradoura de tudo o que podia puxar para o lado da vertical do mesmo sistema, em outras palavras, sua mãe e seus filhos. Ela dá a entender que, em razão da lógica de uma história e do escoamento do tempo, é da satisfação sem reservas desse elemento prévio que o resto decorre. Se a mãe dos filhos consegue usar no seu presente, e reservar para o futuro, a intensidade do que percebeu no seu passado, as personagens desse passado tornam-se menos opressivas. De modo que o que ela tenha vivido com elas adquire um caráter obsoleto, liberando o espírito de iniciativa e impulsionando a criatividade. O que ela tiver vivido pertencerá a ela como próprio e ela poderá produzir, a partir daquilo, tanto uma transmissão como um ensinamento. Se, em contrapartida, não conseguir desprender-se desse passado, sentir que não pode dispor dele e se deixar prender por ele, jamais poderá fazer outra coisa senão conglutinar seus próprios filhos a ele. A verticalidade irá primar sobre a horizontalidade, e esta última corre então o risco de não poder nunca mais ser investida.

A instalação satisfatória na horizontalidade evidentemente nem sempre pode ser obtida rapidamente, como mostram as famosas e clássicas crises de casal, que nunca se sabe de antemão para onde vão levar, já que sua agulha flerta perigosamente com a vertical[1]. Cada um dos parceiros, assaltado, sem saber, por seus

....

1. É o que podemos ver em ação até mesmo no adultério e, em particular, no adultério feminino. Pelo menos a julgar pelo fato de que a atração do amante reside na

demônios de antanho, lança na cara do outro as reprimendas que o atravessam e em relação às quais não suspeita nem a origem nem o fenômeno de deslocamento de que procedem. As discussões ganham tamanho furor que é inimaginável pensar que um dia possam se apaziguar. No entanto, a cena produz seus efeitos e faz cada um reconhecer sub-repticiamente a inanidade da violência que incendiou a atmosfera. Vêm então as reconciliações, cedo ou tarde escandidas pelo ato sexual que até aquele momento fora suspenso e que confere a ambos os protagonistas a consciência de sua própria identidade antes de lhe dar a consciência da do outro. A horizontal volta a predominar e a vertical é novamente relegada ao lugar que sempre deveria ser o seu, a de uma linha pontilhada da qual, sabidamente, é melhor se guardar e com a qual, cena após cena, aprende-se a compor.

Desse desenvolvimento pode-se em todo caso concluir que a família de Gwenael não só se beneficiou de uma excelente mãe, como também de um casal parental amoroso e unido, dele se destacando uma figura paterna de qualidade irrepreensível.

Isso talvez não seja simples de compreender ou admitir, pois, embora tenhamos visto muitas vezes o casal, não vimos muito o pai em ação. Ou, quando muito, só o vimos em geral desajeitado, arrasado ou em prantos, o que não permite incensá-lo. Com efeito, tem-se em geral do pai e da função paterna uma visão mais avantajada e mais encorpada do que aquela, esquelética, que se destaca de minha descrição.

Não se espera que um pai intervenha de todas as maneiras possíveis na vida de seu filho? Ele não é classicamente descrito como aquele que, sob pena de decair aos olhos de todo o mundo, deve auxiliar sua companheira na sala de parto, segurar sua mão, ajudá-la a ritmar sua respiração e depois, chegado o momento, cortar o cordão umbilical de seu recém-nascido e dar-lhe seu pri-

....

transgressão de repente possível de um interdito que não deixa de ter ressonâncias com aquele que outrora apimentou o período edipiano. Tal passagem ao ato equivaleria, por parte de uma mulher, ao modo que ela encontrou de combater um retorno violento demais do maternal nela: o parceiro habitual desempenha então função de mãe, e o amante, de pai; tudo isso, evidentemente, numa outra escala e comandado, como de costume, pelos famosos mecanismos de deslocamento.

meiro banho? Não é ele aquele que é convidado, em nome da mais natural galanteria, a se mostrar compreensivo para com a mãe, a não demostrar impaciência em face de sua indisponibilidade, a aliviá-la de todas ou de parte de suas tarefas cotidianas? Não é ele aquele que deve dar as mamadeiras quando o seio não basta mais ou quando o despertar noturno se repete? Aquele que deve saber resolver o problema das modalidades de guarda, negociar os eventuais contratos, assistir às reuniões de pais na creche, ir o maior número de vezes possível ao pediatra, ver a professora da escola maternal, depois mais tarde a professora do primário, os professores do secundário e da universidade? Não é ele que tem todos os direitos de intervir, ativamente e com sua realidade, por mais desajeitada e brutal que seja, na vida de seu filho para separá-lo de sua mãe? Não é ele que deve mandá-lo para a cama, dar bronca, ordenar, repreender, punir, colocar limites, se impor e impor a lei a toda a casa? Aquele de quem se espera que verifique os deveres, os resultados escolares e as saídas? Aquele contra o qual todos se sentem no direito de se rebelar, mas cuja simples evocação deveria fazer calar os conflitos? Aquele, enfim, que todo filho, menina ou menino, deve um dia ou outro "matar"?

São todas essas coisas que aparentemente não se pode, em nenhuma medida, atribuir àquele pai a quem me aplico a distribuir louvores.

Será então que ele se conformou a um outro aspecto do discurso que se costuma ouvir a respeito da personagem que ele representa e que – dizem – por meio de seus atos nada mais faria senão pagar o tributo compensatório pelo fato de não ter levado uma criança no ventre e não ter conhecido os danos da deformação do corpo, da angústia do devir e da dureza de uma autêntica prova física que o tão recente uso da peridural mal consegue aliviar? Terá ele se comportado como o protetor de sua célula, cuidando em providenciar-lhe conforto e segurança material? Ou ele foi aquele que fez de tudo para ser o mais discreto possível e, ao mesmo tempo, estar muito presente, na acolhida e na felicidade de receber de sua companheira e de seu filho o reconhecimento de um lugar que não lhe custou muito e que parece, na verdade, ter apenas uma importância desprezível se comparado com o resultado produzido por uma simples pontinha de esperma? Ficamos tentados a acreditar nisso se nos ativermos à discrição extrema de sua ação direta, tal como consta do relato. No entanto!...

Seja como for, ele certamente não é aquele pai de quem nos julgamos autorizados a esperar tantas coisas que, no discurso que sustentamos a seu respeito, nem percebemos que dessa forma o ejetamos hoje do universo familiar muito mais do que em todos os tempos. Pois esse amontoado de receitas, essa focalização sobre a problemática que ele desperta, essa solicitude excessiva que todos pedem dele e que mascara mal a angústia e a violência da qual procede, são todas manifestações de um desejo de reduzi-lo ao silêncio, de esmagá-lo e de adaptá-lo o melhor possível ao modelo social no qual ele vive. Não nos deixemos enganar! Quando se pretende que ele deva ser assim ou assado, que deva absolutamente fazer isso ou aquilo, não é para lhe restaurar sua dignidade e recolocá-lo em seu devido lugar. É para fazê-lo fracassar e para que advenha por fim a uniformização almejada, ela mesma destinada a fazer com que ninguém possa um dia ter acesso à sua própria condição e desenvolver suas potencialidades singulares.

Quantas vezes, e diante de quantos públicos espantados, eu não tive de repetir, em sua materialidade, as receitas, as definições e as expectativas às quais se dá tanta publicidade, para mostrar a obscena hipocrisia do que nada mais é que a tentativa extrema de converter a qualquer preço o pai à mais radical maternização. Que ninguém se engane sobre o sentido de minhas palavras. Não estou professando que as diversas atividades que enunciei lhe sejam proibidas. Longe disso! Ele tem toda a liberdade de ignorá-las e de a elas se subtrair, de promovê-las, de entregar-se a elas ou de assumi-las, como, aliás, ele tem essa mesma liberdade para todas as outras iniciativas sobre as quais venha a decidir. Mas isso com a condição expressa de que elas emanem de sua única e exclusiva vontade e que nunca, jamais, de maneira alguma, elas lhe sejam prescritas ou impostas por quem quer que seja. Pois, nesse caso, elas apenas o desqualificariam, já que o submeteriam a uma injunção exterior à sua pessoa, despojando-o assim de sua capacidade primeira e fundamental de decisão e de iniciativa. Em suma e sob pena de esgotar seus efeitos, é preciso ser econômico até a parcimônia ao se fazer uso do pai e ao se recorrer direto a ele!

O de Gwenael em todo caso não se encaixa em nenhum dos quadros no qual achamos poder defini-lo e, no entanto, continuo afirmando que ele foi de excelente qualidade. Em nome de que, e em que seu exemplo pode nos ensinar algo sobre o que faz um pai?

Em nome daquilo que se pode ler claramente e muito precisamente no relato que sua mulher faz da história comum deles e, em particular, da sua própria. A primeira constatação que se pode fazer é que ela inicialmente beneficiou-se de um pai de qualidade. E não se trata de algo sem importância, pois disso se pode deduzir que é graças ao pai que teve que ela conseguiu fabricar aquele, da mesma água, que ofereceu a seus filhos. Ela teria passado sem qualquer dificuldade de uma mediação a outra, de uma mediação que a protegeu para outra destinadas a proteger seus filhos. Teria de certa forma navegado de um pai a outro.

Ora, não existe melhor condição que essa para FAZER um pai.

É sempre assim. E pode-se dizer que é porque pôde perceber a importância do pai que teve que uma filha, quando se torna mãe, pode conceber a importância daquele que quer oferecer a seus filhos e que se empenhará em fabricar, construir, implantar como artesã conscienciosa. E não o faz exigindo dele a satisfação de certas condições artificiais, mas ligando-se a ele, e, melhor ainda, alienando-se nele por meio de vínculos diretos entre os quais a relação sexual ocupa o primeiríssimo plano. Embora essa formulação possa parecer brutal ou restritiva, posso temperá-la dizendo que a melhor maneira de definir um pai é reconhecendo-o como aquele por quem a mãe dos filhos está apaixonada e, melhor ainda, o tempo todo apaixonada, conhecendo as implicações desse amor, assim como sabe que esse mesmo amor constitui o fundamento de sua segurança e de sua identidade, por essência, frágil e claudicante. Tive de explicar isso muitas vezes a mães obstinadas em não querer dar o nome do pai a seu filho, dizendo-lhes que esse filho tinha tanto direito ao nome do pai quanto elas acreditavam ter direito ao nome dos seus.

Houve muito disso na história do avô materno de Gwenael – pois é a ele que remontamos e não dispomos de nenhum material para ir mais para trás na ascendência –, mesmo se o que podemos dizer resume-se ao que sua filha disse. Ele, com certeza, foi aquele homem mais velho que aceitou esposar uma mulher que tinha a honra manchada e fundar uma família com ela quando a sociedade local, seus pais inclusive, queria obstinadamente bani-la. Embora tenha sido um homem "usado" – como diríamos a respeito de um carro –, que sua mulher nem escolheu nem amou espontaneamente, certamente não deixou de ser rapidamente investido. É assim que ele foi feito pai. A melhor prova disso é que sua esposa demonstrou sua gratidão dando-lhe, um atrás do outro, dois meninos – dois herdeiros de seu nome, interpondo-o de modo eficaz entre si mesma e sua mãe, permitindo-se ademais, graças e em homenagem a ele, significar a esta última, o mais claramente possível, sua recusa de reproduzi-la de maneira idêntica. É isso que faz um pai, acima de qualquer outro critério. Com efeito, provavelmente é esta a definição primeira e a definição mais rigorosa que se possa dar de sua função: ser aquele que consegue, com o consentimento prévio[2] que obtém, separar sua mulher, a mãe de seus filhos, de sua própria mãe, ou seja, a avó materna dessas mesmas crianças.

Tal conduta, em todo caso, não pode ter escapado aos filhos desse primeiro casal. Terá constituído um exemplo edificante para eles. O pai foi incontestavelmente percebido, em sua essência, como um recurso potencial suficientemente convincente para merecer ser investido e servir de modelo para a constituição de outros, no mesmo lugar, na geração seguinte. O que nada tem de espantoso, tanto mais que é por ter percebido a importância que seu pai tinha para sua mãe que uma filha saberá, como já foi dito, dar um lugar ao pai dos seus, assim como um menino saberá ocupar o lugar que lhe cabe e manter uma palavra tranquila e consistente em face da mãe de seus filhos. É a isso que se denomina efeitos da história, que, evidentemente, não se resume à lastimável fatia de vida à qual nossos contemporâneos tentam restringi-

....

2. Trata-se de um detalhe de grande importância. A clínica demonstra que, sem esse consentimento prévio, a tarefa passa a ser extremamente árdua. O que não quer dizer que seja impossível de realizar com sucesso. Pois é preciso confiar na reatividade da criança para produzir os sintomas que denunciarão essa viciação da harmonia e levar os pais a debaterem o assunto, o que é perfeitamente ilustrado por toda uma faceta da patologia pediátrica. Mas, para tanto, é preciso que os pais o escutem dessa maneira e não adotem preguiçosamente a via da separação, hoje tão cômoda e tão fácil de obter.

la, mas inclui tudo o que vem ou que veio das gerações anteriores, e em cada passagem de geração, com a fragilidade da transmissão de uma harmonia possível ou o constante agravamento das distorções que ocorreram. De tal forma que o que pode ser reconhecido, com uma regularidade impressionante, é a importância de que sempre se reveste, não apenas o estado de saúde de um casal parental, mas, no interior desse casal, a atitude de uma mãe em face de um pai.

Portanto, o lugar do pai[3] depende e decorre, ainda e sempre, de uma disposição materna. Trata-se, em outras palavras, ainda e sempre, de uma história de mulheres. Uma história de acertos de contas entre mulheres. Uma história de lugar a ocupar no meio de mulheres, o que é uma maneira de dizer que o que faz – ou não faz – um pai é a mulher que ele escolheu para si com o que ela traz de mulheres vinculadas a ela e acima dela.

Por quê? Por que essa radicalidade tão difícil de admitir e que é geralmente recusada pelos homens e pelas mulheres? Para os primeiros, porque ela os colocaria num papel secundário senão inferior, e para as segundas, porque aumentaria de maneira intolerável uma responsabilidade que não querem encarar e que as obrigaria, fazendo-as renunciar ao domínio sobre os filhos, a confrontar sua condição de mortal?

Por que, então, essa radicalidade?

Porque ela repousa sobre o que acontece no começo da vida de cada um, menina ou menino e mais tarde mulher ou homem. E sobre essa história de onipotência materna, em relação à qual talvez agora se entenda por que insisti em dedicar uma parte tão importante deste livro. Essa onipotência não decorre – repito-o no caso em que o tenham esquecido – nem de uma disposição singular nem de uma eventual arbitrariedade da mãe. Ela simplesmente toca a esta última, quer ela o queira ou não e seja lá o que faça ou deixe de fazer. Não procede de nenhum querer nem de nenhuma intenção. Origina-se diretamente da relação biológica. O que ex-

....

3. Para maiores detalhes sobre essa questão, pode-se ler *Une place pour le père*, *op. cit*.

plica que o pai lhe seja totalmente alheio para sempre – seja lá o que ele faça ou queira fazer, seja lá o que se faça ou queira fazer, quer isso agrade ou não aos defensores das adequações precoces desse vínculo, eu o afirmo baseado em minha própria e longa observação. A criança, impossibilitada de se subtrair a ela, desde cedo erra, em relação a ela, entre a fascinação e o pavor. Já com poucos meses consegue integrar o fato de que sua sobrevivência depende do bem-querer dessa mãe, a qual tem toda a liberdade de não vir em seu socorro e deixá-lo morrer sem mais nem menos. Essa percepção confusa, nebulosa e apenas esboçada das coisas vai fazer com que o bebê, de modo sutil e muito progressivo, tenha de encontrar uma defesa. E acaba encontrando-a no dia em que consegue reparar, no meio familiar, na existência de um indivíduo que não só substitui, às vezes e com um certo sucesso, a mãe, mas parece não se sentir impressionado ou ameaçado por sua famosa onipotência. Ele lhe servirá de contraponto para relativizar seus temores, sem se dar conta de que cai numa armadilha pior ainda. Pois que assustadora superpotência deve ser aquela que ousa opor-se com tanto sucesso à aterrorizadora e famosa onipotência! Toda a temática, já assinalada, de inúmeros filmes adorados pelas crianças, os super-homens, Batman e outros homens-aranha, nada mais faz senão jogar com a seguinte dialética: há um mau muito mau e um mais forte ainda que, ao preço de uma luta angustiante, acaba sempre por derrotá-lo.

O resultado disso é que pouco a pouco produz-se uma cisão entre pavor e fascinação. Esta última se apura e se reforça conservando seu objeto primeiro, ao passo que o pavor muda de local de origem e desloca-se para esse novo personagem a quem subitamente se creditam todos os impedimentos da mãe. Uma forma de coerência mínima instala-se. A mãe é claramente reconhecida como aquela que satisfaz todas as necessidades de imediato e que diz, sem reclamar, "sim" a tudo. Ao passo que o personagem novo é decretado – como nunca mais deixará de ser – como estando na origem de todos os "não", entre os quais contam-se as rupturas da relação exclusiva e de todos os deliciosos e tão frutíferos face-a-face. A fascinação encontrará então novamente o pavor, induzindo seu retorno a ela, retorno este que encontrará novamente o pavor... etc. Sabemos como continua esse movimento em espiral e a maneira como o turbilhão cessa ou não cessa um dia. É assim que se constitui, para a criança, o embrião da função paterna. Como fina forma de interposição, ao mesmo tempo adjuvante e assustadora, que pode seja prosperar e adotar sua conformação posterior, seja abortar de maneira lastimável e submeter a criança aos terrores de sua carência.

É aí, nesse ponto e não em outro lugar que isso se torna um assunto de mulheres. E não foi por acaso que utilizei, para explicar o processo, a metáfora da gravidez. Aquela que foi a gestante da criança torna-se, de certa forma, a gestante do pai dessa criança. Com a ressalva de que, se a gestação da criança faz intervir mecanismos biológicos e efeitos corporais, a gestação do pai, mesmo quando faz intervir os corpos, sempre o faz em relação estreita com o inconsciente. Para que a mãe possa traduzir e designar o lugar do pai para seu filho, é preciso que ela mesma tenha podido localizá-la na sua própria história. É, em outras palavras, algo que escapa a qualquer controle e que só se manifesta por seus efeitos, efeitos de história, como já foi dito, e particularmente de história de mulheres.

Portanto, na teoria e de maneira esquemática, tudo isso nada tem de bruxaria e coloca grandes dificuldades. Para uma mulher basta encontrar um homem que lhe lembre, em maior ou menor medida e mais ou menos claramente, sua mãe – o inconsciente sempre se vira, nos encontros, para selecionar o candidato – e replicar sobre ele a violência do amor que ela outrora sentiu e ao qual, graças ao investimento realizado sobre seu pai, pôde renunciar. Encontrará seu corpo numa dimensão de descoberta e obterá dele o que ela sempre teve vontade de ter e que lhe permite assentar, por fim e sem confusão, sua identidade. Para um homem basta encontrar uma mulher que lhe lembre, em maior ou menor medida e mais ou menos claramente, sua mãe – ... – e replicar sobre ela a violência do amor que ele outrora sentiu e ao qual, em razão da presença de seu pai, teve de renunciar. Encontrará seu corpo numa dimensão de reencontro[4] e poderá lhe dar, porque para ele

....

4. Já evoquei anteriormente essas dimensões de reencontros e de descoberta. Retomo-as aqui numa ótica mais sincrética. A dos reencontros implica que uma mulher cujo corpo ele encontra, mesmo que seja a enésima de sua vida, sempre ocupa

ela é permitida, esse órgão que assenta sua identidade, que o atrapalhou mais ou menos, mas que ele sempre teve medo de perder sabendo que foi ele que sempre o manteve longe da confusão. Movido por uma lógica comportamental que coloca no epicentro de sua vida e até sua morte o gosto pronunciado e o interesse exclusivo que ele tem pelo ato sexual[5] – para comprová-lo, basta identificar a verdadeira natureza do interesse que os homens têm pelas mulheres, as quais o conhecem muito bem assim como sabem fazer o que é preciso para suscitá-lo –, é pelo serviço, eventualmente apreciado, desse ato e de tudo o que o cerca e pode levar a ele, que ele conseguirá encantar suficientemente sua companheira para fazer dela, em primeiro lugar, sua mulher. Assim, distraindo-a da preocupação excessiva que ela possa ter pelo filho comum a ambos, realizará da melhor maneira possível o trabalho de interposição esperado dele.

E é a partir daí que geralmente tudo degringola. E o pior é que, quando se constata que as coisas não andam bem, acredita-se poder dar um jeito nelas conformando-as ao modelo teórico e fazendo com que transitem por uma imbecil realidade.

Se, com efeito, uma mãe está aprisionada à sua a ponto de reviver a aproximação natural, inevitável e universal à sua própria mãe como um retorno feliz à dependência que ela tinha desta última, na melhor das hipóteses será um simples aborto do pai em gestação que ocorrerá e, na pior, a instalação da oportuna avó em posição de pai com as conseqüências dramáticas que necessariamente disso decorrerão. Por esse viés, encontramos o grito exasperado de meus colegas pediatras perguntando-se se não seria o caso de "matar as avós". Mas encontramos também a vacuidade da proposição. Pois a morte, nesse terreno, nunca resolveu nada

....

para um homem lugar de segunda. A de descoberta implica que um homem cujo corpo ela encontra, mesmo que seja o enésimo de sua vida, sempre ocupa para uma mulher lugar de primeiro. Isso não depende nem de um estado de espírito nem de uma abordagem ideológica qualquer das relações, mas do comércio que cada um teve com o corpo de sua respectiva mãe e da marca que disso ficou. Para mais detalhes e comentários mais extensos sobre as implicações insuspeitadas dessas noções, pode-se ler o capítulo "De l'enfant au couple" in *Parier sur l'enfant, op. cit.*

5. Lógica que chamei de lógica do coito, em oposição à lógica feminina da gravidez. Ver *De l'inceste, op. cit.*

e, longe disso, jamais resolve nada. Pois o que intervém não é da ordem da realidade ou da imagem, mas tão-somente da ordem de laços simbólicos que não têm nada a ver com a vida e a morte e que são bem mais difíceis de manejar que todo o resto. Tanto é que há legiões de mães habitadas, às vezes de longa data, pelo fantasma de sua mãe morta.

Mas o que pode insinuar que a avó materna pode ser colocada em posição de pai? À primeira vista, esta proposição pode parecer suficientemente maluca para desacreditar o conjunto desta parte de minha exposição, se não toda ela. Para compreendê-la, é preciso não perder de vista que estamos falando da função paterna do pai e não de sua função genitora, enquanto autor da concepção, ou de sua função social, na medida em que ele reconheceu o filho como seu. Essas três funções designam comumente o pai, sem jamais ser claramente distinguidas, embora possam ser exercidas por três personagens diferentes, ou até mais. A função paterna do pai é aquela que foi descrita em estado embrionário e que estabelece uma forma de hierarquia claramente identificável no trio. Poderíamos dizer que é uma função de referência, na medida em que habitaria a mãe, que se imporia a ela de todas as maneiras possíveis e protegeria a criança, permitindo a ela relativizar a onipotência e livrar-se do terror que experimentava. É nesse sentido que a avó pode ser colocada por sua filha em posição de pai. Ela também, e com maior facilidade ainda, pode pôr em xeque a onipotência de sua filha. Para tanto, basta – e é algo que acontece com muito mais freqüência do que se imagina! – que a dita filha só possa pensar o filho com referência à sua mãe e preocupar-se, em todas as coisas, com sua aprovação ou sua desaprovação. Sabendo – e já falei muito disso – com que presteza as avós maternas respondem, quando não a induzem, à demanda apenas esboçada de suas filhas, é fácil imaginar que não se trata de algo raro.

É também por isso que eu disse que podia haver mais de três personagens paternos para a criança. Pois, ao contrário da função materna que sempre precipita sobre o corpo identificável de uma mãe – ao mesmo tempo genitora e mãe social –, a função paterna tem por propriedade ser atomizável e poder ser exercida simultânea ou alternadamente por várias instâncias ou pessoas. Com efeito, para mães, assim como para filhos, existem pais simbólicos distantes, às vezes múltiplos e sempre perfeitamente castos – esta última precisão serve para lembrar a importância que atribuí à relação horizontal. Mas as propriedades dessas instâncias ou dessas pessoas derivam todas, sem diminuir sua importância, daquela eventualmente atribuída ao parceiro sexual investido, na medida em que é na relação que ela estabelece com eles que a mãe recupera algo de sua identidade própria. É por se importar com a estima de tal personagem ou por avalizar a decisão de tal instância que ela se sente um pouco mais e um pouco mais seguramente ela mesma. Isso a põe diante de responsabilidades que sabe ser suas, cujas conseqüências assume pessoalmente e por meio das quais ela consegue se definir um pouco melhor e um pouco mais a cada vez. O que explica, diga-se de passagem, seu investimento do trabalho, mesmo quando não precisa dele para viver. Seja ele qual for, é uma coisa que ela realiza, que mobiliza sua criatividade e na qual desenvolve as faculdades que lhe são próprias, disposições que sabe serem suas e inalienáveis.

A partir disso, é ainda mais fácil compreender que o lugar do pai só pode ser uma história de mulheres. Pois sua função só lhe cabe se lhe for concedida pela mãe da criança, e porque, por toda a vida, ela mantém a faculdade, se não o poder de anular conforme sua vontade essa concessão. Concessão, aliás, tão importante que ela é capaz, como às vezes acontece – e deveria sempre acontecer – nas famílias recompostas[6], de conferir, para grande benefício da criança, a função paterna a um outro homem – este, amado pela mãe – que não seja o genitor.

Encontramo-nos, pois, num campo fechado em que os protagonistas se enfrentam com armas que eles preparam por muito tempo ou que lhes foram fornecidas, quando não se chega a ajudá-los a segurá-las. Pode não haver combate; se isso acontecer, será porque a função paterna embrionária não abortou e se instalou graças a disposições maternas impulsionadas por condições de natureza histórica mais ou menos bem enraizadas. Mas, quando o combate não pode deixar de ocorrer, querem que ele se dê

....

6. Ver *Recomposer une famille...*, op. cit.

com certa civilidade, pelo menos na forma. Pois o corpo social, cioso de paz e discrição, está de olho em todas essas pessoas. E isso, é claro, produz efeitos. Não se está mais na época do homem das cavernas que não se preocupava com as aparências e estendia seu poder em nome de uma força que ele, sabidamente, podia pôr em ação e do terror que a perspectiva disso criava.

Hoje e em nossas latitudes, tudo deve e só pode ser feito com um mínimo de maneiras. Quem teria a impudência de lançar qualquer suspeita sobre vínculos besuntados do amor que circula e, em particular, daquele que só pode circular entre uma mulher e um homem porque modelou-se a partir daquele que existiu e que circulou, puro de toda escória, entre os protagonistas e suas respectivas mães? Eis o que se espera. E eis a bela fantasia que alimentamos e não paramos de rebulir e que embaralha singularmente as cartas! E que magnífico embuste está pegado a ela! Não em razão do previamente dito e da modelização que ela faz intervir. Isso não é uma fantasia, é uma verdade que funda tudo. A fantasia associada a seu embuste é aquela que alimenta a idéia da pureza do amor. Quando se pensa como ele é engrandecido, cultivado e posto em evidência, compreende-se que ainda estamos a anos-luz da possibilidade de cada um poder olhar as coisas de frente e sem pestanejar. E basta voltar às longas explicações da primeira parte desta obra para constatar que esse embuste aliena certamente mais as mulheres que os homens. Com efeito, ele impossibilita as primeiras de formarem qualquer mínimo de consciência da violência que sofreram desde sempre, remetendo-as sem cessar ao sentimento de traição no qual as mergulhou a inevitável e salutar conversão de seu primeiro amor em vez de desmistificá-lo. Ele trata um pouco menos mal os homens, a quem faz crer que poderiam não ter de questionar a dimensão de reencontros – do corpo de sua mãe – que sempre envolve seu acesso ao corpo de uma mulher. Todos sabem no que isso dá. Don Juan! Viva todos os Don Juan! Para cada mulher perdida, encontram-se dez! Os refrães deste credo são conhecidos e tristemente célebres.

E eis a outra vertente do quebra-cabeça. Pois, embora a função paterna do pai seja augurada por uma disposição incontornável da mãe em relação a ele, ele só pode se revestir dela sob a condição expressa de aceitar assumi-la com total consciência. Antes de mais nada, que ele não tenha vergonha de se saber mais sensível ao atrativo de sua mulher do que ao dos seus filhos e de viver a relação com eles, com a emoção incontestável que sente, sem ter de se referir a qualquer norma que seja. É isso que, acima de qualquer outra consideração, lhe permitirá ocupar firmemente seu lugar, não desertá-lo e ser o lugar de origem de todos os nãos, assim como do inevitável temor de seu filho, com tudo o que disso decorre. É algo também difícil de imaginar e de viver. Para avaliar sua complexidade, basta referir-se à combinatória dos casais em função da respectiva estrutura dos protagonistas, tal como a esbocei acima. É fácil entender que se trate de algo que pode aterrorizar mais de um e deixar vazio o lugar que ele deveria ocupar.

Quantos pais, intoxicados por exemplo pelas palavras de ordem correntes, não expressam abertamente suas hesitações e seu temor de se verem mais tarde arrasados pelas recriminações de seus filhos! Quando os ouço dizendo-me coisas desse gênero, sempre tomo o cuidado de lhes explicar que estão perdendo seu tempo, pois, o que quer que façam, e justamente em função da maneira como sua função foi percebida pelo filho na primeira idade, eles serão sempre objeto de recriminações e o ponto em que se concentram todos os ressentimentos de seus próximos, seja os de seus filhos, os de sua sogra ou os da mãe de seus filhos, que raramente lhes concede o direito de sentir as coisas de maneira diferente do que ela sente. Digo-lhes, coisa que os alivia, que a sedução é a pior das condutas a considerar e que não devem tentar revestir-se de tal ou tal outra conduta, pois não existe pai, segundo a expressão de um de meus colegas, que não seja pai de pacotilha.

O que explica a quantidade de problemas da função paterna que exigem uma solução que nunca é simples encontrar ou obter. Não os descreverei em detalhes porque já o fiz exaustivamente em outra obra[7]. Lembrarei apenas que não é fácil para um pai encontrar-se na posição que foi a do seu próprio e reconhecer que nem sempre compreendeu a finalidade dos enfrentamentos que

---

7. Ver *Une place pour le père*, op. cit., bem como *Le couple et l'enfant*, op. cit.

possa ter tido com ele. Mas, quando isso acontece, é um mundo novo em termos de relacionamento que se abre para ambos os homens, o que facilita singularmente a tomada de distância em relação a uma mãe que não precisa mais ser macaqueada por meio de uma atitude de mãe-bis[8], destinada a disputar, em seu nome, o lugar de mãe de seu filho. Admitindo-se que a persistência dessa problemática num homem resulta, em geral, de um investimento excessivo de sua própria mãe em relação a ele, encontraremos na pessoa da avó paterna uma recruta a mais para explicar o plural que apliquei à palavra "mulheres" quando disse que tudo isso era uma questão de mulheres. Contando bem, há pelo menos três que intervêm nesse problema, cada uma com a legitimidade e a pureza alegadas de seus bons sentimentos. Ao menor movimento de reivindicação ou de revolta que um homem possa expressar a propósito das condições que lhe são impostas por uma ou por outra, deparará com a desaprovação unânime desse entorno agarrado a suas convicções e a um gozo terrivelmente difícil de pelo menos ser reconhecido, já que não pode ser desarmado.

Não me deterei aqui sobre o consenso de um campo social definitivamente aderido ao efeito-mãe (e ao efêmero!). Já o fiz em outra parte onde desmontei seus mecanismos[9]. Tampouco me empenharei em demonstrar que só pode haver pai apoiado por um meio circundante, na falta de um campo social que, há muito tempo e sem qualquer penar, sacrificou-o ao altar das finanças e da obsedante ditadura econômica. O efêmero e a sociedade de consumo, com efeito, não podem acomodar-se a uma personagem cuja existência, por si só, tem a faculdade de estruturar sua descendência e abrir-lhe os olhos. É tarde demais e há compromissos demais para que se possa esperar algum retorno à razão. Antes de encerrar o assunto, gostaria apenas de esgotar as combinatórias das relações e articular essa questão do pai e das mulheres com seu possível contrário. Com efeito, poderíamos afirmar que o lugar do pai, uma vez que aparece como uma questão de mulheres,

....

8. Essa palavra passou a fazer parte do francês corrente. Isso me deixa muito feliz, já que que fui eu quem a introduzi pela primeira vez em 1985 em *Une place pour le père*, *op. cit.*

9. Ver *Parier sur l'enfant*, *op. cit.*

é também, e deveria ser, uma questão de homens. E, assim como desmontamos anteriormente o primeiro plural, poderíamos evocar aqui os avós maternos e paternos, assim como o próprio pai. Afinal de contas, os dois pais de Gwenael – e talvez resida aí o maior interesse do caso! – beneficiaram-se de pais de boa qualidade. Infelizmente, isso não possibilitou que sua descendência encontrasse a segurança que suporíamos ter o direito de postular.

Por quê?

Porque essa família evoluiu num meio que não tinha nada a ver com sua maneira própria de ver o mundo. Um universo rural e tradicional por um lado, outro recém-migrado, por outro, ambos afastados da aceleração, do anonimato e da crueldade do universo das megalópoles. Além disso, a história da família conheceu mortes e acidentes demais para não ter sido afetada em seu curso e para que a organização das relações inter-individuais não fosse atingida. É óbvio que essas mortes e esses acidentes também se incluem numa certa lógica da sucessão dos acontecimentos e portanto fazem parte do curso dessa mesma história. Portanto, não podem ser consideradas ao mesmo tempo causas e conseqüências. Mas mesmo assim! Não é certo que o acúmulo de catástrofes, presentes no horizonte de uma conjuntura, nunca possa ser limitado. Se assim fosse, perderíamos a esperança em qualquer noção de solidariedade. Ora, é aí que aparece, da melhor maneira possível, a incontornável necessidade de um sério investimento da célula familiar pelo campo social, que deve lhe dar seu devido lugar. Pois, sem o apoio da sociedade, os protagonistas, diante do menor obstáculo em seu percurso, vêem-se entregues a si mesmos e à violência incontrolável de suas pulsões, fraturando seu bom entendimento exatamente no seu ponto fraco, ou seja, desfazendo o casal e ejetando o pai de seu lugar. E se designo este último como o elemento frágil do sistema é porque, sozinho e seja qual for sua estatura, ele nunca consegue contrabalançar a natureza animal do vínculo mãe-filho.

Quando se passa dos limites e o conflito estoura, as contas, por muito tempo emboscadas no mais fundo do inconsciente dos protagonistas, vêm violentamente à tona e passam então a ser acertadas sem a menor complacência. Nas dificuldades que o pai e a mãe tentam resolver, imiscui-se a marca paralisante e indelével deixada pelo biológico, que desequilibra a ambos, sobretudo quando o pai de um dos dois desaparece e deixa sua viúva retomar sozinha a dianteira e exercer novamente todo o poder, até mesmo em seu nome. O avô materno de Gwenael morreu logo no começo da gestação que culminou com seu nascimento. Que terá acontecido entre sua mulher e sua filha, nas cabeças de sua mulher e de sua filha, durante todo o tempo que esta última se dedicou a prodigalizar-lhe os últimos cuidados? O que é que pode ter sido vivido ou entendido como desafio e ter reativado brutalmente a velha temática da traição? Não dispomos de material para sabê-lo. Apenas podemos levantar a hipótese de que aquela situação não foi indiferente e que o suspensão da quitação sempre latente talvez tenha encontrado ali, se é que ainda precisava, uma justificação.

Ademais, ao lado da ideologia ambiente de que já falei tão mal, há o meio imediato com os encontros que nele ocorrem e que orientam as coisas numa direção ou na outra, em virtude do poder de que às vezes dispõem. Meu encontro com aquela mãe é parte integrante dele.

Quando nosso encontro se deu, ela ainda estava munida de todas as garantias. O tempo passado lhe permitira crer que seu objetivo tinha sido alcançado e que nunca mais teria de se preocupar com a ordem de uma missão por fim cumprida. Ela imaginou – como qualquer um, aliás – que podia colocar um ponto final definitivo nas exigências de uma história que nunca termina e nunca cessa de exigir o apuramento de contas, por princípio sempre deficitárias. Na época, ela não sabia, em todo caso não o suficiente, que a hierarquia por ela instaurada, sendo mais esposa do que mãe, fundamentava sua segurança e a de sua família. Só se dará realmente conta disso quando a vir inverter-se sob os golpes de uma realidade que ela não hesitou em enfrentar e que tentou administrar como podia. Assinalou-me então esse fato, esperando talvez que eu a ajudasse a compreendê-lo já que não podia superá-lo. Já contei de que maneira minha incompetência a consolidou no estado que ela deplorava.

Mas será que se trata apenas de incompetência da minha parte?

Embora este seja um argumento dos mais fáceis de defender, seria lamentável que, a essa distância dos fatos, no momento em que me ponho a instruir sem concessões meu próprio processo, eu continue a evocá-lo e a me enganar. Tanto mais que talvez seja nesse ponto, mais que em qualquer outro, que a culpa que tantas vezes evoquei se origina.

Com efeito, não me abstive, em tudo o que precedeu, de louvar os resultados, incríveis e espantosos, que a qualidade de sua maternagem produziram sobre seu filho. Também insisti nos estímulos que lhe prodigalizei sem cessar para apoiá-la e comprometê-la a explorar suas preciosas disposições. E tampouco deixei de fornecer à minha conduta todas as explicações e todos os álibis a que minha competência profissional me autorizava. Mas, na verdade, ainda não me indaguei sobre a maneira como, sem o saber, eu aplicava à situação que vivia os determinantes da minha própria. Pois, como qualquer um faria, foi só a partir de minha experiência pessoal que comprovei – como, aliás, continuo a fazer – a importância do poder das mães e a necessidade que elas têm de exercê-lo sem qualquer reticência sobre os filhos. De forma que cada uma de minhas palavras estava lastrada do que eu mesmo sabia dever à devoção sem limites de minha própria mãe. Ora, ao estimular aquela mãe da maneira como o fiz, não a terei incitado a ter como horizonte única e exclusivamente aquela criança? E não terei eu me aproveitado da situação para fundir-me, sem sabê-lo, com aquela criança? Não terei me colocado numa posição bem duvidosa de gozo ao constatar os progressos que ela realizava? Embora pudesse afirmá-los desde uma posição de pseudogarantia objetiva, não estaria autorizado a atribuí-los aos benefícios que identificara e, em troca, moldar-me na relação maravilhosa que sempre tive, e que conservava, com minha mãe? Não estaria assim autorizado a assumir sem remorsos essa relação e dar-lhe todas as justificações possíveis? E poderia eu ao menos tentar interrogá-la, eu que provinha de uma cultura em que esse gênero de exercício é sempre permitido, pois a posição do pai é inexpugnável, para saber o que ela implicava e de que maneira podia condicionar minha vida? Em outras palavras, sem querer, estimulei a mãe de Gwenael a ter apenas a si mesma como referência! Sempre posso dizer que talvez fosse isso o que ela procurava e que nada mais fiz senão ir ao seu encontro, cada um de nós fornecendo ao outro, como perfeitos cúmplices, sua parcela de uma derrisória felicidade. Isso nunca passará de um pobre consolo.

Pois, embora tenhamos concordado a esse ponto em nos atolarmos, ambos, em tudo o que levava a estampilha de mãe e em entoar sem reservas louvores a ela, nem por isso deixei de remetê-la à mãe que ela era com a mesma força que ela me remeteu à minha. Sem atentar para o fato de que, assim fazendo, eu a empurrava para o pendor que ela já estava prestes a adotar e que a remetia, não menos violentamente, à sua própria mãe e à relação com ela que nunca liquidara totalmente – se é que existe alguém que consiga encerrar uma relação dessas.

Por causa disso, quando ela decidiu descrever sua situação atual e me falar da nostalgia que tinha da passada, senti-me tão implicado em sua mutação que fugi de sua interrogação e a reduzi ao silêncio. Mesmo que, paradoxalmente, eu tenha cumprido meus deveres de médico para além do que me era pedido, não posso desconsiderar que eles intervieram na economia da situação de conjunto e oberaram sensivelmente sua evolução. Arrasado com o estado de Gwenael, atirei-me sobre os progressos que ela relatava, preocupado apenas em favorecê-los estimulando suas disposições sem jamais me preocupar com o resto de seu universo afetivo. Será que eu deveria ter considerado aquela criança definitivamente condenada de antemão a seu estado vegetativo e centrar todo meu trabalho na reconstrução e consolidação de seu casal parental? É uma boa pergunta. Mas, no caso de respondê-la afirmativamente, eu continuaria numa posição médica, na posição de um clínico que recebe uma demanda e responde a ela de maneira adequada sem se formular qualquer outra pergunta, em particular sobre a pertinência e a significação dessa demanda. Uma posição imprudente e tão atormentada por uma libido terapêutica, ou seja, por um violento desejo de curar, que pouco lhe importa que a satisfação desse desejo possa destruir, ao mesmo tempo, muitas outras coisas. É só da minha posição atual, agora que tudo está consumado, que posso sustentar esse tipo de discurso e voltar a um debate que, no entanto, não levarei mais adiante[10].

Ora, que outra coisa queria ela me dizer senão que, ao voltar a ser exclusivamente mãe, tinha sacrificado sua relação horizon-

....
10. Entre outras razões, porque já o fiz em *L'enfant porté*, Paris, Seuil, 1982.

tal, evacuado de sua psique o pai de seus filhos e estava novamente presa, seu pai estando morto, na corrida sem fim pela aprovação de sua mãe. Tudo isso eram coisas insuportáveis, cuja periculosidade ela percebia sem saber que a levariam para o irreparável.

De fato, ela morreu. Muito jovem. Ao cabo do que hoje se chama, pudicamente, uma longa doença. Depois de ter tido de assumir, e fazer seus próximos assumirem a morte de Raoul que compreendera a natureza do mal que a corroía. Existem seres – ela e Raoul faziam parte deles – que só concebem o amor como um dom de si que não conhece limites, e que aceitam dar a própria vida para a sobrevivência daqueles a quem amam. Raoul, sem dúvida, deu a sua para ela – tentei dizer por que razão. E será que ela o fez por Gwenael, cujo destino selado para sempre ela entendeu, ou por sua mãe? Mesmo sem deixar de freqüentá-la, e de voltar a viver com ela, naqueles últimos meses, toda a nossa história comum, sou incapaz de decidir.

Seu calvário parece ter começado quando, um dia, o véu se rasgou para ela no metrô. Um bom homem, com boas intenções, dirigiu-se a Gwenael "tratando-o de preguiçoso", ele, "tão grande" e que continuava a se "fazer carregar no colo de" sua "mamãe, que era tão pequena". Ela veio me contar isso, triste como eu nunca a vira. Acrescentou: "Sinto que ele nunca poderá ser como as outras crianças. Será sempre rejeitado pela sociedade. As pessoas são más. Eu não quis responder nada àquele senhor. Não quis lhe explicar. Não quero a piedade das pessoas..." Pela primeira vez, desde que a conhecia, eu a vi chorar. Não consegui consolá-la e menos ainda devolver-lhe seu humor habitual.

Nas semanas, ou talvez meses que se seguiram, ela me abordou na casa de uma vizinha para me dizer, num tom quase brincalhão, que tinha um nódulo no seio direito e que tinha certeza de que era um câncer. Acreditei nela de imediato, como aprendera a fazer, fosse o que fosse que ela dissesse. Fiquei muito inquieto. Instei-a vivamente a consultar um médico dizendo a mim mesmo que não havia tempo a perder e que todas as esperanças eram permitidas. Voltei a vê-la na semana seguinte: "O cirurgião disse que vai tentar salvar meu seio. Ele pareceu espantado quando lhe perguntei se, antes, achava que podia salvar o resto. Os médicos são incríveis. Não entendem que preciso saber tudo, que tenho providências demais a tomar para me deixar enganar por expectativas vãs."

Seu tempo passará então dividido entre seus tratamentos e a busca obstinada de uma solução para o futuro de Gwenael, o que a desespera mais do que tudo. Despende nisso uma energia considerável, como se tivesse entendido que seu tempo estava contado. Ela me visita e se insurge: "Parece que não conseguem medir seu QI, que seu caso é desconcertante, que ele não se encaixa nos critérios que permitem encaminhá-lo de modo adequado. Que importância tem isso?! Que são números para que queiram enfiar meu filho neles? Meu filho não precisa disso. Assim como não precisa ser educado. A única coisa necessária é amor." E o que é que eu podia dizer, diante de tantas evidências! Ela me falava desse amor do qual ela era a especialista mais perfeita que já conheci. Do amor que dá vida. Desse amor tão necessário para a manutenção dessa mesma vida. Desse amor com cuja certeza contamos e atrás do qual corremos, sem nunca estarmos certos de tê-lo ou de poder desfrutar dele. Desse amor cuja existência conhecemos porque um dia percebemos sua força, que acreditamos ter definitivamente perdido e do qual procuramos perdidamente qualquer sinal. Desse amor com o qual ela tinha reconstruído, dia após dia, seu filho, e que, sem descanso, ela tentava provar a si mesma que fizera de tudo para merecê-lo e para não se sentir uma impostora ao evocá-lo com tanta graça e saudade.

Um instante depois, ela passou a expor seu ponto de vista sobre sua doença e deplorou o fato de que não tivessem querido nomeá-la. Disse estar convencida de que era um câncer e perguntou-me se eu achava que ela tinha razão. Respondi-lhe que esperava que não fosse isso. Jesuíta até o fim? Pensei sobretudo que tinha e podia me esconder por trás da linha de conduta dos colegas que cuidavam de seu caso. Que mais podia eu lhe dizer? E de quanta coragem eu precisaria para lhe dizer o que eu sabia? Que sua variedade de câncer era das mais graves e com o pior prognóstico? Estavam fazendo por ela tudo o que era possível na época, e eu não me sentia no direito de lhe infligir a sentença de sua morte próxima. Posteriormente, tive outras oportunidades de viver situações parecidas. Situações sobre as quais muito se escreveu nos últimos tempos, sem que nunca se dissesse o bastante como elas são insuportáveis. Porque o que encontramos nelas de mais desesperador é justamente o obstáculo do amor. É a impossibilidade, por mais amor que se expresse ou manifeste, de fazer esse amor ocupar o lugar daquele que foi perdido, porque este último parece não ter sido satisfatório outrora, no tempo em que foi fabricado.

Cuidei no entanto de visitá-la, todos os dias, todas as vezes em que esteve hospitalizada. Tornara-se uma espécie de ritual que ambos sentíamos ser indispensável pois nos fazia muito bem.

Depois, tudo começou a andar cada vez mais rápido. Suas hospitalizações tornaram-se cada vez mais freqüentes e cada vez mais longas. Um dia, eu a vi entrar e depois sucumbir num mutismo de mau augúrio.

Numa tarde de sua última hospitalização, tive de ir ver Gwenael subitamente tomado de uma violenta febre. Foi muito difícil examiná-lo. Ele se agitava e se debatia sem cessar, pondo em xeque todas as minhas iniciativas e tentando me paralisar envolvendo-me com seus braços. Levei um certo tempo para compreender o que ele procurava. Mas, quando o coloquei no meu colo e deixei que se aconchegasse contra mim, ele se acalmou e aos poucos foi parando de chorar. Foi quando ele levantou os olhos para mim e pôs-se a berrar várias vezes seguidas e cada vez mais alto: "Mamãe, mamãe, mamãe." Depois disso, ficou de novo completamente mole e não opôs mais resistência. Pude constatar, coisa rara nele, que ele estava com uma enorme angina para a qual prescrevi uma receita.

No dia seguinte, tomei conhecimento do falecimento de sua mãe e fiquei sabendo que ele tinha acontecido exatamente na hora em que ele se pusera a berrar seu nome. Lembrei-me então de uma outra cena que me impressionara meses antes. Tinham acabado de saber da morte de Raoul, e também daquela vez Gwenael fizera um impressionante quadro febril para o qual tinham me chamado. Mal cheguei e ele se precipitou na minha direção, arrastou-me para a sala, mostrou-me o lugar vazio do fuzil na parede e berrou: "Ul! Ul! pá! pá! pá! pá! Ul!" E o imbecil medicozinho que eu era, todo inchado com o que acreditava saber, surpreendeu a si mesmo se perguntando se os encefalopatas também tinham inconsciente!

Assim é que, tantos anos depois, tento encontrar um sentido para tudo aquilo, acreditando poder produzir *a posteriori* o trabalho que não pôde ser feito a seu tempo!

Será que só a boa vontade pode mascarar as culpadas insuficiências? E o que será que os homens mais compartilham: o bom senso ou a idiotice?

Essas perguntas não serão ainda mais pertinentes hoje que ontem? Aonde pretendemos chegar?

Posfácio

Pronto.
Está feito. Está dito. Talvez não com a suficiente clareza. Com um excesso de rodeios. Com muitos defeitos, falhas vertiginosas, silêncios incompreensíveis, lacunas inadmissíveis, imprecisões redibitórias. Mas também, às vezes, com audácias que, devo dizer, me custaram muito.
É que eu não sabia, ao me engajar nesse trabalho que já planejara fazia muito tempo, que estava penetrando num universo abissal. Só tomei consciência disso ao escrever. De modo que, por falta de fôlego, fui obrigado a reduzir minha ambição inicial ao que hoje me parece ter sido apenas uma incursão rápida e prudente. No entanto, não saí disso com as mãos vazias. E o que colhi pareceu-me suficientemente honesto para ser publicado. Tanto mais que confesso nunca ter tido a pretensão de produzir sobre o tema um tratado definitivo.
Parti, como sempre fiz, de meu lugar de médico pediatra. De médico daquela criança sobre quem fiquei sabendo, com o passar dos anos, que ela continua indefinidamente viva em cada um e que não pára de pedir, mesmo depois de ter envelhecido e procriado, que justiça seja feita a sua insaciável fome de harmonia.
E o fiz adotando como trama de minha interrogação uma história que me obcecou durante anos, sem me incomodar com o fato de que era a história de uma mãe de meninos. Indaguei-me sobre sua pertinência, mas não achei que deveria duvidar dela por-

que, afinal de contas, ela acabou sendo um apoio ainda melhor para o raciocínio por indução que usei ao longo de toda a obra.

Ademais, não é notório que, embora nem toda mãe tenha necessariamente uma filha, toda filha tem necessariamente uma mãe? Isso não é suficiente para lembrar a assimetria dos destinos – com demasiada freqüência vivida como uma injustiça inata! – que a diferença dos sexos cria? Diferença que comanda tudo e de que tudo decorre, a ponto de me incitar a retomar aqui o inventário do que encontrei de essencial neste trabalho.

A começar pelo fato de que um homem, nascido de um ventre de mulher e aureolado durante sua pequena infância por tudo o que disso emana, encontrará infalivelmente uma (ou várias) outra(s). Uma mulher, por sua vez, em princípio nunca terá o privilégio desse tipo de reencontro. Ora, se o primeiro vê a vida oferecer-lhe uma chance de "rever sua cópia" original, a segunda parece *a priori* condenada a vagar indefinidamente na nostalgia desse primeiro vínculo. É fácil imaginar que isso de nada serve para melhorar o entendimento que sonhamos ver reinando entre os casais. No entanto, sem grande esforço, pode-se imaginar que, se assim é, é porque não pode e não deve ser de outra forma. Como se fosse preciso que o primeiro possa, cedo ou tarde e em maior ou menor medida, sentir a necessidade de depurar seus afetos das velhas marcas que, por tanto tempo, os parasitaram, ao passo que a segunda teria de mantê-los minimamente para poder um dia fazer deles um uso consistente.

Eis todo o problema daquilo que é chamado de identificação primária. Um homem deve cedo ou tarde renunciar a inspirar-se em sua mãe para tudo, a fim de chegar a ocupar sua própria estatura – e a paternidade virá lembrá-lo dessa necessidade. Uma mulher, ao contrário, pode se afundar até a clonagem de sua mãe, sem mesmo se dar conta e sem que a maternidade sirva de alguma maneira para pôr as coisas em seu lugar.

Essa disposição feminina produz algum inconveniente?

Centenas de milhares de mulheres em nossos países, milhões no mundo todo parecem já ter decidido sobre a inépcia dessa pergunta não tendo hesitado em pôr no mundo, sozinhas, crianças que governos covardes se empenharam em inscrever num universo familiar estatuído como "monoparental". Mas os casais que não se compõem, bem como os casais que se decompõem ou as famílias que se desmantelam antes de tentar se "recompor" de maneira diferente, fazem o mesmo, recolocando em questão, em nome do culto pós-pós-moderno da individualidade, as montagens mais sutis que as diferentes culturas se mataram para erigir, ao longo de toda sua história, para compor com a incontornável diferença.

De modo que os homens vagam e as mulheres se aferram ferozmente ao filho, como se fosse uma valor agregado que lhes fosse próprio e cuja legitimidade, a seu ver, não deve ser indagada nem questionada. Pelo fato de sua existência ter sido há pouco tempo novamente mencionada, acreditou-se que os pais voltariam à cena e poriam ordem na confusão reinante. Foi uma prova de ingenuidade e de desatenção para o efeito estéril de um discurso social hipócrita que pretende restituir-lhes uma legitimidade sem prover sua intenção de um instrumento. Todos sabem que hoje é de bom tom afligir-se com os ventos da época e com as derivas para as quais tudo isso resvalou. Todos deploram essa situação e ninguém procura investigar, se não as raízes do mal, pelo menos a via pela qual esse mal se embrenhou para chegar a se disseminar dessa maneira.

No entanto, sempre que se tenta fazê-lo, como venho fazendo do meu lugar de pediatra há mais de vinte anos, cai-se na mesma pista: a das identificações primárias, que acabo de evocar, e de sua gestão num contexto social que, longe de ser neutro em relação a elas, empurra-as abertamente para o maior despenhadeiro[1]. Portanto, não há por que se espantar com o fato de que uma enorme quantidade de pais queiram ser mães-bis e de que as mães só sonhem em repetir de forma estrita sua história.

Como de costume, certamente haverá quem se apresse em sublinhar que tudo isso é regido – e eu seria o último a discordar – por processos inconscientes que, como se sabe, escapam a qualquer controle. Certo. E é justamente este o cerne do problema. Mas o inconsciente não data nem de hoje, nem de ontem, nem mesmo de Freud. O inconsciente sempre existiu. O que não impe-

---

1. Tema que desenvolvi – talvez um pouco cedo demais para a época em que o fiz – em *Parier sur l'enfant, op. cit.*

diu que se edificassem regras sociais, assim como não coibiu os seres de tentarem se encontrar para além de suas diferenças buscando meios para superar suas dissensões. Nem por isso os resultados foram melhores: é o que muitas vezes se objeta a esse argumento. Ora, trata-se de uma objeção das mais especiosas e gratuitas, mesmo sendo proferida o tempo todo, em todo lugar e por todos os lados. Sem entrar na crítica sistemática de sua inanidade e de sua pretensão, pode-se notar que ela visa apenas restabelecer o eterno álibi do inconsciente e da impotência à qual ele reduziria todas as pessoas. Isso implicaria a necessidade de desculpar todas as condutas sem distinção e ver, em todas as éticas, um mero instrumento de repressão. A menos que se chegue ao ponto de preconizar a generalização da freqüentação do divã para toda a população, o que possibilitaria a coleta de novos resultados capazes de, por fim, fornecer matéria para novos relatórios e de... O círculo vicioso por excelência!

É uma ficção tão engraçada que nem adianta aguardar sua aplicação concreta para ter certeza de seu fracasso. Basta ver o que acontece com pais que se beneficiaram de uma análise ou com pais que são, eles mesmos, psicanalistas. A parentalidade, sejam eles pai ou mãe, felizmente lhes cria os mesmos problemas que para todos os outros. No que se refere a essa questão, é como se o nó do problema se encontrasse em zonas da psique estritamente impossíveis de abordar pela palavra, por mais brilhante ou elaborada que seja.

Tal constatação, no entanto, não deve levar a concluir pela existência de um impasse que se imporia a qualquer sujeito. Longe disso. Na verdade, verifica-se que a experiência da parentalidade constitui, para cada indivíduo, uma ocasião única para abordar esse nó e tentar destrinchá-lo ou desfazê-lo, primeiro em benefício próprio, depois em benefício de seu filho, quando não de toda sua descendência. A única condição é saber que o faz na sua própria dimensão sexuada.

Pois, nesse registro, assim como em todos os outros, o que prima é ainda e sempre a diferença.

Ora, essa diferença faz de todo pai, sejam quais forem suas intenções, seus *desiderata* ou seus atos, o foco da insatisfação dos protagonistas de sua célula familiar. Faça o que fizer, ele é aquele que põe fim à junção entre mãe e filho. Junção que um e outra, uma e outra, desejam e temem ao mesmo tempo, porque, sem dúvida, ela os tranqüiliza levando-os a crer que em dois, unidos, aumentam as chances de vencer a morte, mesmo transgredindo a lei da espécie – que alguns, sob o efeito da fascinação crescente que a perversão exerce, chegam até a imaginar passível de multa! – que proíbe o incesto.

Se o incesto exerce uma atração sempre acompanhada de violenta repulsa é porque põe em jogo em primeiro lugar as forças de morte que nos fascinam e às quais todos sabemos estar submetidos. Mas, assim fazendo, ele nos indica, em contrapartida, que residimos nessa vida que sentimos bater em nós, mesmo se nem sempre sabemos como preenchê-la ou simplesmente que temos de preenchê-la. Deveríamos poder tirar as conseqüências disso. Mas nossa incúria e nossa preguiça infelizmente nos incitam, com mais freqüência do que deveríamos, a imitar os modelos de que dispomos e a seguir os passos de nossos pais. Ora, verifica-se que, ao optarmos por essa maneira de fazer, jogamos fora qualquer chance de marcar com selo próprio uma existência que, ao mesmo tempo, acabaríamos reduzindo a uma simples e tola espera.

Ao conviver com as famílias e interessar-se pela maneira como se combinam suas histórias, comprova-se facilmente que essa propensão à repetição é estimulada, e regularmente exigida das filhas pelas mães. Primeiro devido à força da relação biológica que estas últimas mantêm com os filhos em geral. Com efeito, não conseguem decidir pôr fim à experiência inebriante que conheceram e que as instalou de modo perfeito na lógica de seu sexo – o que chamei de lógica da gravidez e que consiste em se dedicar a um ser-de-necessidades passível de ser satisfeito de forma ilimitada. Portanto, fazem de tudo para que nada falte ao filho, para que ele não seja carente, para que ele não seja *cestus*, como a palavra se traduz em latim, para que ele seja não *cestus*, ou seja, *incestus*. O outro argumento que fundamenta sua ação baseia-se em sua recusa inconsciente de deixar o filho partir para uma vida que um dia acabará. Como elas não podem não saber do inelutável desfecho, redobram sua solicitude, acalentando a esperança de derrotar a morte para seu filho e, por que não, para elas mesmas. Esta última fantasia ganha toda sua força quando põem no mundo uma filha, que elas se aplicam em transformar num clone seu, sob os aplausos gerais – o menino nesse caso está protegido pela diferença sexual. Essa injunção de repetição dá à pulsão incestuosa uma dimensão ainda mais grave. Faz dela o que Françoise Héritier[2] chama de "incesto fundamental", explicando que, se o incesto consiste sempre em "fazer o mesmo com o si-mesmo", ele dispõe de todos os ingredientes para alcançar seus fins sem muito esforço.

Ora, constata-se que, quando uma mãe tem várias filhas, só uma delas é visada pela injunção e inveja as irmãs dispensadas dela, as quais, por sua vez, invejam o fato de ela ser a escolhida.

Ao tentar desvendar esse mistério, percebe-se que isso decorre da fase dita edipiana do desenvolvimento. Para escapar do destino homossexual a que estaria condenada por sua fixação ao primeiro objeto de amor que teve, ou seja, sua mãe, a menina com efeito não tem outra escolha senão voltar-se para o pai. A conversão que ela assim opera, por não ser admitida como indispensável e dar lugar a todo tipo de sobreinterpretações, instala nela um sentimento surdo e permanente de traição. Sentimento que ela sempre tem a possibilidade de apagar obedecendo, caso seja ela o alvo, à injunção de repetição, ao passo que suas irmãs serão coagidas a correr atrás de uma absolvição extremamente difícil de obter, pois concerne a uma traição puramente imaginária. Vemo-las então manifestando uma devoção extenuante e sem limites, sem saber que a irmã eleita, tendo compreendido o peso da provação que lhe coube, estaria disposta a trocar sua sorte pela delas.

Isso impregna as relações gerando uma violência insuspeitada. Para verificá-lo, basta pôr-se à escuta e ouvir as mães falarem de suas respectivas mães. O mais incrível é constatar até que ponto essa violência, mais que ocultada, é propriamente recusada pelo discurso ambiente, dando geralmente lugar, a pretexto de uma idêntica sensibilidade, à fantasia do entendimento perfeito que reinaria entre mães e filhas. A violência materna, que evidentemente desconhece o fato de se apoiar sobre o sentimento de traição da fi-

....

2. Ver F. Héritier, *Les deux filles et leur mère*, Paris, Odile Jacob, 1994, col. "Opus", 1998.

lha, estabelece as bases de um poder que a mãe preza e mantém indefinidamente sobre a filha, de modo que a violência reativa desta não encontra exutório. Por isso, a violência irá se acumulando ao longo dos anos e quando, sob a pressão de algum acontecimento, tiver de ser extravasada, geralmente o será, por um efeito de deslocamento, sobre o cônjuge que, como se sabe, é sempre escolhido à imagem da mãe.

Assim como as mulheres lutaram e conseguiram fazer reconhecer seus direitos a uma sexualidade e ao prazer, seria importante que elas fizessem reconhecer, hoje, seu direito a romper com as aparências e autorizar-se a sentir, e portanto a assumir sem remorso, a violência que desenvolveram e alimentaram em relação a suas mães. Isso lhes possibilitaria não ter mais de ficar eternamente sujeitadas e não ter mais de resolver seus problemas por deslocamento. Nada poderia ser mais salutar para sua vida de casal e para sua descendência.

Para que isso não se limite a uma mera proposta, é evidentemente preciso que a sociedade não cerceie suas iniciativas, que seus irmãos, em outras palavras, não lhes proíbam implicitamente mexer com suas mães comuns com as quais raramente eles resolveram o apego que têm por elas. Vê-se aí uma modalidade como qualquer outra da massa masculina do poder. E, por trás dela, a temível lógica de nossas sociedades que não vêem no ser humano nada além de um recurso maleável – não se fala de "recursos humanos"?! – a quem só se pede que consuma e – como prova o desemprego – que produza ao menor custo. Tal objetivo não comporta a existência de um pai que, deve-se convir – e foi o que esta obra procurou mostrar –, foi e continua sendo, enquanto elemento regulador, tão ou mais indispensável para suas filhas que para seus filhos.

Paris, 22 de dezembro de 1997.

IMPRESSÃO E ACABAMENTO
YANGRAF Fone/Fax
6198.1788